Richard Mason
Der Liebesbeweis

Richard Mason

Der Liebesbeweis

Roman

Aus dem Englischen übersetzt
von Elfriede Peschel

Marion von Schröder

Die Originalausgabe ist 1999 unter dem Titel
»The Drowning People«
bei Michael Joseph, London, erschienen.

3. Auflage 1999

ISBN 3-547-76360-6

Umschlaggestaltung: Guido Klütsch, Köln
Satz: Buch-Werkstatt GmbH, Bad Aibling
Druck und Bindung: Graphischer Großbetrieb Pößneck GmbH

Ich sprang kopfüber in die See
und wurde mit dem Ankergrund,
dem Treibsand und den Felsen besser vertraut,
als wenn ich am grünen Ufer
verweilt und ein Liedchen geträllert,
Tee getrunken und wohlfeilen Rat angenommen hätte.

John Keats
Aus einem Brief
an J.A. Hessey, 8. Oktober 1818

Prolog

Die Frau, die mehr als fünfundvierzig Jahre lang meine Ehefrau war, hat sich gestern nachmittag erschossen.

Jedenfalls vermutet das die Polizei, und ich spiele die Rolle des trauernden Witwers mit Begeisterung und Erfolg. Das Leben mit Sarah hat mich im Selbstbetrug geschult; und ich finde, das ist ein ausgezeichnetes Training für die Täuschung anderer. *Ich* weiß natürlich, daß sie es nicht getan hat. Meine Frau war viel zu gesund, zu sehr im Hier und Jetzt verwurzelt, um daran zu denken, sich selbst etwas anzutun. Meiner Meinung nach hat sie an das, was sie getan hat, nie einen Gedanken verschwendet. Sie war unfähig, Schuld zu empfinden.

Ich war es, der sie getötet hat.

Und ich hatte andere Gründe als die, die man erwarten könnte. Unsere Ehe war nicht unglücklich, ganz und gar nicht. Sarah war – bis gestern – eine ausgezeichnete und liebende Ehefrau, denn in vielerlei Hinsicht war sie durch und durch pflichtbewußt. Was einer gewissen Ironie nicht entbehrt. Da existieren in einem Menschen völlig gegensätzliche Wertvorstellungen nebeneinander, scheinbar ohne sich ins Gehege zu kommen. Meine Frau galt, jedenfalls nach außen hin, immer als pflichtbewußt, korrekt, gelassen. »Sie hat sich unermüdlich um diese Insel und ihre Menschen verdient gemacht«, wird der Kaplan morgen von ihr sagen, und damit hat er recht. Sarah hatte viele Tugenden, an erster Stelle ein unbeirrbares Pflichtgefühl, dem sie durch heitere Umsetzung Anmut verlieh. Das wird von ihr in Erinnerung bleiben.

Und ihre Heiterkeit beschränkte sich nicht nur auf sie selbst: Sie besaß die Gabe, dem Leben derer, die sie umgaben, ebenfalls Heiterkeit zu verleihen – Heiterkeit, Ordnung und Geborgenheit. Eine Geborgenheit zu ihren Bedingungen natürlich; aber als ich sie heiratete, hätte ich alles dafür gegeben, und daran hat sich über fünfundvierzig Jahre nichts geändert.

Menschen, die mich kennen, würden mich wohl kaum für einen Mörder halten. Ich selbst empfinde mich jedenfalls nicht als gewalttätigen Menschen, und daß ich Sarah getötet habe, wird an dieser Selbsteinschätzung vermutlich nichts ändern. Meine Fehler habe ich in den siebzig Jahren meines Erdenlebens kennengelernt, und Gewalt – jedenfalls körperliche – gehört nicht dazu. Ich habe meine Frau getötet, weil die Gerechtigkeit es gefordert hat; und indem ich sie getötet habe, habe ich schließlich doch noch eine Art Gerechtigkeit erlebt. Habe ich das wirklich? Zweifel suchen mich heim; alte Wunden reißen auf. Gedanken an Sünde und Strafe, von denen ich vor so langer Zeit besessen war, plagen mich, kehren, unzulänglich zur Ruhe gebettet, zurück. Ich ertappe mich bei der Frage, welches Recht ich hatte, über Sarah zu richten, und wieviel härter man mit mir dafür ins Gericht gehen wird, daß ich sie gerichtet habe; sie gerichtet und bestraft habe, wie ich selbst nie gerichtet und bestraft worden bin.

Es hätte nicht soweit kommen müssen; ich hätte es nie zu erfahren brauchen. Aber Sarahs unerbittliches Pflichtgefühl hat sie bloßgestellt. Wäre sie nur ein bißchen weniger verbindlich, ein bißchen weniger gewissenhaft gewesen, könnte sie jetzt noch am Leben sein. Sie hatte eine Überraschungsparty zu meinem siebzigsten Geburtstag geplant, und derartige Vorbereitungen können auf dieser Insel nicht lange geheim bleiben. Was auch nicht der Fall war. Ich wußte bereits seit mehr als einem Monat, daß etwas im Gange war. Und ich war gerührt. Dennoch: Was Parties angeht, bin ich eigen. Ich mag es nicht, wenn die Pächter eingeladen werden, und ich kann einige von Sarahs Freunden, die sich durch Schmeicheleien lieb Kind machen wollen, nicht leiden. Es war deshalb nur allzu verständlich, daß ich einen Blick auf die Gästeliste werfen wollte, damit ich meine Wünsche wenigstens andeutungsweise vorbringen konnte.

Ich wählte den vergangenen Montag nachmittag, um ihren Schreibtisch zu durchsuchen, denn meine Frau war zu dieser Zeit unterwegs. Und rein zufällig entdeckte ich die Schublade, in der sie es all die Jahre aufbewahrt hatte.

Selbst jetzt, wo sie tot und schon fast unter der Erde ist, läßt mich diese Unverfrorenheit erstarren.

Kapitel 1

Ich bin in dem kleinen Wohnzimmer (in früheren Tagen ein Ankleidezimmer), das mein Schlafzimmer mit dem von Sarah verbindet. Es ist, weil es das kleinste ist, das wärmste Zimmer in diesem eisigen Haus. Wenn beide Türen geschlossen sind, im Kamin ein Feuer brennt und die Heizkörper unter den gotischen Spitzbogenfenstern aufgedreht sind, ist es fast behaglich. Es steht kein Schreibtisch darin, nur ein Sofa und zwei Sessel und ein kleiner, mit Büchern beladener Tisch. Alte Bücher; meine Lieblingsbücher; die Widmungen verblaßt, die, die sie mir geschenkt haben, tot. Ich glaube, sie liegen seit mehr als vierzig Jahren auf diesem Tisch: eine Bibel, kalbsledergebunden, von meiner Mutter; der *Fowler,* das Handwörterbuch meines Großvaters; Donnes Liebeslyrik, eine alte Ausgabe, die Ella mir vor langer Zeit geliehen hatte. In der Ecke steht ein Notenständer, der jetzt kaum noch gebraucht wird; ein Geschenk meiner Eltern zum Schulabschluß. Von dort, wo ich sitze, kann ich meine in seinen Fuß eingravierten Initialen sehen: *Für J.H.F. Juni 1994.* Juni 1994, das war vor fast fünfzig Jahren. Dieser Ständer hat mir gehört, ehe ich sie überhaupt kannte.

Plötzlich erscheint es mir wichtig, daß ich mir über mich selbst Rechenschaft ablege, bevor all die anderen eintreffen. Ich brauche Klarheit. Das Verhör beim Coroner, der den Todesfall untersuchen wird, ist für morgen angesetzt; dann folgen die Beerdigung und die Trauerfeier, und das Haus wird voller Menschen sein. Von diesem Abend an werde ich wochenlang keinen Augenblick Ruhe haben, keine Zeit für mich, um nachzudenken. Sollte ich die Ereignisse in meinem Leben je in eine Art Ordnung bringen wollen, müßte ich jetzt damit anfangen, sie zu sichten; ich weiß, daß ich versuchen muß, zu begreifen, was ich getan habe – wie ich im Alter von siebzig Jahren dazu kommen konnte, meine Frau zu töten und so wenig Reue darüber zu empfinden.

Es ist schon seltsam, daß ich so gut wie keine Gewissensbisse habe. Jetzt, wo Sarah weg ist, jetzt, wo ich die Wahrheit kenne, empfinde ich überhaupt sehr wenig. Nicht einmal aufrichtiges Bedauern. Nur eine seltsame, leere, fast gespenstische Ruhe: eine Taubheit, die mir vielleicht zeigt, wieviel ich wirklich von ihr gelernt habe. Still und gleichgültig sitze ich hier, allein, und plötzlich schießt mir durch den Kopf, daß ich in gewisser Weise froh sein sollte, es aber nicht bin, und daß diese nicht vorhandene Freude bemerkenswert ist, denn vor Jahren hätte mich das Wissen um diese Wahrheit befreit. Es hätte mir das gegeben, was manche eine neue Lebenschance nennen; ich hätte umkehren können. Deshalb ist es seltsam, daß ich jetzt nichts empfinde, oder wenigstens fast nichts. Die Ereignisse jener längst vergangenen Wochen und Monate, in denen die Samen für all dies gesät wurden, kommen mir vor wie Szenen eines Theaterstücks. Ich kenne die Handlung und kann mit den Charakteren mitfühlen, aber der junge Mann von zweiundzwanzig Jahren, der eine so wichtige Rolle spielt, ist ein Fremder für mich. Ihn verbindet (abgesehen von einer schwachen, blasser werdenden körperlichen Ähnlichkeit) nur wenig mit dem Bild, mit dem ich mich konfrontiert sehe, als ich am Spiegel über dem Kamin vorbeigehe, auf die Bücher starre, auf den Notenständer, auf die Wellen und den waffengrauen Himmel.

Der Rhythmus meines Lebens scheint sich verlangsamt zu haben. Die Gegenwart nimmt soviel Zeit in Anspruch. Ich sehe mich im Alter von zweiundzwanzig Jahren: Ich bin jung, sehr jung, eine gewisse körperliche Schlaksigkeit bestimmt meine Bewegungen (ich bin groß, mit langen Beinen), und meine Nase ist schmal, zart, wie die meiner Mutter. Mein Mund ist dünnlippig; meine Augen sind hellbraun, und das alles fügt sich in ein ebenmäßiges ovales Gesicht mit kleinen Ohren und einem leicht zugespitzten Kinn. Nicht sonderlich attraktiv und damals noch nicht von den Spuren des Alters geadelt. Jetzt ist mein Gesicht von Sorgenfalten gezeichnet; die Jahre haben den größten Teil seiner blühenden Naivität zerknittert und in Falten gelegt. Aber das ist wohl der Lauf der Dinge.

Vermutlich müssen mein Familienleben und meine Erziehung mit berücksichtigt werden, wenn ich zu erklären versuche, warum mein Leben exakt diesen Verlauf genommen hat, warum ich so geworden bin, wie ich bin. Ellas Schultern sind zu zart, um die ganze Last der Verantwortung zu tragen, und meine ebenfalls. Vielleicht ist es an der Zeit, die alten Geister heraufzubeschwören, meine Eltern so zu sehen, wie sie mit vierzig, fünfzig Jahren waren: meine Mutter mit ihrem dunklen ergrauenden Haar und ihren stechenden blauen Augen, geschwätzig und gewitzt; mein Vater mit seinen mächtigen Schultern und seinen riesigen geäderten Händen. Ein Mensch mit wohlüberlegten Gesten und unerschütterlichem Selbstvertrauen, eine Eigenschaft, die er, wie ich glaube, nie an mich hat weitergeben können. Was er mir aber gab, und vor allem für diese Eigenschaft habe ich meiner Familie zu danken, ist Hartnäckigkeit: Sie hat mich gestützt, wenn alles andere versagt hat, wenn Arroganz und Selbstvertrauen mich verlassen hatten.

Was haben sich meine Eltern für mich ersehnt? Was für Menschen waren sie? Schwer zu sagen, Fragen wie diese sind nicht so ohne weiteres erschöpfend zu beantworten. Wir waren nicht reich, soviel steht fest, aber wir kannten reiche Leute (was meiner Mutter genügte, wie sie ein- oder zweimal beinahe zugab). Und ich nehme an, daß meine Eltern, wie alle Eltern, hofften, daß ihr Sohn es einmal weit bringen werde in der Welt. In *ihrer* Welt, sollte ich besser sagen; denn wie so viele ihrer Klasse und Generation führten sie ein beschauliches, nie in Frage gestelltes Leben, von äußerem Wandel nicht erschüttert. Meine Eltern richteten ihren Blick nicht nach außen. Sie wagten sich nie über den Wirkungsbereich ihres eigenen Ehrgeizes hinaus, vertrauten gelassen darauf – auf eine Weise, die mich oft wütend machte –, daß sie ihren Platz in der Ordnung der Dinge hatten. Ihre Götter waren Tradition, Anstand, die Aufrechterhaltung der gesellschaftlichen Ordnung. Sie waren ehrerbietig gegenüber Höherstehenden und höflich zu denen, die unter ihnen standen. Sie lasen die *Times,* wählten die Konservativen und hatten zu den Tagesereignissen unabänderliche und vorhersehbare Ansichten. Die Umwälzungen der Gesellschaft hatten weder ihren Wertvorstellungen noch ihren stillen Hoffnungen etwas anhaben können, und so beharrten sie darauf, meine Zukunft zu ihren Bedingungen und mit all der Hartnäckigkeit zu planen, die man entwickelt, wenn die eigene Lauterkeit in Frage gestellt wird.

Mein Plan, Konzertgeiger zu werden, den ich während meines zweiten Jahres in Oxford mürrisch und ohne Umschweife vorbrachte, konnte bei ihnen nicht auf Verständnis stoßen. Und so kam es in den letzten Jahren meines Heranwachsens immer wieder zu dramatischen Phasen, wenn sich in der Familie langsam die Spannung aufbaute, explosiv entlud und erst nach langen Tagen eisiger Höflichkeit wieder Ruhe einkehrte.

Die Ironie will es, daß ich mein Leben in einem Haus wie diesem beende, mit einer Ehefrau von adliger Herkunft, deren Familiengeschichte so gewichtig ist, wie es Schwiegereltern nicht erstrebenswerter finden können. Die Ironie will es auch, daß ich, der ich mich so dafür stark gemacht hatte, meinem eigenen Wissen und Gewissen zu folgen, schließlich nicht mehr erreicht habe als das, was meine Eltern sich immer für mich gewünscht hatten. Mit meiner Karriere als Musiker ging es in dem Maße bergab, wie meine Ehe Fortschritte machte, da Sarah nicht hoffen konnte und auch gar nicht erst versuchte, sie so zu befördern, wie Ella es getan hatte; und meine Gefühlsreserven schwanden im Laufe der Zeit unaufhaltsam dahin. Meine Gabe bestand darin, private Leidenschaft in öffentliche Darbietung zu verwandeln, und da die private Leidenschaft nicht mehr floß, allmählich vertrocknete und schließlich zu so feinem Staub wurde, daß das kleinste Lüftchen sie in ein Nichts zerstiebte, gab es nichts mehr, was hätte verwandelt werden können. In technischer Hinsicht blieb ich hervorragend, denn ich bin immer fleißig gewesen; aber ich hörte auf zu spielen, als ich nur noch mechanische Brillanz erwarten durfte.

Doch ich schweife ab, verliere den Faden meiner Erzählung. Bei einem Mann meines Alters muß man wohl damit rechnen.

Meine Ausbildung verlief unauffällig. Zur großen Erleichterung meiner Eltern war ich klug genug, um mit der Mehrheit meiner Mitschüler von der Privatschule nach Oxford zu wechseln; und bis zum Alter von neunzehn Jahren bekamen sie das in mich Investierte auf sehr achtbare Weise zurück. Aber während der drei Universitätsjahre und der damit verbundenen Trennung von meiner Familie machten mir jene, deren Bekanntschaft ich schloß, und die Bücher, die ich las, genügend Mut, eine gewisse Ablösung von daheim und den dort für mich gehegten Erwartungen zu kultivieren, eine Ablösung, die mich während der Studienzeit kritisch und in den Ferien überlegen machte. Und da geschah es auch, daß ich mich mit wahrer Entschlossenheit meiner geheimen Liebe, der Geige, zuwandte, vergleichsweise spät, aber doch noch rechtzeitig, denn ich verfügte über ausreichend freie Zeit und den entsprechenden Unterricht, um zu entdecken, daß ich wirklich gut sein könnte, gut genug, um ernst genommen zu werden. Gewiß gut genug, um die Musik als Ausgangspunkt meiner ersten ernsthaften Auseinandersetzung mit meinen Eltern zu benutzen, die dann während des ganzen Sommers nach meinem Abschluß wütete und sich auf mein eigensinniges Beharren konzentrierte, Musiker zu werden.

Aber schon schweife ich wieder ab bei dem Versuch, mir mein zweiundzwanzigjähriges Selbst vor Augen zu führen, ein Versuch, der mir nur teilweise glückt. Ich erinnere mich wieder, wie er aussieht, der junge Mann; ich sehe sein halbherziges Lächeln, seine rosigen Wangen und das Haar, das ihm über die Stirn in die Augen fällt. Aber ich kenne ihn nicht mehr; ich kann seinen Geschmack nicht mehr nachempfinden und nur wenig von dem, wofür er sich begeisterte. Ich gebe mir Mühe, mich an die Menschen zu erinnern, mit denen er sein Leben bereichert hat, an die Freundschaften, die er schloß: ungewöhnlich intensiv, denn er war ein junger Mann der Extreme, mit dem Hang zu manischer Geselligkeit wie zu tiefster Schwermut. Natürlich gab es auch einige Menschen, die sich in diesem Bild besonders hervortun. Zum Beispiel Camilla Boardman, die junge Frau, die ich nach dem Wunsch meiner Mutter hätte heiraten sollen: hübsch, temperamentvoll, aus gutem Hause, mit mehr Tiefsinn, als sie vorgab. Aber mit zweiundzwanzig war ich borniert. Zwar war ich zu allen freundlich, zugleich aber wählerisch, wenn es um vertraulichen Austausch und Nähe ging; und daran hat sich bis heute nichts geändert. Vielleicht hatte ich auch wenig zu bieten, denn bis zu diesem Zeitpunkt hatte mein Leben nichts Bemerkenswertes vorzuweisen. Die Schul- und Studienjahre hatten kaum Überraschungen mit sich gebracht;

ich hatte mich nicht dazu gezwungen, viel nachzudenken oder die Welt zu erforschen. Das Leben war, wie es war, und ich nahm es zu seinen Bedingungen an, ganz ähnlich wie ich später die Ehe mit Sarah annehmen würde: mit einer Art verbissener Entschlossenheit, die ich mir selbst nicht eingestand.

Ohne zu denken, ohne zu sehen, ohne zu wissen, trieb ich durchs Leben, bis ich Ella traf. Sie war es, die mich taufte, sie war es, die mich ins Meer des Lebens warf. Und sie tat es völlig gedankenlos, ohne sich darum zu kümmern oder auch nur zu merken, wieviel Gutes sie bewirken oder wieviel Schaden sie anrichten mochte. Diese wilde Hingabe, dieses triebhafte Bedürfnis nach Erfahrung und Erklärung lag in ihrer Natur. Sie war es, die mich zum Schwimmen brachte, sie stieß mich aus der Sicherheit des seichten Wassers. Und sie war es auch, mit der ich dahintrieb, den Boden unter den Füßen verlor. Ihr und meiner Erinnerung an sie bin ich es schuldig, eine Erklärung für das zu suchen, was ich getan habe.

In meiner Erinnerung ist sie eine kleine, zerbrechliche junge Frau Anfang Zwanzig, mit zerzaustem blondem Haar und grünen Augen, die mich selbst jetzt noch verschwörerisch anblitzen. Sie sitzt in einem Park, im Hyde Park. Es ist frühmorgens, Mitte Juni: die Vögel singen, Wärter in grüner Arbeitskleidung stellen Liegestühle auf, die Luft duftet süß nach frisch gemähtem Gras. Ich höre mich keuchen.

Ich war früh aufgestanden und aus dem Haus geflohen, um dem frostigen Umgangston zu entgehen, der sich zu Hause eingebürgert hatte, seit ich am Konservatorium angenommen worden war. Mein Vater trat unbeirrt für die Annehmlichkeiten einer Laufbahn bei der Handelsbank ein; meine Mutter, normalerweise meine Verbündete (denn mein Glück zählte in ihren Plänen für mich mehr als in denen meines Vaters), hatte sich auf seine Seite geschlagen und meinte, ihre Enkel sollten nicht im East End aufwachsen, nur weil ihr

Vater ein verarmter Musiker sei. Vergebens hatte ich mich bemüht, ihnen nahezubringen, daß Musiker nicht zwangsläufig am Hungertuch nagten; später hatte ich sie unverblümt Snobs genannt und mir geschworen, daß ich mich durch keine Äußerung von meinem Kurs abbringen lassen würde. Die Atmosphäre daheim hatte sich von der letzten Szene (ungewöhnlich boshaft von seiten aller Beteiligten), die zwei Tage zuvor über die Bühne gegangen war, noch nicht erholt. Mir war nicht nach einer weiteren Mahlzeit voll schweigender Vorwürfe zumute.

Deshalb ging ich in den Park, um zu laufen. Ich höre mich immer noch keuchen, spüre den Pulsschlag meines Blutes im Kopf, sehe, was ich anhatte: ein weißes Baumwollhemd, die Rugby-Hosen der Schule, die Socken des Ruderclubs meines Colleges. Jetzt habe ich auch Ella vor Augen. Sie saß auf einer Bank, in einem schwarzen Kleid, das eng um ihre schmalen Hüften gerafft war, die Augen trübe von Schlaflosigkeit. Neben ihr auf der Bank dampfte Kaffee in einem hohen Pappbecher; in der leicht zitternden Hand hielt sie eine Perlenkette (die mir seitdem – am Hals einer anderen – sehr vertraut geworden ist). Wie sie da im Dämmerlicht des frühen Morgens auf dieser Bank saß und sich kaum regte, war sie eine dramatische Erscheinung. Ich mußte zweimal an ihr vorbeilaufen, ehe sie mich bemerkte, wobei ich die Route, auf der ich ungesehen umkehrte, jedesmal verkürzte. Erst beim dritten Mal hob sie den Kopf und richtete ihren Blick auf mich. Sie lächelte.

Ich blieb keuchend in geringem Abstand von der Bank stehen und bereute die letzte Runde, die ich gelaufen war. Als ich mich umwandte, um sie anzuschauen, lächelte sie noch immer.

»Harter Lauf«, rief sie.

»Kann man wohl sagen.«

Wir nickten einander höflich zu.

»Harte Nacht?« fragte ich und blickte auf ihre Kleider. Sie sah meine Augen auf ihrer Hand verweilen, und das Zittern hörte auf.

»Eher lang als hart«, erwiderte sie. Sie sprach mit amerikanischem Akzent, aber singend und melodisch, mit Vokalen, die der englischen Aussprache angepaßt waren. Ihre Stimme war sanft. Wir lächelten einander an, während ich überlegte, was ich sagen sollte, aber schließlich war sie es, die das Schweigen brach. »Diese Socken kenne ich doch«, sagte sie.

»Wirklich?«

»Das sind Collegesocken, nicht wahr?« Sie machte eine Pause. »Doch wie ich mich kenne, wird sich garantiert herausstellen, daß es Schulsocken oder so was sind – es gibt ja so viele verschiedene Socken in England –, und damit hätte ich mich wieder einmal blamiert.« Froh über das neutrale Gesprächsthema, erzählte ich ihr, daß es tatsächlich Collegesokken waren. »Die Socken meines Ruderclubs«, sagte ich mit jugendlichem Stolz.

Es ist schon seltsam, sich im Rückblick auf diese erste Begegnung vorzustellen, daß der gesamte weitere Verlauf meines Lebens womöglich von der Wahl meiner Socken an diesem Morgen abhing. Hätte ich sie nicht angehabt, hätte Ella keine Bemerkung darüber fallenlassen und ich hätte sie wahrscheinlich nie kennengelernt. In diesem Fall wäre ich nicht der Mensch, der ich heute bin; ich hätte gestern nachmittag nicht meine Frau getötet; ich wäre nicht in diesem verrauchten Zimmer, verzweifelt darum bemüht, mich warm zu halten, während ich dem gegen die Felsen unter meinen Fenstern donnernden Atlantik lausche. Es ist schon seltsam, daß eine scheinbar harmlose Einzelheit wie die Wahl der Fußbekleidung eine Kette von Ereignissen in Gang zu setzen vermag, bei der eines zum anderen führt, bis das Ganze eine derartige Schwungkraft erhält, daß es zu einer bestimmenden Kraft im Leben wird. Das kommt mir merkwürdig vor, merkwürdig und irgendwie beunruhigend. Aber die Tatsachen sprechen für sich, und wie sollte ich mir anmaßen, sie zu widerlegen?

Ich sehe vor mir, wie ich mit einer Frage auf den Lippen zu der Bank hinüberschlendere, auf der sie sitzt. Ella verharrt vollkommen reglos, die zarten Knochen ihrer Schulter und ihres Schlüsselbeins zeichnen sich deutlich unter ihrer blassen Haut ab. Sie sitzt ein wenig zusammengesunken da, was ihre Zerbrechlichkeit noch unterstreicht. Wäre ihr Kleid anders geschnitten und ihr kurzes Haar, das eine Hand gelegentlich und vergebens aus den Augen streicht, nicht so modisch gescheitelt, sähe sie aus wie die Unschuld selbst. Beim Nähertreten sehe ich, daß ihre ausgeprägten Wangenknochen ihr Gesicht fast ein wenig eingefallen erscheinen lassen, ein Eindruck, der durch die dunklen Augen noch unterstrichen wird. Aber die Augen selbst sind von einem klaren Grün: Scharf mustern sie mich rasch von Kopf bis Fuß und scheinen dann auf den Platz neben ihr auf der Bank zu deuten. Ich setze mich.

»Das sind die Socken meines College-Ruderclubs«, sage ich noch einmal.

»Also hatte ich doch recht«, erwidert sie. »Oriel, Oxford, nicht wahr?«

Ich nicke, beeindruckt von ihrer Detailkenntnis. »Woher wissen Sie das?« frage ich lächelnd.

Es entsteht eine Pause, in der das Lächeln auf ihren Lippen verschwindet und ihr Gesicht wieder ernst wird. Ihre Finger werden sich der Perlenkette in ihrer Linken bewußt, und wie um sie vor meinen Blicken zu schützen, läßt sie die Kette in eine kleine quadratische Handtasche zu ihren Füßen gleiten.

»Das ist eine schwierige Frage. Schwieriger, als sie klingt«, sagt sie. Aber als sie meine Verlegenheit bemerkt, fährt sie fort: »Doch um es kurz zu machen, ich kenne jemanden, der auch solche Socken besitzt.« Sie nimmt einen Schluck aus ihrem Kaffeebecher und stellt fest, daß er fast leer ist. Sie scheint überrascht und leicht gereizt.

»Wer?« Ich brenne darauf, mir anhand ihrer Bekanntschaft mit jemandem, den ich kenne, ein ungefähres Bild von ihrer Persönlichkeit zu machen.

»Sie werden ihn nicht kennen, es sei denn, Sie sind älter, als Sie aussehen.«

Da sie nicht vorzuhaben scheint, dem noch etwas hinzuzufügen, hake ich noch einmal nach, indem ich sage, man könne nie wissen.

»Er heißt Charles Stanhope«, erwidert sie daraufhin, ein Name, der mir tatsächlich nichts sagt, wie ich ihr eingestehen muß. Sie blickt zu mir hoch und lächelt.

»Tut mir leid, daß ich Sie beim Laufen aufgehalten habe«, sagt sie. »Aber ich sitze jetzt schon so lange auf dieser Bank, daß ich glaube, ich wäre für immer hier sitzen geblieben, wenn nicht jemand gekommen wäre und den Bann gebrochen hätte.«

»Welchen Bann?« frage ich fast zu forsch.

»Den Bann durchwachter Stunden.« Sie hebt den Kopf, ihre Augen blitzen. »Den Trott von Frage-Antwort-selbe-Frage, in den das Gehirn verfällt, wenn die Entwicklungen eine Wendung nehmen, mit der man ganz und gar nicht gerechnet hat.«

Ich sehe sie geistesabwesend in ihrer Tasche nach einer Zigarette kramen, höre das Klicken ihres Feuerzeugs, beobachte, wie sie die Zigarette anzündet, und verfolge, wie die silbergrauen Rauchkringel in den hellblauen Himmel hinaufsteigen. Es ist jetzt spürbar wärmer im Park; vereinzelt tauchen Leute auf, und während sie vorbeigehen, kommen sie nicht umhin, uns anzuschauen, ein seltsames Paar unter den Bäumen. Ich rieche den schwachen Duft von süßem Parfüm und Seife und den schalen Zigarettenrauch, der sie umgibt, sehe, als sie ihre Zigarette hebt, daß ihre Nägel abgebissen sind.

»Sind Sie die ganze Nacht hier draußen gewesen?« frage ich.

Sie nickt, und dabei werden ihre blassen Lippen ein wenig schmaler. »O ja«, sagt sie. »Diese Bank und ich sind alte Freunde. Sie hat vermutlich mehr Geheimnisse von mir erfahren, als ihr lieb ist.«

»Und hat sie Ihnen auch guten Rat angeboten?«

»Nun, genau das haben die Bänke den Menschen voraus. Sie bieten keinen Rat an; sie kennen kein Mitgefühl. Sie sind einfach da, hören zu und erinnern einen durch ihre bloße Ungerührtheit daran, daß das Leben so weltbewegend gar nicht sein kann. Ich finde, Bänke sind gut geeignet, um uns vor dem Melodrama zu beschützen.« Sie sieht mich an. »Sie halten mich jetzt bestimmt für sehr melodramatisch.« Das ist eher eine an sie selbst gerichtete Vermutung als eine Frage an mich. »Hier in diesen Kleidern zu sitzen«, fährt sie fort. »Zu rauchen. Kaffee zu trinken. Verrückte Beziehungen zu Parkbänken einzugehen.« Sie sieht mich wieder an, schüchtern diesmal, und wir müssen beide lachen.

»Überhaupt nicht«, sage ich. Es juckt mich, ihr weitere Fragen zu stellen, aber mich hemmen … was? Zweiundzwanzig Jahre, in denen man mir beigebracht hat, daß es unverschämt sei, jemanden auszuhorchen; eine gewisse Reserviertheit, die mir bis heute eigen ist; die Furcht, sie könne Liebeskummer haben, und zwar um eines Menschen willen, den ich schon jetzt aus einem tiefen Instinkt heraus hasse und dessen Existenz bestätigt zu bekommen ich bis zum letztmöglichen Augenblick hinauszögern will.

»Sie sind sehr höflich«, sagt sie schließlich in einem Ton, der mich zweifeln läßt, ob es ein Kompliment oder eine Rüge ist. Ich spüre, daß etwas von mir gefordert wird, aber ich weiß nicht, was es ist, und da ich keine Erfahrung im Umgang mit schönen Frauen habe, sage ich nichts.

»Ich frage mich, ob das eine Charaktereigenschaft ist oder Resultat Ihrer Erziehung«, fährt sie fort. »Dieser bewundernswerte Respekt, den Sie vor meiner Privatsphäre zu haben scheinen. Ich an Ihrer Stelle wäre neugierig, zu erfahren, was eine erwachsene Frau dazu treibt, die ganze Nacht in einem einsamen Park zu sitzen und drauflloszuschwatzen, wenn die erste Lerche singt.«

Das klang wie eine Aufforderung, und ich nahm sie zögernd an. »Würden Sie es mir denn sagen, wenn ich fragte?« sage ich ruhig.

»Vor fünf Minuten hätte ich das vielleicht getan«, erwidert sie und schließt mit einem Klick den Verschluß ihrer Handtasche. »Aber dank Ihrer Anwesenheit bin ich für vertrauliche Mitteilungen nun viel zu aufgekratzt. Und natürlich steht diese alte Bank noch immer genau da, wo sie gestern abend stand, ein schönes Sinnbild unserer Existenz.« Sie hält inne. »Beständigkeit in einer sich verändernden Welt.« Sie lächelt und tätschelt das verwitterte Holz. »Ich fühle mich jetzt besser«, sagt sie, »und bin nicht mehr so geneigt, Sie mit … mit meinen Problemen zu langweilen. Die ich mir, das sollte ich noch hinzufügen, allesamt selbst zuzuschreiben habe.«

»Sie würden mich überhaupt nicht langweilen«, entgegne ich, weil ich jetzt mehr denn je wissen möchte, was diese schöne, zarte Frau mit dem leichten Akzent und den abgebissenen Fingernägeln für Probleme hat.

»Nun, da bin ich aber froh, daß Sie doch noch etwas Menschliches an sich haben«, meint sie, und wieder lachen wir beide.

»Könnte ich wenigstens Ihren Namen erfahren?« frage ich, jetzt wagemutiger, denn ich spüre, daß sie aufbrechen möchte.

»Gewiß. Der Name ist das am wenigsten Private an einem Menschen.« Sie steht auf und bückt sich, um ihre Zigarette auf dem Boden auszudrücken. Sie verstaut den Stummel in einer leeren Schachtel in ihrer Handtasche. Ich höre das Klick-Klick des sich öffnenden und schließenden Verschlusses. Ich bemerke, daß sie keine Schuhe trägt, und sehe ihr zu, wie sie ein Paar schwarzer Satinpumps aufhebt, die unter der Bank vom Tau feucht geworden sind. Es entsteht eine Pause.

»Also, wie heißen Sie?«

»Ich bin Ella Harcourt«, erwidert sie im Stehen und reicht mir die Hand.

Ich schüttele sie.

»Und Sie sind?«

»Ich bin James Farrell«, sage ich.

»Gut, James ...« Zwischen uns macht sich eine leichte Verlegenheit breit, geboren aus einer beinahe gewagten und um ein Haar verpaßten Nähe. »Es war mir ein Vergnügen«, sagt sie schließlich.

Wessen Erziehung gewinnt denn nun die Oberhand? denke ich, weil es mich unsinnigerweise ärgert, daß sie aufbricht. Sie registriert meinen Unmut und lacht.

»Auf Wiedersehen«, sage ich und stehe ebenfalls auf.

»Genießen Sie den Rest Ihres Laufs«, sagt sie und wendet sich zum Gehen, barfuß, die Schuhe in der einen, den Kaffeebecher in der anderen Hand. Ich sehe die roten Stellen an ihren Fersen, wo die Pumps sie wundgescheuert haben. Sie geht mit behutsamen Schritten, aber zielstrebig und schnell.

Sie blickt sich nicht um. Natürlich weiß sie, daß ich sie beobachte. Es dauert lange, ehe sie vollständig aus meinem Gesichtsfeld verschwunden ist, denn der Weg ist schnurgerade und fast menschenleer. Ich stehe da und schaue ihrer kleiner werdenden Gestalt nach, höre wieder das dumpfe Pochen meines Pulses, bekomme jeden winzigen Laut mit, der sich normalerweise im Lärm des Alltags verliert: das Kratzen der Pfoten eines Eichhörnchens an der Rinde; das Rascheln eines Lufthauchs in den Eichenblättern; eine aufgebrachte Elster.

Kapitel 2

Ich habe mein Bemühen kundgetan, mich so, wie ich damals war, vor meinem geistigen Auge wieder zu erschaffen. Mit zwanzig lebt man in dem Irrglauben, alles zu wissen; mit siebzig entdecke ich zu meinem Bedauern, wie wenig ich für gewiß erachte. Ich traue mir selbst nicht, meiner Erinnerung, meinem Gefühl. Und mein Gedächtnis, das lange nicht gebraucht wurde, ist unvollkommen, das gebe ich offen zu. Dennoch mache ich die Entdeckung, daß gewisse Bilder uns ein Leben lang begleiten. Ella, wie sie an jenem Morgen im Park sitzt, ist ein solches Bild: Es ist ohne große Anstrengung so vollständig und vollkommen zu mir zurückgekehrt, als hätte unsere Begegnung erst gestern stattgefunden. Und es hat wiederum eine Fülle anderer Eindrücke ausgelöst: die Geräusche, die Gerüche, alles, was es im Umfeld unserer zweiten Begegnung zu sehen gab; die Wucht, mit der die Leute zu allen Seiten hereindrängten; das manische Schrillen ihres entschlossenen Gelächters; der süße Geruch von Brandy in Champagner. Über all dem höre ich den Tonfall von Camillas Stimme, die schrille, rasche Betonung dessen, was sie sagt, die phantastische Dehnung der Vokale. *»Schaatz!«* Denn die Szene, die sich jetzt flimmernd belebt, ist Camilla Boardmans Party zu ihrem einundzwanzigsten Geburtstag, und ich sehe Camilla mit ihren braunen Locken, die ihr Gesicht mit all der Eleganz rahmen, welche die hohe Kunst eines Coiffeurs zu zaubern vermag, ich sehe sie am Geschenktisch lehnen und lächeln, ohne jemand bestimmtes zu meinen, während ihre Finger sich am Seidenband eines großen, in gestreiftes Papier eingewickelten Geschenks zu schaffen machen. Das »intime Essen« für »ein paar ihrer *engsten* Freunde« ist vorbei, ein Essen, zu dem ich nicht geladen worden war, und ich bin mit einer Gruppe anderer Leute gekommen, um mich ins »Getümmel« zu stürzen.

Ich bin müde. Sieben Stunden habe ich in einem engen, ungelüfteten Raum auf dem Dachboden des Hauses meiner Eltern mit Etüden zugebracht; der nicht enden wollende Triller einer Beethoven-Violinsonate hämmert mir im Kopf und geht als unwillkürlicher Reiz auf meine Finger über. Eine schwierige Passage im *pizzicato,* die ich oft wiederholt habe und die sich jetzt, als ich die ersten Gäste mit Hallo begrüße, zum Triller gesellt, treibt einen stechenden Schmerz in die Fingerspitzen meiner rechten Hand. Am liebsten ginge ich ins Bett, um in Frieden von meiner Musik zu träumen, aber das Schicksal und meine Mutter haben anders entschieden und mich, geschniegelt und gestriegelt und leicht verunsichert, zur Geburtstagsfeier einer für höchst passend befundenen jungen Frau geschickt, die man, meinen Eltern zufolge, wenn möglich kennen sollte. Ich mag Camilla, wenngleich sie mich ein wenig einschüchtert.

Meine Mitgäste und ich befinden uns unter den hohen Decken des Boardmanschen Salons am Cadogan Square; in düsteren Farben gemalte Herren mit Perücken starren von den Wänden herab; man hat den langgestreckten Raum von einem Großteil des Mobiliars befreit, und die meisten Gäste stehen herum. Jüngere Schwestern und deren Freundinnen, in schwarzen Röcken und weißen Blusen, machen mit Champagnertabletts die Runde und zählen die Stunden bis zwei Uhr früh und damit bis zur Überreichung eines Schecks für ihre Bemühungen.

Wenn ich an die Freunde denke, die ich mit Anfang

Zwanzig hatte, steht Camilla Boardman an erster Stelle. Nicht daß wir eine besondere intime Beziehung miteinander gehabt hätten (obgleich sich dies später auf rein platonische Weise entwickelte), sondern wegen des unglaublichen Überschwangs, mit dem sie alles in Angriff nahm. Camilla schaffte den Sprung vom Klischee in jene exklusive Sphäre jenseits der Parodie. Ihre Locken waren lockiger, ihre Kleider enger, ihre Brüste runder, ihre Vokale länger, und sie setzte das Ausrufezeichen im Gespräch wahlloser ein als alle anderen, die mir je begegnet sind. Meine Mutter war entzückt, daß ich sie kannte, und hegte, da bin ich mir sicher, geheime Hoffnungen hinsichtlich einer solchen Schwiegertochter. Unnötig zu sagen, daß mir diese große Schönheit mit der rotbraunen Haarpracht, die mir bei der kleinsten Provokation ihre Arme um den Hals warf (ein Privileg, das sie allen Männern zukommen ließ, die sie kannte), außerordentlich imponierte. An diesem Abend nahm sie mit einem Entzückensschrei das Geschenk von mir entgegen und zog mich in die Mitte des Raumes, damit ich mich »unters Volk mischte«.

»Schatz, du siehst *fabelhaft* aus«, gurrte sie, als sie sich ans Revers meiner Smokingjacke klammerte und mich auf diese Weise mit der an ihr gerühmten Finesse daran erinnerte, daß ich ihr noch kein Kompliment zu ihrem Kleid gemacht hatte.

»Du auch, Camilla«, erwiderte ich zartfühlend und betrachtete mit aufrichtigem Vergnügen die enganliegende Seide, die wie eine zweite Haut nur soviel bedeckte, wie die Schicklichkeit erforderte, und die sanfte Glut ihrer Bräune so vorteilhaft unterstrich.

»Ich wette, das sagst du zu *allen* Frauen«, flüsterte sie mir kokett ins Ohr, aber mir wurde das unvermeidliche »*ungezogener* Junge« erspart, als wir inmitten einer Gruppe ankamen, die ich nicht kannte, und deren Mitglieder alle auf sehr ungezwungene und familiäre Weise miteinander umzugehen schienen. Hastig, da neue Gäste hereinströmten, stellte uns Camilla einander vor.

Die Gesichter der Menschen, denen sie mich präsentierte, sind heute verblaßt. Ihre Namen haben sich verwischt und schließlich mit den Namen der vielen anderen Partygäste vermengt, mit denen ich mich im Laufe meines Lebens zehn Minuten unterhalten und die ich anschließend nie wieder gesehen habe. Ich erinnere mich an schwarze Kleider und strahlende Hemdbrüste, Locken, Scheitel, hie und da ungeschicktes Bemühen um schlampigen Bohemienchic, Manschetten mit Monogramm. Das waren die Menschen, die zu kennen ich von meinen Eltern erzogen worden war und die ich mit großem Vergnügen insgeheim verachtete. Ich habe bereits erwähnt, daß mein Geist in diesem Alter gerade anfing, erste vorsichtige Schritte in Richtung unabhängiges Denken zu machen; und diese Schritte führten mich, was nur allzu natürlich war, fort von den überkommenen Vorstellungen, mit denen ich aufgewachsen war, fort von der blinden Beachtung der gesellschaftlichen Umgangsformen, die ihre eigene Erziehung meinen Eltern eingebleut hatte. Heute betrachte ich solche Vorstellungen mit äußerstem und, wie ich finde, aufgeklärtem Widerwillen.

Das ist nicht immer so gewesen; eigentlich legte ich damals noch (trotz all meiner Überheblichkeit) Wert darauf, mich in keinerlei Hinsicht von den anderen Gästen zu unterscheiden. Und während der nicht enden wollende Triller noch immer in meinem Kopf nachklang, sah ich mich deshalb auch zu der Frage veranlaßt, ob sie mich vielleicht genauso beurteilten wie ich sie. Vielleicht war dies eine Scharade, an der wir alle beteiligt waren; vielleicht wußte jeder insgeheim um die Absurdität des Rituals, das auszuführen wir hier gezwungen waren; vielleicht unterwarfen wir uns ihm nur im Kollektiv und nur dem Anschein nach in so großer Anzahl und mit derartiger Bereitwilligkeit. Doch meine Überheblichkeit ließ dieser Hoffnung nur wenig Raum.

In diesem Alter hat man solche Gedanken. Die Vorteile absoluter Konformität gegenüber einem vorgegebenen Verhaltenskodex hatte ich noch nicht erlebt; auch nicht den Nutzen der Eingliederung in ein Gesellschaftssystem, das, unerschütterlich in der reibungslosen Beförderung gesellschaftlicher Heuchelei, sowohl die Menschen als auch die Gefühle in Schach hält. Die Höflichkeit verbietet es, jemanden zu töten. Hätte ich nie über ein Wertsystem jenseits des Salons nachgedacht, hätte ich Sarah gewiß nicht getötet. Aber Sarah hat es verdient zu sterben; und wäre ich nie von den Beschränkungen höflicher Moralität abgeirrt, von den Grenzen, welche die in Schulkapellen gehaltenen Predigten einem tweedgewandeten Publikum setzen, wäre ich niemals in der Lage gewesen, sie so zu bestrafen, wie sie es verdient hatte. Verhaßtes Wort, Bestrafung.

Als ich an diesem Abend auf Camillas Party herumstand, ahnte ich kaum, wie bald meine Augen einer wahrhaftigeren Wirklichkeit geöffnet werden würden, einem unendlich vielfältigeren und dementsprechend auch gefährlicheren Bereich des moralisch Möglichen als dem, den ich bis jetzt erfahren hatte. Gedanklich war ich allzu besessen von den üblichen Sorgen, wie andere mich wohl sehen mochten und wie ich sie sah, um über die Begrenzungen der eigenen gesellschaftlichen Rebellion hinauszuschauen, die ohnehin (weil sie immer nur im Privaten oder hin und wieder in den häßlichen Auseinandersetzungen mit meinen Eltern erklärt wurde) kaum Rebellion genannt werden konnte. An diesem Abend beschäftigte mich also die Möglichkeit, daß mich einige unter den anderen Gästen aus denselben Gründen verachten könnten, aus denen ich sie verachtete – dachten sie, daß auch mir nichts Besseres einfiele, als über Ferien in Südfrankreich oder Wochenenden auf dem Land zu plaudern oder über Parties in London, auf denen ich gewesen war oder vorgab, gewesen zu sein? Und die ganze Zeit über unterhielt ich mich mit einer jungen Frau über eine Villa in Biarritz, weil mir die Mittel, der Mut und vielleicht auch die Lust fehlten, meine Kritik laut werden zu lassen.

O ja, jetzt strömt alles wieder zurück. Die gebündelten Widersprüche, die ich für den Ausdruck von Selbsterkenntnis hielt: das Verlangen, mich abzugrenzen und mir dennoch zu beweisen, wie gut ich mich einzufügen wußte, wenn ich nur wollte; die Entwicklung von Gesellschaftstheorien, die jemals zu verkünden ich nicht die Courage hatte und die nur in dem langen Kampf mit meinen Eltern über meine Zukunft zur Anwendung kamen; die Mischung aus Arroganz und Bescheidenheit, die dazu führte, daß mir meine Heuchelei abwechselnd Spaß machte und mich entsetzte. Damals besaß ich die Fähigkeit, zu denken und nicht zu denken; zu glauben, daß ich lebte, wenn ich nicht lebte; zu fühlen, auch wenn ich kaum wußte, was Fühlen war. Ich meinte über alles im Bilde zu sein: meinen Geist; meine persönlichen Ansichten, meine Werte. Das Ausmaß meiner Selbstzufriedenheit verlangte geradezu danach, auf die Probe gestellt zu werden, wenn ich mir dessen auch nicht bewußt war, und gerade deshalb kam die Probe (als sie dann kam) völlig unerwartet und führte zu einer Katastrophe.

Aber das gehört zu einem späteren Teil dieser Geschichte.

Ich stand also an jenem Abend da und plauderte über besagte Villa in Biarritz. Ich lächelte, trank Champagnercocktails, entdeckte, daß ich mit dem Bruder eines Gastes gemeinsam die Schule besucht hatte, und erzählte eine lustige (und nicht sehr schmeichelhafte) Anekdote aus dessen dortiger Zeit. Gelegentlich trieben die hohen Töne von Camillas

Stimme zu mir herüber; die Kette von Superlativen, mit denen sie die Ankunft eines jeden Gastes und Geschenks begrüßte; hastiges Vorstellen; laute Begeisterung über Kleider. Als mir allmählich keine sinnvollen Bemerkungen über Villen in Biarritz mehr einfallen wollten, spürte ich, wie Camilla mir einen Schubs gab und jemanden mitten in unseren Kreis stieß: einen hageren und ziemlich blassen jungen Mann mit strähnigem blondem Haar und kleinen Händen, die seine große Gestalt Lügen straften.

»James, Schatz«, sagte sie mit einem Blick in die Runde, »das ist ein alter Freund von dir.«

Ich hatte diesen Mann noch nie zuvor gesehen, aber die unerschütterliche Gewißheit, mit der Camilla unsere Bekanntschaft verkündete, ließ mich ins Zweifeln geraten, und ich zerbrach mir den Kopf, um wen es sich handeln mochte.

»Hallo«, sagte ich und schüttelte ihm herzlich die Hand. Sie war feucht.

»Hallo«, sagte er, ebenfalls mit einem ratlosen Blick. Mir war klar, daß keiner von uns den anderen kannte. Das sagte ich Camilla auch.

»Aber Schatz, *natürlich.* Ihr wart zusammen in Oxford. Auf demselben College. Charlie ist auch ein Oriel-Mann.«

»Ich glaube nicht, daß wir zur selben Zeit dort waren«, erwiderte ich.

»Nein, waren wir nicht«, bestätigte Charlie, der sich zusehends unbehaglicher fühlte.

»Na gut, dann werde ich euch eben miteinander bekannt machen müssen«, stöhnte unsere Gastgeberin, als läge das Gewicht der Welt auf ihren Schultern, bis Atlas von seiner Suche nach einem Champagnercocktail zurück sein würde. »James Farrell, Charlie Stanhope. Charlie Stanhope, James Farrell«, ratterte sie unter heftigem Wedeln ihrer manikürten Hände herunter. Der Rest der Runde schien Charlie gut zu kennen, und ich hatte genügend Zeit, ihn zu mustern, während er die Küsse der Frauen entgegennahm und den Männern die Hand schüttelte.

Seit meiner Begegnung mit Ella Harcourt im Park war eine Woche vergangen, und ich hatte mich mit der Tatsache abgefunden, sie nie wiederzusehen. Doch hier stieß ich völlig unerwartet auf eine Verbindung, die mich zu ihr führen könnte. Ella hatte meine Socken erkannt, weil es die gleichen waren, die Charlie Stanhope trug; sie kannte ihn also, und wenn sie ihn kannte, mußte er sie kennen, und wenn er sie kannte, konnte er mir vielleicht auch sagen – so er dazu bereit war –, wie ich mit ihr in Kontakt treten könnte. Mir ging kurz durch den Sinn, daß dieser Charlie Stanhope ein anderer sein könnte als der, den sie kannte, aber ich war nicht gewillt, so schlecht vom Schicksal zu denken, und verwarf diese Möglichkeit schnell wieder. Während Charlies kleine Hände nach den Schultern der nächsten Frau griffen und er sich vorbeugte, um ihren Kuß entgegenzunehmen, ergriff mich eine kaum zu zügelnde Aufregung.

Als er sich wieder aufgerichtet hatte, sah ich erst, wie groß er tatsächlich war. Größer als ich und vielleicht noch schlaksiger, mit Haaren, deren Farbe und Beschaffenheit an Stroh erinnerten, und wäßrig blauen Augen. Eine große Adlernase stach unvorteilhaft aus seinem freundlichen Gesicht; und an den verzweifelten Bewegungen seines Adamsapfels erkannte ich, daß sein Kragen zu eng war. Entzückt von dieser unerwarteten Gelegenheit, erwog ich meine Möglichkeiten bedächtig und methodisch, doch nicht ohne eine gewisse Vorsicht. Ich beschloß, zunächst die Grundlagen einer Bekanntschaft zu schaffen, bevor ich ihn nach näheren Informationen über Ella Harcourt aushorchte; und so nahm ich die Konversation über französische Villen nicht wieder auf, sondern wandte mich statt dessen Charlie zu und begann das Gespräch, das wir nach Camillas Absicht zweifellos führen sollten.

»Wie fanden Sie es in Oxford?« fragte ich höflich.

Charlie reagierte ebenso höflich mit einer erprobten und bewährten Antwort auf eine erprobte und bewährte Frage und dachte ohne Zweifel an etwas ganz anderes, als er sich mit mir unterhielt. Seine Antworten auf meine Fragen legten eine auf wiederholter Praxis basierende Vertrautheit nahe; und wie selbstverständlich kamen wir vom College auf die Seminare im einzelnen und dann auf das Universitätsleben im allgemeinen zu sprechen, wobei seine elegante Schilderung gelegentlich von artigen Floskeln meinerseits unterbrochen wurde. Aber der Inhalt seiner Anekdoten stand zu der gefälligen Vortragsweise im Widerspruch und war, wie ich erleichtert feststellte, nicht von besonderem Belang. Charlie Stanhope hatte all das getan, was man von einem Studenten erwartete, der die beste Zeit seines Lebens genoß: Pflichtbewußt war er am Morgen des ersten Mai in den Fluß gesprungen, pflichtbewußt hatte er sich bei seinem letzten Oriel-Ball als »Überlebender« ablichten lassen; pflichtbewußt hatte er einen recht guten Abschluß gemacht. Pflichtbewußt berichtete er mir mit der ein wenig gelangweilten Wohlerzogenheit eines Menschen, der solche Gespräche bis zum Überdruß geführt hat, von jeder einzelnen Station seines Lebens. Jetzt arbeitete er in der Bank, die sich im Besitz seiner Familie befand, und wohnte in Fulham. Tennis spielte er im Hurlingham Club; am Damentag begleitete er seine Großmutter nach Ascot; vor kurzem hatte er sich verlobt. Er nahm meine Gratulation mit dankbarem Nicken entgegen. »Eine prächtige Frau«, sagte er geistesabwesend. »Prächtig. Aber erzählen Sie niemandem etwas davon. Wir haben es noch nicht offiziell bekanntgegeben.«

Ich erwärmte mich für Charles, während er redete, es war

die Wärme, die entsteht, wenn feindselige Gefühle verpuffen; denn sollten Ella Harcourts Probleme mit einem Mann zu tun haben, wie ich vermutete, dann konnte es jedenfalls nicht Charles Stanhope sein, der dahintersteckte. Obwohl ich über Ella nur das wußte, was sie mir im Park erzählt hatte, kannte ich sie doch gut genug, um zu wissen, daß ein Musterknabe wie Charlie Stanhope sie nicht zu fesseln vermocht hätte. Er war kein potentieller Rivale; und während ich mir dies mit wachsender Überzeugung klarmachte, empfand ich allmählich Sympathie für diesen harmlosen, offensichtlich gelangweilten jungen Mann, der mit so erfahrener Leichtigkeit mit mir plauderte.

Als die Themen Universität und Karriere erschöpft waren, fragte ich ihn wie beiläufig, ob er zufällig jemand namens Ella Harcourt kenne.

»Ich kenne sie gut«, sagte er und blickte durch seine weißen, fast unsichtbaren Wimpern zu mir herab. Er schien nicht geneigt, noch etwas hinzuzufügen, und deshalb fragte ich ihn schließlich, wie lange er sie schon kenne.

»Ach, schon Jahre«, sagte er.

»Tatsächlich?« Ich zögerte und überlegte, wie ich die nächste Frage formulieren sollte.

»Ja.« Er streckte die Hand aus und nahm sich noch einen Champagnercocktail von dem Tablett, das gerade vorbeigetragen wurde.

»Sie wissen nicht zufällig, wie ich mit ihr in Kontakt treten könnte?« Ich war zu dem Schluß gekommen, daß der direkte Weg wohl der einfachste wäre.

Er hob fragend eine Augenbraue.

»Wissen Sie«, fuhr ich fort und merkte, daß ich im Begriff war zu lügen, »ich habe etwas von ihr. Sie hat es auf einer Party vergessen, auf der wir letzte Woche zusammen waren. Eine Tasche. Ich wollte sie ihr zurückgeben.«

»Wie freundlich von Ihnen«, sagte er. »Aber warum besprechen Sie das nicht jetzt gleich mit ihr?« Ich folgte seinem Blick zur Tür, durch die Ella gerade eintrat.

Ich sehe sie ganz deutlich vor mir: Sie steht unter dem düsteren Blick eines patrizischen Boardman-Ahnen und lächelt Camilla zu, ohne sie jedoch anzusehen. Sie trägt das Kleid, in dem ich sie bei unserer ersten Begegnung gesehen hatte, oder, nein, es kann nicht dasselbe Kleid sein, denn ich sehe ihre Beine, und das andere Kleid war bodenlang. Jedenfalls ist es schwarz, mit schmalen Trägern. Ein hauchzarter Schal ist straff um ihren Hals gebunden und im Nacken verknotet, von wo er in zwei schmalen Streifen über ihren Rücken fällt. Der Schal ist cremefarben und macht sie blaß, trotz ihrer glühenden Wangen. Sie ist kleiner als Camilla, und ihre Schönheit fällt weniger unmittelbar ins Auge. Ich frage mich plötzlich, wie sich wohl die Vertiefung unter ihrem Schlüsselbein anfühlt. Ich sehe vor mir, wie Camilla ihr Geschenk entgegennimmt und kurz überlegt, wo sie es auf dem bereits mit Geschenken überladenen Tisch lassen soll. Schließlich legt sie es ganz obenauf, weil es so klein ist. Das Geschenkpapier ist braun und wird von einer goldenen, hauchzarten Schleife zusammengehalten, die aus einem ähnlichen Stoff ist wie Ellas Schal; ich frage mich, was es sein mag.

»Ich werde ihr Bescheid sagen, wenn Sie möchten.« Charlies Stimme, in der eine Beharrlichkeit mitschwingt, die vorher noch nicht da war, verscheucht den köstlichen Schauder meiner Erregung. Schon bewegt er sich durch die Menge in Ellas Richtung. »Wegen der Tasche, meine ich«, rief er über die Schulter zurück.

»Ja, ist gut«, murmelte ich und hoffte, meine Lüge, meine unsinnige Lüge, würde nicht entdeckt werden; doch ehe ich noch etwas hinzufügen konnte, war er schon verschwunden. Durch das Gedränge der Gäste bewegte ich mich langsam auf

Ella zu, stieß gegen Ellbogen und Schultern, lächelte entschuldigend; ich beobachtete Charlie, wie er ihr auf den Rücken tippte, und sah, wie sie sich umdrehte, lächelte und ihn küßte; beobachtete, wie sie beide dem Strom der ankommenden Gäste auswichen, und änderte meine Richtung entsprechend.

»Hallo, Ella«, sagte ich, als ich schließlich hinter ihr stand. Sie drehte sich um und lächelte, als sie mich sah. Es war ein scheues Lächeln, hinter dem jede Verlegenheit, die sie empfinden mochte, meisterhaft verborgen war.

»Hallo, James. Damit hätte ich nie gerechnet.«

»Nein?« sagte ich.

»Nein, wirklich nicht.«

»Ich auch nicht.«

Einen Augenblick lang sahen wir einander schweigend an; sie, die sich genau zu erinnern versuchte, was sie dem Fremden erzählt hatte, den wiederzusehen sie nie erwartet hätte; ich, der ich jede Einzelheit ihres zartgeformten Gesichts registrierte: den geraden Scheitel ihres kurzen, ziemlich jungenhaft geschnittenen blonden Haars; die dunklen Ringe, die sie noch immer unter den Augen hatte; ihre glühenden Wangen; ihre grünen Augen, die vor Lebendigkeit sprühten. Sie war es, die sich zuerst auf ihre guten Manieren besann.

»Sie erinnern sich, daß wir über Charles Stanhope sprachen«, sagte sie.

Ich nickte und genoß dabei den ein wenig verdutzten Blick von Charles, der direkt hinter ihr stand.

»Nun, hier ist er.« Sie drehte sich halb zu ihm herum, so daß sie zwischen uns stand. »Charlie, ich möchte dir einen Freund von mir vorstellen, James Farrell. Er hat gleichfalls das Oriel-College besucht, wenn auch ein wenig nach deiner Zeit, denke ich.« Die Melodie ihrer Stimme war Musik für meine Ohren.

Charles lächelte mich ein wenig unsicher an. »Wir kennen uns bereits«, sagte er. »Wir haben uns die vergangene Stunde schon miteinander unterhalten, während Madame sich offenbar ausgiebig mit ihrem Haar befaßt hat, um nur ja sicherzugehen, daß sie zu spät auf der Party erscheint, wie das ja schick ist.« Er kniff Ella liebevoll in die Schulter. »James hat etwas für dich, was er dir zurückgeben möchte.«

Ella sah mich an, während Charles fortfuhr.

»Eine Tasche«, erklärte er, »die dieses hübsche kleine Köpfchen auf irgendeiner Party letzte Woche vergessen hat.«

Ich erwiderte ihren unbeirrten Blick und versuchte, nicht rot zu werden. Ich sah, wie sich ihr Gesichtsausdruck von Überraschung in Verstehen wandelte, von Verstehen in – wie ich fand – eine Art Boshaftigkeit. »Ja«, sagte sie schließlich mit funkelnden Augen, »wie dumm von mir. Aber du weißt ja, wie vergeßlich ich sein kann.«

»In der Tat«, sagte Charles und lächelte.

Ella wandte sich ihm zu. »Wärst du so lieb, mir ein Glas Champagner zu holen? Aber bitte ohne Brandy. Das Zeug kann ich nicht ausstehen.« Charlie nickte und verschwand freundlicherweise. Gemeinsam blickten wir seinem blonden Schopf nach, der sich ein gutes Stück über den Köpfen der anderen durch die Menge bewegte.

»So, James. Da sind wir uns also wiederbegegnet.«

Ich nickte. »Danke, daß Sie mich eben nicht verraten haben.«

»Gern geschehen. Ich kann mich ja sogar ziemlich geschmeichelt fühlen. Und es freut mich, daß Sie größere Dreistigkeit besitzen, als Sie bei unserer ersten Begegnung an den Tag gelegt haben.«

»Ist Lügen so dreist?«

»Charlie anzulügen, um etwas über mich in Erfahrung zu bringen – ja. Kompliment!«

Wir lächelten einander an.

»Wie geht es Ihnen?« fragte ich schließlich.

»Oh, nicht viel anders als bei unserem letzten Treffen. Es hat sich nichts verändert. Ein anderes Kleid, neues Make-up, neue Schuhe. Leider lassen sich Probleme sehr viel schwerer lösen als die Frage von Kleidung oder Lippenstift.«

»Das Problem ist also geblieben? Das, worüber Sie nicht mit mir reden wollten?«

»Sie sind heute aber sehr direkt.«

Doch ehe ich antworten konnte, war Charlie mit einem Glas Champagner für Ella und einem Orangensaft für sich zurückgekehrt. »Ich muß noch fahren«, erklärte er mir, als er sein Glas hob. Mit strahlender Miene verschaffte er sich einen Überblick über das Geschehen, und wir hörten jemanden ein Geburtstagslied anstimmen. Bald hatten alle in einen lebhaften Chorgesang eingestimmt, und als eine große weiße Geburtstagstorte mit einundzwanzig Kerzen auf einem Servierwagen hereingerollt wurde, drehte jemand die Beleuchtung herunter.

Camilla, die in der Mitte des Raumes stand, errötete vorteilhaft.

»Ist sie nicht zauberhaft?« flüsterte Ella mir ins Ohr.

Kapitel 3

Das Aufschneiden und Servieren der Geburtstagstorte nahm etwa die nächste halbe Stunde in Anspruch, und ich verlor Ella aus den Augen, als die Gäste sich in zwei Gruppen aufteilten – diejenigen, die durchfeiern wollten, und diejenigen (bei weitem in der Minderheit), die dies als Gelegenheit zum Aufbruch nutzten. Ella war schon vor dem Ende des Liedes von meiner Seite verschwunden; in einiger Entfernung sah ich Charles, der sich bemühte, ein Stück Cremetorte zu ergattern. Plötzlich befand ich mich wieder in Gesellschaft der jungen Frau mit der Villa in Biarritz, die vermutlich mit mir herumschäkerte, weil sie hoffte, ich hätte es auf eine Einladung abgesehen. Es bereitete mir ein perverses Vergnügen, ihre Erwartungen zu enttäuschen.

Erst als auch ich ein Stück Geburtstagstorte auf meinem Teller hatte und Camilla zu ihrer gelungenen Party gratulierte, entdeckte ich Ella wieder; sie war allein und hielt über das Meer von Gästen hinweg Ausschau. Nach wem? Vielleicht nach mir. Es war nur eine kleine Hoffnung, aber sie genügte; ich riß mich los und bahnte mir meinen Weg zu der kleinen Nische, in der sie stand. Die Wände waren mit nie gelesenen Büchern tapeziert, deren rote Rücken Ella im Dämmerlicht blaß erscheinen ließen.

»Hallo, James«, sagte sie, als ich zu ihr trat.

»Hallo.«

In einem Nebenraum hatte die Musik eingesetzt, laut und monoton. Wir blieben eine Weile nebeneinander stehen und beobachteten die Leute, die sich in Richtung der Musik in Bewegung setzten.

»Ich gäbe eine Menge dafür, zu erfahren, was in all den Köpfen da draußen vor sich geht«, sagte Ella plötzlich, den Blick weiterhin auf die anderen Gäste in Smokingjacken und knapp sitzenden Kleidern gerichtet. »Natürlich nur, *falls* da überhaupt etwas vor sich geht. Eine zweifelhafte Möglichkeit, wenn man das Verhalten der Leute beobachtet.«

Das spiegelte meine eigenen Gedanken zu Beginn des Abends so genau wider, daß es mich verblüffte. Es bestätigte auch, womit ich mich schon so häufig herumgequält hatte: daß ich mit meiner Kritik an dieser Welt, die sich in schwerfälligen gesellschaftlichen Ritualen erging, nicht allein war, ohne dabei von der Zensur, die ich in meiner Gedankenwelt den anderen so freizügig angedeihen ließ, ausgenommen zu sein. Eine Vorstellung, die alles andere als tröstlich war.

»Verstand hat wohl jeder«, sagte ich. »Die Frage ist nur, ob man sich dafür entscheidet, ihn zu benutzen oder nicht.«

»Gut gesagt.« Sie lächelte mich an und schob sich etwas Torte in den Mund. Wir schwiegen. »Ich denke, ich schulde Ihnen eine Art Erklärung für meine arrogante Haltung«, meinte sie gelassen.

»Nur, wenn Sie wollen.« Die Erleichterung darüber, daß sie mich offenbar von ihrer Kritik ausnahm, machte mich großmütig.

»Oh, ich erkläre mich gern. Und ich habe im Laufe der Jahre weiß Gott genug Übung darin erlangt.« Sie lächelte mich an. »Wissen Sie, James, mein Problem ist nicht, daß ich keinen Verstand besitze, wenn ich mir auch manchmal wünsche, das allein wäre es. Mein Problem …« Sie hielt inne.

Ich wartete.

»Mein Problem …«

»Ja?«

Ella zögerte und schien das beabsichtigte Eingeständnis noch einmal zu überdenken.

»Mein Problem ist, daß ich zuviel rede«, meinte sie schließlich lächelnd. »Ich sollte Ihnen das alles gar nicht erzählen. Wir kennen einander kaum. Sie brauchen sich mein Geschwätz nicht anzuhören. Ich gehe jetzt besser und suche Charlie.« Sie bückte sich, um ihre Tasche aufzuheben.

»Nein, tun Sie das nicht!« sagte ich ruhig, und die unwillkürliche Dringlichkeit in meiner Stimme hielt sie zurück. »Gehen Sie nicht. Erzählen Sie es mir.« Wieder eine Pause. »Es interessiert mich.«

»Wirklich?«

Ich nickte, und die unerwartete Verletzbarkeit, die diese Frage offenbarte, rührte mich an.

»Sie können doch nicht allen Ernstes daran interessiert sein, was eine Frau, die Sie kaum kennen, so daherplappert.«

»Bin ich aber. Sagen Sie's mir.«

Wieder entstand eine Pause.

»Na gut«, meinte sie schließlich und warf dabei einen Blick auf das Menschenmeer vor uns, »mein Problem ist, daß ich zwar Verstand besitze, aber nur so verflixt unregelmäßig Gebrauch von ihm mache. Ich komme immer erst dann zur Raison, wenn die Ereignisse mich schon längst überrannt haben. Das ist mein Unglück. Wahrscheinlich ziehe ich Ihnen gegenüber deshalb so über die anderen Leute her, weil ich den Trost brauche, zu wissen, daß ich in dieser Welt von Dummköpfen nicht allein bin.«

»In mir haben Sie jedenfalls schon mal einen Verbündeten, falls Sie das trösten sollte.«

»Sehr freundlich von Ihnen.« Sie wühlte in ihrer Tasche, derselben, die ich schon eine Woche zuvor gesehen hatte. Wieder hörte ich das Klick-Klick des Verschlusses, wieder sah ich zu, wie sie ein Päckchen Zigaretten daraus hervorholte, wieder verfolgte ich die silbernen Rauchkringel, wenngleich sie diesmal zu einer weißen Zimmerdecke aufstiegen und nicht zu einem blauen, von rosa Dämmerstreifen durchzogenen Himmel. »Ich hege dabei die Hoffnung«, fuhr sie fort, »daß es weniger an mir, sondern vielmehr an diesem Ozean da draußen liegt.« Sie schwieg einen Moment. »Die Gesellschaft ist doch wie ein Ozean, oder nicht?« fuhr sie fort und wies mit ihrer Zigarette auf die Menschenstrudel jenseits unserer Nische. »Ich ertappe mich dabei, wider besseres Wissen zu hoffen, daß es nicht wirklich meine Schuld ist, auf der Insel gestrandet zu sein, auf der ich gestrandet bin. Die Strömungen, die die Erwartungen der Menschen erzeugen, sind stark. Und wer bin ich, daß ich versuche, gegen sie anzuschwimmen?«

»Sie vergessen, daß ich keine Ahnung habe, wie Ihre persönliche Insel beschaffen ist«, sagte ich.

»Nein, wie sollten Sie auch?« fragte sie, mit fast zärtlicher Stimme, wie ich fand. Sie nahm noch einen tiefen Zug von ihrer Zigarette. »Und ich werde Sie auch nicht mit ihrer Geographie langweilen. Sie ist nicht sehr interessant.«

Ich schwieg, weil ich nicht wußte, was ich darauf erwidern sollte.

»Aber Sie stimmen mir doch zu«, fing sie wieder an und kehrte mit einem fast flehentlichen Drängen in der Stimme zu ihrem früheren Thema zurück, »daß die Gesellschaft wie ein Ozean ist?«

»Ich bin mir da nicht so sicher.«

»Sehen Sie sich doch zum Beispiel all die Leute auf dieser Party an. Sie schwimmen gehorsam mit dem Strom und ziehen folgsam und mühelos ihre Bahnen durch das ihnen vertraute Meer. Sie brauchen ihre Richtung nicht zu planen, sie verschwenden keinen Gedanken daran, wohin das Leben sie trägt. Ich frage mich, wie viele von ihnen das tun. Sich Gedanken darüber machen, wohin es sie verschlägt, meine ich. Ich frage mich, ob irgendeiner von ihnen es je wagt, längere Zeit allein zu schwimmen.« Wieder zog sie an ihrer Zigarette. »Menschen ziehen in Schwärmen, wie die Fische. Das gibt ihnen Sicherheit.«

Ich hörte zu, war fasziniert von der allumfassenden Leichtigkeit, mit der Ella das auszudrücken vermochte, was zu formulieren mir verwehrt war.

»Aber macht es sie denn glücklich?« fragte ich.

»Was?«

»Dieses Ziehen in Schwärmen.«

»In gewisser Weise schon, denke ich. Solange man nichts anderes kennt, kann man auch von nichts anderem träumen. Unwissenheit kann tatsächlich ein Segen sein. Für manche Menschen jedenfalls.«

»Und für Sie?« Im Schutz der Nische wurde ich kühn.

»Unglücklicherweise verfüge ich über genau die falsche Menge an Wissen: genug, um zu spüren, wie wenig Freiheit ich besitze, aber nicht genug, um zu wissen, wie ich damit umgehen soll. Ich denke, daß ich mich vielleicht, nur vielleicht, beim Schwimmen mehr anstrengen müßte, denn in der Vergangenheit hatte ich vor … für mich allein zu schwimmen. Es ist nur so verflixt schwer. Und so ermüdend.« Sie drückte ihre Zigarette aus, als wollte sie einen Schlußstrich ziehen.

»Na ja, aber was Sie auch getan haben mögen, es ist doch noch nicht zu spät. Wie alt sind Sie? Zweiundzwanzig, dreiundzwanzig?«

»Dreiundzwanzig.«

»Na sehen Sie. Sie haben noch Ihr ganzes Leben vor sich.«

»Sagen Sie das nicht. Die Vorstellung behagt mir nicht sonderlich. Und außerdem …«

Ihre Worte wurden von der Ankunft Charlie Stanhopes

übertönt. Er legte seinen Arm um Ellas Taille und entschuldigte sich höflich dafür, daß er sie mir entführte.

»Laß uns tanzen«, sagte er zu ihr. »Nehmen Sie's mir nicht übel«, murmelte er in meine Richtung.

Zu meiner Überraschung mußte ich mit ansehen, daß Ella sich ohne Protest wegführen ließ. Doch ich blieb, wo ich war, und genoß zufrieden das Nachleuchten ihrer grünen Augen mit dem offenen Blick. Scheinbar gelassen an das Bücherregal gelehnt, sah ich ihrer entschwindenden Gestalt nach, um deren Schultern Charlie Stanhope linkisch seinen Arm gelegt hatte. Ihre wiegende Gestalt entfernte sich durch die Menge hindurch immer weiter von mir, aber ich ließ meinen Blick auf ihrem kleinen blonden Hinterkopf ruhen, denn ich spürte, daß der Augenblick reif für ein Zeichen war. Und als sie das andere Ende des Raumes erreicht hatte, wurde ich für meine Beharrlichkeit tatsächlich mit einem kurzen Blick zurück belohnt. Doch es war bei weitem nicht das Lächeln, das ich erhofft und erwartet hatte – das Gesicht, das sie mir zuwandte, war eingefallen und bleich, und es riß mich aus meiner Träumerei und rief mir die trüben, schlaflosen Augen und die zitternde Hand in Erinnerung, die ich im Park gesehen hatte.

Ehe ich mich regen konnte, war sie schon durch die Tür geführt worden und im Gedränge des sich dahinter anschließenden Flurs untergegangen. Wieder vernahm ich das dumpfe Dröhnen der Musik, und ich stellte mir die Anmut ihres sich in der Dunkelheit wiegenden Körpers vor, und ein schwacher süßer Hauch von Zitronenseife, Zigarettenrauch und teurem Parfüm schien zu mir durchzudringen.

Ich weiß noch, was ich damals empfand; ich erinnere mich an das seltsame Gefühl, freudig erregt und doch enttäuscht zu sein, an die Ungeduld, mit der ich ihre Rückkehr erwartete. Selbst aus einer Distanz von fast fünfzig Jahren hat die Erinnerung noch immer eine gewisse Macht über mich; selbst jetzt, in meinem Sessel am Fenster, reicht die bloße Erinnerung an die Flüchtigkeit, die Anmut, die unendliche Möglichkeit dieses Augenblicks aus, um meinen Atem zu beschleunigen. Es war wie eine starke Droge, die, obwohl unsachgemäß und unvollkommen angewandt, die Grenzen früherer Empfindungen durchbrach und mich nach mehr verlangen ließ.

Mein unmittelbarer Drang ging natürlich dahin, Ella zu folgen und sie Charles zu entreißen, doch ich beherrschte mich und überlegte, wie ich, ohne sie zu verärgern, ihrer wieder habhaft werden könnte. Woher sollte ich wissen, ob sie meine Einmischung begrüßen würde? Ich fragte mich, ob sie vielleicht das Gefühl hatte, eine gewisse Grenze überschritten zu haben; und dabei befand ich hocherfreut, daß unser Gespräch kaum ein Gespräch unter Fremden gewesen war, obwohl wir einander kaum kannten. Das wollte ich ihr erzählen, ich wollte, daß sie diese freudige Erkenntnis mit mir teilte, aber mir fehlte ein Vorwand, sie zu suchen, und ich wußte, daß ich darauf warten mußte, bis sie mich fand.

Und da fiel mein Blick auf ihre Tasche: quadratisch, samten, kompakt, lag sie vor meinen Füßen auf dem Boden. Sie war von ihrer Besitzerin vergessen worden. Ich bückte mich langsam, um sie aufzuheben, wobei ich hoffte, sie hätte sie absichtlich liegengelassen, und dabei die wildesten Vermutungen anstellte. Nachdem ich mich mit der Tasche in der Hand aufgerichtet hatte, legte ich sie rasch, fast verstohlen, auf das Regal neben mir und hoffte, daß niemand sonst sie entdekken und an sich nehmen würde. Ich wartete ab: fünf Minuten, zehn, fünfzehn, fand Gefallen an dem Intrigenspiel. Dann nahm ich meine Trophäe und bahnte mir durch das sich lichtende Gewühl meinen Weg, um Ella zu suchen.

Eine rasche Runde durch den Raum, in dem ich mich befand, überzeugte mich davon, daß sie hier nicht war. Auch im Flur fand ich sie nicht. Und auch nicht in dem zum Tanzen bestimmten Raum, in dem die Musikanlage einen merkwürdigen Kontrast zu dem altehrwürdigen Kamin bildete. Ich wartete einige Zeit vor der allem Anschein nach besetzten Damentoilette und hoffte, Ella würde jeden Moment herauskommen, aber statt dessen erschien eine lächelnde Camilla, die sich demonstrativ die Nase rieb. Unsere Blicke trafen sich.

»Mein Gott, Schätzchen, fall *bloß* nicht darauf rein«, flüsterte sie mir ins Ohr und hakte mich geschwind unter. »Aber es ist heutzutage *de rigeur,* wenigstens so zu *tun.*« Und es amüsierte mich, daß Camillas Umgang mit Kokain, wie mit allem anderen auch, allem Anschein nach genau den gesellschaftlichen Gepflogenheiten entsprach.

Meine Gastgeberin führte mich zurück in den Raum, aus dem ich gekommen war, und ich sah Charles Stanhope in einer Ecke mit linkischen Bewegungen tanzen. Ich ging rasch weiter, weil ich nicht wollte, daß er sich mir bei meiner Suche womöglich anschloß. Und als ich in diesem Moment Camilla zu jemandem sagen hörte, wie *unglaublich lächerlich* etwas war, kam mir der Gedanke, Ella könnte gegangen sein, ohne sich verabschiedet zu haben, und sofort machte sich Beklemmung in mir breit. Um mich zu beruhigen, versicherte ich mir, daß sie nicht gegangen sein konnte, daß sie noch dasein mußte. Und wieder ging ich in den Flur hinaus, der sich jetzt leerte, und mußte mich bei meiner erneuten Suche durch den ersten Aufruhr der Abschieds- und Dankesworte kämpfen. Ella war nirgendwo zu sehen. Mit unsinnigen in den Augen brennenden Tränen schaute ich die Treppe hoch und begann nach oben zu steigen, denn wenn sie gegangen war, ohne sich zu verabschieden, wenn all meine Aufregung auf nichts fußte, wenn das ihre übliche Art war, sich mit Männern zu unterhalten, dann wünschte ich mir einen kleinen dunklen Ort, an dem ich allein sein konnte. Camilla Boardman ging man in dieser Stimmung besser aus dem Weg. Deshalb erklomm ich die breiten Stufen bis zum dunklen Treppenabsatz und noch höher hinauf, an einem weiteren Absatz vorbei und noch einem, wobei die Treppe mit jeder Flucht schmaler wurde. Inzwischen stieg ich nur noch langsam, vorsichtig hinauf, in einer Finsternis, so schwarz, daß ich Ella auf die Hand trat, ehe ich ihre Anwesenheit bemerkte. Sie saß auf einer Treppenstufe, den Rücken ans Geländer gelehnt, und ihr Aufschrei war durchdringend und ihr Erschrecken echt. Offenbar hatte sie mich weder gesehen noch gehört.

»Wer ist da?« Ihre Stimme klang schrill, wahrscheinlich war sie sich eben erst bewußt geworden, welchen Eindruck es machen mochte, wenn sie hier oben von einem der Gäste entdeckt werden würde.

»Ich bin's nur«, flüsterte ich.

»*Sie?* James? Was zum Teufel tun Sie denn hier?«

»Dieselbe Frage könnte ich Ihnen auch stellen.«

»Könnten Sie, würden Sie aber nicht. Sie würden warten, bis ich es Ihnen erzähle, so fest hat Ihre britische Reserviertheit Sie im Griff. Aber das werde ich nicht tun.« Sie klang fast gereizt. »Ich weiß nicht, was Sie dazu treibt, mir auf dieser gottverdammten Party hinterherzulaufen. Als hätte ich mit Charlie nicht schon genug ...«

Ich schnitt ihr das Wort ab, indem ich ihr die Tasche in die Hand drückte. »Ich habe Sie gesucht, um Ihnen das hier zu geben. Sie haben sie beim Bücherregal vergessen.«

Es entstand eine Pause. Ich hörte ein Klicken und das Herumkramen von Fingern, dann flammte ein Feuerzeug auf und warf sein orangefarbenes Glühen auf uns, als Ella es an ihre Zigarette führte. Im kurzen Aufleben des hellen Scheins sah ich, daß Ella geweint hatte, und sie sah, daß ich es bemerkt hatte.

»Frauen«, sagte sie achselzuckend, als die Flamme verlosch. »Beachten Sie es nicht weiter. Hin und wieder gönnen wir uns ein paar Tränen. Ich mehr als die meisten anderen.« Wir schwiegen, während ich mich zwei Stufen unter ihr niederließ, mit dem Rücken zur Wand. Ich wollte ihr Gesicht vor mir haben, wenn unsere Augen sich an die Dunkelheit gewöhnt hatten. »Tut mir leid, daß ich Sie eben so angefahren habe«, sagte sie schließlich. »Heute ist vermutlich nicht mein Tag. Danke, daß Sie mir meine Tasche gebracht haben.« Sie legte sie neben sich. »Beachten Sie mich einfach nicht weiter.«

»Das sagen Sie jetzt schon zum zweitenmal«, stellte ich mit ruhiger Stimme fest.

»Dann sind Sie doppelt gut beraten, sich vorzusehen.« Sie nahm einen tiefen Zug von der Zigarette, achtete aber darauf, den Rauch nicht in meine Richtung zu blasen. »Und meistens meine ich, was ich sage.«

»Kann ich mir vorstellen.«

Wieder schwiegen wir.

»Warum tun Sie das?«

»Was?«

»Warum sind Sie immer noch hier? Warum gehen Sie nicht wieder nach unten? Ist es denn nicht offensichtlich, daß ich allein sein will?« Wieder eine Pause. »Allein sein und rauchen. Ich danke Ihnen noch mal, daß Sie mir meine Tasche gebracht haben. In meiner Verfassung brauche ich Zigaretten nötiger als jedes Gespräch.«

»Dann wollen Sie also, daß ich mich wieder den Fischen anschließe?« Als ich mich ihrer Worte bediente, überlief mich ein Schauer, als würden mich ihre Finger streifen.

Sie beugte sich zu mir, und in der Dunkelheit konnte ich die Kontur ihrer Nase erkennen. »Nein«, sagte sie in verändertem Ton, »ich möchte nicht, daß Sie sich den Fischen anschließen. Ich bin mir nicht sicher, ob ein Schwimmen mit der Strömung überhaupt zu Ihnen passen würde.«

Ich glühte vor Stolz. Wieder schwiegen wir. »Ich teile zufällig Ihre vorhin geäußerte Auffassung«, traute ich mich schließlich zu sagen.

»Welche? Meinen Sie meinen kleinen Vortrag über Ozeane und Gezeiten?«

»Ja.«

»Meine Metaphern gehen wahrscheinlich manchmal mit mir durch. Vor allem, wenn ich mir mein eigenes Handeln zu erklären versuche. Es war nett von Ihnen, daß Sie mir zugehört haben.«

»Wir sind in vielem einer Meinung.«

»Tatsächlich?«

»Ja.« Ich wartete, spürte aber, daß mehr von mir gefordert war. »Ich habe mich den ganzen Abend selbst verabscheut, weil ich so bin wie die anderen Fische auch«, sagte ich dann.

»Das glaube ich nicht – ehrlich.«

»Ich hoffe, es nicht zu sein. Aber ich kleide mich wie sie, ich rede wie sie, vielleicht denke ich sogar wie sie. Meine Überzeugungen sind nicht sehr ausgeprägt oder gut durchdacht, jedenfalls nicht im Vergleich zu Ihren.«

»Meine Überzeugungen sind mir *jetzt* eine schöne Hilfe«, sagte sie trocken. Und durch die Dunkelheit spürte ich, wie sie lächelte. »Es ist doch so, James, man muß einfach ein gewisses Maß an sozialem Druck akzeptieren. Es gehört vermutlich zum Menschsein dazu; schließlich sind wir gesellige Wesen. Gefährlich wird es erst dann, wenn man das Gefühl hat, dem Druck nachzugeben, wenn er einen runterzieht. Wir alle meinen, selbst über unser Leben zu bestimmen, doch in Wirklichkeit ist das nicht der Fall. Wir lassen zu, daß andere Menschen uns ihre Ansichten zu Religion, Geschlecht, Klasse, Sexualität, Politik, zu allem, was wichtig ist, aufoktroyieren, wir hören auf den Schwarm, mit dem wir jeweils gerade zufällig schwimmen. Wir denken so, wie unsere Freunde, wie unsere Familie, wie unsere Schicht oder unser sozialer Hintergrund es uns nahelegen. Wie viele Menschen kennen Sie, die sich außerhalb der Grenzen ihres eigenen kleinen Umfelds, ihrer eigenen speziellen Gruppe bewegen? Sehr wenige, denke ich. Fast alle sind ängstlich darauf bedacht, den Schwarm, in dem sie sich gerade befinden, nicht zu verlassen. Und das gilt in besonderem Maße für unseren Schwarm.«

»Und welcher soll das sein?« fragte ich fasziniert und leise, um den gleichmäßigen Fluß ihrer Worte nicht zu unterbrechen.

»Das fragen *Sie* mich? Nachdem Sie einen ganzen Abend mit diesen Leuten da unten zugebracht haben, die sinnlos über Biarritz und Modenschauen daherschwatzen?« Jetzt war sie aufgebracht. »Geld sollte einem Freiheit verschaffen, Erziehung und Bildung sollten frei machen. Doch was bewirken sie tatsächlich? Das Privileg ist eine Kette, die uns auf eine Weise an die Welt unserer Urgroßeltern fesselt, wie das bei anderen Fischen in anderen Schwärmen nicht der Fall ist. Sie können sich gar nicht vorstellen«, schloß sie schließlich ironisch, »welch hohe Erwartungen die Familie an einen stellt, wenn eine Vorfahrin zufällig Charles II. verführt und dabei für ihren verstimmten Ehemann einen Titel herausgeschlagen hat.«

»War das in Ihrer Familie der Fall?«

»O ja. Wahrscheinlich halten Sie mich für eine Amerikanerin, aber das liegt nur an meinem Akzent. Ich bin durch und durch Engländerin. Die Familientradition ist mit der Frage, wer ich wirklich bin, so fest verwoben, daß ich manchmal überlege, wieviel von mir tatsächlich echt ist. Wie groß ist der Anteil, den ich wirklich als mein eigenes Ich reklamieren kann?« Sie nahm einen letzten Zug von ihrer Zigarette.

»Manchmal denke ich, daß der größte Teil meines Denkens und Fühlens von Generationen in Beschlag genommen ist, die lange vor mir gelebt haben. Sie sind es, die mein Leben in Wirklichkeit bestimmen.«

Ihre Rede war mit ihrer Zigarette zu Ende, und ich hörte das Knistern der leeren Schachtel, als sie den Stummel hineintat.

»Scheußliche Angewohnheit«, bemerkte ich.

»Nicht wahr?«

Wir saßen da und schwiegen.

»Halten Sie mich für sehr sonderbar, James?« fragte sie schließlich.

»Ich finde Sie bemerkenswert.«

»Danke.«

Fast hätte ich im Dunkeln nach ihrer Hand getastet, aber ich zögerte zu lange, und der Augenblick verstrich.

»Wie sieht Ihre Insel aus?«

»Meine Insel?«

»Die, auf der die Flut Sie angeschwemmt hat.«

»Oh, wieder eine meiner Metaphern. Jetzt weiß ich, was Sie meinen.«

»Dann sagen Sie mir, wie sie aussieht. Bis jetzt haben Sie nur gesagt, sie sei uninteressant, obwohl ich mir das kaum vorstellen kann.«

Wieder entstand eine Pause. Jetzt konnte ich in der Dunkelheit die schwache Kontur von Ellas Nase und Kinn ausmachen. Als sie den Mund zum Sprechen öffnete, sah ich ihre Zähne weiß aufblitzen.

»Vergessen Sie die Inseln«, sagte sie. »Ich habe etwas getan, was ich nicht hätte tun sollen, etwas, was ich ausgerechnet *Ihnen* nicht erzählen sollte.«

»Fahren Sie fort.«

»Ich habe zugelassen, daß mich die Ereignisse überrollen.

Und jetzt weiß ich nicht, wie ich ihrem weiteren Lauf Einhalt gebieten soll.« Sie schwieg. Die Dunkelheit schien sie zu besänftigen. Dann stand sie abrupt auf. »Ich sollte jetzt lieber wieder nach unten gehen«, sagte sie ruhig.

»Wollen Sie mir denn nicht sagen, was Sie getan haben?«

»Falls Sie es wirklich wissen wollen, brauchen Sie nicht lange zu warten.« Und ich hörte das Rascheln ihres Kleides und das Knarzen des Geländers, als sie danach tastete und ihren langsamen Abstieg auf der schmalen Treppe begann.

Ich hielt sie nicht zurück, ich glaubte nicht, das Recht dazu zu haben. Statt dessen blieb ich im Dunkeln sitzen und lauschte in völliger Reglosigkeit ihren sich bedächtig entfernenden Schritten, roch den Rauch ihrer Zigarette, gab ihr Zeit. Ich hörte, wie sich die Badezimmertür zwei Treppenfluchten tiefer öffnete und schloß und einige Augenblicke später wieder öffnete, und ich stellte sie mir vor, wie sie, jetzt wieder strahlend, gelassen über dem Chaos von Tanz und Abschied schwebend, die letzte breite Treppe hinunter in die Eingangshalle der Boardmans schritt.

Ich hingegen war ganz und gar nicht gelassen. Das Gefühl einer nur teilweise gestillten, aber nicht gänzlich befriedigten Neugierde brannte in mir. Doch ich wartete, wie ich zuvor schon in der Nische gewartet hatte; ich wartete, bis ich mir sicher war, daß sie Zeit gehabt hatte, sich im Gedränge der Gäste zu verlieren, und dann stand ich auf und machte mich ebenfalls vorsichtig auf den Weg nach unten. Ella hatte mir gesagt, daß ich nicht lange zu warten bräuchte, daß ich es bald erfahren würde, und ich war es zufrieden, zufrieden und neugierig darauf, auf welche Weise sie es mir mitteilen würde.

Wenn ich jetzt daran zurückdenke, sehe ich mich an einer Art Aussichtspunkt, wahrscheinlich auf der Treppe, stehen. Vor mir erstreckt sich ein schmaler Flur mit auf Hochglanz poliertem schwarzem und weißem Marmor. Durch eine

Doppeltür, die man aufgestoßen hat, kann ich in den Salon schauen und die Grüppchen müder, lachender Menschen auf Stühlen sitzen und die letzten Champagnercocktails trinken sehen. Es ist schon nach zwei Uhr. Die jüngeren Mädchen sind mit ihren Freundinnen ins Souterrain verschwunden, wo vermutlich ihre Pyjamaparty in vollem Gang ist. Die Tür zum Tanzsaal ist geschlossen, aber die Musik ist trotzdem gut zu vernehmen: laut, wild, eindringlich. Plötzlich erstirbt sie, und ich höre, wie jemand mit erhobener Stimme – einer Stimme, die mir bekannt vorkommt – freudig erregt die Bitte äußert, daß alle sich in den Salon begeben mögen, weil es etwas Wichtiges zu verkünden gäbe. Bald darauf öffnen sich die Türen, und ich beobachte, wie die Gäste mit erhitzten Gesichtern auf den Flur und dann in den Salon strömen. Unter ihnen entdecke ich Ella mit dem noch immer anwesenden Charlie Stanhope. Von Camilla Boardman geht ein erregtes, Aufmerksamkeit heischendes Gezwitscher aus, und ich sehe, wie sie komplizenhaft den Finger an die Nase legt. Sie strahlt; die Party läuft *fabelhaft*; es ist bereits nach zwei Uhr, und fast niemand von denen, auf die es ankommt, ist schon gegangen. Über die bevorstehende Verkündigung ist sie hocherfreut: hocherfreut, weil man ihr all das, was sie enthalten wird, schon vorab mitgeteilt hat. Sie freut sich darauf, am nächsten Tag allen erzählen zu können, wie schwer es ihr vergangene Nacht gefallen sei, den Mund zu halten, aber schließlich wisse sie, wann ein Geheimnis ein Geheimnis sei. All diese Gedanken lese ich klar und deutlich in ihrem glatten Gesicht und dem siegreichen Glanz ihrer braunen Augen. Ich sehe die Frau mit der Villa in Biarritz abwesend lächeln, ein wenig beschwipst, in der einen Hand hält sie einen Champagnercocktail, mit der anderen betastet sie besorgt ihre Haare am Hinterkopf, um sicherzugehen, daß die entscheidende Klammer noch an Ort und Stelle sitzt. Sie sieht jemanden, den sie kennt, vergißt ihre Frisur und wirft ihm den Arm um den Hals. Erst als sich die gleiche laute, aufgeregte Stimme wieder erhebt, die zuvor um einen Augenblick Aufmerksamkeit gebeten hatte, wird mir klar, daß es die von Charles Stanhope ist. Es überrascht mich für einen Moment, daß er etwas zu sagen haben soll, aber dann fällt mir ein, daß seine Verlobung noch nicht bekanntgegeben ist, und statt in den Salon zu gehen, bleibe ich auf der Treppe, um einen guten Blick auf das Geschehen zu haben. Ich lasse die Augen über die Frauen neben ihm wandern, als ich ihn der Menge verkünden höre, sie alle, nämlich seine besten Freunde, sollten die ersten sein, denen er sein Glück verkünden wolle.

Erst als ich seine Hand in der von Ella sehe, ahne ich das Schlimmste, kämpfe aber noch gegen das Begreifen an. Doch dann folgt der unumstößliche Beweis. Charles beugt sich zu Ella herab und gibt ihr in aller Öffentlichkeit einen innigen Kuß, den sie erwidert, während sich alle Gläser zu einem herzlichen Toast erheben und jemand ein Lied auf das Paar anstimmt. Beide reißen sich errötend voneinander los, und Ella blickt auf, lächelt dauernd der Menge zu, als sie mich auf der Treppe sieht.

Für einen kurzen Moment begegnen sich unsere Blicke.

Kapitel 4

Die Einzelheiten dessen, was anschließend geschah, sind verschwommen – wie ich Ella und Charles in der Menge der Gäste, die sich im Flur gegenseitig küßten und in die Mäntel halfen, aus dem Weg ging; wie ich mich bei der Verabschiedung Camillas inbrünstiger Umarmung unterwarf; wie ich dieses übergroße Haus verließ. Woran ich mich nach all diesen Jahren erinnere, ist die berauschende Klarheit, die mich nach dem Fest überfiel, das vollständige Erfassen einer Situation, die zu ändern ich mich einzigartig gerüstet und aufgerufen fühlte.

Ich wußte jetzt, wie Ellas Insel aussah: voller Pflichten, ungestört und von endloser Eintönigkeit – die Sicherheit einer standesgemäßen Ehe, die nicht aus Liebe geschlossen wurde. Wahrhaftig karg. Ich erkannte die Strömung, die sie dort hatte stranden lassen, malte mir aus, wie sie dem Sog der Gezeiten Stück für Stück nachgab, stellte mir das allmähliche Nachlassen ihrer Widerstandskraft vor. Ein Dilemma wie aus dem neunzehnten Jahrhundert, dachte ich, doch gehörte nicht auch sie in mancher Hinsicht ins neunzehnte Jahrhundert? Und mit der Faszination des Nichteingeweihten dachte ich daran, was sie über ihre Vorfahren und die damit verbundene Tradition erzählt hatte.

Ich konnte über die intimen Gespräche zwischen Mutter und Tochter spekulieren, die Ella hatte durchstehen müssen; darüber, wie oft sie schon gefragt worden war, welcher der jungen Männer aus ihrem Bekanntenkreis ihr nun der liebste sei; über die Begeisterung, mit der sich ihre Familie auf einen jungen Mann wie Charles Stanhope – nichtssagend, aber aus bester Familie – gestürzt haben mochte. Um ihnen einen Gefallen zu tun, wird sie begonnen haben, ihn öfter zu sehen, wird ihm vielleicht sogar erlaubt haben, sich einzubilden, daß sie mehr für ihn empfände, als tatsächlich der Fall war.

Und dann hatten, wie sie mir selbst erzählt hatte, die Ereignisse sie auf spektakuläre Weise überrollt, und ehe sie wußte, wie ihr geschah, hatte ein überglücklicher Charles ihre Verlobung verkündet, und sie sah sich den Glückwünschen ihrer Freunde und dem Jubel ihrer Familie unterworfen. Es war ein romantisches Dilemma, ein Dilemma, in dem mir die romantische Rolle als Ellas Retter zufiel. In den Wochen nach Camillas Party klammerte ich mich an diese Vorstellung und erging mich in den heldenhaften Phantasien eines unerfahrenen Jünglings.

Hätte ich nur im entferntesten geahnt, wie weit meine Schlußfolgerungen von der Wahrheit entfernt waren, wären meine Gefühle zweifellos in eine ganz andere Richtung gegangen. So jedoch stürzte ich mich mit einer Energie in meine Tagträume, die sich auch auf mein übriges Leben übertrug und meine Eltern überraschte, denn ich war beim Frühstück plötzlich nicht mehr der mürrische Tischgenosse. Im Gegenteil, ich hatte jetzt ein Ziel fernab meiner Kämpfe mit ihnen und war deshalb versöhnlich gestimmt. Anstatt mich mit meiner Familie zu bekriegen, konzentrierte ich meine Aufmerksamkeit auf ein wichtigeres Ziel: Ella aus den Klauen der Konvention zu befreien. Und ich könnte mir denken, daß ich mich in eine höchst peinliche Situation gebracht hätte, wenn es mir vergönnt gewesen wäre, meine sorgsam geschmiedeten Pläne in die Tat umzusetzen. Selbst jetzt noch schaudert mich vor Scham, wenn ich auf diese Zeit zurückblicke. Doch zugleich amüsiere ich mich über meine damalige Naivität. Es will mir nicht recht gelingen, diese ernste Gestalt mit dem schlurfenden Gang und der gefurchten Stirn, die ich damals abgab, zu bemitleiden. Ich beneide diesen jungen Mann aus vergangenen Tagen um seine Leidenschaft, denn er war verliebt und hoffnungslos noch dazu. Das ist kein unangenehmes Gefühl.

Es war aber auch kein Gefühl, das lange währte, jedenfalls nicht in seiner ursprünglichen Form. Sechs Wochen lang war ich voller wagemutiger Pläne, die ich allerdings kaum je in die Tat umsetzte. Mein einziger konkreter Erfolg bestand darin, daß ich Ellas Telefonnummer von Camilla Boardman unter dem Vorwand bekam, keine Gelegenheit gehabt zu haben, ihrer Freundin zu ihrer Verlobung zu gratulieren. »Jamie, *Schatz*«, gurrte Camilla mich durch den Hörer an, »wie *süß* von dir, das ist wieder einmal *typisch* für dich. Woher *hast* du nur so *perfekte* Manieren?«

Doch wenn ich einmal in der Woche den Mut aufbrachte, anzurufen, teilte mir die bärbeißige Stimme, die im Hause Harcourt am Chester Square meinen Anruf entgegennahm, stets bedauernd mit, daß Ella nicht zu Hause sei. Nachdem dies also nichts fruchtete, erwog ich, ihr zu schreiben, verwarf die Idee aber doch wieder; ich erwog, vor ihrem Haus auf sie zu warten und sie anzusprechen, verwarf aber auch diese Idee, zumindest als erste Maßnahme; ich dachte an Blumen, ein dramatisch abgefaßtes Telegramm, ein Verlobungsgeschenk mit einer bedeutungsvollen Karte, und ließ letztlich doch alles sein. Ganze Tage verbrachte ich in der süßesten aller düsteren Verzweiflungen, denn ich stellte mir vor, wie das Datum von Ellas Hochzeit immer näher rückte und ich hilflos zusehen mußte.

Ein Schock brachte mich eines Nachmittags in die Wirklichkeit zurück, als ich das Objekt meiner Träume, die Nase in ein Buch gesteckt, unter einem breitkrempigen Strohhut auf der anderen Seite des Sees entdeckte, wo sie auf einem Liegestuhl saß. Ich war wieder einmal im Hyde Park, war von zu Hause losgegangen und hatte in der Hoffnung, sie zu sehen, den langen Umweg über den Chester Square gemacht. Ich wußte, daß diese Hoffnung nicht sehr realistisch war, und ich hatte es mir an dem künstlich angelegten See gemütlich gemacht, um die Sonne zu genießen und müßig darüber nachzusinnen, wie alles hätte sein können. Als ich mich so unerwartet mit der Frau meiner Träume konfrontiert sah, zuckte ich erschrocken zusammen. Dann überlegte ich, daß ich mich getäuscht haben mußte, schaute noch einmal genauer hin, und mein Puls beschleunigte sich. Auf der anderen Seite des Wassers saß die Frau, mit der sich meine Gedanken über einen Monat lang ausschließlich befaßt hatten, was in diesem Alter eine Ewigkeit ist. Das zarte Oval ihres Gesichts, die leicht nach oben gebogene kleine Nase, die Glut ihrer Wangen – sie war unverwechselbar. Für ein Edelfräulein in Nöten sah sie erstaunlich gesund aus.

Ich stand langsam auf und schlenderte um den See, schob mich durch die Menge auf der Brücke; ich pirschte mich heran und überlegte, was sie wohl sagen würde, wenn sie mich sah. Als ich mich ihr schräg von der Seite her näherte, sah ich sie in einen großen Korb zu ihren Füßen greifen und ein Päckchen Zigaretten und ein kleines silbernes Feuerzeug hervorholen. Ich wartete ab und beobachtete ihre Finger, als sie den Tabak zum Glühen bringen versuchte. Ich bemerkte, daß ihr Feuerzeug nachgefüllt werden mußte; und ich bemerkte auch, daß sie eine andere Zigarettenmarke als zuvor rauchte. Als ich nah genug heran war, blieb ich stehen, räusperte mich und rief ihren Namen. Einzig die blaßblauen Augen, die sich mir zuwandten, machten mich auf meinen Irrtum aufmerksam, denn alles andere stimmte. Es waren Augen, die ich damals noch nicht kannte, die mir seitdem jedoch sehr vertraut geworden sind.

»Tut mir leid, ich bin Sarah, und nicht Ella Harcourt«, sagte die junge Frau und nahm ihren Sonnenhut ab, unter dem eine Fülle dunkelbraunen Haars zum Vorschein kam. »Aber das braucht Ihnen nicht peinlich zu sein.« Sie lächelte mich an, als sie meine Verlegenheit spürte. »Als Kinder hat man uns ständig verwechselt. Eigentlich so lange, bis mein Haar dunkler geworden ist.« Ich wußte nichts zu sagen. »Wissen Sie, wir sind Cousinen und haben beide eine unglaubliche Ähnlichkeit mit unserer Großmutter«, fuhr sie fort und brach damit das Schweigen, ehe es sich unangenehm in die Länge ziehen konnte.

Weil ich noch immer verlegen war, nickte ich bloß. Insgeheim fand ich ihre Auskunft ein wenig ungewöhnlich, doch nach kurzer Überlegung war ich davon überzeugt, daß dies genau die Art von Mitteilung war, die auch Ella hätte machen können, und deshalb ging ich darauf ein. Dabei überlegte ich, daß Sarah Harcourts Aussprache auch nicht die kleinste Spur des melodischen amerikanischen Tonfalls ihrer Cousine hatte, sondern im Gegenteil sehr britisch war.

»Aus gewisser Entfernung sehen Sie fast gleich aus«, sagte ich. »Abgesehen von den Haaren natürlich.«

Ein Anflug von Ärger huschte bei dieser Bemerkung über das blasse Gesicht, das aus der Lockenfülle zu mir hochschaute, doch dann verzogen sich Sarahs schmale Lippen eilends zu einem höflichen, wenn auch ein wenig frostigen Lächeln. »Es heißt, es sei ungewöhnlich, daß Cousinen sich so ähnlich sehen«, sagte sie.

Wieder entstand eine Pause, die ich jetzt wohl füllen sollte. Ich murmelte etwas von sehr dominanten Genen, die ihre Großmutter wohl gehabt haben müsse.

Sie nickte dazu.

»Ja, sie war schon eine bemerkenswerte Frau. Sie hat sehr viele Menschen beeinflußt. Ich habe sie nicht gekannt, aber ich habe einige ihrer Briefe gelesen, und darin hat sie sich über die Engländer schrecklich lustig gemacht.«

»Aber war sie selbst denn keine Engländerin?« Ich hielt diese Art von höflicher Nachfrage für das beste Vorgehen in dieser befremdlichen Situation.

»O nein, sie war Amerikanerin. Meine Familie hatte immer schon verwandtschaftliche Beziehungen zu Amerika. Aber das wissen Sie ja sicher, wenn Sie Ella kennen. In gewisser Weise gehört sie zu diesem Teil der Familie.«

»Ich dachte, sie sei Engländerin«, sagte ich.

»Von Geburt, ja«, erwiderte ihre Cousine. »Aber von der Erziehung her könnte sie nicht fremdländischer sein. Und ich denke, Sie werden mir recht geben, daß in solchen Fällen in erster Linie die Erziehung zählt.« Sie sprach über Fremdartigkeit wie über eine harmlose, wenn auch häßliche Wucherung: eine der kleinen Unannehmlichkeiten im Leben, bedauernswert natürlich, aber keine ernstliche Bedrohung. Sarahs Ton legte nahe, daß man mit der Tatsache, quasi eine Amerikanerin in der Familie zu haben, spielend fertig zu werden wisse.

Während sie redete, sah ich sie mir genauer an und entdeckte, daß sie Ella keineswegs so ähnlich sah, wie ich anfangs gedacht hatte. Ihr Haar, das wie ein glänzender Umhang bis zur Mitte ihres Rückens hinabfiel, war der am stärksten ins Auge springende Unterschied zwischen ihr und ihrer Cousine. Aber Sarahs Gesicht war auch anders geschnitten: Es war länger, ihre Lippen waren schmaler und entschlossener als Ellas, die Kontur ihrer Nase war strenger. Ich hatte das Empfinden, sie gehöre einer anderen Generation an, und obwohl ich sie in etwa auf mein Alter schätzte, flößte sie mir instinktiv Ehrerbietung ein, ohne daß ich hätte sagen können, warum. Sarah Harcourt machte auf mich den Eindruck eines Menschen (und in diesem Punkt sollte ich recht behalten), bei dem man sich nicht so leicht Freiheiten herausnehmen konnte.

»Kann ich etwas für Sie tun, oder muß es unbedingt Ella sein?« Sie blickte höflich zu mir hoch.

Ich zögerte.

»Ich werde Ihnen sagen, wo Sie sie finden können, wenn Sie mich zu einem Eis einladen.« Sarah war eindeutig in Plauderstimmung. »Mir ist das Kleingeld ausgegangen«, fuhr sie fort und sah dabei noch immer aus dem gestreiften Segeltuch ihres Liegestuhls zu mir hoch. In ihrer Stimme lag ein leichter, aber doch unmißverständlicher Befehlston, und ich willigte ein. Um mit ihr im Gespräch zu bleiben, während wir den Kiosk auf der Brücke ansteuerten, fragte ich sie, wie sie zu ihrer amerikanischen Großmutter kam.

»Das ist eine lange Geschichte«, sagte sie.

Ich nickte.

»Aber ich werde sie Ihnen erzählen, wenn Sie wollen.«

»Gerne.«

Sie sah mich forschend an, prüfte anscheinend meine Ernsthaftigkeit. Ich mußte ihren Test bestanden haben, denn als wir uns mit unserem Eis in der Hand wieder am Ufer des Sees einfanden, begann sie mit ihrer Geschichte, und indem sie redete, überzeugte sie mich davon, wie das wohl kaum einem anderen Menschen gelungen wäre, daß Ella Harcourt eine absolut einzigartige Frau war. Wenn ich geglaubt hatte, ihre Schönheit in meinen Tagträumen womöglich aufgebauscht zu haben, lehrte mich ihr Ebenbild, daß ich mich irrte. Ellas Charme war tiefgründiger, und eine gewisse Ähnlichkeit im Gebaren der beiden Cousinen führte mir ihre Überlegenheit um so stärker vor Augen – worin genau diese Überlegenheit bestand, versuchte ich still für mich zu ergründen, während ich der Frau vor mir zuhörte. Die hoheitsvolle, ein wenig steife Haltung von Sarahs eckigen Schultern erinnerte mich an die natürliche Anmut Ellas; das kühle Eis in Sarahs blauen Augen ließ mich an die Augen ihrer Cousine denken, die in meiner Erinnerung grün und funkelnd waren; das Fehlen jeglicher Geste, mit der Sarah ihre Worte hätte unterstreichen können, erinnerte mich an den gelegentlichen, aber sehr wirkungsvollen Gebrauch, den Ella von ihren Händen machte. Doch auch Sarahs Ausstrahlung hatte etwas Bezwingendes, wenngleich ihre Ausdrucksweise anders als die Ellas einen leicht autoritären Einschlag hatte.

»Mein Großvater«, erzählte sie, »war ein sehr armer Mann mit einem glanzvollen Namen. Und meine Großmutter war eine sehr reiche Frau mit einem völlig unbedeutenden Namen. Sie war außerdem Amerikanerin.«

»Ich kann da keine Verbindung sehen.«

»Ach, das ist doch wirklich einfach. Der Vater meiner Großmutter fand, daß ein Adelstitel für seine Tochter genau das richtige wäre, um seinem Geld respektierlichen Glanz zu verleihen, während sein zukünftiger Schwiegersohn nichts als ein altes, verwittertes Anwesen mit leckem Dach und ohne Stromversorgung besaß.« Sarah sah mich an, um zu sehen, wie ich ihre Anekdote aufnahm. Ich lächelte. »Deshalb wurde eine Heirat vereinbart«, fuhr sie fort. »Man schloß einen Vertrag. Jede Seite bekam das, was sie wollte: mein Urgroßvater adelige Enkelkinder, mein Großvater eine Zentralheizung. Der einzige Mensch, den sie bei ihren Verhandlungen außer acht ließen, war meine Großmutter Blanche, die im Alter von achtzehn Jahren nach England kam, mit neunzehn heiratete und mit zwanzig eine umfassende und durchaus nicht ganz unbegründete Abneigung gegen ihren Ehemann entwickelt hatte.«

Ich nickte.

»Dies hielt sie jedoch nicht davon ab, ihm vier gesunde Kinder zu schenken«, erzählte Sarah weiter. »Einen Erben und drei als Ersatz, wenn man so will. Damit sah sie ihren Teil des Vertrags als erfüllt an.« Ellas Cousine machte eine Pause. »Aber sie gehörte zu jenen großartigen Frauen, die Menschen und Trubel um sich brauchen. Das im Verfall begriffene Haus, in Wirklichkeit ein richtiges Schloß, befand sich in Cornwall. Da ihr Vater nicht bereit war, ein Domizil in London zu finanzieren, das dem Status des jungen Paares entsprochen hätte, schmachtete sie also in Cornwall dahin. Zwar wurde sie einmal von Sargent gemalt, aber ansonsten hat sich die elegante Welt nicht weiter um sie gekümmert.«

»Und was hat sie mit ihrer Zeit angestellt?« Erstaunlicherweise war ich recht gefesselt von dieser strengen jungen Engländerin, die neben mir Eiscreme aß, und zu meiner weiteren Überraschung stellte ich fest, daß mein Interesse nichts mit ihrer Ähnlichkeit zu ihrer Cousine zu tun hatte.

»Nun, sie schrieb Briefe, sie gestaltete den Garten neu, sie kümmerte sich um das Wohlergehen und die Erziehung ihrer Kinder. Sie sorgte dafür, daß der Haushalt wie am Schnürchen lief, befehligte die kleine Armee, die nötig war, um alles in Schuß zu halten, und sie stellte sich, so gut es ging, den amourösen Abenteuern ihres Ehemannes in den Weg.«

»Verstehe.«

»Aber ihr Geist verlangte nach einem anderen Ventil, als diese Aktivitäten ihr zu bieten vermochten.« Sarah lächelte mich an. »In ihrem Herzen war Blanche unbezähmbar, wissen Sie. Das war das Problem. Und sie war überaus begabt, was alles nur noch schlimmer machte.«

»Was passierte schließlich mit ihr? Welche Aufgabe hat sie gefunden?«

»Sie hat eigentlich gar nichts gefunden. Das war ihre Tragödie. Und eine solche Frau kann nur ein bestimmtes Maß an Einsamkeit vertragen, und damit meine ich die Abgeschiedenheit von ihresgleichen.«

»Was ist mit ihr geschehen?«

Blanches Enkelin war einen Augenblick still und blickte schweigend über das ausgelassene Treiben auf dem von vielen Booten befahrenen See. »Sie hat sich schließlich umgebracht«, sagte sie dann. »Sie ist aus einem Fenster auf die Terrasse gesprungen.« Sie schwieg einen Moment. »Das hat damals einen Riesenskandal verursacht, wie Sie sich vorstellen können.«

Und wie ich mir das vorstellen konnte. »Wie schrecklich«, sagte ich leise.

»Ja, nicht wahr? Ich denke, es hat ihre Kinder tief getroffen.«

»Das muß es wohl.«

Erneut entstand eine Pause.

»Und jetzt«, sagte sie munter und sah mich dabei wieder an, »kennen Sie die Geschichte, wie ich zu einer amerikanischen Großmutter komme. Ich hoffe, daß ich Ihnen nicht mehr erzählt habe, als Ihnen lieb ist.«

»Nein, ganz und gar nicht. Ich fand es faszinierend. Und tragisch.«

»Ja«, meinte sie nachdenklich. »Es hat gewiß von beidem etwas.« Sie wandte sich mir zu, wurde plötzlich vertrauensselig. »Ich habe eine Idee, wissen Sie, eines Tages werde ich Blanches Biographie schreiben. Sie war eine Frau, die allem, was sie tat, den Glanz verlieh, den man für gewöhnlich nur in Romanen findet. Ich denke, daß sie den Stoff zu einer guten Geschichte hergibt. Und ich denke auch, sie hätte es sich gewünscht, daß sie erzählt wird.«

»Jedenfalls hat sie eine sehr öffentliche Art gewählt, ihrem Leben ein Ende zu setzen.«

»Das kann man wohl sagen.« Wieder entstand eine Pause. »Sie befand sich natürlich auch historisch betrachtet in einer interessanten Situation.«

Ich nickte.

»Eine der emanzipierten jungen Frauen aus Amerika, die man herüberschickte, damit sie dem siechen Feudalsystem mit demokratischem Gold unter die Arme griffen.« Sarah lächelte. »Schon komisch, nicht wahr«, fuhr sie fort und begeisterte sich zunehmend für das Thema, »wenn man bedenkt, daß junge Frauen wie Blanche mithalfen, all das aufrechtzuerhalten, wovor die Pilgerväter so weit geflohen sind.«

»Sehr komisch.«

Das darauffolgende Schweigen war diesmal nicht unangenehm.

»Ja«, sagte ich schließlich, »ich bin mir sicher, daß das ein sehr interessantes Buch werden könnte.«

»Meinen Sie wirklich?«

»Ja, gewiß«, sagte ich und stand auf. »Aber jetzt habe ich Sie wirklich lange genug vom Lesen abgehalten.« Ich wies mit dem Kopf zu ihrem Liegestuhl hinüber, auf dem ein Roman lag. »Was ist es denn?«

»*The Buccaneers.* Von Edith Wharton. Zufälligerweise eine Freundin meiner Großmutter.«

»Und von Henry James.«

»Ganz genau.«

»Also dann, auf Wiedersehen«, sagte ich.

»Auf Wiedersehen.« Sie reichte mir die Hand.

»Sie könnten nicht vielleicht Ella eine Nachricht zukommen lassen?«

Wieder huschte ein Anflug von Ärger über ihr Gesicht, wie ich ihn schon einmal beobachtet zu haben glaubte, und wieder wurde er, wie zuvor, sofort in höfliches Lächeln verwandelt. »Natürlich«, sagte sie, »obwohl ich nicht genau weiß, wann ich ihr das nächste Mal begegnen werde. Wir sehen uns nicht besonders oft.«

»Und aus welchem Grund?«

»Ehrlich gesagt, wir verstehen uns nicht sonderlich gut. Oh, das muß Ihnen jetzt nicht peinlich sein«, fuhr sie fort, als sie meine Verlegenheit spürte. »Das ist ein offenes Geheimnis. Ich finde sie ziemlich gewöhnlich; sie hingegen findet mich wohl zu britisch und zu reserviert. Aber sie wird Ihnen bei Ihrer nächsten Begegnung sicherlich selbst sagen, was sie an mir auszusetzen hat.«

»Das bezweifle ich«, antwortete ich, allein schon weil ich im Zweifel war, ob ich Ella je wiedersehen würde. Offenbar brachte die Bekanntschaft mit Sarah mich meinem Ziel nicht näher.

»Oh, das wird sie, da bin ich mir sicher. Sehr charmant, aber sehr direkt. So ist sie. Aber wollen Sie mir nicht doch sagen, was ich ihr ausrichten soll, falls ich ihr eher über den Weg laufe als Sie?«

»Sagen Sie ihr nur, daß Sie James Farrell getroffen haben«, erwiderte ich, weil mir plötzlich einfiel, daß ich Sarah meinen Namen noch gar nicht genannt, sie mich aber auch nicht danach gefragt hatte. »Sagen Sie ihr, daß Sie James Farrell getroffen haben und daß er sich fragt, wie ihr das Leben auf ihrer Insel gefallen mag.«

»Ist das alles?« Sarah musterte mich zweifelnd.

»Das ist alles. Sie wird es verstehen.«

»Hoffentlich.«

»Na dann, noch einmal – auf Wiedersehen.«

»Auf Wiedersehen.«

Und damit verließ ich sie. Ich spürte ihre kalten blauen Augen im Rücken, doch als ich mich am Ende der Brücke umdrehte, um zu winken, hatte sie bereits wieder in ihrem Liegestuhl Platz genommen und schien in ihr Buch vertieft. Sollte sie mich beobachtet haben, ließ sie sich das jedenfalls nicht anmerken.

Kapitel 5

In den Tagen, die auf meine Begegnung mit Sarah Harcourt folgten, erhielt ich weder von ihr noch von Ella Harcourt ein Lebenszeichen. Ich brachte diese Tage damit zu, Geige zu üben und an Ella zu denken. Zu meiner Freude gelang es mir, meine aus hoffnungsloser Liebe entstandene bittersüße Enttäuschung in jene Energie umzusetzen, die man für ernsthaftes Arbeiten braucht, und selbst meine Eltern waren von dem daraus resultierenden begeisterten Fleiß beeindruckt. Den ganzen heißen August über war ich dem stickigen Raum auf dem Dachboden des Hauses, wo ich meine Geige aufbewahrte, nie lange fern, und wenn ich übte, spielte ich vor einem imaginären Publikum, das aus einem einzigen Menschen bestand. Dabei hoffte ich, daß das reine Geschick bei dieser oder jener Klangfolge sie beeindrucken oder diese oder jene Sonate sie zum Lächeln bringen würde. Ich spielte damals sehr viel Brahms, wie ich mich jetzt wieder entsinne, und ich entsinne mich auch, daß ich die Dramatik dieser Musik als meinen heimlichen Träumen von heldenmütiger Errettung angemessen empfand.

Junge Menschen sind töricht, und noch törichter sind junge Menschen, die über beide Ohren verliebt sind. Selbst jetzt noch muß ich lächeln, wenn ich an diese berauschenden Tage in jenem stickigen Dachzimmer denke; ich lächle, aber ich bin froh, sie durchlebt zu haben, so heiß und staubig sie auch gewesen sein mögen, so jung und töricht ich auch war.

Doch Ella selbst, um die all meine Gedanken kreisten, war

nicht aufzuspüren. Wenn ich anrief, war sie nie zu Hause; nie ließ sie verlauten, eine Nachricht von mir erhalten zu haben; die strengen georgianischen Portale des Hauses am Chester Square gaben ihre schmale Gestalt nie frei, wenn ich wie zufällig vorbeikam, was regelmäßig der Fall war. Aber die mühelose Art, wie sie meine Gedanken in Beschlag genommen hatte, die seltsame, vom Zufall herbeigeführte Begegnung mit ihrer Cousine, die gelegentlichen Photos von ihr und Charles, die in den Zeitschriften auftauchten, die ich beim Friseur und anderswo las – all dies nährte mein brennendes Interesse an ihr. Ich spielte Geige, träumte und litt.

Doch selbst die Leidenschaft eines ungewöhnlich leicht zu beeindruckenden jungen Mannes kühlt auf die Dauer ab. Ohne das kleinste Zeichen der Ermunterung, ohne auch nur eine Nachricht oder einen Blick der Angebeteten, hätte meine Hingabe nicht ewig andauern können. Wahrscheinlich hätte sie nachgelassen und wäre schließlich ganz verschwunden, der Vergangenheit als eine letzte Erinnerung an eine aufwühlende Jugend übereignet worden, hätte nicht das Schicksal, sofern denn eine solche Macht existiert, es anders beschlossen.

Das Werkzeug, dessen das Schicksal sich bediente, um mich und Ella erneut zusammenzubringen, war mit erlesenem Geschmack gewählt worden: es war Camilla Boardman. Sie rief in ebenjenem Moment an, als ich mich zu der Einsicht durchrang, daß mir die Hände gebunden waren, und wenn Ella sich unbedingt an Charles Stanhope wegwerfen wollte – bitte schön!

»*Schaatz!*« gurrte die Stimme, die ich nicht mehr vernommen hatte, seit sie mir einige Wochen zuvor Ellas Telefonnummer verraten hatte.

»Camilla. Wie geht es dir?«

»Wie geht es *dir?* Das ist doch die *entscheidendere* Frage.«

»Mir geht es gut, danke.«

»Warum hast du dich dann vergraben? Und dabei eindeutig alle deine Freunde *vernachlässigt*.«

Ich kannte Camilla gut genug, um bei ihrem gespielten Vorwurf Argwohn zu schöpfen. Vorsichtig erwiderte ich darauf, daß ich mich nicht vergraben gehabt, sondern intensiv Geige geübt hätte, um mich auf das Konservatorium vorzubereiten.

»Oh, ich vergesse immer, daß du auf dem besten Weg bist, ein berühmter Musiker zu werden«, sagte sie. »Aber du wirst dich noch an mich erinnern, wenn du es geschafft hast, *nicht wahr,* Schatz? Selbst wenn sich dir all diese schrecklich glamourösen Frauen an den Hals werfen.«

Ich spürte, daß jetzt ein Kompliment angebracht war. Zögerlich versuchte ich mein Glück. »Dich wird keine je übertreffen können, Camilla ... Schatz.«

»O Jamie, du bist *so* süß. *So* lieb. Das bist du *immer.*« Die Häufung von Camillas Betonungen bereitete mich auf den unvermeidlichen Höhepunkt vor. »Und genau *deshalb* habe ich dich eigentlich auch angerufen. Ed Saunders hat mich wieder einmal *komplett* im Stich gelassen, wie immer.« Ich reimte mir zusammen, daß es sich bei Ed Saunders wohl um Camillas derzeitigen ständigen Begleiter handelte, und tat so, als erinnerte ich mich an seinen Namen.

»Oh, Ed«, sagte ich.

»Ja, dieses *Ekel.*« Eine verdrossene Camilla war mit besonderer Vorsicht zu genießen. »Und in einer Stunde beginnt Ella Harcourts Verlobungsparty, was sagst du dazu?«

»Ella Harcourts Verlobungsparty?« Mir stockte trotz allem der Atem.

»Ja, ihre Eltern haben ihr und Charles zu Ehren zum Lunch geladen. *Alle* werden dort sein. Pamela – das ist Ellas Stiefmutter – ist eine *fabelhafte* Gastgeberin. Und Ed, dieses

Ekel, hat mich gerade angerufen und mir gesagt, er habe eine Halsentzündung und könne unmöglich kommen. Eine *Halsentzündung.* Also wirklich!« sagte Camilla, als rechne sie diese zu den seltensten Tropenkrankheiten. »Im August! Und *deshalb*«, ihr Ton wandelte sich, »habe ich überlegt, ob *du* womöglich Zeit hättest. Ich könnte es nicht *ertragen,* ohne Begleitung dort zu erscheinen. Und außerdem«, sie merkte offenkundig, wie selbstsüchtig sie klang, »habe ich dich schon seit einer *Ewigkeit* nicht gesehen, und ich dachte auch daran, wie gut du dich mit Ella auf meiner Party verstanden hast.«

Ich fragte mich insgeheim, wen sie wohl schon alles angerufen hatte, ehe sie es bei mir versuchte. »Ich weiß nicht recht, Camilla. Natürlich würde ich dich liebend gern sehen, aber das kommt schon sehr plötzlich.«

Menschen mit vielfachen Verpflichtungen standen in Camillas Achtung an erster Stelle.

»Ich *weiß,* Schatz«, sagte sie. »Und wenn seine Halsentzündung Ed nicht umbringt, kannst du sicher sein, daß *ich* das tun werde. Aber ich würde dich *so* gerne sehen. Und falls dich das tröstet – es wird ganz sicher ein herausragendes Ereignis.« Wenn es um die Verfolgung ihrer gesellschaftlichen Ziele ging, war Camilla hartnäckig. »Und es werden auch *jede Menge* Oxford-Absolventen dort sein«, fuhr sie fort. »Und ...« Sie überlegte, welchen Anreiz sie noch aufbieten konnte. »Ellas Cousine wird natürlich auch dasein. Sie ist *sehr* hübsch. Nach allem, was man so hört, ein komischer Vogel«, Camilla war ein überaus wahrheitsliebender Mensch, »aber *sehr* hübsch.«

»Ich weiß«, sagte ich und dachte dabei an Sarah Harcourts kalte Schönheit.

»Dann begleitest du mich also?«

Eine Stunde später fand ich mich mit Camilla auf den Eingangsstufen des Hauses am Chester Square wieder, an dessen schwarzer Tür ich so oft in der Hoffnung vorbeigegangen war, Ella zu treffen. Camilla drückte mir erleichtert die Hand und warf mir ein einstudiertes und perfekt geformtes Lächeln aus roten Lippen und weißen Zähnen zu, die teuer hergerichtet worden waren. »Du bist mein *Retter,* Schatz«, flüsterte sie mir ins Ohr, während ich klingelte.

Wir waren spät dran, denn es gehörte zu Camillas Kredo, stets auf sich warten zu lassen, und als wir den Salon betraten, waren die anderen Gäste schon unruhig vor Hunger und schauten verstohlen auf die Uhr. Insgesamt waren wir vielleicht dreißig: ein Paar in Tweed, respektierlich, aber ohne jeden Schick, das ich, und damit lag ich richtig, als die Stanhopes ausmachte; mehrere Leute meines Alters, unter denen ich die Frau mit der Villa in Biarritz wiedererkannte; und dann die Harcourts, groß und würdevoll, genau wie ich sie mir vorgestellt hatte, die sich an einem der hohen Fenster, die auf den Platz hinausgingen, mit Sarah unterhielten. Weder Ella noch Charles waren irgendwo zu sehen.

Camilla steuerte direkt den Gastgeber und die Gastgeberin an, die Arme zur Begrüßung weit geöffnet. Ich hielt mich unmittelbar hinter ihr und bemerkte, daß die Unterhaltung erstarb. »Lady Harcourt«, sagte sie und umarmte eine große, knochige Frau, deren rotes Haar straff aus dem Gesicht gekämmt war und sich in komplizierten Windungen auf ihrem Kopf türmte. »Wie *schön,* Sie zu sehen.«

Die Stimme, die ihr in der schleppenden Sprechweise einer Bostonerin Antwort gab, bat sie, die Förmlichkeiten beiseite zu lassen. »Ich bin Pamela«, sagte die Frau mit einem gewissen Nachdruck, als sie mir ihre knochige, juwelengeschmückte Hand reichte. »Wir warten nur noch auf das glückliche Paar. Sie wollten noch einige Verlobungsgeschenke nach oben bringen.«

Mir wurde bewußt, daß ich mit leeren Händen dastand, aber wie aufs Stichwort zauberte Camilla ein extravagant eingewickeltes Päckchen aus ihrer Handtasche hervor und überreichte es der Gastgeberin. »Das ist von uns beiden«, sagte sie mit ihrem reizendsten Lächeln und wandte sich dem Gastgeber zu, um auch ihn zu begrüßen.

Alexander Harcourt hatte denselben Teint wie seine Tochter und ebenso blondes Haar, wenn seines auch schütter wurde und seine Wangen eher gerötet als rosig waren. Seine Augen waren blau wie Sarahs, leuchteten aber wie Ellas, und er bewegte sich mit der Selbstsicherheit eines Mannes, dem sein gutes Aussehen stets wieder bestätigt wird. Seine Hände waren groß, seine Schultern breit, und er hatte eine offene Art. Ich mochte ihn.

»Da sind sie ja«, sagte er, nickte mir noch einmal liebenswürdig zu und richtete den Blick dann erfreut auf die Salontür. Seine Frau, in einem grünen Kleid, das ihr nicht stand, schritt auf ihre Stieftochter zu, um sie in Empfang zu nehmen. »Du siehst wundervoll aus«, hörte ich sie sagen, als sie Ella auf die Wange küßte.

Falls Ella wundervoll aussah, blieb es mir verborgen. Die kunstfertigen Hände eines Coiffeurs hatten ihr glattes geschmeidiges kurzes Haar zu diesem Anlaß fast zu einer Hochfrisur aufgebauscht, und die Arbeit der Kosmetik-Künstlerin war an den rosarot geschminkten Lippen und dem blauglitzernden Lidschatten abzulesen. Sollten die dunklen Ringe unter ihren Augen noch existiert haben, waren sie geschickt überschminkt worden. In ihrem rosaroten Kleid mit Blumenmuster und Puffärmeln sah Ella aus wie eine Puppe aus der Zeit König Edwards, und ihre Bewegungen entbehrten entsprechend jeglicher Anmut. Mich schien sie nicht zu sehen.

»Du siehst *phantastisch* aus, Schatz!« Camilla war wie immer die erste in der Reihe, die sich spontan bildete, um dem Brautpaar zu gratulieren. Der hinter Ella stehende Charles, mit seinem dunklen Anzug und dem akkurat gescheitelten Haar, glühte vor Freude, während seine Verlobte die Umarmung der Freundin über sich ergehen ließ. Ich wartete mit den anderen Gästen, bis er und Ella, von Camilla nur zögernd wieder freigegeben, die Reihe abschritten und die Glückwünsche ihrer anderen Freunde sowie der Bekannten ihrer Eltern entgegennahmen.

Ella entdeckte mich, als uns noch drei Gratulanten voneinander trennten. Sie küßte Sarah steif auf beide Wangen, als ihr über die Reihe schweifendes Auge meinem Blick begegnete. Sie schaute sofort weg, und ich glaubte unter ihrem Rouge echtes Erröten wahrzunehmen. Ich strahlte angesichts dieses heimlichen Triumphs.

»Ich wußte nicht, daß Sie kommen würden«, sagte sie, als die Reihe an mir war, und bot mir rasch die Hand anstelle ihrer Wange.

»Camilla hat mich eingeladen«, erklärte ich. »Und ich hatte ja ohnehin noch keine Gelegenheit, Ihnen und Charles zu gratulieren.«

Sie sah mich einen Augenblick an, eher verlegen als feindselig, und ging dann weiter.

Als Charles bei mir ankam, begrüßte er mich wie einen alten Freund.

»Dann ist das also die prächtige Frau, über die ich kein Wort verlieren durfte?« fragte ich ihn lächelnd.

»Das ist sie«, erwiderte er und blickte zu Ella hinüber. »Und ich habe doch nicht übertrieben, oder?«

»Glückwunsch«, sagte ich schlicht.

Er setzte seinen Weg fort. Der Nachmittag schritt voran. Der Lunch wurde an einem langen, silberbeladenen Tisch im Eßzimmer serviert, einem Raum mit hohen Decken und roter Tapete, einem großen, auf Antik getrimmten Kandelaber und mit Blick auf den Garten. Draußen regnete es. Ich saß zwischen Camilla und Sarah, und mir gegenüber, neben Charles, saß die Frau mit der Villa in Biarritz. Das Essen war, wie von Camilla vorausgesagt, hervorragend, und auch der Wein war gut; Vasen mit prächtigen Rosen, farblich auf Ellas Kleid abgestimmt, erfüllten den Raum mit ihrem Duft. Gelegentlich schnappte ich Bruchstücke von Ellas Gespräch auf, die, qualvoll nahe, drei Plätze entfernt von mir saß.

Doch erst nach einer Weile merkte ich, daß jede Äußerung, die ich erhaschte, den Regeln gesellschaftlichen Anstands entsprach – daß meine Angebetete mit eben jener gedankenlosen, einstudierten Leichtigkeit daherplauderte, die sie nur wenige Wochen zuvor so scharf kritisiert hatte. Ihr Dank für die Geschenke der Gäste war artig; ihre Hochzeitspläne wurden mit liebenswürdiger Begeisterung vorgebracht; und ihre Geheimniskrämerei in Sachen Brautkleid war keineswegs originell. Nirgendwo fand ich eine Spur von der Frau mit dem hohlwangigen Gesicht, die in der Dunkelheit auf der Boardmanschen Treppe vom Gestrandetsein gesprochen hatte, und diese Verwandlung machte mich wütend. Allem Anschein nach hatte Ella beschlossen, lieber mit als gegen den Strom zu schwimmen, und sie tat es mit jener künstlich erworbenen Anmut, die mir von Charles bereits vertraut war und mich bei ihr sowenig beeindruckte, wie sie mich bei ihm beeindruckt hatte.

Doch ich verzweifelte noch nicht völlig an ihr. Etwas in ihrer Stimme erinnerte mich an die Stimme der Frau, der ich erst im Park und dann bei den Boardmans gelauscht hatte. Hinter den Worten schien etwas von ihrer damaligen Verwirrung durch, von der Ernsthaftigkeit, mit der sie gegen die Kräfte ankämpfte, die sie … Wie hatte sie sich ausgedrückt? Hinabzuziehen drohten. Und die vom Untergang bedrohte Ella hatte sich entschlossen, dem mit tapferer Miene zu begegnen. So dachte ich, und mit dieser Erklärung kam ich der

Wahrheit näher als mit all meinen dem neunzehnten Jahrhundert entlehnten Phantasien, in die ich mich verstiegen hatte. Falsch lag ich nur mit meiner Vermutung, zu wissen, was sie hinabzog.

So qualvoll Ellas Gegenwart auch sein mochte, vergaß ich doch nicht meine Pflichten als Camilla Boardmans Tischherr, was diese im übrigen auch gar nicht geduldet hätte. Ihr ansteckendes Lachen, die vertrauliche Art, in der sie mir flüsternd von jedwedem Fauxpas anderer erzählte, die rundum befriedigende Aufmerksamkeit, die sie jeder meiner Antworten zollte, all dies zusammen versetzte mich in eine angenehme Stimmung. Ella war nicht die einzige, dachte ich, die ihre Gefühle hinter scheinbar mühelos sprudelndem Geplauder verstecken konnte. Ich würde ihr beweisen, daß ich dieses Spiel ebensogut beherrschte wie sie. Und so plauderte ich mit Camilla, mit Sarah, mit der Frau, der die Villa in Biarritz gehörte, während ich die ganze Zeit überlegte, wie ich es anstellen könnte, Ella einen Augenblick für mich allein zu haben, und den Entschluß faßte, das Haus nicht zu verlassen, ohne nicht wenigstens einen dahingehenden Versuch unternommen zu haben.

Sarah Harcourt, in steifes blaues Leinen gekleidet, erzählte mir, wie sehr sie rosarote Rosen verabscheute. Ihre für die Gastgeberin unhörbare Kritik galt vermutlich eher Pamela Harcourt selbst als deren Rosen, und ich glaubte auch zu wissen, woher diese Abneigung kam. Für Sarah war Pamela ein Eindringling. Zunächst einmal hatte sie einen amerikanischen Akzent, was kaum zu ihren Gunsten sprach, aber noch größere Mißbilligung erregte ihr unverhohlenes Bestreben, jedes sonstige persönliche Detail so britisch wie möglich zu gestalten. Pamelas Turmfrisur war eindeutig edwardianisch, ihr Geschmeide schwer und altmodisch, und sie behandelte die Frau, die sie während des Essens bediente, mit genau dem richtigen Maß an höflicher Geringschätzung. All dies ärgerte

Sarah, wie ich bemerkte, fast ebensosehr, wie das gewandte Geplauder ihrer Cousine mich ärgerte. Und obwohl sie nichts sagte, spürte ich, daß sie Fremden – noch dazu usurpierenden Fremden – feindselig gesinnt war, eine Eigenschaft, die in manch britischer Seele schlummert. Sie saß neben mir und rührte die wahrhaft königlichen Speisen, die man ihr darbot, kaum an. Ich beobachtete, daß niemand sich mit ihr unterhielt, ihre Anwesenheit jedoch überdeutlich zu spüren war, und wieder ging mir der Gedanke durch den Kopf, daß sie zu den Menschen gehörte, denen man mit Achtung, aber nicht vertraulich begegnete: eine Außenseiterin, nicht nur umständehalber, sondern auch aus freien Stücken. Selbst Camilla, deren eiserne Selbstsicherheit ansonsten nichts und niemand zu erschüttern vermochte, schien nicht geneigt, Sarah ins Gespräch zu ziehen, weil auch sie spürte, wie schwierig diese zu erobern war. Und als ich den harten Zug um Sarahs Mund betrachtete und mich fragte, wie ich sie jemals für ein Ebenbild Ellas hatte halten können, empfand ich eine Art Mitleid mit ihr, das ich jedoch nie zu äußern gewagt hätte. Sarah war die Gefangene ihrer Selbstbeherrschung, dachte ich; und wenn ich heute an damals zurückdenke, sehe ich, daß ich recht gehabt hatte.

Ein einziges Mal versuchte die Frau mit der Villa in Biarritz ein Gespräch mit Sarah anzufangen, doch ihr Einstieg war unglücklich gewählt.

»Stellen Sie sich vor«, sagte sie über die rosaroten Rosen hinweg, »ich habe gar nicht gewußt, daß Ella eine Schwester hat. Stehen Sie sich sehr nahe?«

Es kam zu einem winzigen Moment des Schweigens, doch dieses war eisig genug, um die Konversation ringsum erstarren zu lassen, ehe Sarah lächelte und erklärte, daß sie und Ella nur Cousinen seien.

»Ach, tatsächlich? Dabei könnten Sie fast Zwillinge sein«,

tappte die Frau, noch immer lächelnd, ins nächste Fettnäpfchen.

»Das könnten wir nicht«, folgte die schneidende Antwort, gerade laut genug, daß sie bis zu Ella drang, und aus der gezwungenen Fröhlichkeit, mit der diese in Konversation machte, schloß ich, daß sie die Kränkung sehr wohl vernommen hatte, sie aber bewußt ignorierte.

»O doch, das könnten Sie«, beharrte die unselige Frau. »Sie sind einander wie aus dem Gesicht geschnitten.«

»Aber im Stil unterscheiden wir uns doch sehr«, kam zukkersüß die vernichtende Antwort, und Sarah lehnte sich gelassen in ihrem Stuhl zurück, als wolle sie zum Vergleich zwischen ihrem natürlichen Aussehen und Ellas stark geschminktem Gesicht einladen. Ein verhaltenes Lächeln umspielte ihre Lippen, während sie sich mit geschmeidigen Bewegungen eine Zigarette anzündete; dann richtete sie ihr Lächeln auf ihre Cousine, und es blieb Camilla überlassen, das darauffolgende Schweigen zu überspielen, indem sie unsere Aufmerksamkeit auf die entzückende Pracht des Blumenschmucks lenkte.

Der Lunch wurde schließlich mit einem starken, süß duftenden Kaffee in hauchzarten Porzellantassen beendet, die wie Rosenknospen geformt waren. Diese Rosentassen hatten verschiedene Farben (so war meine zum Beispiel gelb), und es belustigte mich, daß Sarah eine rosarote bekam. Ich versuchte, ihren Blick aufzufangen, weil ich dachte, wir könnten uns gemeinsam darüber amüsieren, aber sie schaute ernst und verschlossen vor sich hin. Als Camilla sich über die *erlesene* Schönheit des Porzellans verbreitete und die Gastgeberin nach dessen Herkunft fragte, sah ich Ellas Cousine einen Blick auf die Uhr werfen.

Die Tafel wurde aufgehoben, und wir begaben uns in den Salon, der von unbequemen Sofas mit Holzornamenten und dunkel gemusterten Polstern beherrscht wurde. Unmittelbar darauf begann sich die Gesellschaft aufzulösen, denn das Essen hatte länger gedauert als erwartet, und viele der Gäste waren für anderweitige Verpflichtungen ohnehin schon spät dran. Ich sah, daß Sarah eine der ersten war, die sich verabschiedeten, und daß sie Pamela Harcourt, anstatt sie zu küssen, die Hand reichte. Alexander Harcourt gab sie einen Kuß und auch Ella, wenngleich die flüchtige Berührung, mit der sie die Wange ihrer Cousine streifte, nicht gerade auf Zuneigung schließen ließ. Charles erhob sich und machte Anstalten, Sarah zu küssen, mußte aber mit einer ihm rasch entgegengestreckten zarten weißen Hand vorliebnehmen.

Als Sarah fort war, setzte sich Camilla zu mir auf das Sofa und sagte, leise genug, damit nur ein oder zwei Gäste, die ihre Ansicht vermutlich teilten, es hören konnten: »Nun, ich habe ja *gesagt,* sie ist ein komischer Vogel, und wie du siehst, hatte ich recht. *Äußerst* merkwürdig. Hat fast *keinen Ton* gesagt.« Sie dachte einen Augenblick ernsthaft nach. »Ich denke, sie ist anmaßend«, verkündete sie dann ihr abschließendes Urteil. »Und offen gestanden sehe ich keinen rechten Grund dafür, du etwa?«

Doch ihre Frage war rein rhetorischer Natur; es wurde keine Antwort von mir erwartet, und als ich schwieg, ließ sie das Thema fallen und redete von anderen Dingen. Ich hörte ihr mit halbem Ohr zu, während ich meine eigentliche Aufmerksamkeit der Frage widmete, wie ich es anstellen könnte, Ella einen Augenblick für mich allein zu haben. Ein Augenblick wäre schon genug, dachte ich. Aber die Gäste erhoben sich einer nach dem anderen zum Aufbruch, und meine Chancen wurden immer geringer. Ella machte keinerlei Anstalten, sich mit mir zu unterhalten, und ich verspürte nicht das Verlangen, die riesige Teppichfläche zu überqueren und mich zu ihr und Charles zu setzen. Ich wollte sie für mich allein oder gar nicht.

Wieder war es Camilla, die mir mit ihrem Vorschlag, die Verlobungsgeschenke anzuschauen, zu Hilfe kam. »Ella, Schatz«, rief sie von unserem Sofa, »willst du denn gar nicht wissen, was ihr alles geschenkt bekommen habt? Ich würde *sterben* vor Neugier!«

»Sie kann es kaum noch erwarten«, antwortete Pamela Harcourt lächelnd.

Weil ich meine Chance gekommen sah und zugleich bemerkte, daß Ella Einspruch erheben wollte, schloß ich mich der Bitte in einem gut gewählten Moment an.

»Ja, warum packen wir sie nicht jetzt gleich aus, Liebling?« sagte Charles wie aufs Stichwort.

Ella zögerte. »Ja, warum nicht«, stimmte sie dann zu.

»Dann wollen wir mal«, sagte Pamela entschlossen und stand auf. Sie wandte sich an die wenigen noch verbliebenen Gäste. »Am besten begeben wir uns alle nach oben. Es sind einfach viel zu viele Geschenke, um sie nach unten zu bringen.« Und mit einem glücklichen Lachen hakte sie ihren zukünftigen Schwiegersohn unter und ging voraus. Alexander Harcourt folgte mit Camilla und der Frau mit der Villa in Biarritz. Eine pummelige Verwandte, der einzig sonst noch übriggebliebene Partygast, war in einem Sessel eingeschlafen. Ella und ich blieben allein zurück.

»So sieht es also aus?« sagte ich hastig, wobei meiner Stimme der Ärger anzuhören war, den ich während des Essens empfunden hatte.

»Was?« Sie sah mich durch die kunstvoll frisierten Stirnfransen hindurch an, und ich erkannte etwas von der Frau wieder, die ich in Erinnerung gehabt hatte.

»Ist das Ihre Insel?«

Ella schwieg. Die Verwandte im Sessel schnarchte leise.

»Ist es das, was Sie mit den Ereignissen gemeint haben, die außer Kontrolle geraten sind?« Nach Wochen aufgestauter

Enttäuschung und Erregung blieb ich jetzt mutig und beharrlich.

Mit einer kurzen Kopfbewegung dirigierte Ella mich aus dem Raum und in Richtung Treppe. »Ich weiß nicht, was Sie meinen«, sagte sie und setzte den Fuß auf die erste Stufe.

»Nein, natürlich wissen Sie das nicht. Ich vergesse immer wieder, daß man in unserem speziellen Fischschwarm niemals zugeben sollte, etwas wirklich Wahrhaftiges gesagt zu haben.« In meiner Stimme schwang Sarkasmus mit, was ihr offenbar Unbehagen bereitete. »Vor allem dann nicht, wenn man es mit jemandem zu tun hat, den man nicht seit seiner Kindheit kennt.« Ich war angenehm überrascht, mit welcher Leichtigkeit mir die Worte über die Lippen kamen.

»Erzählen Sie mir bloß nichts von Fischschwärmen.«

»Warum nicht?«

»Weil es eine abgedroschene Metapher ist.«

»Na gut, wenn Sie meinen. Dann frage ich Sie jetzt ganz direkt. Was zum Teufel tun Sie da?«

»Ich heirate den Mann, den ich liebe, James«, antwortete sie, doch es klang nicht ehrlich. »Und außerdem«, fuhr sie fast grimmig fort, »glaube ich kaum, daß es Sie etwas angeht, ob ich glücklich bin oder nicht.«

»Es geht mich insofern etwas an, als Sie dafür gesorgt haben, daß es mich etwas angeht«, gab ich ruhig zurück.

»Na gut, dann tut es mir eben leid, etwas gesagt zu haben.«

»Das glaube ich nicht.«

»Wie bitte?«

»Ich sagte, daß ich das nicht glaube. Als wir uns zum ersten Mal begegnet sind, an jenem Tag im Park, haben Sie nach einem Ausweg gesucht. Und Sie haben auch in der Nacht auf Camillas Party nach einem Ausweg gesucht, nicht wahr? Ich dachte, Sie wollten, daß ich Ihnen dabei helfe.«

Es war klug von mir, an dieser Stelle nicht eine meiner

kühneren Theorien über die Frage nach Ellas Motiven zu äußern; so entsprach der Kern dessen, was ich gesagt hatte, der Wahrheit, und sie konnte nichts dagegen einwenden.

»Und als Ihre Verlobung dann schließlich verkündet wurde«, fuhr ich fort, »und die Dinge Ihnen wirklich entglitten waren, befanden Sie, daß es keinen Ausweg mehr gäbe, und deshalb haben Sie aufgegeben und sich gefügt. Um Ihre eigenen Worte zu verwenden, Sie sind zu dem Schluß gekommen, daß es leichter ist, mit der Strömung als gegen sie zu schwimmen.«

»Pst«, sagte sie, »man wird Sie hören.«

Ich senkte die Stimme, sprach aber weiter. »Doch selbst jetzt noch verachten Sie sich dafür, so schwach zu sein, oder?«

»Wie können Sie es wagen ...«

»Sagen Sie mir, daß Sie sich nicht selbst verachten. Sagen Sie mir, daß Sie es genießen, dieses alberne rosa Kleid zu tragen und aufgeputzt wie eine Porzellanpuppe herumzulaufen, die keinen eigenen Gedanken fassen kann. Sagen Sie es mir«, schloß ich triumphierend, »und ich werde nach oben gehen und höflich Ihre Verlobungsgeschenke begaffen und Sie nie wieder belästigen.«

Sie blickte mich sprachlos an, und mit einer Mischung aus Entsetzen und Erleichterung sah ich, daß ihr Tränen in den Augen standen.

»Sagen Sie es mir«, beharrte ich, »und ich werde gehen. Sagen Sie mir«, denn jetzt konnte ich nicht mehr einhalten, »daß Sie sich nicht vorstellen können, jemals einen anderen Menschen mehr zu lieben als Charles Stanhope, und ich werde gehen. Ich werde mich nicht einmal verabschieden, wenn Ihnen das lieber ist. Ich werde einfach gehen.«

»Ich werde Ihnen nichts dergleichen sagen«, entgegnete sie, um eine würdevolle Haltung bemüht. »Trotzdem sollten Sie lieber gehen.«

»Nicht, ehe Sie mir gesagt haben, *warum*«, erwiderte ich

und schlug eine neue Taktik ein. »Und sei es auch nur, um meine Neugier zu befriedigen. Sagen Sie mir, *warum* Sie ihn heiraten wollen.« Im Vertrauen darauf, die Antwort zu kennen, rechnete ich damit, daß ihr Widerstand bröckeln und sie sich dem entlastenden Eingeständnis ergeben würde. Ich wurde enttäuscht. Sie baute sich zu voller Größe auf und blickte mir fest in die Augen.

»Ella, Schatz!« ertönte eine schrille Stimme von oben.

»Nun sagen Sie es mir schon«, drängte ich.

Sie war sichtlich bemüht, sich nicht aus der Fassung bringen zu lassen, und als sie sprach, geschah dies im Ton ruhiger Zurechtweisung. »Sie haben kein Recht, darauf eine Antwort von mir zu erwarten«, sagte sie leise. »Sie sind Gast im Haus meiner Eltern. Als solcher haben Sie gewisse Verpflichtungen. Erfüllen Sie sie und erweisen Sie mir den Gefallen, zu tun, was ich von Ihnen verlange.«

»Und das wäre?«

»Ich möchte, daß Sie jetzt sofort nach oben gehen und sich bei meiner Stiefmutter für den köstlichen Lunch bedanken«, sagte sie gleichmütig. »Dann möchte ich, daß Sie Camilla heimbringen und anschließend selbst nach Hause gehen. Vergessen Sie meine Metaphern; vergessen Sie alles, was ich im Park gesagt habe; vergessen Sie unser Gespräch bei den Boardmans. Schreiben Sie das alles einfach der Verwirrung einer jungen Frau zu, die im Begriff ist zu heiraten. Erklären Sie es sich, wie immer Sie wollen, aber hören Sie auf, mich danach zu fragen.«

»Ella!« erklang es jetzt von oben, lauter diesmal, eine Männerstimme. Ich hörte das Knarzen von Holz, als jemand, dessen Tritt ich erkannte, herunterkam, um nach ihr zu sehen. »Ella, meine Liebe, wo steckst du?« Es war die Stimme von Charlie Stanhope, aufgeräumt wie immer.

»Ich hoffe, Sie haben mich verstanden«, sagte sie.

Unsere Blicke trafen sich. Charlie war bereits halb die Treppe herunter.

»Bitte, James«, sagte sie nun mit veränderter Stimme, »nicht jetzt.« Und als sie den Hoffnungsschimmer in meinen Augen aufleuchten sah, fügte sie rasch hinzu: »Niemals.« Sie blickte mich mit aller Offenheit an. »Ich habe mein Bett bereitet, soviel habe ich geschafft. Jetzt habe ich auch vor, mich hineinzulegen.«

»Es ist noch nicht zu spät«, entgegnete ich. »Sie haben Ihr ganzes Leben doch noch vor sich. Es kann doch keine verlockende Aussicht sein, es mit Charles Stanhope auf jener Insel zu verbringen, auf der Sie gestrandet sind.«

»Erzählen Sie mir nichts von *Inseln*.«

»Warum nicht? Es ist Ihr Wort.«

»Ich habe es Ihnen bereits gesagt. Die Metapher ist abgedroschen.«

»Aber noch immer treffend, denke ich.«

»Denken Sie, was Sie wollen«, zischte sie, doch ich spürte die verborgene Verzweiflung in ihrer Stimme.

»Ihr ganzes Leben liegt noch vor Ihnen, Ella, begreifen Sie das denn nicht?« versuchte ich es ein wenig sanfter.

»Das haben Sie in jener Nacht auch ständig gesagt«, erwiderte sie, als Charles das untere Ende der Treppe erreichte.

»Haltet ihr zwei hier unten ein Schwätzchen?« sagte er jovial.

»Es stimmt immer noch«, murmelte ich.

»Was?« fragte Charlie.

»Ach, nur daß Züge nicht warten«, sagte Ella strahlend und hakte sich bei ihrem Verlobten unter, »und daß James, egal wie sehr wir ihn auch bitten mögen, seinen nicht verpassen will.«

»Schade«, meinte Charlie, als ich den beiden nach oben folgte, um mich zu verabschieden.

Kapitel 6

Ich hatte also fürs erste eine Niederlage erlitten, hatte vor der Entschlossenheit dieser stählern grünen Augen kapitulieren müssen, und das nahm ich mir in den Tagen, die auf das Fest am Chester Square folgten, schwer zu Herzen. Dennoch ließ ich mich in meinen romantischen Träumen nicht beirren, und meine Gedanken kehrten mit neuer Kraft zu Ella und ihrem Dilemma zurück. Ich hatte mir, wie ich fand, an diesem regnerischen Tag ihrer Verlobungsfeier alle Ehre gemacht und spürte, daß das Band zwischen uns auf unerklärliche, aber sehr konkrete Weise stärker geworden war, trotz aller gegenseitigen Beweise. Die Jugend ist optimistisch; das ist ihr Trost. Und ich wartete geduldig, daß die Ereignisse, wenn sie denn wollten, ihren natürlichen Verlauf nehmen würden.

Nicht daß ich mir einbildete, Ella würde der Versuchung, mich wiederzusehen, nicht widerstehen können; ich rechnete vielmehr damit, daß sie einer Versuchung ganz anderer Art nicht würde widerstehen können: Sie würde, und da war ich mir ganz sicher, eine Gelegenheit suchen, sich überzeugender vor mir zu rechtfertigen, als sie dies bei ihrer Verlobungsfeier hatte tun können. Und auf diesen Augenblick wartete ich.

Die Hochzeit von Ella Harcourt und Charles Stanhope war für den folgenden März angesetzt, in sieben Monaten also; und als aus den Tagen seit jener Feier bei den Harcourts eine Woche geworden war, tröstete ich mich mit dem Gedanken, daß ich zumindest die Zeit auf meiner Seite hatte. Ich ging davon aus, daß Ella Harcourt eine stolze Frau war, und an dieser Einschätzung hielt ich fest, weil sie mir zur Erklärung ihres anhaltenden Schweigens dienlich war. Ich sagte mir, daß es unsinnig wäre, das Haus am Chester Square zu belagern; ja, daß ich alles mir mögliche bereits getan hätte. Obwohl ich eifrig wie immer Ausschau danach hielt, kam es zu keiner weiteren zufälligen Begegnung mit irgendeinem Mitglied der Harcourt-Familie. Eine Woche verstrich, ohne daß mein Mut sank.

Am achten Tag erhielt ich ihren Brief. Ich habe ihn aufbewahrt, zusammen mit all den anderen, die sie mir geschrieben hat; und wenn ich mir die eigenwillige Handschrift, das schwere Papier, die braune Tinte ansehe, dann denke ich mit brennendem Kummer an die junge Frau zurück, die ihn schrieb, und wünsche mir, wie schon viele vor mir es sich gewünscht haben, die Vergangenheit wäre durchlässiger und würde es gestatten, auf einem anderen Pfad als dem der Erinnerung zu jenem längst vergangenen Tag zurückzukehren, an dem Ellas Brief seinen Weg auf die Fußmatte in der Diele meiner Eltern fand.

Diese Rückschau tut mir gut; sie führt mir eine Vergangenheit vor Augen, der ich jahrzehntelang aus dem Weg zu gehen versucht habe. Ich sehe den jungen Mann vor mir, der ich damals war – den romantischen, naiven, im wesentlichen unschuldigen jungen Mann –, und beginne, ihn zu verstehen. Das ist ein bedeutsamer Schritt. Sich seiner Unschuld bewußt zu werden ist bedeutsam, denn ich weiß jetzt, daß er, daß ich nicht von Geburt an böse war, daß seine Sünde, meine Sünde, keine Erbsünde war. Sie ergab sich aus einer unglücklichen Verkettung von Umständen und Zufällen – und, ja, auch Schwäche –, die ich nicht hatte vorhersehen können und die sich meinem Einfluß entzog. Heute erst weiß ich, daß ich damals, als ich Ellas Brief las, ein ganz gewöhnlicher junger Mann war. Die Faszination, die Ella Harcourt auf mich ausübte, entsprach der Faszination, die unzählige andere junge Frauen auf unzählige andere junge Männer ausübten. Wenn ich die Welt hinterfragte, taten das Millionen anderer Menschen ebenso. Wenn ich den Wunsch hatte, mich von Konventionen zu befreien, die Begrenzungen des Althergebrachten zu überschreiten, dann unterschied mich dies in nichts von jedem anderen verdrossenen jungen Mann meiner oder jeder anderen Generation. Ich war keineswegs außergewöhnlich; was ich tat, hätten auch andere tun können.

Aber sie haben es nicht getan, und diesen Tatbestand muß ich akzeptieren.

Ich muß ebenfalls akzeptieren, daß es viele gab, die Schlimmeres getan haben als ich. Die Geschichte wimmelt von Menschen, die weitaus schlimmer sind als ich. Werden sie härter oder ich geringer bestraft werden? Vielleicht begann auch ihr Leben im Zustand der Unschuld. Ich würde gern ihre Geschichten erfahren. Ich würde gern mehr von Sarahs Geschichte erfahren. Warum? Weil mich mildernde Umstände interessieren und ich außer meiner eigenen intellektuellen Befriedigung jetzt nicht mehr viel habe, wofür ich lebe. Nachdem ich eine Art Gerechtigkeit habe walten sehen – sogar im Falle meiner Frau, die bis zum Schluß keine Reue zeigte –, deren Werkzeug ich war, kann ich mich jetzt mit ganzer Kraft meinem eigenen Glück widmen, bis auch mein Ende kommt. Dann wird über mich Gericht gehalten. Doch anders als Sarah bereue ich, was ich getan habe, und das seit fast fünfzig Jahren; vielleicht wird mir das ja angerechnet.

Aber ehe ich mich meiner Zukunft widme, muß ich mich meiner Vergangenheit stellen. Hätte ich nur einen Wunsch, dann wäre es dieser. Der eigenen Vergangenheit ins Auge zu blicken ist kein leichtes Unterfangen: bis gestern zählte einzig die Gegenwart für mich. Ich hatte Angst, zurückzuschauen oder nach vorn zu blicken, denn hinter mir lag das, was ich getan hatte, was wir, Ella und ich, getan hatten, und vor mir lag die Strafe, die ich dafür erhalten würde. Doch jetzt bin ich mutiger, jetzt kann ich genauer hinsehen.

Ich habe Ellas Brief in den Händen. Der flüchtig hingekritzelte Absender lautet: *23, Chester Square, S. W. 1.*

Lieber James, beginnt er,

es wird Sie freuen, zu erfahren, daß unser Gespräch von letzter Woche zumindest den Effekt hatte, daß mir in Hinblick auf das schreckliche Make-up, mit dem ich mir das Gesicht vollgekleistert hatte, die Augen geöffnet wurden. Sie hatten recht, ich sah wie eine Puppe aus. Vermutlich brauchte ich jemanden, der unverschämt genug war, mir das zu sagen, und ich danke Ihnen für Ihre Grobheit – ich dachte, man hätte sie Ihnen erziehungshalber ausgetrieben. Vielleicht ist das ja auch so, und ich habe nur das letzte Quentchen davon abbekommen, was ich jedoch nicht hoffe. Aber ich habe mein Puppengesicht bald abgelegt, was Sie sicher begrüßen werden. Sobald alle fort waren, ging ich nach oben und schrubbte mir alles ab. Ich wusch mir auch die Haare, was Pamela beim Abendessen zu der Bemerkung veranlaßte, daß ich »ausgesprochen schlampig« aussähe. (Sie liebt solche Wendungen.) Sie war wütend deswegen – wir hatten den Vormittag nämlich zusammen bei ihrer Kosmetikerin verbracht. Mein Gesicht war das Ergebnis eines Zähmungsversuchs.

Typisch amerikanisch, höre ich Sie sagen. Nun, ich denke, ich bin Amerikanerin, und ich bin stolz darauf. Aber ich trage einen englischen Namen, und Sie werden sich erinnern, wie wir uns darüber einig waren, daß der Name das am wenigsten Private an einem Menschen ist. Dies ist vielleicht auch ein guter Einstieg in die Beantwortung Ihrer Frage von letzter Woche. »Warum?« haben Sie mich gefragt. »Warum heiraten Sie Charles?«

Ja, warum eigentlich. Doch ehe Sie sich aufs hohe Roß schwingen, sollten Sie sich einmal in meine Lage versetzen, wenn auch nur für einen Augenblick. Hätte Ihre Ur- oder Urgroßmutter (ich bin mir nicht sicher) ebenfalls Charles II. verführt, würden Sie mich vielleicht besser verstehen. Dann würde Ihr Name Sie wie mich der meine nicht nur beschreiben, sondern Sie und Ihr ganzes Leben bestimmen, es in strenge Bahnen lenken, die Ihnen ganz und gar zuwider wären. Mein Name ist meine Bestimmung. Können Sie sich allen Ernstes vorstellen, daß die Ehrenwerte Ella, Tochter von Lord und Lady Harcourt, Nichte des Earl und der Countess von Seton, der höchstpersönlich ein Abschnitt im Adelskalender gewidmet ist, jemand anderen heiratet als Charles Stanhope, den ältesten Sohn von Sir Lachlan und Lady Stanhope von Barton Manor, Wilts und Windham Road, Fulham, der seine Ausbildung in Eton und Oxford erhalten hat? Natürlich nicht. Dies mögen zwar moderne Zeiten sein, aber so frei, wie wir zu sein glauben, sind wir längst nicht. (Und das sage ich nur halb im Scherz.)

Doch Spaß beiseite, ich glaube, es ist an der Zeit, ehrlich zu Ihnen zu sein. Ich habe mich, wie ich an jenem Tag im Park sagte, in eine Zwickmühle gebracht. Und das habe ich mir, wie ich damals schon sagte, ganz allein selbst zuzuschreiben. Das gebe ich offen zu. Und das ist auch der Grund, weshalb ich in den vergangenen Wochen überlegt habe, die Ereignisse ihren Lauf nehmen zu lassen, denn ich habe mein Bett bereitet und sollte nun auch darin liegen. Warum ich es so beharrlich bereitet und diese ganze bizarre Maschinerie in Gang gesetzt habe, kann ich Ihnen nicht erschöpfend erklären. Ich habe mich selbst tausendmal nach dem Warum gefragt, und wenn ich schon keine klare Antwort darauf erhalte, wie sollten dann Sie? Und doch gibt es eine Antwort oder, besser, verschiedene kleine Antworten, die zusammen erklären mögen, was ich getan habe. Falls Sie wirklich wissen möchten, warum ich Charles heiraten muß, und glauben, ir-

gendwelche klugen Ideen dazu zu haben – wenn Sie erst einmal alle kleinen Antworten auf diese große Frage kennen –, wie ich mich aus dieser lächerlich altmodischen Bredouille befreien könnte, dann treffen Sie sich mit mir morgen um 14.15 Uhr in Paddington unter der Tafel mit den Zugabfahrten. Sollten Sie nicht dasein, weiß ich, daß Sie es klugerweise vorgezogen haben, mir aus dem Weg zu gehen. Ich an Ihrer Stelle würde vermutlich letzteres tun.

Mit herzlichen Grüßen
Ella Harcourt

Kein Kosewort, nichts Persönlicheres als ihr Name.

Aber ich ging natürlich hin. Wer in meiner Lage hätte es nicht getan? Und ich ging mit Freude im Herzen und Musik auf den Lippen.

Klein und verloren stand Ella am Bahnhof Paddington unter der Abfahrtstafel. Leger gekleidet, das Haar schlicht gescheitelt, hätte sie keinen größeren Kontrast zu der Frau abgeben können, die eine Woche zuvor so artig von Verlobungsgeschenken gesprochen hatte.

»Hallo, James«, sagte sie, als sie mich sah.

»Hallo, Ella.«

Wir blickten einander an.

»Danke, daß Sie gekommen sind.«

»Keine Ursache.«

Sie löste die Fahrscheine und sagte unterdessen halb entschuldigend zu mir: »Es wird leider eine ziemlich lange Fahrt. Aber wenn wir unser Ziel erst einmal erreicht haben, verspreche ich Ihnen eine hervorragende Verköstigung. Es gibt einen reizenden Pub im Dorf, der Ihnen sicher gefallen wird. Bis dahin werden Sie sich mit den üblichen Sandwiches im Zug begnügen müssen.« Und sie nahm meine

Hand und führte mich den Bahnsteig hinunter zum Cornish Express.

Ich sehe mich noch mit ihr zusammen im Zug sitzen. Ich erinnere mich an das Grün ihres Wollpullovers, das sich gegen ihre cremefarbene Haut abzeichnete, an den Glanz ihres frisch gewaschenen Haars, den Duft ihrer Seife. Das hier war Ella pur: nicht die dekadente Gestalt im Park, nicht der dekorative Gast auf Camilla Boardmans Party und schon gar nicht die künstliche Puppe auf dem Empfang ihrer Stiefmutter. Ella Harcourt war eine Frau mit vielen Gesichtern, sie verfügte über eine ästhetische Anpassungsfähigkeit, die mir bei keiner zweiten Frau je wieder begegnet ist, und ich habe im Laufe meiner siebzig Jahre viele Frauen gekannt. Wie sie da in dem braunorangefarbenen Zweite-Klasse-Abteil saß, fand ich sie so schön wie damals auf der Parkbank oder im Zwielicht der büchergesäumten Nische. Und während ich sie anstarrte und ihre Schönheit zu ergründen versuchte, entdeckte ich die Wahrheit: daß nämlich Schönheit wandelbar ist und der Beschreibung trotzt. Hübsches Aussehen läßt sich in Worte fassen. Ella jedoch war schön.

Und sie war zum Erzählen aufgelegt. So bedurfte es nur eines kleinen Anstoßes meinerseits, und sie lieferte mir einen groben Überblick über ihr Leben.

»Wenn es Sie wirklich interessiert«, begann sie lächelnd. »Ich wurde vor beinahe vierundzwanzig Jahren an einem nebligen Novembertag in London geboren. Von meinen stolzen Eltern als ein Exempel all dessen vorgeführt, was an der Kindheit bestaunenswert ist, war ich doch im Grunde ein häßliches, übellauniges Baby ohne Haare, aber mit kräftiger Lunge, das vor allem eins tat: schreien.«

Ich lachte, und sie warf mir ein ironisches Lächeln zu.

Sie zündete sich eine Zigarette an und fuhr fort. »Als ich sechs war, erdreistete sich meine Mutter, eine überaus angesehene nette junge Engländerin, bei einem Autounfall zu sterben. Höchst bedauerlich. Für sie, natürlich, und auch für meinen Vater, der sie wirklich sehr geliebt hatte, aber vor allem für die Familie als solche. Hilflos mußten sie zusehen, wie der arme Alexander sich in seinem Kummer mit Sack und Pack nach Amerika einschiffte, in der Hoffnung, dort ein neues Leben beginnen und irgendwann wieder glücklich sein zu können. Völlig geschmacklos, dachten alle, so seinen Gefühlen nachzugeben. Doch schlimmer noch, er bestand darauf, seine kleine Tochter mitzunehmen, die, wie von allen befürchtet, unter dem Einfluß der unkultivierten Koloniebewohner einige unselige Angewohnheiten übernahm, die bis heute an ihr haftengeblieben sind. Man fand – obwohl solche Dinge natürlich niemals laut ausgesprochen wurden –, daß sie dem Namen der Familie nur Schande machen könne.« Sie hielt inne, um die Asche in einen leeren Kaffeebecher zu schnippen. Ich hörte ihr gebannt zu. »Als der arme Alexander Hochverrat beging, indem er zwölf Jahre später mit einer neuen, amerikanischen Frau nach London zurückkehrte«, fuhr Ella fort und verzog dabei ihr Gesicht zu einem Ausdruck frostiger Mißbilligung, »war die Familie verzweifelt. Und zu allem Überfluß war auch seine Tochter abtrünnig geworden. Ihre Vokale waren nicht mehr rund, ihre Manieren – die man auch zuvor nicht ausgezeichnet hätte nennen können – ließen nun entschieden zu wünschen übrig. Es mußte etwas geschehen, das lag auf der Hand. Aber sie war achtzehn und sehr starrsinnig, ganz und gar nicht bereit, guten Rat anzunehmen. Ein undankbares Geschöpf. Dennoch war sie unbestritten eine Harcourt und würde es aller Wahrscheinlichkeit nach auch auf ewige Zeit bleiben. Und deshalb war es unerläßlich, ihr unverzüglich beizubringen, sich entsprechend zu benehmen.« Sie zog nachdenklich an ihrer Zigarette. »Wie man sie zurechtbiegen sollte, blieb ein Problem, aber glücklicherweise interessierte sie sich für Kunstgeschichte, ein einigermaßen schickliches Fachgebiet, und man erwählte Courtauld als den geziemenden Ort, an dem sie ihr Studium absolvieren sollte.« Ella lächelte. »Doch als der Abschluß dann gemacht und sie in gepflegter Konversation geschult war, hielt man es nicht für schicklich, daß sie sich um eine Anstellung bemühte, wie fähig und willens sie dazu auch sein mochte; und so nahmen die verschiedensten Leute sie unter ihre Fittiche; man stellte sie unzähligen Menschen vor und versorgte sie mit einer klugen Auswahl von Freunden fürs Leben. Als sie dreiundzwanzig war, kannte sie Leute wie Camilla Boardman, mit ihrer tonangebenden Rolle in den besten Kreisen des jungen England, und wurde mit einem sehr netten jungen Mann verlobt. Selbst ihre Aussprache hatte sich verbessert, auch wenn sie noch lange nicht vollkommen war. Man konnte sie jedenfalls verheiraten, ohne sich schämen zu müssen.«

»Und dieser nette junge Mann ist Charlie Stanhope?«

»Ja.«

»Verstehe.«

Wir schwiegen einen Moment.

»Wie finden Sie also meine Geschichte?« fragte Ella. »Gefällt sie Ihnen? Entspricht sie Ihren Vorstellungen?«

»Ja«, sagte ich und dachte dabei glücklich, wie richtig ich insgesamt mit meinen Theorien gelegen hatte.

»Das Problem ist nur«, fuhr sie fort, während sie ihre Zigarette ausdrückte und sich eine neue aus der Schachtel in ihrer Tasche holte, »daß das, was ich Ihnen gerade erzählt habe, nicht die ganze Geschichte ist. Noch längst nicht die ganze Geschichte.«

»Was meinen Sie damit?« fragte ich.

»Nun ja ... erinnern Sie sich an meinen Brief?«

Ich nickte.

»Wie ich schrieb, daß es jede Menge kleiner Gründe gäbe, die, alle zusammengenommen, womöglich erklären könnten, warum sich die Dinge so entwickelt haben?«

Ich nickte wieder.

»Die Erklärung, die ich Ihnen gerade gegeben habe, ist eine dieser kleinen Begründungen. Vielleicht die kleinste.«

»Und die anderen?«

»Es gibt eigentlich gar nicht viele. Ich habe übertrieben. Es gibt eigentlich nur noch eine.« Sie holte tief Luft. »Und die ist, insgesamt betrachtet, ein wenig düsterer als das, was ich Ihnen gerade erzählt habe.« Sie schwieg und schaute mich an. »Die beiden Begründungen hängen natürlich zusammen, sind aber verschiedener Natur. Die zweite ist ein wenig … kaltblütiger.« Sie sah mich herausfordernd an.

Schweigend erwiderte ich ihren Blick. »Fahren Sie fort«, sagte ich.

»Sind Sie sicher, daß Sie das möchten?« Sie zündete ihre Zigarette an und nahm einen tiefen Zug, dann stieß sie den Rauch in einem trotzigen Wirbel aus ihrer Nase.

Ich verspürte einen prickelnden Schwindel, als stünde mein Leben auf des Messers Schneide. »Fahren Sie fort«, wiederholte ich.

»Na gut. Aber Sie werden sich gedulden müssen, bis wir dort sind.« Sie lächelte mich an, und ich sah, wie die Spannung aus ihren Schultern wich. »Es gibt da etwas, was ich Ihnen zeigen möchte«, sagte sie. »Ein Bild, das die Dinge sehr viel beredter erklären wird, als ich das könnte.«

Und dieser Augenblick auf jener Reise (eine Reise, die ich seitdem unzählige Male unternommen habe) stellt für mich den Anfang von allem dar. In London war ich von Ella fasziniert gewesen, das ist wahr, aber es war eine Faszination, die auf romantischen Rettungsphantasien beruhte. Ella erfüllte all meine Gedanken, aber eher wie eine Märchenprinzessin als wie ein Wesen aus Fleisch und Blut. Ihre Aura war ätherisch, und ich, ein Sterblicher, war ihr verfallen. Sie aber hatte mich auf Abstand gehalten und weitestgehend ignoriert. Jegliche Nähe zwischen uns blieb dem Zufall überlassen und war nicht von Dauer. Jetzt allerdings hatte ich eine Probe bestanden, die ich nur halb begriff, doch um so mehr zu schätzen wußte. Ich war eine Verpflichtung eingegangen und hatte dafür das Recht erhalten, etwas fordern zu können. Was ich fordern konnte, wußte ich kaum, aber ich spielte nicht mehr nur eine Nebenrolle.

Diese rätselhafte Frau mit ihren schillernden Augen und den lächelnden Lippen hatte mich, einer Laune folgend, aus meinem Leben gerissen und auf eine sechsstündige Fahrt mitgenommen, damit ich mir ein Gemälde anschaute, das ich vielleicht gar nicht verstehen würde. Von allen Menschen in ihrem Leben hatte sie mich zu ihrem Vertrauten erwählt; ich war es, dem sie das Gewirr von Motiven und Irrtümern erklären wollte, das zu ihrer Verlobung geführt hatte; ich war es, der sie von der Insel, auf der sie gestrandet war, erretten sollte. Aus dem Fischschwarm, dessen Schuppen vor ihren Augen aufblitzten, hatte sie mich ausgewählt, um mit ihr zu schwimmen, an ihrer Seite den Strömungen und Gezeiten und Ozeanen zu trotzen.

Ellas Metaphern schlichen sich in meine Gedanken ein, wo sie sich mit meinen romantischen Träumen von Leidenschaft und Heldentum trafen und verbanden. Ja, ich war ein Träumer; in dieser Hinsicht bekenne ich mich schuldig. Und träumerisch betrachtete ich ihren zarten weißen Hals und wußte, daß ich alles getan hätte, um mich ihres Vertrauens würdig zu erweisen.

Wir verbrachten den Rest der Fahrt schweigend, beobachteten aus unserem Abteilfenster das verschwommene Bild vorbeiziehender Städte, lauschten dem Rattern des Zuges, erlaubten seinem sanften Rhythmus, uns fast in den Schlaf zu lullen.

Kapitel 7

Der Zug folgte auf seiner Fahrt nach Penzance eine halbe Stunde lang der Küste. Ella und ich saßen in völligem Schweigen in einem Abteil, das sich auf unserer Fahrt durch Devon nach und nach leerte. Ich studierte ihr Profil, wenn sie zum Fenster hinausschaute, folgte gelegentlich dem Blick ihrer starren Augen, spürte ihre angespannte Erwartung und fragte mich, worauf sie gerichtet war. Sie hatte mich über unser Ziel im unklaren gelassen, und weil ich die Spannung genoß, hatte ich nicht gefragt. Plötzlich erschien es direkt vor meinen Augen, und in dem Moment wußte ich, daß sie darauf gewartet hatte. Die Fenster des sich groß und vieltürmig über dem Meer erhebenden Castle of Seton blinzelten uns im Sonnenuntergang zu. Hinter seinem Glockenturm tauchte die Sonne, ein blutroter Ball, in den Atlantik und schickte einen goldenen Strahlenfächer zum malvenfarbenen Himmel, der den grauen Granit des Schlosses in zartes Rosa tauchte und das Gold der Wetterhähne einfing, die sich im Wind drehten. Es war geheimnisvoll, entrückt, aufwühlend.

»Da ist sie«, sagte Ella weich. »Unsere Insel.«

Nämliche Worte sollte ich Jahre später mit anderer Betonung und Bedeutung hören, als ich die gleiche Reise als verheirateter Mann unternahm. Als ich Seton jedoch zum ersten Mal sah, waren meine Gedanken nicht auf die Zukunft, sondern auf die Vergangenheit gerichtet, auf die Jahrhunderte, die gekommen und gegangen waren, während dieses Schloß gelassen die steilen Klippen seiner kleinen, zerklüfteten Insel beherrscht hatte, unberührt von den menschlichen Dramen, die sich innerhalb seiner Mauern abspielten. Jetzt kommt mir der Gedanke seltsam vor, daß dieser Ort jemals neu für mich gewesen sein soll, daß mich, als ich zum ersten Mal in einem schäbigen Zugabteil der zweiten Klasse daran vorbeifuhr, nichts mit ihm verband und auch nichts auf eine künftige Verbindung hinwies. Seton ist streng und kalt, großartig, aber unnahbar, scheut vor Intimität zurück. Doch hat es erst einmal sein Vertrauen geschenkt, ist es ein Bund auf Ewigkeit. Seton wird Sarahs sterbliche Hülle beschützen; und es wird auch meine beschützen, wenn die Zeit gekommen ist.

Während der Zug dahinraste, schwiegen Ella und ich und sahen dem in der Ferne entschwindenden Märchenschloß nach.

»Es ist wie Camelot, nicht wahr?« flüsterte sie.

»Wie Camelot«, bestätigte ich.

Auf dem Bahnhof von Penzance herrschte ein einziges Gewimmel von Menschen und Gepäck, und am Taxistand hatte sich bereits eine lange Schlange gebildet. »Kommen Sie«, sagte Ella und zog mich mit sich. »Wir laufen. Es ist nur ein einstündiger Fußmarsch. Und das letzte Boot zur Insel fährt erst um zehn Uhr.« Wir machten uns also auf den Weg quer durch die Stadt. Irgendwann begann es zu nieseln. Erhitzt und müde von der Zugfahrt, begrüßten wir den Regen und die salzige Meeresluft. Wir liefen lächelnd nebeneinander her, wenngleich jetzt, wo wir tatsächlich angekommen waren, eine leichte Verlegenheit zwischen uns herrschte. Endlich hatten wir die Stadt hinter uns gelassen und bogen von der Hauptstraße in einen kleinen Weg ein, der zum Meer führte. »Schauen Sie doch«, sagte Ella, als wir oberhalb eines Kieselstrandes herauskamen.

Ich folgte ihrem Blick und sah das Schloß, das aus der kegelförmigen Insel emporragte – eine scheinbar natürliche Fortführung des von der blauen See umringten Granits.

»Das ist also der Anblick, der sich auch Blanche geboten hat«, sagte ich.

Ella schwieg einen Moment. »Was wissen Sie denn über Blanche?« fragte sie dann und blickte mich durchdringend an.

»Nicht viel. Nur, daß sie Ihre Großmutter war und hier gelebt hat.«

»Wer hat Ihnen das erzählt?«

»Sarah.«

»Verstehe.« Wieder schwieg sie einen Moment. »Dann hat sie also schon ihre Fänge nach Ihnen ausgestreckt.«

»Ich weiß nicht, was Sie meinen.«

»Nein, das können Sie auch nicht.«

»Dann erzählen Sie's mir.«

Erneutes Schweigen.

»Nicht jetzt, James«, sagte Ella schließlich. Und ehe ich etwas einwenden konnte, war sie weitergegangen, anfangs noch mit ruhigen Schritten, doch dann rannte sie die steile Böschung hinunter, die bis zum Strand dicht mit Binsen bewachsen war. »Ich denke, wir schaffen es auch von hier aus zum Bootsableger«, rief sie, als ich zögerte, ihr zu folgen. »Kommen Sie schon!« rief sie mir über den Wind hinweg zu. Und so rannte ich also durch den Regen, in Kleidern, die mir schon bald feucht am Leib klebten. Der Regen wurde heftiger. Ich rannte weiter. Und immer war Ella vor mir. Sie stieß einen langgezogenen Schrei aus, in dem sich Freude und Zorn zu vermischen schienen; einen Schrei, den ich nicht zu deuten vermochte, wenngleich er mich in seinem Bann hielt, selbst als mir Sand in die Schuhe geriet und der Regen mir in den Kragen rann. Und ich jagte ihr nach, näherte mich stets, doch erreichte sie nie. In meiner Erinnerung kann ich noch immer das Salz in der Luft schmecken und das Pochen meines Blutes spüren.

Ein bärtiger Fischer, den es offenbar überraschte, daß wir kein Gepäck dabeihatten, brachte uns zur Insel hinüber. »Das ist das letzte Boot, Sir«, sagte er, »falls Sie vorhatten, noch heute zurückzufahren.«

»Wir fahren nicht zurück«, antwortete Ella an meiner Stelle.

»Sehr wohl, Miss.«

Und als das letzte Stückchen Sonne in den Horizont eintauchte, legten wir in einem alten Kutter, der nach Makrele roch, die kurze Überfahrt zum Hafen der Insel zurück. Ich war ziemlich überrascht, daß es unterhalb des Schlosses ein Dorf gab, denn ich hatte mir Seton als selbstgenügsame Einheit vorgestellt, fernab von der Welt, aber ich freute mich doch über das Bier und den köstlich duftenden Kabeljau im Teigmantel, die wir in dem »reizenden Pub« zu uns nahmen, von dem Ella mir erzählt hatte. Dort beherbergte man auch Gäste, und ehe wir uns zum Essen setzten, reservierte sie zwei Zimmer für uns, wobei sie Warrington als ihren Nachnamen angab.

»Es ist der Name meiner Mutter«, sagte sie leise, als sie mir das Gästebuch gab. »Wenn ich mich auf dieser Insel mit Harcourt eintragen würde, würden wir soviel Aufsehen erregen, daß wir die ganze Nacht kein Auge zutun könnten.«

Ich nickte und trug mich unter meinem Namen ein.

Als wir in der gemütlichen Kneipe an einem Tisch Platz genommen hatten und dem Regen lauschten, der beharrlich ans Fenster prasselte, lächelte Ella mich an. »Da wären wir also.«

»Ist es das, was Sie mir zeigen wollten?« fragte ich und spürte das Gewicht der Familiengeschichte in dem abgewetzten Leder des Pubs, der in seinem Schild das Wappen der Harcourts trug.

»Zum Teil, ja«, sagte Ella. »Ich wollte Ihnen die Insel und das Schloß zeigen. Doch darüber hinaus gibt es noch etwas ganz Bestimmtes, was Sie sehen sollten.« Unser Fisch wurde serviert. »Aber das muß warten. Bis morgen früh ist für Touristen alles geschlossen.«

»Aber«, wandte ich ein wenig überrascht ein, »ich dachte, dieses Schloß gehört Ihrer Familie? Sie werden doch im Haus Ihrer eigenen Familie keine Touristin sein?«

»Nein«, erwiderte sie lächelnd. »Natürlich *könnte* ich Sie zum Abendessen bei Onkel Cyril und Tante Elizabeth mitbringen, wenn ich wollte. Ich kann mir zwar vorstellen, daß sie nicht sonderlich begeistert wären, mich zu sehen, aber sie würden es sich nicht anmerken lassen. Doch es gibt etliche Gründe, die dagegen sprechen.«

»Welche da wären?«

»Nun, erst einmal, Sie begriffsstutziger Junge, die Tatsache, daß Sie nicht Charles Stanhope sind. Es wäre unschicklich, wenn ich hier mit einem anderen Mann auftauchen würde.«

»Jedenfalls, solange Sie die Verlobung nicht gelöst haben.«

»Richtig.«

»Verstehe.«

»Aber es gibt auch noch einen anderen Grund.«

»Und welchen?«

»Ich möchte Ihnen das Gemälde lieber allein zeigen. Oh, die Tagestouristen kümmern mich nicht; sie werden uns nicht stören. Aber die Familie möchte ich nicht dabeihaben. Deshalb bevorzuge ich die Anonymität der Touristin. Außerdem haben Sie ohnehin schon genug Verwandte von mir kennengelernt.«

Das spröde Lachen, das darauf folgte, verriet mir, von wem sie sprach. »Mit Sarah habe ich mich nur ein einziges Mal näher unterhalten«, sagte ich. »Ich habe sie irrtümlicherweise für Sie gehalten.«

»Auf *meiner* Verlobungsfeier?« Ella zog eine Augenbraue hoch.

»Nein. Davor. Wir sind uns ausgerechnet im Park begegnet.«

Die Augenbraue senkte sich wieder. Ella sah mich unverwandt an. »Na, Sie müssen sich ja schnell mit ihr angefreundet haben«, meinte sie schließlich. »Sie scheint Ihnen ja bereits alles Wissenswerte über unsere Familie erzählt zu haben.«

»Sie hat mir von Ihrer Großmutter und ihrem tragischen Ende erzählt«, erwiderte ich. »Es tut mir leid.«

Ella schwieg. »Ich habe sie nicht mehr gekannt«, sagte sie dann und wies damit mein Mitgefühl von sich.

»Eigentlich wollte ich, daß Sarah mir etwas von Ihnen erzählt«, fuhr ich fort.

»Ich wette, den Gefallen hat sie Ihnen nur allzugern getan. Hat sie Ihnen erzählt, was ich für ein vulgärer kleiner Emporkömmling bin? Oder hielt sie mich einfach nur für unkultiviert?«

»Sie meinte, Sie beide hätten nicht viel miteinander zu tun«, erwiderte ich ausweichend. Doch Ella ließ es dabei nicht bewenden.

»Ich bin mir sicher, daß sie weitaus mehr gesagt hat, das zu wiederholen Ihnen jedoch Ihre guten Manieren verbieten. Ich verstehe, James. Ich kann es mir aber auch selbst zusammenreimen.« Es herrschte Stille. Ich spürte Ellas Augen auf mir ruhen und konzentrierte mich auf meinen Kabeljau. Ella zündete sich mit einem gemurmelten »Es macht Ihnen doch nichts aus, oder?« eine Zigarette an.

Ich schüttelte den Kopf.

»Danke.«

Einen Moment herrschte Schweigen zwischen uns.

»Bitte sehen Sie mich an«, bat sie dann. Ich blickte auf. Ich meinte ein leichtes Zögern ihrerseits zu spüren, als hinge etwas in der Schwebe; vielleicht war es auch so, selbst noch zu diesem Zeitpunkt. Mit ruhiger, leiser Stimme sagte sie: »Kennen Sie sich mit Neid aus, James? Wissen Sie, was er aus den Menschen macht?«

Ich schüttelte den Kopf, als mir klar wurde, daß ich so einfältig nun auch wieder nicht war: »Sicher. Ich weiß, was Neid ist.«

»Aha, aber haben Sie ihn jemals selbst empfunden?«

»Ja«, sagte ich.

»Aber gewiß nur kurz, flüchtig«, fuhr Ella fort und sprach nun sehr schnell. »Sicher fallen Ihnen Gelegenheiten ein, wo Sie jemanden um seinen Wagen oder sein Geld oder ähnliches beneidet haben.«

Ich nickte wieder.

»Doch dieses Gefühl hat nicht lange angehalten, oder? Es hat sich nicht zu etwas ausgewachsen, das Besitz von Ihnen ergreift; es hat sich nicht ausgeweitet. Oder hat es das?«

»Nein«, antwortete ich wahrheitsgemäß.

»Nun, der Neid, von dem Sie reden, ist nur entfernt mit dem Gefühl verwandt, von dem ich betroffen bin. Langweile ich Sie mit meinem Gerede?« Ich schüttelte den Kopf. »Der Neid, den ich meine, ist ein Leiden, eine Krankheit. Sie zerfrißt einen, korrumpiert die Gedanken. Sie breitet sich überallhin aus, vereinnahmt alles, was jemand tut, alles, was jemand denkt.« Sie blies den Rauch zur Decke. »Der Neid, mit dem Sie zu tun haben, ist – bitte nehmen Sie es mir nicht übel – von der ganz gewöhnlichen Sorte. Wie im Falle einer ganz normalen Erkältung wird jeder einmal davon angesteckt, und wenn es einen auch schlimm erwischen mag, führt es doch selten zu etwas Ernsterem. Es ist keine schwere Krankheit; man schüttelt sie ganz leicht wieder ab. Wenn es dafür auch kein Heilmittel gibt, können ihre Symptome doch gelindert, unterdrückt werden. Können Sie mir folgen?«

Ich nickte. »Wieder eine Ihrer Metaphern.«

»Wieder eine meiner Metaphern«, bestätigte sie und lachte. Doch ihr Lachen währte nicht lange. Ihr Gesicht wurde erneut verschlossen, sie sah mich eindringlich an. »Der Neid, den ich Ihnen zu beschreiben versuche, ist extrem«, fuhr sie nun fast beschwörend fort. »Er ist auf eine Weise gefährlich, wie es Ihr Neid nicht ist. Er ist außer Kontrolle geraten. Er muß in einem frühen Stadium behandelt werden, sonst ist es zu spät. Erlaubt man ihm, sich festzufressen, breitet er sich aus. Er verdirbt den Geist dessen, der daran leidet.«

»Warum erzählen Sie mir das?«

»Damit Sie verstehen, was ich Ihnen morgen erzählen werde«, meinte sie ruhig.

»Erzählen Sie es mir jetzt gleich«, sagte ich, plötzlich sehr entschieden, und ergriff ihre Hand, als sie aufstand, um den Tisch zu verlassen. »Ich kann nicht bis morgen warten.«

Sie sah mich an, und ihre Augen wurden schmal. »Seien Sie nicht so herrisch, James. Das paßt ganz und gar nicht zu Ihnen.«

»Das ist mir egal.« Auf einmal war ich gereizt. »Sie haben mich auf einer sechsstündigen Reise zu einer Insel gebracht, von deren Existenz ich bisher nicht einmal wußte. Sie haben mir von Ozeanen und Familien und ... und von mysteriösen Gemälden erzählt, in denen der Schlüssel zu Ihrem Geheimnis liegt. Ich will keine Gemälde betrachten. Ich habe genug von Metaphern. Ich mache mir auch nicht sonderlich viel aus Geheimnissen. Erzählen Sie mir einfach, warum Sie mich hierhergebracht haben.«

»Lassen Sie mich los.«

»Nein.«

»Sie machen eine Szene.«

»Ist mir egal.«

Ich blickte hoch in ihr unverändert ernstes Gesicht und

widersetzte mich dem Befehl der geschürzten Lippen und der funkelnden Augen. Langsam ließ sie sich wieder auf ihren Stuhl sinken.

»Ich habe Sie hierhergebracht, weil ich dachte, Sie würden mir helfen«, sagte sie nach einiger Zeit beinahe widerwillig.

»Und das werde ich auch«, erwiderte ich und lockerte meinen Griff um ihre Hand. »Aber Sie können mich nicht derart im dunkeln tappen lassen.«

»Das tue ich doch gar nicht.«

»Und ob! O ja, ich geb's zu, hier und da erfahre ich ein paar Bruchstücke. Sie erzählen mir vom Zwang der Konventionen und dem Druck der öffentlichen Meinung. Sie erzählen mir von Ihrer Familie und einer Welt, die mir fremd ist. Und dann erzählen Sie mir von Neid, von Ihrer ganz besonderen Art von Neid.«

»Es ist nicht mein Neid«, zischte sie.

»Wessen dann?«

»Jedenfalls nicht nur meiner. Es ist … Na gut, wenn Sie es unbedingt wissen wollen, es ist meiner und der von Sarah.«

»*Sarahs?*«

»Ich weiß, daß Sie mir nicht glauben. Deshalb wollte ich auch bis morgen warten. Sie glauben es nicht, weil Sie es nicht verstehen. Sie *können* es nicht verstehen. Ich habe Ihnen erzählt, soviel ich kann …«

»Wovon? Warum Sie sich mit Charles verlobt haben?«

»Über viel mehr als das. Aber ja, über das auch.«

»Warum erzählen Sie mir dann jetzt nicht den Rest?«

»Weil Sie es mir nicht glauben werden. Und wenn ja, werden Sie keinen Respekt mehr für mich empfinden.« Sie entzog mir ihre Hand. »Ich wünschte, meine Metapher über Strömungen und Gezeiten könnte den Schlamassel erklären, in den ich mich da mit Charles hineinmanövriert habe. In gewisser Hinsicht tut sie das auch. Aber nur zum Teil.« Sie war jetzt ruhiger. »Natürlich ist meine Familie über meine Heiratspläne entzückt. *Natürlich* wären sie entsetzt, wenn ich jemanden heiraten würde, der nicht so eine gute Partie wäre wie Charlie. Das stimmt alles. Aber dahinter steckt noch mehr. Und ich habe mich tief in etwas verstrickt, das ich letztlich nicht erklären kann und das mich viel mehr schreckt als die Aussicht, Charlie zu heiraten. Etwas aus meiner Vergangenheit – eine Gewohnheit, eine Verhaltensweise sozusagen – ist außer Kontrolle geraten. O nein, keine Drogen«, fügte sie rasch hinzu, als sie sah, wie ich zu begreifen meinte. »Aber ich bin wie eine Abhängige. Ich habe die Fähigkeit verloren, aufhören, den Dingen Einhalt gebieten zu können. Die Tatsache, daß ich kurz davor bin, Charlie zu heiraten, hat mir die Augen geöffnet. Es – dieses Ding – beherrscht mich. Ich weiß das, weil es mich dazu gebracht hat, etwas zu tun, wofür ich mich verachte. Haben Sie eine Vorstellung, was es heißt, sich selbst zu verachten? Nicht nur für das, was man bereits getan hat, sondern für das, was man tun könnte? Ich bin dort gewesen; ich habe die Finsternis gesehen. Aber ich sehe nicht, wo sie endet. Und ich habe schreckliche Angst davor.«

»Dieses Es, das Sie beherrscht, ist aber der Neid.« Ich versuchte, in all dem Nebel einen Weg zu erkennen.

»O nein, James. Nun, ja ... Aber es ist weitaus komplizierter als das. Alle meine Erklärungen, alle meine Metaphern werden dem nicht gerecht. Es ist in mir lebendig. Mein Es. Untergründig und schwer faßbar; es ist nicht offenkundig. Niemand würde es bemerken, vielleicht mit Ausnahme eines einzigen Menschen. Es fällt selbst mir schwer, es wahrzunehmen. Aber es erschreckt mich, das sage ich Ihnen ganz ehrlich.«

»Warum ich?«

»Was?«

»Warum haben Sie mich dazu auserwählt? Warum setzen Sie Ihr Vertrauen ausgerechnet in mich?«

Meine Frage unterbrach ihren Gedankenfluß.

»Ich weiß es nicht«, erwiderte sie langsam. »Ich weiß es nicht, und irgendwie weiß ich es doch. Sie sind gekommen, als nach Ihnen gerufen wurde, verstehen Sie. Als ich auf dieser Bank saß, in dem leeren Park, und mich einsamer fühlte als je zuvor in meinem Leben, da tauchten Sie plötzlich auf. Oh, nicht etwa, daß ich Sie für einen Engel gehalten habe, wenigstens nicht in diesen Sporthosen.« Sie kicherte bei der Erinnerung daran. »Außerdem hätte ein Engel sowieso nichts genützt. Die Hilfe, die ich brauche, ist äußerst menschlicher Natur.« Sie lächelte scheu. »Ich hätte Ihnen damals beinahe alles erzählt. Ich hätte es getan, wenn Sie mich gefragt hätten. Aber das haben Sie nicht; und dann hat etwas mich zögern lassen. Ich wußte, daß ich, bevor ich es jemand anderem erklären konnte, in der Lage sein mußte, es mir selbst zu erklären. Und ich wußte auch, daß es keinen Sinn hätte, es einfach irgend jemandem zu erklären. Deshalb habe ich es Ihnen damals nicht erzählt.« Sie hielt inne. »Ich brauche eine Zigarette«, sagte sie und zündete sich eine an.

Ich sah zu, wie sie einen Zug nahm, und dachte dabei an die Zigarette, die sie an jenem warmen Morgen im Hyde Park geraucht hatte. Es war mir, als wären seitdem Jahre statt Wochen vergangen und als würde die romantische Kunstfigur, die ich mit mir herumgetragen und in meinen Tagträumen mit Leben erfüllt hatte, vor meinen Augen zertrümmert. Aus den Überresten erhob sich eine Frau, die nichts wußte von den Zwickmühlen des neunzehnten Jahrhunderts und von strahlenden Rettern. Doch sie hatte Angst und war allein, wenn auch aus anderen Gründen als denen, die ich ersonnen hatte. Diese neue Frau streckte die Hand nach mir aus, und ich ergriff sie, ohne zu wissen, wohin sie mich führen wollte.

Ella redete weiter. »Aber dann sind Sie auch bei Camilla Boardman aufgetaucht«, sagte sie, »gerade als ich versuchte, so zu tun, als sei alles gar nicht so schlimm. Und Sie haben sich diese dumme Ausrede mit der Handtasche einfallen lassen, was mich sofort für Sie eingenommen hat.« Sie lächelte. »Dann haben Sie mir zugehört, während ich redete, und ich spürte, daß Sie jemand waren, der mir ein Rettungsseil zuwerfen könnte.« Sie schwieg einen Moment. »Aber ich wollte es nicht«, nahm sie den Faden wieder auf. »Man muß sich erst eingestehen, daß man untergeht, ehe man gerettet werden kann, und das konnte ich nicht. Es war an Ihnen, mir das Seil um die Handgelenke zu binden, wenn nötig auch mit Gewalt. Ich habe nicht auf Sie zugehen können – hätte es vielleicht nie gekonnt. Aber dann tauchten Sie – ausgerechnet *Sie* – auf meiner Verlobungsfeier auf, und da haben Sie sozusagen das Seil um meine Handgelenke geschlungen.« Sie legte ihre Hand auf meine. »Natürlich sah ich, daß Sie Angst hatten. Ihre Erziehung hat Sie gelehrt, daß man so mit einer Frau nicht sprechen soll, wie Sie es an diesem Tag mit mir getan haben.«

Ich schwieg.

»Aber Sie haben mir gezeigt, daß Sie stark genug sein könnten, mir zu helfen, und ich weiß, daß die Hand, die am Seil zieht, fest und der Arm kraftvoll sein muß. Ich dachte, Sie könnten stark genug sein. Ich schrieb Ihnen, ohne einschätzen zu können, ob Sie zum Bahnhof kommen würden oder nicht. Aber Sie sind gekommen. Und jetzt bist du hier.« Sie beugte sich zu mir vor. »Danke«, sagte sie leise. Und küßte mich.

Selbst aus der Distanz von fünfzig Jahren kann ich die Berührung jener weichen Lippen noch spüren; kann das Prikkeln spüren, das mich befiel, als sie sich näherten. Ellas Lippen: so oft betrachtet, so lange erträumt, endlich wurden sie mir gewährt. Unser Kuß: bebend, elektrisierend, behutsam, sanft. Ich schmecke noch immer den Rauch ihrer Zigarette.

»Danke«, sagte ich.

»Und jetzt weißt du ein wenig mehr als zuvor.«

»Ja.«

»Und den Rest wirst du morgen erfahren.«

»Wenn du das sagst.«

»Das sage ich. Gute Nacht, James.«

»Gute Nacht, Ella.«

Sie erhob sich langsam und verließ den Schankraum, in dem sich jetzt nur noch ein paar Stammgäste aus dem Dorf befanden, für die man die Tür geschlossen hatte, damit sie ungestört trinken konnten. Es war weit nach Mitternacht.

Kapitel 8

Der nächste Tag war kalt. Ein eisiger Wind jagte durch die engen Straßen der Insel und ließ die Touristen eilig in Teestuben mit Tudor-Fachwerk und niedrigen Türen Schutz suchen. Die Inselbewohner selbst schenkten dem Wetter kaum Beachtung; sie schritten mit geröteten Wangen durch die Böen, die die Ziegel von ihren Dächern rissen und die Gischt in ihre Gärten und Boote peitschten. Über dem Dorf erhob sich unnahbar das Schloß und blickte wie mit Geringschätzung auf die neue Armee, die seinen steilen Hang hochmarschierte und den uniformierten Wächtern an seinen Toren die Eintrittsgebühr entrichtete. Diese Eindringlinge kamen nicht mit Hellebarde, Bajonett oder Muskete, den Waffen früherer Jahrhunderte; sie waren mit Photoapparat, Reiseführer und Rucksack ausgerüstet. Ihre Führer befehligten ihr Gefolge nicht furchtlos vom schneeweißen Roß herab, sondern erklärten statt dessen in vielen Sprachen der Welt, daß sich links hinter dem italienischen Brunnen ein Andenkenladen befände, wo man Souvenirs zu annehmbaren Preisen erstehen könne. Während Ella und ich dem Touristenstrom folgten, erhaschte ich immer wieder einen Teil der Geschichte Setons. Ich erfuhr, daß es vom frühen zwölften Jahrhundert an ein Kloster gewesen war, daß die Mönche im Jahr 1536 von einem rachsüchtigen Henry und seinem Kardinal vertrieben worden waren und daß die großen Säle fast hundert Jahre leer gestanden hatten. Ich erfuhr auch, wie im siebzehnten Jahrhundert allmählich wieder Leben in das Gebäude einkehrte, das zuerst als Kaserne, dann als Munitionsdepot und schließlich als Gefängnis gedient hatte. Ella erzählte mir, wie das Schloß dann – von einem schuldbewußten oder dankbaren König, wer wüßte das zu sagen? – 1670 einer gewissen Margaret, Gräfin von Seton, für »erwiesene Dienste« geschenkt worden war, wie ihre Nachfahrin es mit einem ironischen Lächeln formulierte.

Während ich mir das alles anhörte, hatte ich das Gefühl, als beobachte das Schloß mich – und die anderen Eindringlinge, die seinen Hang erklommen – mit kühler, ungerührter Verachtung. Wenn ich schon den Kanonenkugeln im Bürgerkrieg getrotzt habe, schien es zu sagen, was wollt ihr dann mit euren Blitzlichtern und Kaugummis? Aus uraltem Granit herausgehauen, waren seine Mauern teils mehr als meterdick, und es strahlte jene grimmige Beständigkeit aus, die nur acht dem eisigen Wind und dem kalten Meer ausgesetzte Jahrhunderte verleihen können. Als ich mit Ella unter den zierlichen Schnörkeln seines schmiedeeisernen Tores hindurchging, einer Hinzufügung aus viktorianischer Zeit, spürte ich, daß keine Veränderung, so angenehm sie auch sein mochte, dem ursprünglichen Wesen des Ortes etwas anhaben konnte. Seton war unverfälschbar, es würde sich auch von den geschicktesten Händen nicht formen lassen. Man konnte verändern, hinzufügen, modernisieren, heißes Wasser und Strom installieren, wie Blanche es getan hatte, man konnte heizen und es einrichten, wie man wollte – das Wesen des Schlosses blieb unabänderlich: es war eingemeißelt in seine Zinnen, fand seinen Ausdruck in seinen wuchtigen Türmen und der Wehrhaftigkeit seiner Mauern.

Drinnen gingen wir an mit schweren Möbeln überladenen Räumen vorbei, die von seidenen Kordeln abgesperrt waren, und Ellas melodischer Akzent rief mir eine andere amerikanische Frau in Erinnerung, die vor langer Zeit durch dieselben Korridore geschritten war wie wir jetzt. An Ellas Hand wurde ich durch die Pracht der Bibliothek und des Salons geführt, vorbei am verstaubten Brokat und den chinesischen Wandschirmen im Schlafgemach des Königs, die Stufen hinauf und weitere Korridore entlang. Schließlich gelangten wir in den Großen Saal, einen hohen, kalten prunkvollen Raum mit Steinfußboden und Stabwerkfenstern. Die Jagdtrophäen der viktorianischen Edelleute säumten die Längsseiten, und, am äußersten Ende des Saals, zwischen zwei riesigen Fenstern, hing ein Gemälde in einem schweren Goldrahmen.

»Da ist es«, sagte Ella mit leiser Stimme und deutete mit einer Kopfbewegung auf das Porträt. »Damit du dir dieses Gemälde ansiehst, habe ich dich hergebracht.«

Sie folgte mir, als ich darauf zuschritt, und der Nachhall ihrer Worte verband sich mit dem Echo von geflüstertem Französisch, Deutsch und Englisch, aus denen sich der Geheimcode der modernen Eindringlinge in Seton zusammensetzte.

Der Große Saal von Seton ist ein langer rechteckiger Raum im ersten Stock, das ehemalige Refektorium des Klosters, und man betritt ihn von der Mitte der Westseite her. Die beiden nach Norden und Süden zeigenden Wände haben jeweils zwei Fenster, die fast bis zum Boden reichen. Eines dieser Fensterpaare führt auf einen schmalen Balkon mit einer niedrigen Balustrade, ein wahrlich unfaßbarer Anbau aus viktorianischer Zeit, von wo aus man weit unten eine Terrasse erkennen kann. Die anderen beiden Fenster gehen aufs Meer hinaus, das in über dreißig Metern Tiefe gegen die Felsen donnert. Es ist ein riesiger, spannungsreicher Raum, nicht gänzlich ohne Charme. In seiner Mitte steht ein prachtvoller elisabethanischer Tisch aus Schiffsplanken, die man von der Armada gerettet hatte. Ansonsten gibt es in diesem Saal kein Mobiliar, eigentlich nichts bis auf die Hirschköpfe an den

Wänden und das Porträt von Blanche. Und das hängt, ich weiß nicht, ob als Mahnmal oder aus einem grausamen Scherz heraus, zwischen den beiden Fenstern, die auf den Balkon hinausführen. Von ebendiesem Balkon hat sie sich hinuntergestürzt; an ihr Ableben (wiewohl nicht an dessen Umstände) erinnert eine in Latein verfaßte Bronzetafel, die in die Steinfliesen darunter eingelassen ist.

Ich weiß noch, wie ich das Porträt von Blanche zum ersten Mal erblickte; ich erinnere mich, zu den Gesichtszügen von Ella und Sarah hinaufgeschaut zu haben, und fand nicht eine von ihnen, sondern beide zusammen, geläutert in einem Gesicht von außerordentlichem Liebreiz; ich erinnere mich an die Pinselstriche ihres blonden Haars, üppig und lang, hoch aufgetürmt über ihrem Gesicht mit der schmalen Nase und den hohen Wangenknochen. Sie trägt ein blaßblaues Kleid, und man sieht eine kleine Hand, die ein geschlossenes Buch umfaßt hält. Den Blick voller Sehnsucht, starrt sie hinaus aufs Meer.

»Siehst du jetzt, wovon ich rede?« fragte Ella mich leise.

Die ersten Anzeichen von Verstehen regten sich in mir, nebulös und unvollständig. Ich blickte auf die Frau an meiner Seite, die lebende, atmende Frau, deren Hand die meine hielt, und dann sah ich sie ein zweites Mal, diesmal leblos, eine Schöpfung aus Leinwand und Öl in einem schweren Rahmen. »Erklär es mir«, bat ich schließlich. Ella führte mich schweigend aus dem Saal und in die lange Galerie, in der das Seton-Porzellan aufbewahrt wird. Ich sah, daß verschiedene Korridore davon abzweigten, die alle durch eine rote Seidenkordel abgesperrt waren. Am fernen Ende der Galerie saß ein Wärter dösend auf einem Stuhl mit hoher Rückenlehne. Ella vergewisserte sich rasch, daß er uns nicht beobachtete, stieg dann über eine Absperrung und bedeutete mir, ihr zu folgen.

»Schnell«, zischte sie. Und rasch, fast rennend, folgte ich ihr den Korridor hinunter, durch eine Tür und eine Wendeltreppe hinauf. Wir stiegen höher und höher. Die Dunkelheit wurde bei jeder vollen Umdrehung durch eine kleine Schießscharte erhellt, durch die man das blaue Meer sehen konnte, das um so ferner schien, je höher wir gelangten. Wir kamen erst an einer, dann an einer zweiten in die steinernen Mauern eingelassenen Tür vorbei. Vor der dritten blieben wir stehen. »Ich hoffe nur, daß sie nicht abgeschlossen ist«, sagte Ella, als sie die schmiedeeiserne Klinke drückte. »Komm, James, hilf mir.« Und so warf ich mich dagegen und stemmte die unverschlossene Tür in ihren rostigen Angeln auf. Wir betraten einen kleinen, merkwürdig geschnittenen Raum, der sich zwischen Treppenhaus und Außenwand des Turmes schmiegte. Er wurde allem Anschein nach nicht benutzt; die Möbel waren mit staubigen Laken abgedeckt, und als Ella eines davon wegzog, kam ein riesiges Puppenhaus zum Vorschein. »Ganz schön gruselig, findest du nicht?« flüsterte sie entzückt, als sie ein weiteres Laken abnahm und ein mottenzerfressenes Sofa enthüllte.

»Und wie«, erwiderte ich.

»Als Kind war das mein Lieblingszimmer. Mein Vater hat es mir einmal gezeigt. Später habe ich das Zimmer für mich in Beschlag genommen. Es gibt so viele Räume hier, daß es niemanden gestört hat.« Mit wehmütigem Blick betrachtete sie das Puppenhaus. »Meine Mutter hat es mir geschenkt«, sagte sie. Und ehe ich etwas dazu äußern konnte, fuhr sie fort: »Weißt du, daß du der einzige Mensch bist, den ich je hierher mitgenommen habe?«

»Danke«, sagte ich leise. »Der Raum ist sehr schön.«

»Nicht wahr?« Ella blickte sich langsam um. »Aber ich wundere mich, daß sie ihn einfach so belassen haben.«

»Sie werden ihn nicht gebraucht haben. Warum sollten sie sich die Mühe machen, ihn auszuräumen?«

»Da hast du wahrscheinlich recht. Wozu die Mühe? Es sind ohnehin schon genügend Räume zum Staubwischen.«

»Das glaube ich gerne.«

»So um die dreihundert.«

»Nein, wirklich?« Während sie sich auf der Fensterbank niederließ, bedeutete sie mir, auf dem staubigen Sofa Platz zu nehmen.

»Was sagst du zu dem Gemälde?« fragte sie, jetzt wieder ganz ernst.

»In künstlerischer Hinsicht oder ...«, ich zögerte, »oder im Kontext dessen, was du mir gestern abend erzählt hast?«

»Beides«, erwiderte sie.

»Nun, als Gemälde finde ich es schön.«

»Es ist von Sargent, weißt du.«

Ich nickte. »Sarah hat mir davon erzählt.«

»*Sie?* Wieso um alles in der Welt hat sie dir das erzählt?« Ellas Augen blitzten vor Zorn.

»Keine Ahnung. Sie hat mir übrigens gar nicht viel erzählt.«

»Was hat sie gesagt?«

»Eigentlich nichts weiter. Nicht viel mehr, als daß Sargent deine Großmutter gemalt hat.«

»Es war ein Hochzeitsgeschenk von meinem Großvater.«

»Verstehe. Doch ich nehme an, daß du mich nicht hierhergebracht hast, um es mir einzig und allein seines künstlerischen Wertes wegen zu zeigen.«

»Nein, das habe ich nicht.«

»Also dann ...«

Ella stand auf und ging zu einem weiteren niedrigen Fenster hinüber, durch das der Raum Licht bekam. Sie hockte sich auf den Fenstersims, die Beine unters Kinn gezogen, und begann zu sprechen. Ich sehe sie noch immer vor mir, eingerahmt vom blauen Meer tief unter ihr; ich höre ihre mit Bedacht gewählten Worte; ich spüre die Spannung zwischen uns, die aus dem Wagnis entstand, Vertrauen zu schenken, und aus dem Versuch, sich dessen würdig zu erweisen. Ich erinnere mich an die Intimität dieses kalten Nachmittags, die in jenem kleinen, seltsamen, merkwürdig geschnittenen Raum fast greifbar wurde. Diese Intensität war verlockend und furchteinflößend zugleich; denn sosehr ich mir auch wünschte, sie möge größer werden, spürte ich damals schon, welch ungeheure Macht sie hatte.

»Ich habe dir gestern abend von einem Es erzählt, meinem Es«, fing Ella an.

Ich nickte.

»Nun, ich habe versucht, für mich eine Antwort auf die Frage zu finden, wie alles anfing, woraus das alles entstanden ist. Verstehst du das?«

Ich nickte wieder.

»Und ich denke, daß die Antwort in jenem Bild liegt.«

»In welcher Hinsicht?«

»In vielerei Hinsicht.« Sie schwieg und dachte nach. »Dieses Bild handelt von einer Familie«, sagte sie schließlich, »von meiner Familie. Es handelt von Unglück und Begabung und Wahnsinn und … tausend anderen Dingen.« In knappen Worten erzählte sie mir die Geschichte von Blanches Leben und Tod, wie ich sie bereits von Sarah gehört hatte. »Als ich sechs war und Sarah sieben«, fuhr Ella anschließend fort, »kamen meine Mutter und Sarahs Eltern bei einem Autounfall ums Leben.«

»Wie schrecklich. Das tut mir leid.« Noch während ich sie aussprach, spürte ich, wie unangemessen diese Worte waren.

»Es *war* schrecklich.« Ella sah mich an; eine Weile schwiegen wir beide gedankenverloren.

»Und so schrecklich auch für Sarah«, sagte ich schließlich. »Beide Eltern zu verlieren, im Alter von … wie alt sagtest du?«

»Sieben.«

Ich dachte nach, und langsam kristallisierte sich in meinem Kopf eine vage Vermutung heraus. »Es geht hier um dich und Sarah, nicht wahr?« Ich hoffte, einer Wahrheit auf der Spur zu sein.

»Ja, James. Bis heute ist mein Leben mit dem von Sarah verknüpft.«

»Sprich weiter.«

»Ich sollte wohl besser nicht so hin und her springen. Zuerst habe ich dir von meiner Großmutter erzählt; jetzt erzähle ich dir von mir und Sarah. Es könnte vielleicht hilfreich sein, wenn ich dir etwas über die Generation dazwischen erzählte.«

»Gut.«

»Also, Blanche hatte vier Kinder: Cyril, ihren ältesten Sohn, der jetzt mit seiner Frau hier lebt; Alexander, meinen Vater; Anna, die Zwillingsschwester meines Vaters; und Cynthia, Sarahs Mutter. Cyril war zehn Jahre alt, als seine Mutter starb; mein Vater und Anna waren acht; Cynthia war sechs. Du kannst dir vorstellen, wie es sie getroffen haben muß.« Sie blickte hinaus aufs Meer. »Jeder von ihnen ging auf seine Weise mit ihrem Selbstmord um, aber Narben hat es bei allen hinterlassen. Cyril flüchtete sich in die Exzentrik; mein Vater hörte auf zu sagen, was er wirklich fühlte, genauso wie Cynthia. Anna jedoch war wie Blanche: hochintelligent, aber labil. Für sie wurde der Tod ihrer Mutter zur Obsession.« Ella holte eine Zigarette aus der Schachtel in ihrer Tasche und zündete sie an. »Anna versuchte ihr ganzes Leben lang ihrer Mutter so ähnlich zu sein wie nur möglich«, fuhr sie fort und stieß den Rauch aus. »Seit sie acht war, widmete sie sich der Erinnerung an Blanche, aber auf übertriebene, ja ungesunde Weise. Sie trug die Kleider ihrer Mutter; sie frisierte sich das Haar so, wie ihre Mutter es getragen hatte; und sie haßte ihren Vater so sehr, wie nur ein Mensch einen anderen hassen kann.« Sie hielt inne. »Wir haben eine beachtliche Geschichte des Wahnsinns in unserer Familie, wie du siehst«, sagte sie langsam und nahm einen tiefen Zug von ihrer Zigarette. »Dieses Haus birgt jede Menge dunkler Geheimnisse.«

Ich wartete schweigend darauf, daß sie fortfuhr.

»Anna hat sich schließlich umgebracht. Nicht hier. In Oxford. Sie ist auch aus dem Fenster gesprungen. Genau wie ihre Mutter. Natürlich hat man sie in Seton beigesetzt, und der Autounfall, bei dem meine Mutter und Sarahs Eltern ums Leben kamen, passierte, als sie von der Beerdigung nach Hause fuhren.«

»O mein Gott.«

»Wie du siehst, hat mein Vater innerhalb einer Woche seine Zwillingsschwester und seine Frau verloren. Deshalb hat er mich mit nach Amerika genommen. Ich fürchte, ich habe dir das im Zug alles ein bißchen respektlos erzählt. Da war ich mir noch nicht sicher, ob ich dir die ganze Geschichte erzählen sollte. Doch jetzt merke ich, wie es mich dazu drängt.« Sie sah mich an, und ich lächelte. »Mein Vater jedenfalls haßt diesen Ort. Ich denke, er gibt Seton die Schuld an dem, was seiner Familie zugestoßen ist. Vielleicht ist es für ihn auch einfach zu sehr mit Erinnerungen behaftet. Ich weiß es nicht. Mit Sicherheit weiß ich jedoch, daß er schreckliche Angst davor hat, ich könne Anna oder seiner Mutter nachgeraten. Deshalb hat er mich mit nach Amerika genommen, anfangs nach Kalifornien, und als er dann Pamela kennenlernte, nach Boston. Weiter kann man sich von Seton nicht entfernen, das versichere ich dir. Er versuchte zu vergessen, daß er diesen Ort je gekannt hatte. Und obwohl er immer mal wieder herkommen mußte, beschränkte er seine Besuche auf ein Minimum.«

»Das kann ich verstehen«, sagte ich.

»Wirklich? Da bin ich froh. Denn jetzt kommen wir zu meiner Geschichte.« Sie nahm wieder einen tiefen Zug von ihrer Zigarette. »Du siehst, welche verhängnisvolle Rolle Blanche in der Familie spielte, vor allem durch ihren Tod. Obwohl niemand davon sprach – die Harcourts behalten die Dinge für sich –, kreisten die Gedanken der nachfolgenden Generation um Wahnsinn und Geisteskrankheit und gewaltsamen Tod. So viele waren auf entsetzliche Weise ums Leben gekommen: ihre Mutter, zwei Schwestern, meine Mutter, Sarahs Vater. Und Sarah und ich, die einzigen Kinder in der Familie, spürten den Druck, unter dem wir aufwuchsen: Wir wußten, daß die Erwachsenen sich Sorgen um uns machten, daß sie Angst um uns hatten. Und wir wußten auch, warum; wir wußten, daß sowohl unsere Großmutter als auch unsere Tante Selbstmord begangen hatten. Das ist kein Wissen, mit dem sich unbefangen leben läßt, und erst recht nicht, wenn es einem von Kindesbeinen an aufgeladen wird.« Sie dachte einen Augenblick nach.

»Vielleicht wären Sarah und ich einander nähergekommen, wenn wir uns in den entscheidenden Jahren öfter gesehen hätten. Und wenn wir beide als Heranwachsende nicht unserer Großmutter so ähnlich geworden wären. So aber war unser Aussehen eine ständige Mahnung, alle fragten sich, was aus uns werden würde. Und Sarah hat das alles noch stärker erlebt als ich; sie war jeden Tag ihres Lebens mit dem Bild da unten konfrontiert.«

»Heißt das, sie hat hier *gelebt?*«

»Ja. Onkel Cyril und Tante Elizabeth haben sie zu sich genommen, als ihre Eltern starben. Sie hatten keine eigenen Kinder.«

»Und Sarah wuchs hier also auf ...«

»Ja.«

»Die Arme.«

»Ja. Und ich wuchs in Amerika auf, fernab von alldem hier. Aber natürlich wußte ich davon. Ich kam auf Besuch nach

Seton, ich sah das Bild, ich merkte, wie ich mich in das Bild verwandelte.«

»Und?«

»Und ich beobachtete Sarah. Und sie beobachtete mich.«

»Und du sahst dein Ebenbild.«

»Ganz genau.«

»Ich denke, langsam begreife ich.«

»Man kann sagen, wir empfanden uns als zwei Hälften eines Ganzen, aber diese Empfindung führte zu keiner Nähe. Wir waren nicht wie Zwillinge. Ich denke, wir mußten jeweils erst die andere erobern, ehe wir uns wie vollständige Persönlichkeiten fühlen konnten. Verstehst du das? Das Gefühl, daß da in der Ferne eine mögliche Version von dir lebt, denkt, heranwächst. Hätten wir nie viel voneinander gesehen, hätte es vielleicht gutgehen können. Aber als ich achtzehn war, heiratete Papa Pamela, die den Versuchungen Londons nicht lange widerstehen konnte, vor allem nicht mit einem Namen wie dem der Harcourts, der ihr alle Türen öffnete. Deshalb kamen wir zurück.«

»Und das brachte dich und Sarah wieder zusammen. Die zwei Hälften wurden wieder vereint.«

»Genau so empfand ich das manchmal. Und das bei so unterschiedlichen Hälften, wie wir es waren.«

»Schließlich hattet ihr ja auch völlig unterschiedliche Leben gelebt.«

»Natürlich. Sie hatte hier auf dieser Insel gelebt, gesättigt mit Tradition, dem Kult unserer Familie.«

»Verstehe.«

»Nein, tust du nicht. Du hast ja gar keine Vorstellung davon, wie die Harcourts hier behandelt werden. Das ist absolut feudal, ein kleines Königreich, abgeschnitten von der Welt. Eine Gesellschaft aus Verbindlichkeit und Pflicht und Ritual und … all den Dingen, von denen ich in Amerika frei war.

Fern davon konnte ich ich selbst sein. Indem sie mittendrin aufwuchs, konnte aus Sarah nur eines werden: die angehende Schloßherrin, die künftige Hüterin Setons. Und genauso fühlt sie sich.«

Ich nickte. Ella zündete sich erneut eine Zigarette an.

»Das Tragische ist jedoch«, fuhr sie fort, »daß Sarah Seton niemals bekommen wird. Wenn Cyril stirbt und er keine Kinder hinterläßt, was wahrscheinlich ist, wird es meinem Vater gehören. Und dann wird es an mich übergehen. Es war eine Schenkung an eine Frau, weißt du. Damals wurde sogar ein Parlamentsbeschluß gefaßt, der sicherstellt, daß es auch von einer Frau geerbt werden kann. Es gibt natürlich jede Menge Einschränkungen: Kein Katholik kann erben, kein Geschiedener, keiner, der ein Verbrechen begangen hat. Diese letzte Klausel haben, glaube ich, die Viktorianer hinzugefügt. Typisch. Aber da ich weder Katholikin noch geschieden, noch eine Schwerverbrecherin bin, wird es im Laufe der Zeit mir gehören.«

»Was eine Erklärung für Sarahs ...«

»... Haß ist. Ihren Haß auf mich«, beendete Ella den Satz.

»Ich verstehe.«

»Und das Schlimmste daran ist, daß sie diesen Ort hier liebt, ihn auf eine Weise versteht, wie ich es niemals könnte. Ich werde hier nie etwas anderes als eine Touristin sein. Wie könnte ich auch, mit meinem Akzent und meinen Vorstellungen?«

»Bis hierher kann ich dir folgen.« Ich versuchte, meine Gedanken zu ordnen. »Aber was hast du gestern gemeint, als du von einem Verhaltensmuster sprachst, das du nicht ändern könntest? Du hast es, glaube ich, mit einer Art Abhängigkeit verglichen.«

Sie nickte.

»Wen hast du damit gemeint?« fuhr ich fort. »Was hast du gemeint?«

»Ich habe von mir und Sarah gesprochen, James. Du hast keine Ahnung, in welchem Ausmaß das Leben der einen von dem der jeweils anderen bestimmt wird. Nicht die leiseste Ahnung. Ich weiß, daß Seton eines Tages mir gehören wird. Und ich weiß auch, daß ich seiner nicht würdig bin. Kannst du dir vorstellen, wie man sich dabei fühlt?« Als sie sah, daß ich darauf antworten wollte, fuhr sie rasch fort. »Du kannst es nicht, und ich bin froh, daß du es nicht kannst«, sagte sie, öffnete das Fenster hinter sich und ließ einen Schwall eisiger Luft herein. »Meine Familie lebt hier seit mehr als dreihundert Jahren. Hast du eine Vorstellung, wie lange das ist, wie sehr eine solche Geschichte auf einem lasten muß? Kannst du dir vorstellen, wieviel Verantwortung damit verknüpft ist?«

Ich schüttelte den Kopf.

»Und dann zu wissen, daß man dem nicht gerecht wird, daß man nicht den erforderlichen Hintergrund besitzt, jemand anderes aber sehr wohl. Manchmal denke ich, es wäre sehr viel besser für uns beide, wenn Sarah und ich einfach die Plätze tauschten. Dann wäre ich frei in meinen Gedanken, könnte leben, wie es mir gefällt, und hätte die Freiheit, nach der ich mich so sehne. Und Sarah könnte ihrer Bestimmung nachkommen.« Sie fuhr sich erregt durchs Haar. »Aber das Schicksal hat uns einen Streich gespielt. Sie wird nie haben, was ich besitze. Und mir bleibt nichts anderes übrig, als nach dem zu streben, was sie besitzt: dieses hoheitsvolle Auftreten, diese Selbstbeherrschung, diese Gewißheit, mit der sie die Welt und ihren Platz darin annimmt. All das ist meinem Wesen so fremd, aber ich kann dir nicht sagen, wie sehr ich es mir wünsche. Ich möchte ihr beweisen, daß ich ihr verflixtes Seton verdiene, daß ich mich angemessen darum kümmern werde. Mein Gott, es ist eine Frage der Ehre.«

Sie schwieg einen Augenblick.

»Kannst du das nicht verstehen?«

»Ich verstehe es, Ella«, sagte ich. »Ich verstehe es voll und ganz.«

»Dann sag mir, warum ich beinahe Charlie geheiratet hätte«, sagte sie in scharfem Ton. Ich begriff, daß sie mich einem entscheidenden Test unterzog.

»Du hast dich mit Charles verlobt«, sagte ich langsam und wählte meine Worte mit Bedacht, »weil er genau der Typ Mann ist, den Sarah auch hätte heiraten können. Eton, Oxford, höflich, charmant, aber nicht zu klug. Er wäre der ideale Partner für die Gräfin von Seton. Den Titel erbt man vermutlich zusammen mit dem Schloß, oder?«

Sie nickte.

»Doch du wirst Charles nicht heiraten«, fuhr ich fort. »Letztendlich ist dein Selbstgefühl zu stark.«

»Ich hoffe es, James«, sagte sie. Ich erhob mich vom Sofa und ging durch den Raum auf sie zu, um sie zu küssen. Sie hob die Hand und gebot mir Einhalt.

»Nein. Zuerst solltest du noch etwas wissen.«

»Was denn?« fragte ich.

»Charlie Stanhope war nicht nur der Typ Mann, den Sarah hätte heiraten *können*. Sie hätte ihn geheiratet, wenn ich nicht …« Ihre Stimme verlor sich.

Ich wich zurück. »Wenn du nicht …?«

»Sarah hat ihn geliebt, James. Hat ihn mit der ganzen Leidenschaft geliebt, zu der Menschen, die normalerweise als kühl gelten, fähig sind. Ich habe Charlie Sarah weggenommen. Zum Teil, das gebe ich zu, aufgrund dessen, was er repräsentierte, aber das war eine Versuchung, der ich hätte widerstehen können.« Sie schwieg kurz. »Das Schändliche daran ist«, fuhr sie langsam fort, »und das hat mir auch gezeigt, wie furchtbar alles außer Kontrolle geraten ist, daß ich Sarah Charlie nur deshalb weggenommen habe, weil sie ihn so sehr gewollt hat. Kaltblütig und berechnend habe ich mich darangemacht, ihn ihr auszuspannen – und das ist mir gelungen.« Sie sah mich an. »Verstehst du, wie erschreckend das ist? Ich hätte beinahe alles getan, alles geopfert – meine Zukunft, Charlies Zukunft –, nur um Sarah zu verletzen, nur um ihr zu zeigen, daß ihre ganze Dressur, ihre perfekte Erziehung nichts zählen.« Ella begann zu weinen. »Ich kann nicht fassen, was ich getan habe.«

Worte waren jetzt nicht angebracht. Noch nicht. Ich ging zu dem kalten Fenstersims, auf dem sie saß, und legte meine Arme um ihre von einem Schütteln gepackten Schultern. »Ist ja gut«, tröstete ich sie mit weicher Stimme. »Es ist noch nicht zu spät. Immerhin begreifst du, was du getan hast, immerhin weißt du, daß es falsch war.«

Und während ich das sagte, ging mir durch den Kopf, daß meine Worte, mein Verständnis, einem Freispruch gleichkamen, einer Art Absolution. Einen wichtigen Zwischenschritt ließ ich aus - das Bekenntnis, das vor oder nach der Erkenntnis erfolgen kann, für den Weg zu innerem Frieden aber unerläßlich ist. Was ich ebenfalls ausließ, war das Bußetun, das allein die Vergebung annehmbar macht, selbst wenn diese auch ohne Buße möglich ist. Heute würden mir diese Versäumnisse nicht mehr unterlaufen. Für unsere Sünden zahlen wir auf vielfache Weise. Manchmal verhelfen uns Eingeständnis und Bekenntnis zur Absolution, aber Wiedergutmachung ist dabei unverzichtbar. Ella hatte Glück, wenn sie auch keinen Gebrauch davon machte: sie hätte alles wiedergutmachen und Sarah um Vergebung bitten können; sie hätte bekennen und somit Frieden finden können. Aus einer Distanz von fünfzig Jahren beneide ich sie um diese Freiheit.

Ich habe niemanden, dem ich Wiedergutmachung bieten könnte, jedenfalls nicht auf dieser Welt. Und deshalb gibt es auch niemanden, der mir verzeiht; mir wird keine Absolution erteilt. Manchmal vergibt Gott den Menschen. Vielleicht würde Er auch mir vergeben, wenn ich Ihn darum bitten könnte, aber ich kann es nicht, denn ich habe Ihn noch nie behelligt. Bis auf die zu Weihnachten und Ostern und bei gelegentlichen Hochzeiten höflich gemurmelten Scheingebete habe ich mich nie an Ihn gewandt. Und jetzt kann ich es nicht, jetzt, wo meine Not am größten ist und ich nichts zu bieten habe: keinen Dank für den Segen, keine Lobpreisung des Glücks, nur Bitterkeit für vergeudete Jahre. Meinem Sündenregister sollte ich noch Undankbarkeit hinzufügen. Meine Schuld begleitet mich stets, und diese Tatsache muß ich akzeptieren. Eric, der mir als einziger hätte vergeben können, ist tot.

Sünde verlangt nach Bekenntnis und Absolution: Es muß eine Abfolge eingehalten werden, wenn man jemals von Schuld befreit sein möchte. Das wußte ich damals noch nicht, als ich Ella auf diesem kalten Sims umarmte und auf das Meer hinausschaute, während ihre Tränen meinen Hals näßten. Damals dachte ich, ich allein könnte sie retten; dachte, meine Hilfe, mein Verständnis wären alles, was sie brauchte. Ich riet ihr nicht, zu Sarah zu gehen; ich wollte nicht, daß sie die Intimität dieser Beichte mit jemandem außer mir teilte. Schon forderte ich ihr Vertrauen ausschließlich für mich. Und so hielt ich sie in den Armen, als sie weinte, und antwortete mit »Nein«, als sie mich fragte: »Haßt du mich?«, und murmelte Worte der Liebe und des Vergebens und der Hoffnung, wobei nur erstere zu geben ich berechtigt war. Aber meine Worte taten ihre Wirkung. Ella hörte auf zu weinen, weil sie glaubte, was ich sagte, und indem sie mir glaubte, machte sie einen tragischen Fehler. Sie wußte nicht, wollte es vielleicht auch gar nicht wissen – und ich, der ich es vermutete, sagte es ihr nicht –, daß der einzige Mensch, in dessen Macht es gelegen hätte, ihr zu vergeben, Sarah war. Ich tröste mich mit dem Gedanken, daß sie, hätte sie es gewußt, wahrscheinlich dennoch den

Preis eines nicht abgelegten Bekenntnisses der beschämenden Abbitte vorgezogen hätte. Ella war eine stolze Frau. Und Stolz hat schon viele Menschen zu Fall gebracht.

Aber wie sich herausstellte, lag Ellas Verderben schließlich doch nicht in ihrem Stolz begründet; das mangelnde Vertrauen in die Welt, das dem Selbstbetrug entspringt, sollte sich vielmehr als ihr Untergang erweisen. Wer gibt, erwartet, daß auch ihm gegeben wird; wer nimmt, erwartet, daß auch ihm genommen wird. Und indem ich Ella tröstete, kleidete ich die Gefahren dessen, was sie getan hatte, in die schützende Sanftheit beruhigender Worte. Damit erwies ich ihr keinen Dienst. Weitaus besser wäre es gewesen, sie dazu zu bewegen – denn in jenem kurzen Moment hätte sie alles getan, was ich ihr vorschlug –, mit dem nächsten Zug zurück nach London zu fahren und Sarah und Charles alles zu beichten. Dann hätte es eine Szene gegeben, bittere Tränen wären geflossen. Doch etwas wäre aufgebrochen: Die schwärenden Wunden beider Cousinen wären geöffnet worden und hätten die Chance bekommen zu heilen.

Doch indem ich Ella besänftigte, wurde ihre Schuld zugedeckt, und Sarahs Verletzung konnte ungehindert weiterwuchern. Daß dem so sein würde, hatte ich damals nicht wissen können – diese Gewißheit habe ich wenigstens –, aber das änderte nichts an den Tatsachen. Als ich Ella übers Haar strich und ihren zarten Hals küßte, hatte ich einzig im Sinn, ihre Tränen zu trocknen und sie von ihrem Schmerz zu heilen. Ich war zu jung, um zu wissen, daß Tränen reinigend sein können, und zu unsicher, um Ella den Weg zu weisen, anstatt sie nur zu trösten. Woher hätte ich wissen sollen, daß ich uns alle hätten retten können?

Kapitel 9

Ich war noch nicht lange aus Cornwall zurück, vielleicht ein, zwei Tage, als Camilla Boardman sich bei mir meldete. »*Schaatz*. Wo bist du denn bloß *gewesen?*« gurrte sie mit atemloser Stimme durchs Telefon. Zwischen uns herrschte die stillschweigende Vereinbarung, daß die Schuld stets bei mir lag, wenn wir einige Zeit nichts voneinander gehört hatten. Zehn Tage waren vergangen, seit ich sie zum Mittagessen bei den Harcourts begleitet, sie anschließend lächelnd und ehrerbietig vor ihrer Haustür abgesetzt hatte und wir übereingekommen waren, bald miteinander zu telefonieren.

»Ich bin hier gewesen, Camilla«, log ich. »Ich bin immer noch sehr beschäftigt.«

»Hast wohl deine musikalische Karriere vorangetrieben?« Camilla teilte künstlerisches Streben in drei Kategorien auf: in Musik, in Kunst, in Literatur Karriere machen.

»Ja, ich muß viel üben, weißt du. Es geht bald los am Konservatorium.«

»*Weiß* ich doch, Schatz.«

»Was kann ich für dich tun?«

»Du solltest lieber fragen, was ich für *dich* tun kann. Ich habe nämlich eine ganz phantastische Idee.«

»Jaah?« Bei Camillas phantastischen Ideen war Vorsicht geboten.

»Daß mir das nicht schon viel *früher* eingefallen ist.«

»Jaah.«

»Es gibt da jemanden, den du einfach kennenlernen *mußt*.

Ihr beide hättet euch *soo* viel zu sagen.« Camillas gesellschaftliches Engagement war aufrichtig und unerschöpflich – wenn auch nicht immer frei von Eigennutz.

»Wen?« erkundigte ich mich interessiert, denn ihre Begeisterung war ansteckend.

»Meine Mutter«, sagte sie schlicht.

Und so kam es, daß ich zu meinem ersten Boardmanschen Morgenempfang antrat.

Das Haus am Cadogan Square schien durch Camillas Geburtstagsparty keinen Schaden genommen zu haben: Falls Zigaretten zu Boden gefallen oder Champagnercocktails verschüttet worden waren, hatte man die Folgen derartiger Katastrophen kunstvoll verdeckt oder entfernt. Aber das Gefühl von Weitläufigkeit war verschwunden, fand ich, als ich am folgenden Tag von einem portugiesischen Dienstmädchen eingelassen wurde, das mit einem Lächeln verschwand, sobald sich die Tür hinter mir geschlossen hatte. Viktorianische Möbel und Ziergegenstände hatten wieder Einzug in die Eingangshalle und den Salon gehalten, und als ich den Raum betrat, in dem an jenem Abend getanzt worden war, fand ich eine Gruppe von sechs oder sieben Frauen und Männern vor, die auf unbequemen Stühlen im Halbkreis um ihre Gastgeberin saßen. Regina Boardman war, wie ihr Name nahelegte, stattlich und gut erhalten, und sie hatte jenen verbindlichen, aber doch autoritären Gesprächston, der sie als Patronin der Gesellschaft auszeichnete.

»Ich finde, *Salon* ist ein Wort, das gar nicht zu England paßt«, erklärte sie gerade.

Schweigend wartete ich darauf, daß sie meine Anwesenheit zur Kenntnis nahm, und als sie keinerlei entsprechende Anstalten machte, hüstelte ich. Sie wandte sich langsam um, als müsse sie darauf achten, daß ihr Haar nicht in Unordnung geriet. »Sie müssen Mr. Farrell sein«, sagte sie herzlich und reichte mir zur Begrüßung die rechte Hand, während sie mit der linken auf einen Stuhl deutete. »Meine Tochter lobt Ihre Begabung in den höchsten Tönen.«

»Danke«, sagte ich, als ich in der Gesprächsrunde meinen Platz einnahm.

Doch so geistsprühend die Unterhaltung an diesem Morgen auch war, ist mir doch weder in Erinnerung geblieben, worum es ging, noch sehe ich die Gesichter der Gäste vor mir, die so redegewandt dazu beitrugen. Ich zermartere mir das Hirn nach einem Bild von Eric, werde aber enttäuscht. Es ist eher das Tableau als Ganzes, das lebendig geblieben ist: Ich sehe Regina Boardman, die Spendenbeschafferin *par excellence,* heilige Schutzpatronin am Hungertuch nagender Künstler und anderer hoffnungsloser Fälle, die vor einer Gruppe von ihr ergebenen Protegés eine Rede hält. Es ist eine Szene, die – angemessen allegorisiert – eine der Wände ihres überladenen viktorianischen Hauses hätte zieren können: die in all ihrer Herrlichkeit thronende Caritas. Doch Regina Boardmans Stil war keineswegs viktorianisch, mochte ihr Mobiliar es auch sein; und der Zugang, den sie zu uns und all ihrem wohltätigen Engagement wählte, war durch und durch modern. Sie war effizient und unsentimental und erkannte mit wachem Blick jede sich bietende Gelegenheit. Und wenn sie nicht damit beschäftigt war, die Öffentlichkeit zu mobilisieren, spielte sie gern auch privat die Gönnerin.

An jenem Morgen wurde ich mit einem wohlwollenden Lächeln und einer Tasse Kaffee im Kreis ihrer Schützlinge willkommen geheißen. Ich nahm beides freudig entgegen und schloß mich mit Begeisterung dem Gespräch an, denn ich erkannte sofort, wie meine Seite des Handels aussah: Im Unterschied zu ihrer Tochter hatte Regina höchsten Respekt vor der Kultur, und obwohl sie selbst keine Denkerin war, gab sie sich doch gern den Anschein. Also lauschte sie denen, die dachten, und unterstützte jene, die ihre Gedanken für sie in Worte faßten.

Eigentlich aber ging es um ein noch konkreteres Tauschsystem, auf das ich allerdings erst aufmerksam wurde, als ich mich verabschiedete. Regina Boardman war einer jener klugen Menschen, die erkannt hatten, daß eine nicht erwiderte Großzügigkeit niederdrückend wirkt, und als wir alle in der Eingangshalle standen, um gemeinsam aufzubrechen, hatte sie jedem ihrer Gäste das Versprechen abgenommen, einen Beitrag zu einer Sache zu leisten, die nicht in erster Linie dem eigenen beruflichen Vorankommen diente. Diese Vereinbarung wurde nie ausgesprochen, sie existierte einfach. Regina fragte einen, und man sagte ja. Sie erwartete nicht, daß man ihre Vorhaben mit Geld unterstützte, sondern mit seinem Sachverstand und seiner Zeit. Und bei dem Vorhaben, für welches sie an jenem Morgen Unterstützung forderte, handelte es sich um die Restauration verfallender Sakralbauten. Regina Boardman ging es dabei nicht etwa um die Prachtbauten von St. Paul's oder Westminster Abbey; derartige Nationalmonumente stellten für das Geschick, mit dem sie Gelder beschaffte, keine Herausforderung dar. Ihr Interesse galt den kleineren Kirchen, den Gebäuden, deren Verfall der Preis ist, den ein säkulares Zeitalter für seine Gleichgültigkeit gegenüber der organisierten Religion zu zahlen hat.

Sie organisierte ein Konzert in St. Peter's Church am Eaton Square. Der Erfolg ihres Spendenaufrufs hing von dieser Musikaufführung ab, und jemand hatte sie kurzfristig im Stich gelassen. »Ich habe drei Violinsonaten von Beethoven eingeplant«, sagte sie zu mir, ihr Gesicht ein Bild des Schmerzes, »und dann hat der Solist, den ich dafür vorgesehen hatte, irgendeinen Plattenvertrag bekommen und ist nach Berlin entschwunden. Für ihn mag das ja eine wunderbare Chance sein, und ich bin natürlich entzückt, aber der Zeitpunkt ist trotzdem ein Ärgernis.«

Zufälligerweise waren die fraglichen Violinsonaten Stükke, die auch für meinen Kurs am Konservatorium verlangt wurden, und ich hatte sie monatelang einstudiert. Zufall? Schlagartig wurde mir klar, daß Mrs. Boardman dies wahrscheinlich von ihrer Tochter wußte und daß mich nicht nur Zufall und Zuneigung zum Cadogan Square geführt hatten. Aber Regina Boardman beherrschte eine Kunst, in der Camilla sich noch üben mußte: Sie präsentierte ihre Wünsche so geschickt, daß sie sich mit den Interessen der Person deckten, der sie eine Gunst zu entlocken versuchte. Ihre Stärke lag in der Induktion. Und als sie plaudernd mit mir auf den Stufen ihres Hauses stand und den anderen Gästen zuwinkte, die bereits den Platz überquerten, kreiste sie ihr Anliegen zunächst hübsch ein und rückte dann erst mit dem Wesentlichen heraus – eine Überredungskunst, die sich wahrlich sehen lassen konnte. Michael Fullerton, ein Musikkritiker der *Times*, würde beim Konzert in St. Peter anwesend sein.

»Er glaubt, er kommt, um Donovan zu hören«, sagte Regina Boardman leichthin. Donovan mußte der erst kürzlich entdeckte Schützling sein, schloß ich, der seinen Auftritt versprochen hatte und seine Zusage jetzt doch nicht einhalten konnte. »Michael schreibt einen Artikel über aufstrebende englische Talente«, fuhr meine Gastgeberin fort. »Und ich wüßte nicht, was dagegen spräche, daß *Sie* anstelle von Donovan dieses aufstrebende Talent geben, zumal er seinen Aufstieg auch ohne Michaels Unterstützung geschafft zu haben scheint.« Sie bedachte mich mit einem gütigen Lächeln. »Wir haben ja keinerlei Veranlassung«, fügte sie schelmisch hinzu, »diese Programmänderung früher als nötig bekanntzugeben. Sie wissen ja, wie diese Kritiker sind.« Ich nickte, obwohl ich keine Ahnung von solchen Dingen hatte. Sie strahlte mich aufmunternd an. »Es liegt an Ihnen, ob Sie die Chance zu spielen nutzen wollen.«

Einen Einwand hatte ich. »Wollen Sie mich denn nicht hören, ehe Sie den Erfolg des Konzerts in meine Hände legen?«

»Ach, mein Lieber«, sagte sie lachend, »was verstehe *ich* schon von Musik? Wenn Sie gut genug für das Konservatorium sind, dann sind Sie auch gut genug für mich.«

»Wenn das so ist«, sagte ich, »dann können Sie mit mir rechnen.«

»Das ist ja *wunderbar.* Ich bin Ihnen zu großem Dank verpflichtet.«

»Und wann findet es statt?«

»Das Konzert?«

Ich nickte.

»Am kommenden Freitag«, sagte sie forsch.

Dann, dachte ich, bin ich also deine letzte Hoffnung. Und zu ihr sagte ich: »Da bleibt mir ja nicht mehr viel Zeit zum Üben.«

»Aber stehen die Sonaten nicht auf Ihrer Liste für das Konservatorium? Haben Sie sie nicht schon einstudiert?« Sie sah mich mit bestürzter Miene an. »Die Programme und alles sind nämlich schon gedruckt, und … natürlich werden wir ein Kärtchen mit Ihrem Namen einlegen, wenn es Ihnen darum geht.«

Mit ein paar Worten beruhigte ich sie.

»Wie ungeheuer erleichtert ich bin. Ich danke Ihnen vielmals.«

Wir gaben einander die Hand. Als ich über die Stufen zur Straße hinunterging, rief sie mich zurück. »Entschuldigen Sie, James«, ertönte ihre Stimme hell und klar. Wir nannten einander bereits beim Vornamen, denn sofortige Intimität war der Schlüssel zu Regina Boardmans Strategie. »Ich habe Ihnen noch gar nicht gesagt, wer Sie begleiten wird.« Sie lächelte mich an. »Wie dumm von mir. Er heißt Eric de Vaugirard, ein wirklich bezaubernder junger Mann. Sehr französisch. Sehr künstlerisch. Er war auch eben hier in der Runde.« Hastig entnahm sie ihrer geräumigen Handtasche Stift und Papier. »Hier ist seine Telefonnummer«, sagte sie. »Ich werde ihm auch Ihre geben, damit Sie miteinander in Kontakt treten und in den nächsten Tagen noch gemeinsam üben können.«

»Danke«, sagte ich und steckte den Zettel ein.

»*Ich* habe vor allem zu danken«, erwiderte sie und küßte mich entschlossen auf beide Wangen.

Und nachdem sie mir nachgewunken hatte, bis ich auf der untersten Stufe angekommen war, verschwand sie im Haus und schloß die blankpolierte Tür rasch hinter sich.

Kapitel 10

Jetzt ist es kalt hier im Zimmer, das Feuer ist heruntergebrannt, und die Heizkörper sind nutzlos. Dieser Ort verweigert sich jeder Form des Heizens. Aber ich werde hierbleiben, bis ich die Ereignisse meines Lebens in eine gewisse mir verständliche Ordnung gebracht habe. Dazu müssen die Erfahrungen erinnert und ergründet werden. Das ist ein mühsamer, aber auch lohnender Prozeß, obwohl ich ständig von der schlechten Qualität der Mittel, die mir zur Verfügung stehen, aufgehalten werde. Wenn man fünfzig Jahre damit zubringt, sich jeder Erinnerung zu verschließen, ist sie irgendwann unzugänglich; wenn man fünfzig Jahre lang so gut wie nie über irgendwelche wesentlichen Dinge spricht, hat man schließlich vergessen, wie man das macht, selbst wenn man möchte. Worte sind mächtige Waffen, und ich war früher einmal sehr geschickt darin, sie einzusetzen; aber diese Fähigkeit ist so eng mit meiner Schuld verknüpft – denn sie erlaubte mir, meine Naivität mit großem Erfolg zu verbergen –, daß ich sie bewußt habe verkümmern lassen. Jetzt, wo ich mich zu erinnern und meine Gedanken in Worte zu fassen suche, stelle ich fest, daß mir die Befähigung dazu abhanden gekommen ist. Das Frustrierende an der Erinnerung ist ihre Skizzenhaftigkeit, und das selbst dann noch, wenn ihre Räder in Bewegung gesetzt worden sind wie bei mir. In bezug auf einige Dinge, die zum Teil folgenlos blieben, ist meine Erinnerung vollständig; in bezug auf andere ist so gut wie keine vorhanden.

Ella war in mein Gedächtnis eingebrannt, mich an sie zu erinnern war nicht schwer gewesen. Und Sarah hat fünfzig Jahre lang mit mir gelebt; sie könnte ich gar nicht vergessen. Eric ist es, der mir entglitten ist. Meine Schuld – meine Sünde – hat die Erinnerung an ihn verdunkelt. Ihm würde ich gern Abbitte leisten. Aber er ist tot, und ich kann mich kaum mehr daran erinnern, wie er aussah. Das ist ein gräßlicher Gedanke.

Ich weiß, daß ich ihm irgendwann in der Woche, die auf meinen ersten Morgenempfang bei Regina Boardman folgte, begegnet sein muß. Schließlich sollte er mich ja bei dem Konzert in St. Peter begleiten. Und ich weiß auch, daß ich an jenem glühendheißen Augusttag, als ich pfeifend die Sloane Street hinunterging, seine Telefonnummer auf einem Stück Papier in meiner Tasche hatte. Ich werde ihn vermutlich angerufen haben, und unsere gemeinsamen Proben werden wohl gut gelaufen sein, denn das Konzert war ein voller Erfolg und wird als der erste quasi-professionelle Auftritt in meiner Karriere immer einen besonderen Platz in meinem Herzen einnehmen.

Seitdem bin ich in vielen Konzerten aufgetreten, in Konzertsälen, die weitaus größer waren als die dunkle Kirche, in der ich an jenem Abend spielte, und vor einem Publikum, das sehr viel empfänglicher war als jenes, das sich damals versammelt hatte. Aber aus einer Distanz von fünfzig Jahren und vom Ende einer Karriere her betrachtet, der ein gewisser Erfolg beschieden war, ertappe ich mich dabei, wie ich an diesen Abend mit Nostalgie zurückdenke, denn die Nervenanspannung und der genüßliche Schauer beim Applaus lassen im Laufe der Jahre nach. Ich sehe die dunklen Säulen der Kirche; ich spüre die kalte, feuchte Luft in ihren Räumen; ich höre das erwartungsvolle Tuscheln, als ich auf der improvisierten Bühne im Hauptschiff meinen Platz neben dem Klavier einnehme. Und wenn ich jetzt, als Zeichen dessen, daß ich bereit bin anzufangen, zu ihm hinüberschaue, sehe ich Eric. Dieses Erinnerungsbild ist, obwohl ich ihn noch nicht gut kannte – vielleicht auch gerade deshalb –, nicht verschwommen. Er ist eine stattliche Erscheinung im Frack und mit weißer Krawatte, sein widerspenstiges Haar ist zu diesem Anlaß gebändigt. O ja, jetzt sehe ich ihn, und indem ich ihn sehe, erinnere ich mich. Eric war groß, nicht so groß wie ich, aber groß. Er war stämmiger gebaut als ich, mit einem kräftigen Nacken. Seine Haut war fast olivenfarben – ein spanischer Einschlag –, und seine Augen waren dunkel. Diese Augen und seine Hände unterschieden ihn von der Reihe der Gutsherren, die das Land der Vaugirard jahrhundertelang beackert hatten. Seine Augen, groß und fast schwarz, tanzten, blitzten, waren voll Fröhlichkeit.

Ich erinnere mich an den Applaus jenes Abends. Ich erinnere mich an das vor Freude glühende Gesicht Ellas, die in der ersten Reihe neben ihrem Vater und ihrer Stiefmutter saß. Ich erinnere mich, wie ich mich verbeugte und Eric ebenfalls dazu aufforderte, und ich erinnere mich … Aber welchen Sinn hat das? Mich an dieses Konzert zu erinnern wird mir nicht helfen, die Ereignisse zu verstehen, die ich erklären möchte. Meine Karriere ist mir kein Rätsel. Ich erzähle nicht, um eine Chronik meines Lebens zu entwerfen, sondern um zu begreifen, was ich getan habe; ich möchte mich meinem Verbrechen stellen und versuchen, es, wenn nicht zu erklären, so doch zu begreifen. Doch sosehr ich auch suchen mag, ich kann in dem glücklichen Stolz jenes Abends kein Anzeichen entdecken, keinen Blick auf ein Orakel erhaschen, das mir leise zugeflüstert hätte, daß Eric drei Monate später – oder waren es vier? – tot sein würde.

Nein, ich entdecke kein Anzeichen; statt dessen füllen sich meine Gedanken mit der Erinnerung an jenes erste Interview mit Michael Fullerton. Es ist sein Gesicht – jetzt so bedeutungslos für mich –, das zu mir zurückkehrt, nicht Erics; sein sich wölbender Bauch ist es, den ich sehe, sein nach Whisky stinkender Atem, den ich rieche.

Regina Boardman war in ihren Instruktionen sehr genau und offen gewesen. »Michael Fullerton«, hatte sie mir am Tag vor dem Konzert erklärt, »ist vom anderen Ufer. Ein absoluter *Schatz*«, beeilte sie sich, mir zu versichern (denn Regina Boardman hatte *nichts*, aber auch *gar nichts* gegen Homosexuelle an sich), »aber, lassen Sie es mich mal so formulieren, er sitzt nicht mit uns in einem Boot. Die Tatsache also, daß Sie ein gutaussehender junger Mann sind, steht Ihren Chancen, daß er über Sie schreibt, demnach *keinesfalls* im Weg. Setzen Sie alles daran, blendend auszusehen, und machen Sie sich nichts daraus, wenn er mit Ihnen zu flirten versucht. Setzen Sie dann noch ein kluges Lächeln auf – mehr braucht es gar nicht, außer einem *inspirierten* Vortrag natürlich –, denn man weiß *nie*, was er möglicherweise für Sie tut. Er ist ein einflußreicher Mann, kennt jede Menge Leute. Vor allem die *richtigen* Leute. Er ist jemand, den Sie unbedingt auf Ihrer Seite haben sollten. *Versuchen* Sie es. Setzen Sie alles daran.«

Das tat ich. Als Michael Fullerton mir nach dem Konzert sagte, ich sollte für das Feature, das er schrieb, photographiert werden, lächelte ich; als er die Beherrschung meines Instruments lobte (»sehr maskulin, Mr. Farrell, und doch sinnlich, fast schon erotisch«), lächelte ich; als er mich für den folgenden Tag ins Ritz zum Tee bat, um das Gespräch fortzuführen, lächelte ich und nahm an. Anschließend erzählte ich Regina Wort für Wort, was er gesagt hatte.

»Aber das ist ja *wunderbar*, James«, rief sie. »Das heißt, er macht ein richtiges Interview mit Ihnen, statt nur so einen ›kleinen Schwatz‹ zu halten, wie er das nach jedem Konzert tut, das er besucht. Er scheint offenbar Gefallen an Ihnen gefunden zu haben, mein Junge. *Meine* Hilfe werden Sie jetzt nicht länger benötigen. Wenn Sie Michael Fullerton für sich eingenommen haben, läuft künftig alles wie von selbst. Er hat mir erzählt«, fügte sie im Vertrauen hinzu, »daß er kein *bißchen* verärgert darüber war, nicht von mir über die Umbesetzung des Soloparts informiert worden zu sein. Er meinte, Sie seien ein noch unverfälschtes Talent. Das genau waren seine Worte.«

Und so ging Regina Boardman hocherfreut nach Hause, und ich, ebenfalls froh, war damit entlassen und konnte das heimliche Treffen in den Eaton Square Gardens einhalten, das Ella und ich am vorangegangenen Nachmittag verabredet hatten. Ich kann mich nicht erinnern, mich von Eric verabschiedet oder ihm gedankt zu haben, obwohl ich beides vermutlich tat, ehe ich die Kirche verließ. Bis jetzt ist er eine schemenhafte Gestalt, aber wenn ich ihn mir in den Erinnerungen, die mir geblieben sind, ohne bewußt an ihn zu denken, vor Augen halte, fällt mir mehr zu ihm ein. Was andere mit Photographien anstellen, habe ich mit Erinnerungen gemacht: ich habe sie zensiert. Aber man kann Erinnerungen nicht zerstören wie Photographien; man kann sie nur im Gedankenschutt eines Lebens begraben, so wie ich es mit den Einzelheiten meiner Freundschaft zu Eric und deren Ende erfolgreich getan habe. Sie lassen sich nur mühsam wieder hervorholen, und das braucht Zeit.

Keine Probleme bereitet es mir jedoch, mich an das Treffen mit Michael Fullerton im Ritz zu erinnern, oder daran, wie ich auf seine Spesen Tee trank und Erdbeeren aß und mich mit ihm über Musik und Leidenschaft und die Ungewißheiten der Jugend unterhielt. Es tauchte ein Photograph von der *Times* auf, der im sturmgepeitschten Green Park Photos von mir machte. Eine Woche später erschien das Ergebnis. Allerdings war nicht ich der erste, der es sah, sondern Camilla Boardman, die sich persönlich auf den Weg machte, um es mir zu zeigen. An einem warmen Morgen um halb zehn stand sie auf meiner Türschwelle und schwenkte eine Zeitung.

»Hallo, *Schatz!* Du Prachtkerl!«

Noch ein wenig schlaftrunken, blickte ich sie verwirrt an.

»Guten Morgen, Camilla«, sagte ich und fragte mich, was sie vor meiner Tür zu suchen hatte, doch dann entdeckte ich die Zeitung in ihrer Hand und war schlagartig hellwach. »Gib her.«

»Ts, ts, ts. Wie heißt das Zauberwort?«

»Jetzt zier dich nicht so. Gib sie mir.« Die frühe Stunde, gepaart mit Aufregung, machte mich unduldsam Camillas Gesellschaftsspielchen gegenüber.

»Ich werde dir *überhaupt* nichts geben, wenn du weiterhin so ungehobelt bist. Du könntest mich *zumindest* hereinbitten und mir eine Tasse Tee anbieten. Schließlich bin ich durch halb *London* gereist, um dir den Artikel zu zeigen.« Das entsprach zwar nicht ganz der Wahrheit, aber geographische Details hatten Camilla noch nie interessiert. »Na gut, dann eben nicht«, gab sie schmollend nach, als ich reglos in der Tür verharrte. Sie reichte mir die Zeitung, und als sie mein freudiges Gesicht sah, umarmte sie mich mit einer Aufrichtigkeit, die mich daran erinnerte, warum ich sie mochte, und versicherte mir dann, daß ich *phantastisch* sei.

Genau so fühlte ich mich auch. Der Beitrag, den Michael Fullerton unter dem Titel »Ein beachtenswertes Talent« über mich verfaßt hatte, beendete den Krieg, den ich mit meinen Eltern über meine Zukunft führte, und der Sieg war mein. Unser Kampf hatte fast zwei Jahre angedauert und war in den letzten beiden Monaten, seit ich aus Oxford zurück war, bitterernst geworden. Ich hatte es mit Erklärungen und Schmeichelei versucht und war schließlich ausfallend geworden. Sie hatten mir, anfangs ruhig, dann frostig, gesagt, ich sei ein impulsiver Junge, der nicht wisse, was gut für ihn sei. Mit Camilla im Schlepptau eilte ich ins Frühstückszimmer und zeigte ihnen mit jungenhaftem Freudengeheul den Artikel. Ich besitze ihn noch heute; ich habe ihn all die Jahre aufbewahrt. Aber ich brauche ihn nicht zu lesen: Ein paar Sätze, die ich meinem Gedächtnis entnehme, werden ausreichen, um zu zeigen, daß ich zumindest damals vielversprechend war und eine sorgenfreie Zukunft vor mir zu haben schien. »Dieser leidenschaftliche junge Mann«, hatte Michael Fullerton geschrieben, »scheint auf dem besten Wege, London und die Welt im Sturm zu erobern. Manchmal kontrolliert, zuweilen hingebungsvoll, oft inspiriert, straft sein Spiel seine jungen Jahre Lügen.« Meine Mutter weinte, was man ihr hoch anrechnen muß. Mein Vater schüttelte mir die Hand. Der Krieg war vorbei.

Doch mich verlangte in erster Linie danach, Ella zu sehen; ihr Lob war das einzige, was für mich zählte. Ich war völlig aus dem Häuschen. Ich rief also am Chester Square an und bat sie, mich in einer halben Stunde auf der Treppe zur Nationalgalerie zu treffen.

»Du hast es geschafft, nicht wahr? Er hat den Artikel geschrieben, oder?«

Ich schwieg.

»Ich bin schon unterwegs, um mir die *Times* zu kaufen. O Gott, ist das wunderbar. Was schreibt er? Wie ist das Photo?«

Doch ich hütete mich, auch nur ein Wort zu verraten. »Wir treffen uns in einer halben Stunde«, wiederholte ich.

»Okay, mein Liebling. In einer halben Stunde.«

Daß Ella mich Liebling nannte, machte all meine Besorgnis hinsichtlich unserer Zukunft wett. Noch immer war sie gebunden. Wir waren aus Cornwall zurückgekehrt, hatten sechs ins Gespräch vertiefte Stunden im Zug verbracht und waren dann, wie vereinbart, mit der zurückhaltenden Höflichkeit zweier Menschen, die sich scheinbar fremd sind, auseinandergegangen. Im vertraulichen Umgang miteinander gesehen zu werden, wäre unserer Situation nicht dienlich gewesen.

»Es ist besser so«, hatte sie gesagt. »Ich muß mich langsam daraus befreien. Es gibt viele Menschen, an die ich in erster Linie denken muß. Charlie, Sarah, meine Eltern, meine Familie. Man darf uns nicht zusammen sehen. Niemand darf etwas argwöhnen über dich und mich.«

Und ich hatte ihr zugestimmt.

Die wenigen darauffolgenden Wochen, in denen wir uns verbotenerweise trafen, zähle ich zu den glücklichsten meines Lebens. In Kunstgalerien tauschten wir heimliche Küsse aus; auf Parkbänken fanden unsere Seelen zueinander; und in der Dunkelheit von Kinosälen übten wir uns in verstohlenen Berührungen. Es war die Ruhe vor dem Sturm, und die schwierigen Umstände unserer Treffen steigerten nur noch den Genuß. Intrigenspiel, Schönheit, Leidenschaft – der Stoff, aus dem Romane sind. Im wirklichen Leben ereignen sich solche Romanzen nur selten, und wenn, dann sind sie vergänglich. Das liegt in ihrer Natur. Wie für alle Menschen, die den ersten Rausch verbotener Liebe erleben, lag der Zauber für Ella und mich in der Gegenwart. In diesem Stadium gab es noch keine Zukunft, und dennoch fesselte uns der Zauber mit einer Macht, die bis zum heutigen Tag angedauert hat, trotz allem, was geschehen ist. O ja, wir waren gefesselt. Mag ich auch von Schuld reden und an der Last der Sünde zu tragen haben, so werde ich doch mit der Erinnerung an jene wenigen sorglosen Wochen ins Grab gehen, als wir uns um nichts und niemanden außer uns selbst kümmerten und das Glück uns selbstsüchtig machte. Wenn dies unrecht war, dann zählt es gering im Vergleich zu dem Unrecht, das darauf folgte. Wenn das sündhaft war, dann ist das eine Schuld, die ich auf mich nehme. In jenen Wochen erwachte ich zu wahrem Leben, wie das zuvor nie der Fall war und auch später nie mehr sein würde. Ich war nicht länger ein Fisch in einem Schwarm; und wenn doch, dann bestand der Schwarm aus Ella und mir allein, und wir durchschwammen zusammen den Ozean.

Es war eine Zeit mannigfaltiger Höhepunkte, denn die Liebe beförderte vielerlei; aber vor allem war es die wirkliche Blütezeit meiner Musik. Ich erinnere mich an die Stunden, die Ella auf dem Fußboden meines vollgestopften Dachzimmers verbrachte und meinem Spiel lauschte. Sie saß stets mit angezogenen Beinen auf einem Kissen in der Ecke, wo die Dachschräge fast bis zum Fußboden reichte: ein Bündel zarter Gliedmaßen, eine Hand, die sich hin und wieder das weiche goldene Haar aus den Augen streicht. Ich sehe sie vor mir, wie sie vollkommen reglos dasaß, weil sie die Meinung vertrat, ich spielte am besten, wenn ich mir ihrer Anwesenheit kaum bewußt sei. Und obwohl das Gegenteil der Fall war, wirkte ihre stille Ermunterung – die wegen ihres Schweigens nur um so spürbarer war – beruhigend auf mich, ehe sie mir die Kraft gab, mich über die technischen Untiefen hinauszuwagen, in denen ich mich sonst ergangen hätte. Ella saß, fast ohne sich zu rühren, zwei oder drei Stunden lang da, sie folgte mir durch meine Etüden, durch die scheinbar endlosen Wiederholungen gewisser Sätze, und dann öffnete sie die verschmutzten Fenster und füllte den Raum mit der frischen Brise des Sommers, lächelte und lachte und sagte mir, ich sei wunderbar und ich mache sie auf so vielfache Weise glücklich, wie ich es mir nie und nimmer vorstellen könne. Wenn die sinkende Sonne den Raum mit staubtanzender Wärme füllte, tranken wir Tee zusammen oder Wein, und dann rauchte sie eine Zigarette, nahm ihren Platz in der Ecke wieder ein und lauschte erneut mit geschlossenen Augen meiner Musik: Stücke, mit denen ich aufgewachsen war; die Beethoven-Sonaten, die ich für das

Konservatorium einstudierte; Auszüge von Violinpassagen aus Orchesterwerken, die sie gern hörte.

Sie hatte einen breitgefächerten Geschmack, aber die meisten Stunden brachte ich damit zu, ihr ihre Lieblingsstücke vorzuspielen – darunter Bachs vierte Sonate für Cembalo und Violine und den Walzer aus dem ersten Akt von *Schwanensee* –, und dabei die Glut auf ihren Wangen zu beobachten, wenn sie, blicklos, ihren Kopf an das übergeschlagene Knie lehnte. Auf Ellas Anregung hin begann ich, das e-Moll-Konzert von Mendelssohn einzustudieren, obwohl damals noch nichts darauf hinwies, daß eben dieses meine Karriere befördern sollte. Ella lauschte mir mit einer Wonne, die mich die Freuden des Vortrags lehrte. Sie verwandelte meine natürliche Scheu in sensible Präsenz; sie lehrte mich, an den Herausforderungen meiner Kunst zu wachsen und mich an der Macht zu erfreuen, andere Menschen anzurühren.

Beziehungen wachsen: die mit ihnen verbundenen Freuden verändern sich, und die Kämpfe nehmen zu. Der anfängliche Gefühlstraum, so rein, wie Menschliches nur sein kann, hält nicht vor; etwas anderes entwickelt sich statt dessen, wächst und gewinnt dabei vermutlich an Realität. Aber in diesem Prozeß geht etwas von der berauschenden Kraft verloren, denn die Magie muß in der rauhen Wirklichkeit einer Welt, die der Kontrolle der Liebenden entzogen ist, verblassen. All jene Wochen verbrachten Ella und ich wie im Rausch, das wird mir jetzt klar; und aus vielen Gründen konnte unser Rausch nicht allmählich verblassen, denn bevor das geschehen konnte, hatten uns seine Folgen schon eingeholt. Wir konnten kein Fundament errichten; unsere Liebe konnte sich nicht entwickeln; wie andere Lieben sich entwickelt haben; sie konnte nicht wachsen, wie andere Lieben gewachsen sind. Die Freuden einer späteren, stabileren Zeit wurden erstickt, ehe sie keimen konnten.

Ella brach meine Vorstellungen vom Leben auf, meine vorgefaßten Meinungen darüber, wie man leben sollte; und ich machte dasselbe mit den ihren. Gemeinsam ließen wir alles Gestrige explodieren und sahen heiter zu, wie sich neue Erlebniswelten und Möglichkeiten auftaten und sich mit der wilden Energie romantischer Verschmelzung ausbreiteten. Unsere gemeinsamen Nächte – gestohlen, verschwiegen, selten – währten Ewigkeiten. Unsere Tage waren mit Gesprächen, Erkundungen, Musik und Gelächter ausgefüllt ... Aber warum versuche ich, sie wieder lebendig werden zu lassen?

Die Schatten, die auf mich und Ella fielen, wurden schon damals immer länger, denn selbst als wir noch in der Macht schwelgten, die uns unsere Vereinigung verlieh, verloren wir die Kontrolle über sie. Wenn Liebe auch nicht alles ist, so ist sie doch vieles; ihre Waffen sind bunter und mächtiger, als wir ahnen. Ella und ich, die wir zum erstenmal liebten, waren darauf nicht gefaßt. Wir waren Kinder. Wir reagierten mit kindlicher Selbstvergessenheit auf unsere Situation. Aber unsere Waffen waren die von Erwachsenen; sie waren kein Spielzeug. Wir zertrümmerten unsere Welt mit der Überheblichkeit von Göttern: Tradition, Verantwortung, gesellschaftliche Normen – das alles fiel unter der Wucht unseres Angriffs zusammen. Wir glaubten die Gesellschaft nach unserem Bild neu erschaffen zu können. Und darüber vergaßen wir, welcher Platz uns darin und in der himmlischen Ordnung zukam. Menschliche Wesen sind keine Götter, sie sollten nicht mit dem göttlichen Feuer spielen. Ella und ich begingen die Sünde, die den Griechen als tödlich galt. In unserer Hybris vergaßen wir uns. Wir vergaßen auch, daß auf Zerstörung ein Neuaufbau erfolgen muß, daß die Herzen der Menschen zerbrechlich sind, daß es Sünde ist, sie mit etwas anderem als erwiderter Liebe zu berühren.

Kapitel 11

Mein Konzert in St. Peter war nicht das letzte, das ich für einen der wohltätigen Zwecke unter der Schirmherrschaft Regina Boardmans gab, und es war auch nicht das einzige, bei dem Eric mich begleitete. An diese Fakten erinnere ich mich. Ich weiß auch, daß wir beide regelmäßig an Reginas Morgenempfang teilnahmen, aber meine Erinnerung hebt Eric nicht aus der Gruppe der anderen Gäste heraus, die in der Bibliothek am Cadogan Square zusammensaßen und sich mit wetteifernder Gelehrsamkeit unterhielten. Ich habe Schwierigkeiten, mich an irgend etwas zu erinnern, das Eric gesagt hat, irgendeinen Punkt, über den wir uneins waren, einen Scherz, über den wir beide lachten. Die Erinnerung kehrt erst wieder mit seiner Einladung zum Tee zurück. Wir hatten seit unserem erfolgreichen Abend in St. Peter in zwei weiteren Konzerten zusammen musiziert und eine weitere gute Kritik in Michael Fullertons Kolumne in der *Times* bekommen. Ich weiß noch, wie ich das hellblaue Briefchen von Eric las, während ich eines Morgens zu Hause saß und auf Ella wartete, und ich erinnere mich verschwommen, daß ich mich darüber freute. Doch es war nicht weiter bemerkenswert, geschweige denn überraschend.

Auch diese Tatsache belegt vermutlich, wieviel ich von den Anfängen meiner Freundschaft mit Eric vergessen habe. In meiner Erinnerung bleibt er praktisch ein Fremder, bis zu jenem Tag, als er mir seine großartige Idee unterbreitete; tatsächlich jedoch war er in diesem Stadium natürlich bereits ein Freund und jemand, der in mir ebenfalls einen guten Freund sah. Ich wünschte, ich könnte Einzelheiten unserer ersten Gespräche hervorholen, Einzelheiten unserer stufenweisen Annäherung; aber der Staub der Jahre, der bewußt auf jeden Gedanken an ihn gehäuft wurde, hat sie begraben. Sie sind unwiederbringlich verloren, ein Umstand, der mich frustriert. Vielleicht würde ich in ihnen ein Zeichen, einen Hinweis finden, der mir erklären könnte, was später geschah.

Allerdings sehe ich die winzige Wohnung vor mir, in der er lebte. Ich sehe den trostlosen Ausblick auf eine Fabrikkulisse. Ich sehe den schmalen Flur und die winzige Küche, das vollgestopfte Wohnzimmer und das nachträglich eingebaute Bad. Sein Schlafzimmer kann ich mir nicht vor Augen rufen, denn wahrscheinlich habe ich es nie gesehen, aber der Rest gewinnt immer mehr Konturen. Eric hatte eine Theorie, was Behausungen anging. Er war der Ansicht, und das meinte er halbwegs ernst, daß man ihnen, wie Kindern, beibringen sollte, ihre Begrenzungen zu überwinden. Die Begrenzung seiner Wohnung lag in ihren winzigen Ausmaßen, und Eric wuchs über diese Einschränkung hinaus, indem er sie nicht zur Kenntnis nahm, und so platzten seine Zimmer, vollgestopft mit übergroßem Mobiliar, auch fast aus den Nähten. »Behandle deine Behausung, als könne sie wachsen«, sagte er, »dann wird sie es eines Tages auch tun.« Und so war die kleine, dunkle Wohnung, in der zu leben ihn das schmale Budget eines noch jungen Musikers zwang, mit der Opulenz eines Palastes eingerichtet, dessen Schätze er vermutlich in anrüchigen Auktionshäusern und bei Wohnungsauflösungen erbeutet hatte. Und obwohl man sich nicht sonderlich frei zwischen dem Chesterfield-Sofa und der riesigen Zimmerpalme bewegen konnte, ließ sich unmöglich leugnen, daß der Effekt, den beides zusammen erzielte, umwerfend war.

Nur Erics Klavier stand für sich allein, abseits von den zufälligen Herabwürdigungen, denen die anderen Möbelstücke ausgesetzt waren, denn er war der Meinung, Gegenständen, die ihm etwas bedeuteten, mit Ehrerbietung begegnen zu müssen.

Je mehr ich mich gedanklich mit dieser Behausung auseinandersetze, um so deutlicher taucht der Charakter ihres Bewohners in meiner Erinnerung wieder auf. Eric ging nicht nur achtsam mit seinen Besitztümern um, wie das viele Menschen tun, deren Intelligenz und Sensibilität sie der Welt, wie die meisten sie verstehen, entrückt. Er verlor sich nicht in seiner Musik, doch er lebte durch sie; sein Geist entfernte ihn nicht von den Menschen, obwohl er den meisten von ihnen überlegen war. Er war jemand, der sich den Menschen verbunden fühlte, dessen erster Gedanke weitaus öfter dem Wohlbefinden seiner Freunde galt als der Befriedigung seiner eigenen Wünsche. Die Selbstsucht, die einem das Leben in der Großstadt einimpfen kann, kannte er kaum: was er hatte, teilte er. Und seine Wurzeln waren das Land, die fruchtbaren Felder der Provence. Trotz all seiner Urbanität, die seiner Gelehrsamkeit sehr zuträglich war, hatte er etwas von einem Gutsbesitzer, denn seine körperliche Kraft verlieh ihm Präsenz. Regina Boardman nannte ihn einen »Sohn der Erde«, wie mir jetzt wieder einfällt. Anders als bei Charles Stanhope hatten Erziehung und gesellschaftlicher Umgang Eric seine Vitalität nicht geraubt, und obwohl er mit sanfter Stimme sprach, war er doch von energischem Wesen.

Ich erinnere mich an seinen Elan, seine Begeisterung, sein kindliches Vertrauen.

Ich erinnere mich auch an den Nachmittag Anfang September, als ich Tee mit ihm trank. Der anglophile Teil Erics begeisterte sich für die Institution des nachmittäglichen Teetrinkens: Seine Rituale sprachen die Sinne des Galliers an, und die Köstlichkeiten seines Teetisches – in deren Genuß ich sicher mehr als einmal gekommen war, denn ich könnte sie heute noch aufzählen – waren vielfältig und reichhaltig. Ich erinnere mich, an jenem Nachmittag in einer Ecke des Chesterfield-Sofas gesessen zu haben, meine Füße vorsichtig in dem engen Raum zwischen Sofa und Teetisch plaziert. Eric ist mit dem Teesieb – denn von Teebeuteln hielt er nichts – und den Zuckerwürfeln in einem alten Porzellanschälchen beschäftigt. Seine Porzellansammlung war eklektisch: Von gleichermaßen hoher Qualität, war nichtsdestotrotz alles aus zweiter Hand und im Laufe der Jahre planlos zusammengekauft worden. Und so stand denn eine Tasse mit zartem Weidenmuster auf einer Spode-Untertasse – und das genau ist vor meinem geistigen Auge die Kombination, in die er meinen Tee jetzt einschenkt – oder eine Mason-Kuchenplatte neben einem Wedgwood-Milchkännchen. Ja, jetzt erinnere ich mich: das stickige Wohnzimmer, das feine Porzellan, Erics große Hände, die sich anmutig zwischen Teekanne und Milchkännchen bewegen. Sein Englisch ist fast akzent- und fehlerfrei; nur ein gelegentlicher Irrtum bei den idiomatischen Wendungen verrät ihn, doch er scheint seine Fehler mit Humor zu nehmen. Er wendet mir das Gesicht zu und lächelt, aber ich spüre, daß er mir etwas Wichtiges zu sagen hat.

»James«, beginnt er langsam und wählt seine Worte mit Bedacht, »wie konkret sind deine Pläne für die nächsten zwei, drei Monate?«

»Sie sind in Stein gemeißelt«, erwiderte ich mit einer gewissen Befriedigung.

»Steine lassen sich zertrümmern, oder nicht?« fragte er ruhig.

»Dieser Stein nicht.«

Er lächelte mich an. »Jeder Stein läßt sich zertrümmern, wenn nur der Wille dazu vorhanden ist.«

»Vielleicht, aber in diesem Fall fehlt der Wille dazu. Zumindest mir«, ich hielt inne und dachte laut nach, »bei meinen Eltern mag das anders sein, obwohl sie ihre Einwände gegen das Konservatorium aufgegeben zu haben scheinen. Dafür bin ich Michael Fullerton zu Dank verpflichtet.«

»Monsieur Fullerton scheint in letzter Zeit ein glühender Verehrer von dir geworden zu sein. Du bist auf dem besten Wege, entdeckt zu werden.«

Das machte mich verlegen, aber ich sagte nichts, denn Eric war in der Besprechung unseres letzten Konzerts nur kurz erwähnt worden, und das wollte ich jetzt nicht noch unterstreichen. Wenn diese Tatsache meinem Gefährten etwas ausmachte, dann ließ er es sich jedenfalls nicht anmerken.

»Und *précisement* aus diesem Grund denke ich, du solltest deine Pläne nicht als in Stein gemeißelt betrachten«, fuhr er fort, »sondern dir erst meinen Vorschlag anhören und in Erwägung ziehen.«

Entschlossen, genau das nicht zu tun, bat ich ihn höflich fortzufahren.

»Nun«, fing er an, »die Tante meiner Mutter ist gestorben. Meine Großtante.« Als sich Beileidsbekundigungen auf meinen Lippen abzeichneten, hob er die Hand, um mir Einhalt zu gebieten. »Es berührt mich nicht persönlich. Sie war alt, weißt du. Und außerdem kannte ich sie nicht besonders gut.«

Wenn ich heute, inzwischen selbst alt, an diese Bemerkung zurückdenke, trifft mich die Gefühllosigkeit der Jugend, die sich für unsterblich hält, ins Herz. Sie ist dem Alter näher, als sie wahrhaben will.

»Sie war Malerin«, fuhr er fort, »und als solche nicht ganz unbekannt.«

Ich nickte und fragte nach ihrem Namen.

»Isabelle Mocsáry«, erwiderte er, und mir war, als sagte mir dieser Name etwas. »Sie war Französin und hat einen Tschechen geheiratet. Eine sehr kosmopolitische Frau. Sehr belesen. Und als Künstlerin haben die Kommunisten sie auch gut behandelt.«

Ich nickte wieder.

»Sie hat eine große Wohnung in Prag hinterlassen, voller Möbel und Gemälde«, sprach er weiter. »Einige ihrer Sachen sind womöglich sehr wertvoll, und vieles davon wird man auf jeden Fall verkaufen müssen. Ich werde in zehn Tagen hinfahren, um die nötigen Vorbereitungen zu treffen.«

»Warum du?« fragte ich.

»Meine Mutter war Madame Mocsárys einzige Verwandte. Ich bin der älteste Sohn meiner Mutter. Es ist nur recht, daß ich gehe.« Er schwieg einen Moment. »Und ich finde, du solltest mitkommen.« Das fügte er sehr leise, fast scheu hinzu. Als er meine Überraschung sah und spürte, daß ich im Begriff war, Einwände zu erheben, fuhr er schnell fort. »Ich habe in Prag einen Freund am Konservatorium. Du wirst von ihm gehört haben.«

Ich sagte nichts. Eric sah mich herausfordernd an und lächelte.

»Sagt dir der Name Eduard Mendl etwas?«

Mein Gastgeber lehnte sich triumphierend zurück, und ich sah – genauso, wie er es wohl beabsichtigt hatte – ein runzeliges Gesicht mit silbernen Haaren, einer Hakennase und schwarzen, scharfen Augen vor mir. Seit meiner Kindheit hatte ich das Konterfei Mendls auf Konzertprogrammen und Schallplattenhüllen gesehen. Ich verehrte ihn seit dem Tag, an dem ich zum ersten Mal eine Violine in Händen hielt.

»Woher kennst du ihn?« erkundigte ich mich mit ehrfürchtiger Scheu angesichts derart lässiger Vertrautheit mit meinem Idol.

»Er war ein Freund meiner Großtante«, lautete die Antwort. »Wenn er ins Ausland reiste und nach Frankreich kam, wohnte er zwischen den Konzerten bei uns.«

»Das ist ja unglaublich.«

»Du hast meinen Vorschlag noch nicht zu Ende angehört. Ich denke, daß Eduard Mendl genau der richtige Mann ist, um dich zu unterrichten. Jetzt, wo er selbst keine Konzerte mehr gibt, nimmt er Schüler an. Dank Michael Fullerton wird man in London aufmerksam auf dich. Überleg doch mal, wie förderlich ein paar Monate Studium bei Eduard Mendl sein könnten. Denk nur, wie sich das in Michael Fullertons nächster Kolumne ausmachen würde.«

Das war mir auch schon durch den Kopf geschossen. »Wieso glaubst du, daß er mich nehmen würde?« fragte ich bedächtig.

»Er wäre auf meine bloße Empfehlung hin bereit, dich anzuhören«, sagte Eric. »Obwohl Mendl Geiger ist, hat er wahrscheinlich mehr für mein Klavierspiel getan als sonstjemand auf der Welt. Wir sind sehr eng befreundet; er vertraut meinem Urteil.«

»Und du glaubst ...«

»Ich glaube, daß er dich anhören wird, wenn ich ihn darum bitte. Der Rest hinge dann natürlich von dir ab.«

»Natürlich.«

Eric sah, daß er den gewünschten Eindruck hinterlassen hatte. Langsam verzog sich sein Gesicht zu einem Lächeln.

»Glaubst du wirklich, daß das klappen könnte?« fragte ich.

»Ich bin mir sogar sicher. Aber du müßtest deinen Professor am Konservatorium davon überzeugen, daß er deine Aufnahme um ein Trimester verschiebt.«

Bei diesem Gedanken verlor ich den Mut. Ich sah wenig Hoffnung auf Erfolg angesichts eines derart beispiellosen Ansinnens. Meine Miene hellte sich ein wenig auf, als Eric mir sagte, er habe bereits mit Regina Boardman gesprochen, die zugesagt habe, ihren Einfluß geltend zu machen.

»In England funktioniert alles auf eine sehr merkwürdige Weise«, sagte er. »Alles passiert hinter den Kulissen.« Er schwieg einen Moment. »Regina kennt den Leiter deines Fachbereichs am Konservatorium. Er ist ein guter Freund von ihr.«

Mir sank das Herz. Regina Boardman nannte jeden, dessen Position ihr von Nutzen sein konnte, einen »guten Freund«, doch das ließ keineswegs auf ein enges persönliches Verhältnis schließen. Erics nächste Bemerkung jedoch belebte meine Hoffnungen.

»Außerdem ist er der Geliebte von Monsieur Fullerton«, sagte er gleichmütig.

»Woher weißt du das?« Ich konnte es nicht glauben.

»Darüber brauchst du dir keine Gedanken zu machen, James. Ich weiß es eben. Mit Monsieur Fullerton und Madame Boardman im Rücken könnte es durchaus gelingen, deine Freistellung in die Wege zu leiten.«

Ich dachte darüber nach. Eric hatte recht: Wenn entweder Regina Boardman oder Michael Fullerton Einfluß auf den Leiter des Fachbereichs nehmen konnten, dann hatte ich eine Chance, ihn für meine unorthodoxen Pläne zu gewinnen. Solange Erics Informationen, woher er sie auch haben mochte, stimmten, war alles möglich.

»Du hast recht«, sagte ich und strahlte angesichts der Aussicht, den Plan zu verwirklichen. »Du hast vollkommen recht. Das könnte tatsächlich klappen.«

»Und wenn alles geregelt ist und du mit nach Prag kommst«, fuhr er dann grinsend fort, »würdest du dann Madame Mocsárys Wohnung mit mir teilen? Sie liegt im Stadtzentrum.«

»Das ist sehr freundlich, aber ein solches Angebot kann ich nicht annehmen.«

Schweigen.

»Ich wäre einsam ohne deine Gesellschaft.«

Ein weiteres Schweigen folgte, in dem ich die höfliche Reserviertheit verfluchte, die mir zweiundzwanzig Jahre lang eingeimpft worden war.

»In diesem Fall«, sagte ich und überwand mich, »nehme ich mit Vergnügen an.«

»Die Miete«, sprach er weiter, »bestünde darin, daß du mir ein wenig bei der Organisation der Wohnungsauflösung und des Verkaufs hilfst. Das wäre alles. Und Prag ist ohnehin eine Stadt, in der man sehr billig leben kann. Wir könnten dort leben wie die Könige, nicht wie«, er wies durch den Raum, »die Ratten, die wir hier in London sind.« Er hielt inne. »Es macht mir keinen Spaß, in einem solchen Loch zu leben, James.«

Und in Hochstimmung schüttelten wir einander die Hände und besiegelten unseren Plan, und ich rüstete mich zum Aufbruch. Ich glühte vor Aufregung, sagte mir aber, daß ich meine Hoffnungen nicht zu hoch schrauben durfte, daß noch viele Hürden genommen werden mußten. Aber ich dankte Eric mit aufrichtiger Wärme für seine Großzügigkeit.

»Keine Ursache«, sagte er. »Ich mag dich sehr.«

Ich war verlegen angesichts so offen bekundeter Zuneigung und zugleich verärgert über meine Verlegenheit. Nachdrücklich schüttelte ich ihm noch einmal die Hand, denn auf diese Weise drückt der Engländer Wertschätzung gegenüber seinen Freunden aus. Und als ich das tat, mußte ich an Ellas Abscheu vor körperlicher Reserviertheit denken; das war etwas, worüber wir uns ausführlich unterhalten hatten. Und so ließ ich Erics Hand los und umarmte ihn, und dabei befiel mich ein gewisser Stolz angesichts dieses Beweises, mich von den Konventionen befreit zu haben. Er erwiderte meine Umarmung erfreut, aber offensichtlich auch überrascht.

»Danke«, sagte ich wieder.

»Ich habe dir schon gesagt«, wiederholte er und sah mir in die Augen, »es ist nicht der Rede wert. Einem Freund eine Freude zu bereiten ist gleichbedeutend damit, sich selbst eine Freude zu bereiten.«

Ich verließ ihn und ging durch die zunehmende blaue Dämmerung zum Fluß hinunter. Und als ich in den in seiner Schönheit unermeßlich weiten Himmel über mir schaute, dachte ich, daß all dessen Pracht sich nicht messen konnte mit der Pracht meines Glücks, daß all seine Farben grau wirkten vor den Reichtümern meines Lebens. Es war ein wunderlicher Gedanke, wie ich heute sehe, aber Ella hatte mich wunderlich gemacht. Und als die Sonne unterging, setzte ich mich an den Fluß und sah zu, wie das Rosa des Himmels sich erst golden und dann grau färbte, suchte zunächst noch eine Metapher in der Kraft dieses Bildes, ruhte dann aber ganz zufrieden in der schwindenden Wärme der letzten Sonnenstrahlen.

Heute kommt es mir seltsam vor, wenn ich überlege, wie glücklich ich an jenem Tag war, mich erinnere, wie sehr ich mich der Möglichkeiten freute, die jede neue Wendung mit sich brachte. Die Erfahrung hat mich zum Zyniker gemacht; war Unschuld die Sünde meiner Jugend, so ist Zynismus die Sünde meines Alters. Ich erinnere mich, in der letzten Wärme jener sinkenden Sonne am Fluß gesessen zu haben, aber die Erinnerung kommt mir wie nachempfunden vor, als würde sie sich aus den Erzählungen eines mir fremden Menschen zusammensetzen. Der junge Mann, der an jenem Sommerabend dort saß und es warm hatte, ist nicht der alte Mann, der jetzt hier in dem eisigen Zimmer friert. Das Bild, das ich vor Augen habe, bin nicht ich: Es ist jemand, den ich einst kannte und jetzt nicht mehr kenne. Er gehört meiner Vergangenheit an, ist ein Bekannter, von dem ich mich unwiderruflich getrennt habe. Die Kluft zwischen meiner Erfahrung und seiner Unschuld ist zu breit, um überbrückt werden zu können.

Ich folge seinen Gedanken, während er da sitzt und denkt, nicht zu denken, und beobachte ihren Flug in fremde Städte; zu tosendem Applaus; zum verdienten Lob von den runzeligen Lippen eines großen Lehrers mit weisem Gesicht und silbernem Haar. Die Liebe zu Ella und ihre Liebe zu mir hatten mich bereits dünkelhaft werden lassen. Im Zeitraum weniger Wochen hatte sich mein Leben völlig verändert, und ich war jung genug, um davon auszugehen, daß diese Veränderung zum Großteil mir selbst und meinen Qualitäten zuzuschreiben war. Mein Vater pflegte zu sagen, das Glück sei mit den Tüchtigen, und als ich dort am Fluß saß, meinte ich zu spüren, wie recht er damit hatte. Ellas Liebe, Erics Freundschaft, mein aufkeimender Erfolg, all das hatte ich verdient, all das durfte ich jetzt genießen. Noch hatte ich nicht begriffen, daß Fortuna ein launisches Geschöpf ist. Als ich dort am Fluß saß, hatte ich noch keine Ahnung von dem, was ich inzwischen als Wahrheit erkannt habe: daß sie auf ihre Opfer keine Rücksicht nimmt, daß es ihr gefällt, den einen zu erhöhen und den anderen hinabzustoßen, zu adeln, zu degradieren, zu begünstigen und zu strafen, und das alles aus der flüchtigsten Laune heraus. Ihre Freuden gewährt sie durch zwielichtige Mittel, und ihre reiche Fülle bringt Leid und ewige Einsamkeit mit sich; denn eher geht ein Kamel durchs Nadelöhr, heißt es, als daß ein reicher Mann in den Himmel kommt.

Jetzt, wo Sarah tot ist, bin ich vermutlich ein reicher Mann. Ist mein Reichtum ein weiteres Hindernis auf meinem Weg zum Frieden? Gesellt es sich zu der langen Reihe von Hindernissen hinzu, die zu überwinden ich niemals hoffen darf? Ich befinde mich auf einer Reise, die ich nie vollenden kann; ich bin allein und habe niemanden, an den ich mich wenden kann. Mein einziger Gefährte, der junge Mann, der traumverloren auf den goldenen Fluß starrt, ist machtlos und kann mir nicht helfen. Er weiß nichts von mir, wie könnte er auch? Er kennt keinen Schmerz; sein einziger Schmerz ist Verärgerung, das vorübergehende Aufschieben unmittelbarer Begierden. Er kennt keine Schuld; seine einzige Schuld ist der Irrtum von gestern, den er schon bald vergessen hat. Er kennt keine Reue, keine Scham, keine Verzweiflung. Versunken in einem endlosen müßigen Traum, sitzt er am Fluß, als ich ihn um Zeichen bitte, die ich hätte sehen, Warnungen, die ich hätte beachten können. Aber er sitzt einfach da, bewegt sich nur, um einen Kieselstein in die rasch dahineilende Strömung zu werfen. Den Abschweifungen eines alten Mannes zollt er keine Aufmerksamkeit, er hört sie gar nicht. Und ich bleibe zurück und sehe ihm hilflos zu.

Kapitel 12

Man klopfte in angemessener Weise bei den zuständigen Autoritäten an, zog besagte Fürsprecher hinzu, und am Ende wurde mir ein Freitrimester gewährt. Eine Aufzeichnung meines Konzerts in St. Peter wurde zusammen mit einem langen Brief von Eric per Kurier nach Prag befördert; und nach zwei Tagen angespannten Wartens traf ein Telegramm von Mendl ein, das besagte, er freue sich darauf, mich zu unterrichten.

Camilla Boardman rief mich an, sobald sie davon erfuhr. »*Schaatz!* Du bist einfach *fabelhaft!*«

»Ich denke, das ist eher das Werk deiner Mutter als meines, Camilla.«

»Habe ich nicht gesagt, daß ihr beide euch viel zu geben hättet? *Hab'* ich das nicht?«

»Das hast du.«

»Und hatte ich nicht *recht?*«

»Ja, hattest du. Danke.«

Camilla forderte ihren Teil der Anerkennung ein.

Mein einziger Vorbehalt bei all der Aufregung war der Gedanke, Ella zu verlassen. Natürlich hatte ich ihr von Erics Angebot sofort erzählt; gemeinsam hatten wir die spannungsgeladenen Tage ertragen, die Regina Boardman und Michael Fullerton benötigten, um die entsprechenden Fäden zu ziehen. Ella verstand meine Hoffnungen und teilte sie mit mir, und als es dann soweit war, wollte ich, daß sie als erste davon erfuhr. Aber als ich am Chester Square anrief, sagte man mir, daß die Harcourts nicht da seien, und die tiefe Stimme am anderen Ende war nicht befugt, mir zu sagen, wann sie zurück erwartet würden.

Zwei Tage lang wartete ich ab und zermarterte mir den Kopf, während meine Mutter ihren Freunden von meinem Glück und meinem unbestrittenen Talent erzählte. Die Atmosphäre zu Hause war nicht wiederzuerkennen, denn meine Eltern waren mit dem Instinkt guter Verlierer – so sah ich das damals wenigstens – zu der Überzeugung gelangt, daß es zwischen uns nie einen Kampf gegeben hatte. Eine gewisse Besorgnis ihrerseits sei doch zu erwarten gewesen, meinten sie, aber sie behaupteten auch, nie die Absicht gehabt zu haben, sich mir in den Weg zu stellen. Ganz im Gegenteil sogar, obwohl sie noch immer der Ansicht waren, daß ich nicht vergessen dürfe, wie wichtig ein sicheres Einkommen sei, was auch immer ich tat. Gleichgültig, wie die Jugend nun einmal ist, hörte ich mir ihre Erklärungen an und fand es sehr nobel von mir, nicht über ihre Heuchelei zu richten.

Erst Jahre später war ich in der Lage, zu erkennen, was hinter dem Kampf mit meinen Eltern stand; zu verstehen, daß sie, wenn auch dünkelhaft, so doch nicht heuchlerisch waren; die Liebe hinter unserem lang währenden Konflikt zu sehen. Erst Jahre später wußte ich die Großzügigkeit richtig einzuschätzen, mit der sie sich für mich freuten, aber da war es, wie so oft im Leben, zu spät, um es ihnen zu sagen.

Damals verschwendete ich kaum einen Gedanken an das, was meine Eltern sagten, sondern konzentrierte mich statt dessen darauf, Ella zu erreichen. Drei Tage lang bemühte ich mich vergeblich: Wieder und wieder erteilte mir die tiefe Stimme, die sich am Chester Square am Telefon meldete, eine Abfuhr; wieder und wieder wurde mir gesagt, sie sei nicht befugt, mir über die Rückkehr der Harcourts Auskunft zu erteilen. Am dritten Tag bekam ich einen Brief von ihr. Es war ein schwerer Umschlag, steifes Papier, geprägt mit einer blauen Krone und mit einem Absender, den ich nicht erwartet hätte: Seton Castle, Cornwall.

Mein Liebster, schrieb Ella,

es würde Dich in Verlegenheit bringen, wenn Du wüßtest, wie sehr ich Dich vermisse, oder ich es Dir gar in diesem Brief ausmalen würde. Ich denke, meine kalifornischen Liebkosungen würden Dich einschüchtern. (Und bei solchem Wetter, mit weiter Sicht über ein sonnenbeschienenes Meer, in Seton zu sein macht mich manchmal auf schmerzliche Weise sentimental. Deshalb werde ich jetzt streng zu mir sein und Dir das ersparen.)

Der Anlaß meines hiesigen Aufenthalts ist leider trauriger Natur. Onkel Cyril hat eine Art Anfall gehabt, er ist vor vier Tagen zusammengebrochen und liegt seitdem im Krankenhaus von Penzance. Es steht offenbar auf des Messers Schneide, und die Familie wurde herbeigerufen, um sich an seinem Bett zu zanken und den Dorfbewohnern Ehrfurcht einzuflößen. Tante Elizabeth besteht darauf, in Zeiten wie diesen Einigkeit zu demonstrieren, »um den Pächtern ein gutes Beispiel zu geben«, eine Bemerkung, die mein Blut natürlich zum Kochen bringt. So sieht der Schaden aus, den eine amerikanische Erziehung anzurichten vermag, und das selbst in den besten Familien. Ich bin also gewiß die Ursache jeder Menge kollektiver Unruhe gewesen. Tante Elizabeth und Sarah hüsteln und räuspern sich unentwegt und tuscheln stundenlang miteinander darüber (da wette ich drauf), was für ein hoffnungsloser Fall ich doch bin. Den meisten mißbilligenden Blicken ist jedoch Pamela ausgesetzt; sie besitzt nicht den Schutz der Blutsbande, weißt Du – sie ist ein Eindringling, dessen Tag einmal kommen wird, und das weiß Elizabeth. Meine Tante hat Angst, aufs Witwenteil abgeschoben zu werden.

Die Abneigung, mit der die Familie Pamela und mir begegnet,

macht Papa natürlich sehr wütend: und die Mahlzeiten verlaufen entsprechend frostig. Ich hoffe, man schickt Cyril nicht zur Erholung in eine derartige Atmosphäre nach Hause – es würde ihn umbringen. Aber wir müssen hierbleiben, bis er außer Gefahr ist, und das bedeutet mindestens noch eine Woche, wenn nicht zwei. Diese Trennung ist sehr gut für uns, wie ich meine. Sosehr ich unsere gemeinsame Zeit genieße (und ich genieße sie wirklich), so sehr lenkt sie mich doch vom dringend anstehenden Schritt ab. Ich bin noch immer verlobt, nichts hat sich verändert, und so kann das einfach nicht weitergehen. Charlie fragt sich langsam schon, warum ich immer krank bin, wenn er mich zu sehen wünscht, und mein Vorrat an Ausreden ist nicht unerschöpflich. Ich merke auch, daß Sarah mich beobachtet, und ich frage mich, wieviel diese kalten Augen wohl mitbekommen. Sie verursacht mir Unbehagen, was ja auch kein Wunder ist. (Du siehst, ich habe schließlich doch noch ein Gewissen.)
So werde ich nun meine Zeit hier dazu nutzen, ernsthaft darüber nachzudenken, was zu geschehen hat. Und ich werde auch an Dich und die ungeheure Chance denken, die vielleicht in Prag auf Dich wartet. Wie sehr werde ich Dich vermissen, falls Du fährst (die verdammte Regina Boardman – sie wird Himmel und Hölle in Bewegung setzen, um das zu arrangieren, das weiß ich). Aber eine Liebe, die so stark ist wie die unsere, gibt uns jede Menge Zeit.

Ich liebe Dich unendlich.
Ella

Ich habe Ella vor meiner Abreise noch einmal gesehen, denn die bürokratischen Mühlen zweier Regierungen mahlten langsam, und wir mußten länger auf die Studienerlaubnis warten, als wir gedacht hatten. Onkel Cyril kehrte heim, erholte sich und schickte seine Familie fort, verärgert über das Theater, das sie seinetwegen aufgeführt hatte. Also kehrte Ella nach London zurück, und im Haus am Chester Square ging es wegen der Hochzeitsvorbereitungen neuerlich zu wie in einem Bienenstock. Wir trafen uns am Tag vor meiner Abreise. Kleider und Bücher waren schon sorgfältig verpackt, die Visa beschafft, Freunde angerufen und besucht worden. Alles war bereit. Camilla Boardman hatte eine private Unterredung gefordert und gestand mir beim Mittagessen, daß London ohne mich entsetzlich *langweilig* sein würde. Michael Fullerton hatte mich angerufen, um mir Glück zu wünschen. Und Regina Boardman hatte, wie zu erwarten, ein letztes Wohltätigkeitskonzert organisiert und so wenigstens einen ersten Profit aus ihrer Investition in meine Zukunft gezogen.

Ella und ich trafen uns im viktorianischen Siegesglanz der National Portrait Gallery. Es war Mitte September, einer der letzten Tage dieses langen, warmen Sommers. Die Menschenmassen draußen auf dem Trafalgar Square und der Charing Cross Road waren verschwitzt und laut. Drinnen, in der gruftartigen Kühle der Galerie mit ihren langen verwaisten Räumen, herrschte Stille. Ich sehe Ella, wie sie die Treppe herauf auf mich zukommt, sehe die erwartungsfrohe Hast in ihrem schnellen, leichten Schritt, das Lächeln auf ihren Lippen, die Glut auf ihren Wangen. Sie trug ein kurzes leichtes Kleid aus hellblauer Baumwolle, ihr Haar sah feucht aus und war aus dem Gesicht gekämmt.

Ich kann mich nicht mehr an alles erinnern, worüber wir sprachen, obwohl sie mir von ihrem Aufenthalt auf Seton erzählt haben muß, von der Genesung ihres Onkels und wie man die in der Familie herrschende Bitterkeit wenigstens in Gegenwart des Kranken, wenn schon sonst nicht, unterdrückt hatte. Ich erinnere mich, ihr von Regina Boardmans einzig und allein auf mich konzentrierten Bemühungen erzählt zu haben, von meiner Vorfreude auf die Begegnung mit

Mendl; davon, daß Erics Großtante Isabelle Mocsáry gewesen war. Ich erinnere mich, mit ihr nach nebenan in die Nationalgalerie gegangen zu sein, um uns dort die kleine Mocsáry-Sammlung anzuschauen, und weiß noch, wie enttäuscht wir waren, als es hieß, die Bilder wären an das Musée d'Orsay in Paris verliehen. Vor allem jedoch ist mir die Intimität jener wenigen Stunden erinnerlich, die Zwanglosigkeit, mit der wir uns unterhielten und lachten und uns beim Tee in einem Café am Covent Garden küßten. Erst als der Abend hereinbrach, wurde unser Gespräch ernst; es war die Ernsthaftigkeit von Liebenden, die bald voneinander getrennt sein würden.

»Ich kann gar nicht sagen, wie ich mich für dich freue«, sagte Ella schlicht. »Und wie leid es mir für mich tut. Aber ich denke, diese Trennung wird gut für uns sein.« Sie hielt inne, holte eine Schachtel Zigaretten aus ihrer Tasche, und ich betrachtete die eleganten Bewegungen ihrer Finger, als sie eine Zigarette herausnahm und an ihre Lippen führte. Sie zündete sie an und nahm langsam zwei nachdenkliche Züge. »Und ich denke, es sollte eine vollständige Trennung sein, jedenfalls für den Augenblick.«

»Wie meinst du das?«

»Ich glaube, wir sollten keinen Kontakt halten, Jamie.«

»Wie?«

Sie lächelte mich an. »Wir wissen, was uns verbindet. Das geht uns nicht verloren. Aber ich möchte, daß wir uns erst wieder schreiben und sprechen, wenn ich getan habe, was ich tun muß, und nicht eher. Dieses … Versteckspiel ist für keinen von uns gut. Ich bin es leid, wie ein Kind herumzulaufen, das etwas angestellt hat.«

Ich nickte, obwohl ich ihren Verdruß nicht aus tiefstem Herzen teilen konnte.

»Es ist an der Zeit, ein für allemal klare Verhältnisse zu schaffen«, fuhr Ella fort. »Ich habe Charlies Situation nicht angemessen bedacht, von Sarah ganz zu schweigen. Ich weiß, daß sie mich beobachtet, alles beobachtet, was ich tue. Sie spürt, daß etwas in der Luft liegt. Und das ist der Grund, weshalb wir uns nicht schreiben dürfen.«

»Das verstehe ich nicht.«

»Begreifst du denn nicht? Wenn ich mit dir zusammen bin, bin ich zu glücklich, um die Tragik der Situation zu erfassen. Und das wäre nicht anders, wenn wir uns jeden Tag, den du in Prag bist, schreiben würden. Du mußt meine Belohnung sein, Jamie, nicht meine Zerstreuung. Ich muß mich aus diesem Gewirr befreien, so daß ich mich an dir freuen kann … frei und ungebunden, wie es sein soll.«

Ich nickte niedergeschlagen, fing an zu begreifen. Ella nahm meine Hand.

»Bitte verzage nicht. Wir haben Zeit. Du wirst nur zwei Monate fort sein. Und wenn du zurückkommst, werden wir uns nicht mehr wie Verbrecher herumdrücken müssen. Du kannst Papa und Pamela angemessen gegenübertreten; ich kann deine Eltern kennenlernen. Wir können nach Seton fahren und müssen nicht in der Dorfkneipe übernachten und den Wärtern aus dem Weg gehen. Begreifst du nicht, wie anders dann alles wäre? Wie schön?«

Ich nickte wieder, weniger bedrückt als zuvor, ein bißchen besänftigt.

»Dann geh nach Prag und schreib mir nicht. Deine Briefe – alles, was von dir ist – machen mich, wie ich schon sagte, zu glücklich, um die Tragik zu erfassen. Und das Ganze tragisch zu nehmen ist doch das mindeste, was ich für Charlie tun kann, das wenigstens bin ich ihm schuldig, oder? Ich werde mir Zeit nehmen müssen, um darüber nachzudenken. Man kann eine Verlobung nicht über Nacht lösen, weißt du, vor allem nicht unter solchen Umständen.«

Ich nickte wieder.

»Verstehst du mich?« Sie blickte mich besorgt über den Tisch hinweg an.

»Ich denke schon«, sagte ich. »Es gefällt mir nicht, aber ich verstehe dich.«

»Gut.« Sie drückte meine Hand.

»Aber du hast nur Zeit bis Weihnachten«, sagte ich. »Von Weihnachten an wirst du mich nicht mehr loswerden.«

»Das werde ich auch nicht wollen, du Dummkopf.« Sie drückte wieder meine Hand. »Was meinst du, wie schwer mir unsere Trennung fällt. Aber in unser beider Interesse muß es sein.«

»Ich weiß.«

Und wir küßten uns innig.

Kapitel 13

Unter mir lag Prag: eine Stadt voll rundgewölbter Brücken, steiler Kirchtürme, gefälliger Dome. Ins Morgenlicht getaucht, das klarer und kälter war als das Licht in London, und im aufsteigenden Morgennebel war die Moldau ein glänzendes, verträumtes Band im grauen Tuch der Stadt. »Schließ die Augen«, sagte Eric neben mir, als das Flugzeug zur Landung ansetzte. »Wir fliegen jetzt über die Vororte.« So schloß ich also die Augen, und ich durfte sie erst wieder öffnen, als wir auf dem Prager Flughafen landeten, dessen Name fast nur aus Konsonanten zu bestehen schien, ein verschachtelter Betonklotz, der – wie ich es empfand – die Besucher abschreckte und somit die Reichtümer der Stadt, der er diente, sicherte und schützte. Meine Erinnerungen an Eric sind jetzt deutlicher. Ich sehe ihn in diesem Flugzeug sitzen, seine große Gestalt zwischen zwei Armstützen eingezwängt, ein Strahlen der Begeisterung in den Augen; ich höre ihn mit leiser Stimme auf die Wahrzeichen der Stadt hinweisen, die keiner von uns beiden je zuvor gesehen, über die er aber wenigstens gelesen hatte.

Prag und ich mußten einander noch begegnen, aber schon beim ersten Anblick stellte ich fest, daß diese Stadt ganz anders auf mich wirkte als London: daß sie nicht reserviert, nicht unnahbar, nicht kalt war. Stolz, ja. Aber der Stolz Prags war verführerisch, verlockend, geheimnisvoll. Wie ich entdecken sollte, bedurfte diese Stadt der prachtvollen Boulevards von Paris oder der höhnischen Wolkenkratzer New

Yorks nicht; sie war eine Stadt der kopfsteingepflasterten Gassen und Hintertreppen, der blumenüberwucherten und mit Flüstern erfüllten Höfe, eine Stadt, in der Palast und Mietskaserne nebeneinander existierten und mit pittoresker Würde klaglos verfielen. Noch waren ihr brutales Investieren und gedankenloses, unhinterfragtes Modernisieren fremd. Mochten Städteplaner und Bauminister ihre Vorstädte korrumpieren, Wohnsilos und Verwaltungsgebäude in ihren Randbezirken in die Höhe schießen lassen, mochte sie von allen Seiten belagert werden, so war doch das Zentrum der Stadt, die wenigen Quadratkilometer, die ihr Wesen ausmachten, unberührt geblieben. Im Herzen ist Prag eine Stadt romantischer Tücke: sie weiß alle, die sie erobern, verändern und verbessern wollen, zu bezirzen. Mögen auch Regierungen kommen und gehen, Regimes an die Macht gelangen und wieder untergehen – der Hradschin bleibt ungerührt, hält Wacht über der Stadt, wie er es seit Jahrhunderten getan hat. All dies empfand ich vage, während ein Taxi Eric und mich erst über die Zufahrtsstraße durch grüne Vororte mit seltsamen Art-nouveau-Häusern in überwucherten Gärten beförderte. Der Verfall war hier fast greifbar; aber die einstmals herrlichen Gebäude stellten sich dem Schicksalswandel mit Würde und schienen ihn auf ihre ganz eigene Weise sogar anzunehmen. Ganz im Gegensatz zu den häßlicheren Errungenschaften der kommunistischen Wohnbauinitiativen. Diese Türme, die *panelaks,* welche die Zufahrtsstraßen zur Stadt umgaben, zeigten der Welt ihre mürrischen Gesichter und starrten böse auf schlecht beleuchtete Straßen.

Nach einiger Zeit fuhren wir die steile mit Kopfstein gepflastere Straße hinunter, die vom Kloster Strahov zur Mála Strana führt, der barocken »Kleinseite« mit ihren gewundenen Straßen, die sich unterhalb der Burg zusammendrängen und die meine erste Berührung mit dem echten Prag war.

Vor uns lag die Moldau, in der Ferne erhoben sich die Zwillingstürme der Karlsbrücke mit ihren düsteren, alters- und rußgeschwärzten Statuen. Es verblüfft mich, wie lebhaft ich all das vor mir sehe, wie vollständig das Panorama im Kopf Gestalt annimmt. Seit Eric und ich Prag verlassen hatten, war ich nie wieder zurückgekehrt, denn die Erinnerungen wären viel zu schmerzlich gewesen. Mir wird auf einmal klar, daß die Stadt, die ich kenne, und die Stadt von heute verschieden sein müssen. Vielleicht sind die Straßen Prags jetzt alle geteert; vielleicht rühmen sich ihre Straßenecken der Fast-food-Ketten anderer Städte; vielleicht sind ihre Klöster und Paläste in Hotels verwandelt worden. Ich möchte nicht wieder hin. Ich bin damit zufrieden, der Stadt einen Besuch im Geiste abzustatten, der Stadt, die einem jungen, leicht zu beeindruckenden Mann, durch den das Leben pulsierte, soviel Ehrfurcht eingeflößt hat. Ich möchte wieder bei ihren Geheimnissen verweilen, über ihre Eigenarten lachen, Kostproben von ihr sammeln und ihre Exzentrizität belächeln. Ich möchte wieder das Prickeln jener ersten Augenblicke spüren, den Schauder bei ihrem ersten atemberaubenden Anblick.

Während ich aus dem Fenster schaute, fragte Eric den Taxifahrer auf deutsch, wie dieser den Niedergang des Kommunismus empfinde. Ich hörte beiläufig zu, denn meine Aufmerksamkeit war von dem sich vor uns ausbreitenden Panorama gefangengenommen.

»Er meint, seine Landsleute seien wie die Amerikaner geworden«, übersetzte Eric für mich. »Geld, Geld und noch mal Geld. Davon sind sie jetzt alle besessen.«

Unser Fahrer sagte: »Ich spreche Englisch. Ein wenig. Auch.«

Eric nickte ihm aufmunternd zu. »Das ist Georg«, sagte er zu mir.

Georg und ich nickten einander im Rückspiegel zu, und ich nannte meinen Namen.

»Vor dem Niedergang«, fuhr Georg fort, »redeten die Leute miteinander, diskutierten. Man ging viel ins Theater. Aber jetzt«, er sah uns im Rückspiegel traurig an, »zählt nur noch die Arbeit. Arbeit, um Geld zu verdienen. Das allein zählt noch. Seit dem Niedergang füllen die Fremden unsere Theater.«

Georg war ein würdevoller alter Mann, und die Gelassenheit, mit der er die Invasion seiner Stadt beschrieb, strafte seinen heftigen Widerwillen dagegen Lügen. Trotzig stellte er sich der neuen Armee eindringender Imperialisten entgegen. »Sie«, sagte er – und meinte damit auch mich und Kapitalisten wie mich –, »versuchen unsere Köpfe zu erobern. Sie wollen uns versklaven. Alles, woran wir jetzt noch denken, ist Geld und Sex, Sex und Geld. Einzig und allein das zählt.« Während er es mit dem zunehmenden Verkehr aufnahm, steigerte er sich in sein Thema hinein. »Selbst Havel hat seit der Revolution kein einziges Stück mehr geschrieben«, erzählte er uns. »Er sitzt in seinem Palast da oben auf dem Hügel«, er deutete mit seiner runzeligen Hand auf den Hradschin hinter uns, dessen Stabwerkfenster würdevoll im Morgenlicht glitzerten, »und ist von uns abgeschnitten. Er überläßt uns der Ausbeutung durch den Westen und untereinander. Das darf so nicht weitergehen.«

Es war die gleiche traurige Geschichte wie nach jeder Revolution: erst wenn sie vollendet ist, wird man sich langsam darüber bewußt, daß sie nicht mehr war als ein erster zögerlicher Schritt in Richtung soziale Gerechtigkeit. Und dabei kann es vorkommen, daß es danach mehr gibt, wovor man sich schützen muß, als es vorher zu bekämpfen gab.

Mit einem weiteren Kopfschütteln setzte unser Fahrer Eric und mich an der Ecke einer Straße mit großen alten

Häusern ab. Er deutete auf die Nummer 21, die ihm von Eric angegebene Adresse, und er nahm das Geld mit einer Haltung entgegen, als wären nicht wir ihm, sondern er uns etwas schuldig.

Ich wartete auf dem Bürgersteig und fror, während Eric nach den Schlüsseln kramte.

»Das hier«, erklärte er mir, »war einst das Scherkansky-Palais. Jetzt sind es Wohnungen.«

»Recht prachtvolle Wohnungen«, sagte ich mit Blick auf die Marmorstufen und die schweren Türen.

»Meine Großtante war eine in der ganzen Welt bewunderte Künstlerin, eine Zierde des Regimes«, erwiderte er lächelnd. »Sie stand ganz oben auf der Liste der Wohnungssuchenden.«

Er hatte die Schlüssel gefunden und öffnete die Tür, dann ging er unter dem Bogen hindurch voran. Im Dunkel der Eingangshalle zeichnete sich der Stuck an Wänden und Decke düster ab: Cherubim, die lächelten, woher der Wind auch wehen mochte, waren für immer in taumelnder Lüsternheit gefangen. Durch große Fenster strömte schmutzgefiltert das Licht herein, und vor uns erstreckte sich eine Treppe, ein Relikt aus eleganteren Zeiten als unserer, die anmutig geschwungen nach oben ins Dunkel führte. Als meine Augen sich an das trübe Licht gewöhnt hatten, das eine einsame schwache Birne ausstrahlte, sah ich den wahren Zustand des Gebäudes: die abgeblätterte Farbe, die zerbrochenen Fliesen, den rissigen Gips. Dann war alles dunkel. Mit einem unterdrückten Fluch tastete Eric nach dem Lichtschalter, fand einen, und eine weitere trübe Birne ging flackernd an. So begann unser Aufstieg. Für jeweils zehn Sekunden war es möglich, die Treppe bei einer annähernd angemessenen Beleuchtung nach oben zu steigen; doch Gewicht und Anzahl unserer Taschen hatten zur Folge, daß wir die letzten Stufen vor dem jeweils nächsten Absatz unweigerlich im Dunkeln zurücklegen mußten. Im zweiten und letzten Stock zog Eric vor einer weiteren schweren Tür noch einen Schlüssel hervor.

»Die Wohnung ist seit der Beerdigung nicht mehr geöffnet worden«, sagte er.

»Ich frage mich, was uns wohl erwartet.« Mein Herz hüpfte vor Aufregung, als er den Schlüssel in das Schloß steckte.

»Das frage ich mich auch.«

Mit einem Knirschen des rostigen Riegels öffnete sich die Tür, und wie auf ein Stichwort verlosch das Licht im Flur. Wir schoben uns im Dunkeln hinein, und Eric tastete wieder nach einem Lichtschalter, fand einen und knipste ihn an. Diesmal jedoch wurden wir in eine Flut elektrischen Lichts getaucht. Ich erinnere mich noch an den körperlichen Schock, den die plötzlich aufflammende Helligkeit auslöste. Der Kandelaber über unseren Köpfen besaß – wie ich später die Muße hatte zu zählen – dreißig Birnen und erleuchtete jede Ecke der Aladinhöhle, in der wir standen. Eric und ich befanden uns in einem langen, schmalen Raum, auf dessen Steinfußboden willkürlich Perserteppiche ausgelegt und dessen vollkommen kahle Wände in einem satten Rot gestrichen waren. Ein Staubfilm lag über allem, dämpfte die Farben der Teppiche und der goldgelben Vorhänge, die zeltartig von den Decken hingen. Ich nieste, und das Geräusch löste die Anspannung und brachte uns zum Lachen.

»Mein Gott«, sagte ich, »so etwas habe ich ja noch nie gesehen.«

Erics Augen funkelten. »Laß uns auf Entdeckungstour gehen.«

Gemeinsam erforschten wir also die Wohnung. Aufgeregt wie ehrfürchtige Schuljungen in einem Museum durchstreiften wir die Räume, nahmen hin und wieder etwas in die

Hand und zeigten einander die exzentrischsten Beispiele von Madame Mocsárys Geschmack: einen kleinen goldenen Elefanten mit funkelnden roten Steinen als Augen, der auf dem Klavier stand; ein billiger Plastikfächer in Limonengrün und Pink, der dekorativ auf einem Beistelltisch lag; ein kunstvoll geschliffener Aschenbecher aus schwerem blauem Kristall. Der Raum, in dem wir uns befanden, diente als eine Art Eingangshalle und Wohnzimmer zugleich – welchen Zweck er in den Tagen der Scherkanskys erfüllt hatte, hätte ich nicht zu sagen vermocht –, und von ihm gingen zwei Türen ab, die beide in säulenflankierte Nischen eingelassen waren. Die erste öffnete sich in einen dunklen Flur, der zu einer winzigen Küche und einem Badezimmer führte, in dem eine große Wanne aus Porzellan stand, die jedoch keine Wasserhähne hatte. Die zweite – die wir nach einer hoffnungsfrohen, aber enttäuschenden Untersuchung der Küchenausrüstung erforschten – zeigte Lohnenderes.

»*Mon Dieu*«, entfuhr es Eric, als er sie aufstieß. »Komm und sieh dir das an, James.«

Gemeinsam betraten wir zum ersten Mal den Bilderraum. Es war ein perfekt proportionierter Kubus von gut dreieinhalb Metern Seitenlänge, und um diese geometrische Form zu erzeugen, hatte man nachträglich eine Decke eingezogen. Abgesehen von der Tür, durch die wir eintraten, und den beiden hohen Flügelfenstern, die auf die Straße hinausgingen, war jeder Zentimeter der vier Wände mit Leinwänden behängt. Einige waren gerahmt, andere nicht, sie drängten sich zusammen, als wollten sie einander in diesem eisigen Zimmer trösten und die Wände – die im selben satten Rot gestrichen waren wie der Flur – hinter einer wahren Farborgie verstecken: phantastische, halb-realistische Formen, die über viele Jahre hinweg entstanden waren und deren Entwicklung – wie ich später feststellte – nachvollzogen werden konnte.

»Das ist es also«, sagte Eric ruhig.

»Was?«

»Meine Großtante hat meiner Mutter von ihrem Bilderzimmer geschrieben. Sie war davon überzeugt, es vor ihrem Tod nicht vollenden zu können.« Er sah sich um. »Wirkt doch irgendwie großartig, nicht wahr?«

Ich nickte.

Ich sehe das Zimmer jetzt vor mir: diese einzigartige, überaus geschlossene Schöpfung eines brillanten Geistes. Es beherbergte einen explosionsartigen Erguß künstlerischer Inspiration – von den ersten Tuschzeichnungen eines jungen Mädchens bis zu den selbstbewußten experimentellen Arbeiten einer älteren, reifen Künstlerin. Die Bilder waren ganz unterschiedlich: Manche waren klein, manche groß; manche in Öl, manche in Tusche oder Acryl gemalt; die meisten auf Leinwand, andere auf Holztafeln. In meiner Erinnerung haben sie sich vermischt, obwohl ich sie einst so gut kannte. Die einzelnen Sujets kann ich nicht mehr erkennen, denn der Lauf der Jahre hat sie mit einem Film bedeckt, der ihre Konturen und Details verschwimmen läßt. Seltsam, daß ich mich nicht daran erinnern soll, denn diese Gemälde und der Raum, der sie beherbergte, wuchsen mir ans Herz; sie erlangten große Bedeutung für mich. Vielleicht ist das der Grund, weshalb ich sie vergessen habe. Wer weiß?

Der Geist Madame Mocsárys war überall in dieser exzentrischen Wohnung zu spüren: von den verblichenen goldgelben Stoffbahnen, unter denen sich die von Rissen durchzogene Decke des Flurs verbarg, bis zur Nippessammlung, die jeden verfügbaren Sims, jede Oberfläche und jedes Regal in Beschlag nahm. Eine Stunde etwa wanderten Eric und ich fasziniert umher; erst dann fiel mir etwas Merkwürdiges auf: Offenbar hatte Madame Mocsáry kein Bett benötigt.

»Aber sie muß doch eines gehabt haben«, sagte Eric. »Wir müssen es finden.«

Doch trotz allen Suchens förderten wir nichts zutage, was einer Matratze auch nur ähnlich gesehen hätte, von etwas Luxuriöserem oder Bequemerem gar nicht zu reden. Schließlich war ich es, der den Schlüssel zu dem Geheimnis, wo Madame Mocsáry geschlafen hatte, entdeckte; beinahe eine Stunde hatten Eric und ich vergeblich danach gesucht. Der Staub in der Wohnung hatte bei mir einen solchen Niesreiz ausgelöst, daß ich mich veranlaßt fühlte, die staubigen Schonbezüge von den Möbeln zu nehmen. Und als ich die blaue Samtdraperie vom Sofa zog, entdeckte ich, daß es gar kein Sofa war, sondern eine Bettstatt, die gegen die Wand geschoben und an drei Seiten von Kissen umstellt war. Was haben wir gelacht, daß wir uns so lange hatten täuschen lassen.

Ich erinnere mich an Erics Lachen. Er lachte stets aus voller Kehle, inbrünstig, mit weiß blitzenden Zähnen, tränenden Augen, und er zerzauste dabei sein Haar. Diese Lachsalven werden in meine Alpträume zurückkehren, zusammen mit dem Lächeln, das ihnen voranging, und dem Schulterklopfen, mit dem er mich bedachte. Fünfzig Jahre hat es gedauert, alle Gedanken an Eric zu verbannen, meine Träume seinem Anblick, seiner Stimme, seinem Lachen zu verschließen. Jetzt habe ich das Werk von Jahrzehnten zunichte gemacht – ich habe mich erinnert. Und Eric wird zurückkehren und mich heimsuchen; heute abend noch, nicht länger glücklich, sondern gequält, nicht mehr unbekümmert, sondern getrieben. Wer ist er? Was ist er? Ein Bild. Ein Klang. Eine Berührung. Ein junger Mann, der glücklich gelebt hat, aber unglücklich gestorben ist. Mehr doch gewiß nicht? Er ist tot. Aber in mir lebt er weiter; mein Gewissen wird ihn nicht zur Ruhe betten, denn es läßt sich nicht länger hintergehen. Und so schreit mich sein Lachen anklagend über die Jahre hinweg an.

An jenem Nachmittag jedoch vernahm ich sein Lachen mit Freude und stimmte ein. Wir lachten und rangen lachend darum, wer von uns in dem Bett schlafen durfte. Obwohl Eric kräftiger war als ich, war er der Verlierer; und wir beschlossen, die Samtdraperien, von denen es in der Wohnung mehr als genug gab, nach gründlichem Ausschütteln und Lüften aufeinanderzuschichten, damit sie ihm als improvisierte Matratze dienten. Nachdem dieser wichtige Punkt geklärt war, wandten wir unsere Aufmerksamkeit den Schwierigkeiten zu, die unsere anstehende Arbeit erwarten ließ, wir öffneten Schränke, untersuchten Regale, kramten in den Ecken und Winkeln der exzentrischen Privatwelt einer alten Dame. Und wir kamen zu der Erkenntnis, daß die Reinigung der Behausung, die seit Madame Mocsárys Aufnahme in ein Pflegeheim fast ein Jahr zuvor unbewohnt gewesen war, keine leichte Aufgabe sein würde. Mit welchen Fähigkeiten mich die Erziehung auf einer Privatschule auch ausgestattet haben mochte, der Umgang mit Staubtuch, Reinigungsmitteln und dergleichen gehörte jedenfalls nicht dazu; und Erics Fertigkeiten waren kaum größer als meine. Unsere Begeisterung machte uns jedoch zuversichtlich. Und so zogen wir sofort los, um einzukaufen, und bewaffneten uns mit Eimer und Besen und allen möglichen Putzmitteln. In Hochstimmung kehrten wir von unserer Expedition zurück, um uns gleich der vordringlichsten Aufgabe zu widmen: dem Ausschütteln und Lüften der Stoffe.

Auf diese Weise kam ein ziemlich belustigtes tschechisches Publikum in den Genuß, zu beobachten, wie wir im Laufe dieses Nachmittags bis in die frühen Abendstunden wie die Wilden auf der Straße unter unserem Balkon herumsprangen und uns mit riesigen Samtdraperien – rot, gelb, blau, violett, grün – herumplagten. Wir schlugen sie unter Aufbietung all unserer Kraft und höchst geräuschvoll an allem aus, was sich uns bot: Laternenpfosten, Hausmauern, Geländer. Nichts blieb von unserem besessenen Einsatz verschont. Doch bei Einbruch der Dunkelheit hatten wir das meiste geschafft und konnten einen Großteil der Samtdraperien zum Lüften über die Balustrade des Treppenhauses hängen – was diesem nebenbei einen Teil der Pracht früherer Festtage zurückgab – und in unsere Wohnung hochsteigen, die ohne ihre feinen Stoffe wie nackt wirkte. Dort starrten uns die Möbel an, verdreckt, kahl und wenig einladend; also brachen wir wieder auf und gingen essen, tranken Wein und lachten zusammen, bis wir uns kaum noch aufrecht halten konnten, und kehrten erst in der Morgendämmerung in den glorreichen Verfall des Scherkansky-Palais und die trostlose Erhabenheit der Sokolska 21 zurück.

Dieses öffentliche Ausschlagen der Stoffe war der Anlaß, der Blanca in unser Leben führte: Blanca, die verhutzelte alte Frau mit sorgfältig blondiertem Haar, die Madame Mocsárys Zugehfrau und Vertraute gewesen war. Sie lebte in einem weitaus schäbigeren Gebäude schräg gegenüber und hatte, wie wir später von ihr erfuhren, mit großem Entsetzen beobachtet, wie zwei unbekannte Männer sich auf der Straße daranmachten, die Besitztümer ihrer alten Herrin direkt vor deren Hautür zu demolieren. Unsere Impertinenz hatte, wie sie uns später erzählte, sofortiges Handeln ihrerseits geboten scheinen lassen; und obwohl keine große Frau, war Blanca, die ebenso grimmig wie unerschrocken war und sich von jungen Emporkömmlingen nicht ins Bockshorn jagen ließ, nicht bereit, uns ungestraft davonkommen zu lassen. Deshalb war sie, zum Äußersten entschlossen, herübergekommen, als wir am nächsten Morgen die letzten Draperien die Treppe hinuntertrugen. Ein unerwarteter, gut plazierter Tritt gegen Erics Schienbein reichte, um ihn vorübergehend außer Gefecht zu setzen, während mich ein lauter Worthagel in wütendem Tschechisch in ehrfürchtigem Schweigen erstarren ließ.

Wir konnten sie schließlich, wenn auch unter großen Schwierigkeiten, besänftigen, indem wir, zuerst auf englisch und dann in gebrochenem Deutsch, die Situation erläuterten. Doch als das Mißverständnis bereinigt war, verschreckten uns Blancas wortreiche Entschuldigungen nicht weniger, als es zuvor ihre Anschuldigungen getan hatten. Auf gar keinen Fall dürften wir die Wohnung allein putzen, erklärte sie uns; ihre harsche Attacke erfordere Wiedergutmachung. Und außerdem seien Männer sowieso unzuverlässig. Was glaubten wir denn, wohin wir ohne Anleitung einer Frau kämen? Man könne nie wissen, welchen Schaden wir anrichteten, wenn wir uns selbst überlassen blieben.

Angesichts einer derart unerbittlichen Widersacherin blieb Eric und mir nicht viel anderes übrig, als uns zu fügen, und von da an übernahm Blanca das Kommando und machte sich mit sachverständiger Energie an die Arbeit, wobei sie wie ein Wasserfall redete und mit Begeisterung delegierte. Unter ihrer Führung gestalteten sich die Tage, die auf unsere Ankunft in der Sokolska 21 folgten, als ein geschäftiger Wirbel an Aktivität, der sich gewiß mit allem messen konnte, was das Gebäude im Laufe zweier langer Jahrhunderte erlebt hatte. Von Punkt neun Uhr morgens an – dem Augenblick, wo sie über die Türschwelle trat – bis spät in den Abend hinein befehligte Blanca ihre »Truppe« (wie sie uns inzwischen liebevoll nannte) und ließ uns mit unermüdlicher Autorität putzen und räumen und aussortieren.

Man hatte sich darauf verständigt, daß jedes Möbelstück, das die Familie Vaugirard nicht für sich selbst haben wollte, zusammen mit den Gemälden verkauft werden sollte; und der sechs Tage dauernde Wohnungsputz diente nicht zuletzt der Bergung absonderlicher Schätze aus dem Haufen Trödel, den Madame Mocsáry im Verlauf von fast achtzig Jahren angesammelt hatte. In den seltsamsten Winkeln fand sich etwas. Eines der Dielenbretter des Fußbodens – das verdächtig stärker knarrte als der Rest – ließ sich hochheben und gab ein Bündel säuberlich zusammengebundener Briefe frei; das Klavier barg unter den Saiten eine winzige schwarze Schachtel mit einer alten Bernsteinbrosche darin; und unter der Platte des Küchentischs war mit Klebeband eine Taschenuhr befestigt, die mir aus echtem Gold zu sein schien.

All dies – und noch viel mehr – zeigte ich nach meiner Entdeckung Eric, der dann über das weitere Schicksal der Fundstücke entschied. Zu den Briefen meinte er zögernd: »Liebesbriefe.« Insgesamt waren es etwa fünfzig Stück, alle auf dem gleichen Papier geschrieben, das vom Alter brüchig geworden war, in krakeliger Handschrift und in einer Sprache abgefaßt, die ich nicht kannte. Eric sah sie sich näher an. »Ist nicht die Handschrift meines Onkels«, sagte er vorwurfsvoll, wurde aber gleich weicher. »Wir wollen das Geheimnis einer alten Dame wahren.« Und er trug die Briefe auf den Balkon, in die Ecke, die wir zur Feuerstelle erklärt hatten, und zündete sie mit dem Feuerzeug an. Wir sahen zu, wie sie hell aufloderten und zu Asche zerfielen.

Isabelle Mocsáry und ihr ungewöhnlicher Stil machten mich neugierig; wenn ich schon ihre Briefe nicht hatte lesen dürfen, folgte ich wenigstens Blancas unaufhörlichen Reminiszenzen mit großem Interesse. »Madame war eine sehr feine Dame. Ich war ihre Bedienstete, aber sie behandelte mich wie ihre Freundin.« Und beim Abstauben erzählte Blanca uns zu allem, was ihr in die Finger geriet, eine Geschichte. Eric und ich hörten fasziniert zu, als sie die Namen der Menschen aufzählte, die aus Madame Mocsárys Teetassen getrunken hatten, die Namen der Künstler und Intellektuellen, die sich an ihrem Kartentisch zusammengefunden hatten, darunter vor allem das Musikgenie Eduard Mendl, der an ihrem Klavier gesessen hatte. »O ja, sie war eine sehr feine Dame«, beendete Blanca jedesmal ihre Ausführungen. »Selbst in den harten Zeiten war sie großzügig und freundlich. Eine sehr feine Dame. Und sie hat es nie mit den Kommunisten gehalten, nie. Und sie war ziemlich offenherzig in ihrer Kritik. Sie hat Dinge zu Fremden gesagt, die man damals nicht einmal zu seinen Freunden sagte. O ja, das hat sie. Und sie haben es nie gewagt, sie auch nur anzutasten. Sie war eine Frau, die Krach schlagen konnte, und das wußten sie.«

Wenn Eric ein wenig nachhakte, erläuterte sie uns auch stundenlang den Zustand des Landes und seiner neuen Herrschaft. »Unter den Kommunisten war das Leben gar nicht so schlecht«, sagte sie einmal beim Fensterputzen. »Wenigstens war es sicher. Jetzt ist nichts mehr sicher. Nur die Jungen können gewinnen; wir, die wir alt sind, können nur noch sterben. Sterben«, wiederholte sie beinahe zornig, und ihre Augen in dem von Arbeit gezeichneten faltigen Gesicht wurden schmal. Es entstand ein verlegenes Schweigen. »Aber man darf nicht klagen«, fuhr Blanca fort, als sie unser Unbehagen spürte, »das Leben geht weiter. Das hat Madame immer gesagt. ›Wenn du Essen auf dem Tisch und Liebe im Herzen hast, kannst du nicht lange unglücklich sein.‹ Das ist ein altes böhmisches Sprichwort, das sie gerne anbrachte. Ich denke, Madame mochte dieses Land. Und Monsieur Mocsáry auch, obwohl ich ihn nicht so gut gekannt habe. Er ist vor vielen Jahren gestorben.« Sie hielt nachdenklich inne und blickte sich traurig um. »Ja, Madame mochte dieses Land trotz allem«, meinte sie schließlich. »Irgendwie ist es eine Schande. Ihre Bilder sollten nicht hierhin und dorthin verkauft werden und in Privatsammlungen verschwinden. Das hätte ihr nicht gefallen. Sie gehören in ein Museum, damit die Leute sie anschauen können.«

Das sah ich genauso. Ich hatte schon viele Stunden in dem

Bilderzimmer verbracht, zwischen den lebhaften Farben und fließenden Formen von Madame Mocsárys Privatsammlung; und ich hatte ihre Gemälde ausgiebig studiert und wußte die Vielfalt ihrer Struktur, die Provokation ihres jeweiligen Sujets, die meisterhafte Technik ihrer Ausführung zu schätzen. Ich konnte in ihnen auch eine stetige Entwicklung von der Leidenschaftlichkeit der Jugend zur Gelassenheit des Alters verfolgen; und an den Daten war abzulesen, daß sie eines pro Jahr fertiggestellt hatte, und das über beinahe sechzig Jahre lang, neben ihrem sonstigen Schaffen.

»Es gab immer ein Gemälde, an dem sie gerade arbeitete«, erzählte Blanca uns. »Sie fing mit diesem Zimmer im ersten Jahr ihrer Ehe an, und sie pflegte zu sagen, daß ihr Lebenswerk beendet sein würde, wenn die Wände des Bilderzimmers vollständig bedeckt waren. Was aus den Bildern wurde, die man ihr abkaufte, war ihr gleichgültig. Ihr lagen nur die am Herzen, die sie in diesem Zimmer aufbewahrte.«

Als ich das hörte, dachte ich belustigt an die Massen, die vor dem Musée d'Orsay Schlange standen, um die Mocsáry-Retrospektive zu sehen, und ich mußte kichern, als ich mich fragte, was sie wohl empfänden, wenn sie Blancas Worte hören könnten. Eric lächelte ebenfalls; und wir tauschten einen komplizenhaften Blick, ehe uns ein gestrenges Wort unserer selbsternannten Aufseherin zurück an die Arbeit schickte. Ich machte mich wieder ans Schrubben und freute mich, daß das Bilderzimmer vor dem Tod seiner Schöpferin vollendet worden war; daß Madame Mocsárys großartiger, beharrlich verfolgter Plan schließlich von Erfolg gekrönt war.

»Als sie älter wurde, lebte sie sehr zurückgezogen«, fuhr Blanca fort und hing ihren Gedanken nach. »Und ihre Familie hat sie nicht besucht. Sie sind nur zur Beerdigung gekommen, aber zu was soll das gut sein, frage ich Sie?« Ein Paar Luchsaugen richteten sich fragend auf uns. »Ein Mensch braucht Zuwendung im Leben, nicht im Tod. Wenn man erst einmal tot ist, leisten einem die Engel Gesellschaft.« Blanca schwieg einen Moment. »Jedenfalls den guten Menschen«, fügte sie dann hinzu.

Eric betrachtete das Gemälde in seiner Hand.

»Vielleicht«, sprach Blanca mit ungewohnter Sanftheit weiter, »haben die besten unter ihnen auch auf Erden schon die Engel um sich. Ich denke, daß das bei Madame vielleicht so war.«

Und damit fuhr sie mit ihrer Arbeit fort, und wir kehrten zu unserer zurück. Niemand sprach; und erst als Blanca sich schneuzte, merkte ich, daß sie weinte.

Kapitel 14

Ich weiß – und dieser Gewißheit kann ich nicht entrinnen, sosehr ich mich darum auch bemühen mag –, daß die Menschen für ihr Tun verantwortlich sind. Ich bin für mein Tun verantwortlich. Das bestreite ich nicht. Mir ist nicht mehr daran gelegen, meine Schuld zu verschleiern. Aber wenn man zweiundzwanzig ist und frei und ungebunden in einer fremden Stadt lebt, verschwendet man an die Zukunft keinen Gedanken. Ich jedenfalls tat es nicht. Ich widmete mich statt dessen dem Abenteuer und dem Vergnügen und der Musik, und aus letzterem wenigstens erwuchs etwas Gutes.

Unsere Tage gingen glücklich dahin, meine teilten sich auf zwischen Konservatorium und Madame Mocsárys Wohnung, in der Eric wiederum seine Zeit damit zubrachte, die Papiere seiner Großtante zu sichten, den Verkauf ihres Nachlasses in die Wege zu leiten und auf ihrem neu gestimmten Klavier zu spielen. Schon kurz nach unserer Ankunft hatten wir uns Fahrräder gekauft, und damit war es uns möglich, blitzschnell durch den dichten Verkehr auf der Sokolska-Straße und die Ansammlungen von Touristen zu gelangen, die Stunden auf der Karlsbrücke zubrachten und nervös veraltete Stadtpläne konsultierten, das Panorama bewunderten und mit abergläubischem Entzücken den Bronzesockel der Statue des Heiligen Johannes Nepomuk berührten. Ich weiß noch, wie wir diese Brücke mit ihren düsteren Statuen und finsteren Türmen, ihren Straßenmusikern und Pflastermalern liebten; ich erinnere mich an die Stunden, die wir in den sich daran anschließenden und darunter liegenden Cafés müßig verstreichen ließen und über Gott und die Welt redeten.

Die Mühlen der Bürokratie, die uns mit den für den Verkauf von Madame Mocsárys Wertgegenständen benötigten Bewilligungen und Freistellungen und Steuerunterlagen versorgte, kamen nur mühsam in Gang; doch Eric und ich waren keineswegs traurig über diese Behäbigkeit, konnten wir auf diese Weise doch länger in der nun strahlenden Pracht der Wohnung verweilen. Wir verlebten unbeschwerte Tage; und wenn ich mein Gedächtnis diesbezüglich absuche, deutet nichts darauf hin, daß das Unheil bereits im Anzug gewesen wäre. Mein Leben war damals sonnig und unbeschwert, und das genoß ich; ich hatte nicht gelernt, nach lauernden Schatten Ausschau zu halten.

In den Barockzimmern des Konservatoriums pries Eduard Mendl die Tugenden der Schlichtheit und Klarheit. Er war ein kleiner akkurater Mann mit spitzer Zunge und einem boshaften Gespür dafür, wie er den Kommunismus herabwürdigen konnte. Somit wurde aus jeder Anweisung ein Arbeitsprojekt, und meine Übungen waren in wöchentliche Fünf-Tages-Pläne aufgeteilt. Er erklärte mir, daß seine Aufgabe nicht darin bestünde, mir technische Finesse zu vermitteln – dies sei meine Angelegenheit –, sondern mich darin zu schulen, die Schönheit zu begreifen und auf mir eigene Weise auszudrücken. »Ich werde dir beibringen zu denken«, erklärte er mir in seiner kurz angebundenen Ausdrucksweise. »Damit du die Dinge auf deine Art siehst, sie auf deine Art hörst. Und ich werde dich die Schönheit des Ausdrucks lehren. Aber die Leichtigkeit, mit der du dich ausdrückst«, und damit meinte er meine Virtuosität, »für die bist du selbst verantwortlich. Die mußt du dir allein erarbeiten.« Und ich war ein gewissenhafter Schüler, denn mir eröffneten sich Welten der Musikalität, erleuchtet vom Genie dieses wunderbaren alten Mannes, dessen von Silberhaar umkränztes faltiges Gesicht, das sich gelegentlich dank eines Lobeslächelns erhellte, mir noch immer so deutlich vor Augen steht wie damals, als ich ihn jeden Tag sah. Mendl habe ich nie vergessen; er war nie in meinem Gedächtnis vergraben, sein Bild muß nicht vom Staub befreit werden. Seine Lektionen haben mich später vor mir selbst gerettet, was ich damals, als er sie mir erteilte, noch nicht wußte. Und dafür bin ich immer dankbar gewesen.

Ich spielte jeden Tag vom frühen Morgen bis zum späten Nachmittag und widmete die verbleibenden Stunden des Tageslichts endlosen Spaziergängen im kopfsteingepflasterten Labyrinth der Straßen unterhalb des Hradschin oder gemächlichen Bootsfahrten mit Eric auf der Moldau. Unsere Abende verbrachten wir in Cafés oder Bars oder in der Pracht des Rudolfinums oder der Staatsoper. Manchmal blieben wir auch zu Hause, machten kulinarische Experimente und lobten uns gegenseitig für die Ergebnisse, wie zweifelhaft sie auch immer ausgefallen sein mochten. Es war eine Zeit fast greifbarer Unbeschwertheit.

Mit Anfang Zwanzig, nach den Kämpfen und wütenden Ungewißheiten der Adoleszenz, beginnt eine Phase der Neuerschaffung, der Neuorientierung. Und Eric und ich machten die Erfahrung, daß diese Neuerschaffung leichter und vergnüglicher ist, wenn die Erwartungen derer, die man kennt, fern sind. Gesellschaftliche Bande können die Weiterentwicklung hemmen oder wenigstens verändern, und wir genossen es, ihrer ledig zu sein; wir lebten heiter und sorglos in der Gegenwart, kümmerten uns wenig um Zukunft oder Vergangenheit.

Nach und nach gewöhnten wir uns an unser Leben in Prag und machten die Sokolska 21 zu unserem Zuhause, füllten die Küchenschränke, schraubten Glühbirnen in ungenutzte Fassungen, organisierten sogar die Lieferung von Tageszeitungen. Weil wir einen Platz zum Arbeiten brauchten, verwandelten wir das Wohnzimmer in einen improvisierten Proberaum, zogen das Klavier aus seiner Ecke und rückten es zwischen die beiden hohen Fenster, die auf die Straße gingen. Mit seiner noch einmal aufpolierten Pracht, die Decke wieder mit den goldgelben Vorhängen aus Madame Mocsárys Tagen geschmückt, wurde dieser Raum zum Mittelpunkt unseres Prager Lebens, und wir verbrachten viele glückliche Stunden unter seinem Baldachin, bei harter Arbeit – gemeinsam oder allein –, aber auch im Gespräch. Und als die Tage vergingen und aus der Vertrautheit Nähe erwuchs (die keineswegs, wie so oft, in Mißachtung mündete), entdeckten wir aneinander und an dem Band zwischen uns etwas, das uns beiden Kraft gab, das uns beiden das Gefühl von Aufregung und Abenteuer vermittelte, was, wie ich denke, vorher noch keiner von uns in einer Freundschaft erfahren hatte. Künstlerisch forderten Eric und ich einander heraus; privat unterstützten wir uns gegenseitig und machten uns Mut, und in der Rückschau kommt mir die Ungezwungenheit jener Abende seltsam vor, denn eigentlich arbeite ich lieber allein und empfinde die Gesellschaft anderer als Ablenkung von meiner Musik. Wenn ich mich an Eric und seine Freundschaft erinnere, denke ich auch an die merkwürdige Beimischung von Frivolität und Entschlossenheit, die alles kennzeichnete, was er tat, und die auch die Grundlage unseres vereinten künstlerischen Strebens war, uns an schlechten Tagen bei der Stange hielt und an guten Tagen belohnte.

Einmal in der Woche spielten wir gemeinsam unter der gütigen Obhut des illustren Mendl; in seiner ruhigen, gemessenen Art nahm er sich unserer jugendlichen Bemühungen an und wies uns den richtigen Weg. Er lobte selten, aber wenn er es tat, kam sein Lob von Herzen; er war kein nachsichtiger Lehrmeister; und mochte er auch gesagt haben, daß die Erlangung der Virtuosität meine Angelegenheit sei, war doch er es, der mich in dieser Hinsicht über alle Maßen forderte. Aber wenn Eric zugegen war, ließ seine Strenge ein wenig nach; er belohnte unsere Bemühungen mit einer traumverlorenen Versunkenheit, die wir – bei einem Meister wie ihm – als über alle Maßen beflügelnd empfanden.

Und manchmal, wenn ich allein übte, nahm Eric die Rolle des Publikums ein, so wie es Ella in London getan hatte; während ich ihm vorspielte, saß er, den Kopf in die Hände gestützt, auf der Matratze aus Samtdecken und rief mir auf diese Weise ins Gedächtnis, wie Ellas Haar ihr in die Augen fiel, wenn sie mir zuhörte, wie ihre Lippen sich manchmal bei ihren Lieblingspassagen zu einem angedeuteten Lächeln kräuselten.

Natürlich vermißte ich sie; aber Ella schrieb nicht, genau wie sie angekündigt hatte. Weil ich mir ihrer sicher genug war, machte es mir nichts aus, obwohl ich unablässig an sie dachte, ihre geschmeidige Gestalt in jeder vorbeigehenden Schönheit sah, für sie Anekdoten sammelte, mir meine aufregenden Erlebnisse merkte, damit ich sie ihr eines Tages würde erzählen können. Ein- oder zweimal hätte ich fast geschrieben oder sie angerufen, aber Eric redete es mir mit einer Heftigkeit aus, die ich nicht recht verstand, die aber stark genug war, mich zu überzeugen. So wartete ich also, wie Ella mir befohlen hatte; und im großen und ganzen kam ich damit zurecht, denn auch im Ausmalen der künftigen Intimität liegt ein gewisser Reiz, und ich fand, daß Prag ein passendes Umfeld für einen Liebenden war, dem die Sterne nicht günstig standen.

Als einige Zeit ins Land gegangen war, fühlten Eric und ich uns heimisch. Wir hielten uns von den Touristen fern und entwickelten das kritische Urteilsvermögen fest ansässiger Prager. In einigen Etablissements gehörten wir fast schon zu den Stammgästen. Vorzugsweise verkehrten wir im Café Florian, einem Lokal, das von zwei Tschechen betrieben wurde, die Englisch mit amerikanischem Akzent sprachen und nach Mitternacht unter dem Tresen Marihuana verkauften. Das Florian war der Treffpunkt jener ausländischen Künstler, die um der Inspiration willen samt Gefolge nach Prag gekommen waren, wie die Generation ihrer Großeltern und Urgroßeltern nach Paris. Es war ein gemischtes Völkchen, eine kosmopolitische Ansammlung hoffnungsvoller Genies, die sich auf den Sofas zusammendrängten – das Café war mit ausgeblichenen rot-goldenen Chesterfield-Sofas und -Sesseln möbliert, die um niedrige Tische gruppiert waren – und sich im Flüsterton über künftige Meisterwerke austauschten. Gelegentlich brach in einer dieser Gruppen ein leidenschaftliches Streitgespräch los, und dann wurden von den Beteiligten wortreich die Meinungen der anderen Gäste eingeholt. Jean, ein französisch sprechender Kellner jugoslawischer Abstammung, der in Warschau aufgewachsen war – die Umstände dieser seltsamen Mischung gab er nie preis –, war die letzte Instanz in solchen Diskussionen, und wenn er nicht seiner Arbeit nachging, widmete er sich dem Schreiben von Gedichten, die gelegentlich in den wenigen halbwegs renommierten Magazinen erschienen. Er schien der einzige Schriftsteller im Café Florian zu sein, der Veröffentlichungen aufzuweisen hatte, und infolgedessen hatte sein Urteil das ihm angemessene Gewicht.

»He, Jean«, rief etwa ein betagter Amerikaner, der sein Leben im Florian verbrachte, »komm, setz dich auf eine Partie Backgammon zu mir, und erzähl mir von diesem neuen Stück, von dem alle Welt redet.« Aber Jean schüttelte nur den Kopf und überließ den Amerikaner der traurigen Zwiesprache mit seinem Glas Gin. »Hab' das moderne Theater noch nie verstanden und werd's auch nie verstehen, wenn keiner seinen Hintern hochkriegt und es mir erklärt.« Eine von Jeans Regeln lautete, sich auf kein Gespräch mit den Gästen einzulassen, es sei denn, ihre Auseinandersetzungen nahmen bedrohliche Ausmaße an und machten beschwichtigendes Eingreifen unumgänglich. Klugerweise kultivierte er seine Unnahbarkeit und somit auch den Nimbus des Geheimnisvollen für die Gäste, die ihn entsprechend mit Trinkgeld bedachten.

Eine Amerikanerin, eine hochaufgeschossene Frau mit rotem Haar und strenger Nase, hatte ein Auge auf mich geworfen und hielt mir häufig und in aller Ausführlichkeit Vorträge über Dichterinnen. »In einer patriarchalischen Welt«, pflegte sie zu sagen, »muß eine Frau schon Selbstmord begehen, damit man über ihre Dichtung spricht. Das ist der einzige Weg. Sieh sie dir doch an«, und dann spulte sie eine Liste von Dichterinnen ab, deren Namen ich noch nie gehört hatte. »Du hast noch nie von ihnen gehört, stimmt's?« triumphierte sie dann im Hochgefühl dessen, den Beweis für ihre Theorie erbracht zu haben. »Aber ich sag' dir, wenn eine dieser Frauen ihren ganzen Mut zusammennähme und sich um ihrer Kunst willen umbrächte, dann würden deine Enkel sagen, sie war die Zierde ihrer Generation. Denk nur an Sylvia Plath.« Eric, den die Selbstsicherheit, mit der sie ihre Behauptungen vortrug, rasend machte, legte sich manchmal mit ihr an; meist aber saßen wir beide bloß da und ließen ihre Ausführungen schweigend über uns ergehen, wobei mich ihre Sprachmelodie an Ella erinnerte.

Da wir uns an den Debatten im Café Florian nur selten beteiligten und uns kaum je zu einer der Gruppen auf den Sofas gesellten, ignorierten uns die anderen Stammgäste nach einiger Zeit. Uns war das egal; wir genossen es im Grunde, wenn man uns in Ruhe ließ, wir ungezwungen miteinander plaudern und uns ein eigenes Urteil über die ringsum mit solcher Leidenschaft diskutierten Themen bilden konnten. Ich genoß es, mich mit Eric zu unterhalten, und in den vielen Nächten, die wir bequem in zwei purpurroten Samtsesseln in einer ruhigen Ecke des Cafés zubrachten, erfuhr ich eine Menge über ihn und seine Ansichten. Er war in der Tat ein lohnenderes Gesprächsobjekt als ich, doch Eric beherrschte die Kunst, seine Freunde interessant erscheinen zu lassen, und so holte er mich aus meinem Schneckenhaus, wie das nur wenige vor ihm getan hatten.

Er unterhielt sich mit mir über Oxford, meine Eltern, meine Musik. Und er hörte mir mit einem Ausdruck liebevollen Verständnisses zu, als ich ihm meine wirren, aber ernstgemeinten Versuche schilderte, den Pfad zu verlassen, den meine Familie für mich vorgesehen hatte, um mir meinen Platz in der Welt unabhängig von ihrem Einfluß und ihren Vorurteilen selbst zu suchen und zu erringen,.

»Du bist ein sehr aufrichtiger Mensch, James«, sagte er eines Abends in der verrauchten Düsternis des Florian zu mir. »Dafür bewundere ich dich. Und dafür, daß du deinen eigenen Weg gehst. Das ist keine sehr verbreitete Eigenschaft.«

Als er dies sagte, dachte ich daran, wie Ella und ich künftig gemeinsam unseren Weg gehen würden, und ich lächelte den Freund an, der den Anstoß zu diesem beglückenden Gedanken gegeben hatte.

»Bist du froh, mitgekommen zu sein?« fragte er mich leise.

»Nach Prag?«

»Nach Prag.«

Ich nickte. »Sehr froh.«

»Ich denke, wir werden uns daran als die schönste Zeit unseres Lebens erinnern, James.«

»Da bin ich mir sicher.« Und weil ich sah, daß Erics Glas leer war, bestellte ich noch zwei Gin bei Jean, der sie uns mit der lächelnden Eilfertigkeit brachte, mit der er die verdienstvollsten seiner Stammgäste beehrte. Das freute mich. Und nachdem ich ein paar Minuten schweigend in mich gegangen war, fragte ich Eric nach seiner Familie, denn mir fiel plötzlich auf, daß er noch nicht viel über sie erzählt hatte. Eigentlich wußte ich nur, daß er das ältere von zwei Kindern war und aus einer Gutsherrenfamilie stammte, die seit Hunderten von Jahren die Länder um Vaugirard – und einst auch dessen kleines Schloß – bewirtschaftete.

»Ja, wie ist meine Familie?« Er wiederholte meine Frage mehr für sich selbst als für mich und überlegte kurz. »Ich werde dir sagen, wie sie ist, James. Und vielleicht wirst du sie eines Tages kennenlernen und kannst dir dann selbst ein Urteil bilden.«

Erics Englisch, das, solange ich ihn kannte, immer schon ausgezeichnet war, war noch besser geworden. Er hatte seinen eigenen Stil entwickelt, eine ungewöhnlich überlegte Sprechweise, die seiner Rede eine ansprechende Ernsthaftigkeit verlieh und Vertrauen weckte.

»Meine Schwester«, fing er an und wählte seine Worte mit Bedacht, »ist zwei Jahre jünger als ich. Sie heißt Sylvie, und sie ist sehr hübsch, aber nicht ganz so klug …«

»… wie du es bist«, beendete ich den Satz schmunzelnd.

»Nein. Nicht so klug, wie sie sein könnte.«

»Und warum nicht?«

»Sie hinterfragt die Dinge nicht, James. Sie stellt keine Fragen, wie das jeder intelligente Mensch tun muß. Wie du es beispielsweise tust. Sie akzeptiert alles. Ständig akzeptiert sie, was man ihr sagt.«

»Zum Beispiel?«

»Ich weiß nicht. Alles. Sie lebt ihr Leben nach einem Plan, den jemand anderes für sie entworfen hat. Sie ist glücklich verheiratet. Sie wohnt in Vaugirard gleich neben meinen Eltern und strickt Socken für die Fremdenlegion. Ein sehr behütetes, sehr engstirniges kleines Leben.« Die Verachtung in seiner Stimme war ungewöhnlich und überraschte mich.

»Sylvie ist eine fromme Katholikin«, fuhr Eric fort. »Die frühen Morgenstunden verbringt sie im Gebet, tagsüber kommt sie ihren familiären Verpflichtungen nach und nachts ihren ehelichen Pflichten.« Er machte eine Pause. »Sie wird viele Kinder haben«, fügte er spitz hinzu.

»Und wie kommt ihr beide miteinander aus?« fragte ich, obwohl ich die Antwort bereits ahnte.

»Es geht. Wir bemühen uns um meiner Eltern willen. Wir reden nicht über Dinge, über die wir uns uneins sind.«

»Wie etwa?«

»Das kannst du dir doch denken, James. Du kennst mich inzwischen gut genug.«

Es entstand eine peinliche Pause, während ich versuchte, die Einflüsterungen gesellschaftlich auferlegter Reserviertheit zum Schweigen zu bringen, die mir einreden wollten, daß weiteres Nachfragen bloß Zeichen einer ungebührlichen Neugier wäre. Aber mit Gewohnheiten läßt sich schwer brechen, und anstatt die Eröffnung meines Freundes weiterzuverfolgen, lächelte ich und gab Jean ein Zeichen, noch zwei Gin zu bringen, nickte der Frau mit der strengen Nase zu und machte eine witzige Bemerkung über sie, um die Spannung zwischen uns zu überspielen. Anders als Eric war ich nicht darauf bedacht, von meinen Mitmenschen vertrauliche Dinge zu erfahren. Zwar hatte Ella meinen Appetit darauf geweckt, aber ich war noch immer äußerst vorsichtig. Noch immer hatte ich eine unbestimmte Angst – vermutlich eine Folge der privilegierten englischen Erziehung – vor gefühlsmäßiger Nähe, die zu weit gehen könnte, und fand deshalb keinen Gefallen an den Seelenbekenntnissen anderer. Was sich bis heute nicht geändert hat. Ich höre vielleicht zu, frage aber selten weiter nach.

Bei Ella machten mich Liebe und Verlangen furchtlos, und ich genoß ihr Vertrauen in mich; aber bei Eric fehlten diese Antriebskräfte, und ich blieb auf der Hut. Ich mochte die Menschen so, wie sie vorgaben zu sein. Vor ihren geheimen Ängsten und Unsicherheiten schreckte ich zurück, vielleicht weil ich mich, wenn ich sie vernommen hätte, auch den meinen hätte stellen müssen. Ich weiß es nicht. Doch eines ist gewiß: Jede Seele hat gewisse Türen, die besser geschlossen bleiben. Wenn sie dennoch geöffnet werden, wie die Türen zu Ellas Seele von mir und die Türen meiner Seele von ihr, bringt dies ein großes Maß an Verantwortung mit sich. Ich legte keinen Wert auf die Verantwortung, die Erics Geheimnisse womöglich mit sich bringen würden; trotz meiner Zuneigung zu ihm sehnte ich mich nicht danach, einen Blick hinter die Geheimtüren seiner Seele zu werfen. Ich wünschte mir eine unbeschwerte Freundschaft, nicht mehr.

Und Eric schien zu verstehen, denn mit der für ihn charakteristischen Gewandtheit lenkte er das Gespräch vom Vertraulichen ins Allgemeine, und von da an bot er mir keine Geheimnisse mehr an. Statt dessen schilderte er mir seine Familiengeschichte und erzählte mit amüsanter Gelehrsamkeit von der langen Reihe der Ritter im Krieg und Bauern im Frieden, die ihren Königen und Kaisern über Jahrhunderte hinweg gedient hatten. »Abgesehen von einer kurzen, nur zu leicht verständlichen Abwesenheit um 1789«, erzählte er mir lächelnd, »haben wir seit der Eroberung Englands auf Vaugirard gelebt.« Und während er erzählte, dachte ich an eine andere alte Familie und ein anderes Lächeln und eine andere Stimme, die mir eine ähnliche Geschichte erzählt hatte. Und ich dachte mir, wie schön doch das Leben war.

Kapitel 15

Wenn Eric und mir nicht nach den geistvollen künstlerischen Begegnungen im Café Florian zumute war, schauten wir uns englische oder französische Filme im Lucerna-Kino an, einem Denkmal des Art déco und einem der wenigen Orte in Prag, wo man sich ungehindert auf englisch unterhalten konnte, ohne gleich von geselligen Amerikanern angesprochen zu werden. Es stand in all seinem glanzvollen Verfall da: von den Invasoren nicht zerbombt, von den Restauratoren nicht angerührt und von den Spekulanten nicht geliebt. Sein einziges Zugeständnis an die Moderne bestand in der Auswahl der Filme und den entsprechenden, auffällig angebrachten Plakaten, und Eric und ich gehörten zum harten Kern der treuen Besucher, die sich nicht von den blitzenden Lichtern und dem Glamour der neueren Filmpaläste ablenken ließen, die seit der Revolution aus dem Boden geschossen waren.

Bei unserer Rückkehr von einem dieser Kinobesuche fanden wir Mr. Kierczinskys Nachricht vor und erfuhren zu unserer Enttäuschung, daß die trägen Mühlen der Bürokratie sich schließlich doch in Bewegung gesetzt und alle Dokumente hervorgebracht hatten, die erforderlich waren, um mit dem Verkauf des Mocsáry-Nachlasses beginnen zu können. Unter dem schicken Briefkopf der Nachlaßverwalter stand zu lesen, daß Herr Kierczinsky, der Kanzleichef, am folgenden Tag um elf Uhr morgens gern höchstpersönlich vorbeikäme, sofern uns dies genehm wäre; und da ich an jenem Tag keinen Unterricht hatte, sagten wir zu. Pünktlich eine Stunde vor Mittag kam er, ein gewandter, nicht sehr großer Mann mit einem kleinen Schnurrbart und hohen Wangenknochen, und er legte uns die Sachlage sehr geduldig und in korrektem, aber zögerndem Englisch dar.

»Sie werden feststellen, daß es hier sehr viel … Wertvolles gibt«, sagte er, als wir beim Tee im Wohnzimmer saßen. »Ihre Familie hat sich genommen, was von … Erinnerungswert ist, oder?«

Eric sagte, daß dem so sei.

Wir hatten in der Woche zuvor ein kleines Päckchen mit Briefen von Erics Großmutter an Madame Mocsáry und mit einigen alten Schmuckstücken, hauptsächlich aus Bernstein und Jade, nach Vaugirard geschickt. Auch die goldene Taschenuhr war darunter gewesen. Alles andere hatten wir an Ort und Stelle gelassen, und unser Putzen und Pflegen hatte sehr viel zur Wiederherstellung des früheren Zustands beigetragen.

»Wir können den Verkauf der Möbel und der Gemälde nicht länger hinauszögern«, fuhr Herr Kierczinsky fort. »Ihre Großtante«, und damit sprach er mich an, weil er es wohl für erwiesen ansah, daß ich zur Familie gehörte, »war eine große Dame, und sie lebte … über ihre Verhältnisse. Vor allem nach der Revolution. Davor«, er kicherte in sich hinein, »ließ sich nur schwerlich etwas erwerben, was die eigenen Mittel überstieg. Niemand … hatte irgendwelche Mittel. Mal abgesehen davon, daß es gar nichts zu erwerben gab.«

Eric und ich nickten, waren uns aber nicht sicher, ob wir lachen oder Mitleid haben sollten. Sofort setzte Herr Kierczinsky wieder eine geschäftige Miene auf.

»Ich werde jetzt mit dem Verkaufsverfahren beginnen«, fuhr er fort. »Ich werde sämtliche Gegenstände hier sofort schätzen lassen. Falls Ihre Familie an irgendwelchen Stücken interessiert sein sollte, schlage ich vor, daß Sie mich so umgehend wie möglich darüber informieren.«

Als er gegangen war, wanderten wir traurig durch die Räume, die wir inzwischen als unsere ansahen. Sie hatten Symbolcharakter angenommen, waren ein Teil der Freiheit, die wir gemeinsam in Prag gefunden hatten, und sie waren voller Erinnerungen an die Arbeit, die wir hier getan, die Dinge, über die wir uns unterhalten und über die wir gelacht hatten. Unsere Zeit in der Stadt war so prachtvoll gewesen wie die Wohnung, in der wir ein gut Teil davon verbracht hatten, so einzigartig, von derartiger Vielfalt und Schönheit und … erfüllt von tausenden von Momenten und Gesprächen und Bildern, die ich bis ins Grab bei mir tragen werde. Aber jetzt ist nicht der richtige Zeitpunkt, solchen Gedanken nachzuhängen.

Die Abwicklung der Veräußerung des Mocsáry-Besitzes machte rasche Fortschritte. Eine Woche nach dem Besuch des Anwalts kam ein Gutachter in einem abgetragenen Anzug, in dem er sich sichtlich unwohl fühlte, und machte sich detaillierte Aufzeichnungen. Zwei Tage später kam er noch einmal mit einem Kollegen. Sie diskutierten mit gedämpften Stimmen, und Eric und ich standen unbeholfen dabei und wußten nicht, ob die Höflichkeit uns erlaubte, zuzuhören. Schließlich gingen sie wieder, doch ihre Besuche wiederholten sich und dauerten zunehmend länger, und als die letzten Blätter von den Bäumen fielen – denn es war inzwischen Spätherbst –, begannen die Gespräche über Auktionshäuser und Kataloge. Herr Kierczinsky führte mich und Eric auf Kosten der Nachlaßverwaltung zum Essen aus, um die Situation zu besprechen und uns den Leiter eines der führenden Unternehmen vorzustellen, die seit der Revolution aus dem Boden geschossen waren. »Es ist ein Haus wie Christie's oder Sotheby's«, sagte er, als er uns Herrn Tomin von First Auctioneers Ltd. vorstellte. »Es wendet sich an eine sehr … anspruchsvolle Klientel, die kein Problem darin sieht, westliche Preise zu bezahlen.« Damit spielte er auf die tschechischen Neureichen, die Makler und Spekulanten an, die aus den mit dem Verfall des Kommunismus einhergegangenen Turbulenzen, einen Riesengewinn gezogen hatten. Es war eine Klasse, für welche die Mehrheit der Tschechen nur Verachtung übrig hatte, weil sie die ersten Früchte der Freiheit gleich für sich beschlagnahmt hatten; aber für Männer wie Herrn Tomin waren sie die Herrscher des neuen Marktes und somit bevorzugte Kunden, um die man herumscharwenzelte.

Pavel Tomin war ein hochgewachsener Mann mit slawischen Wangenknochen und schwarzem geöltem Haar. Als er Eric und mir vorgestellt wurde, machte er eine tiefe Verbeugung und unterhielt sich auf englisch mit uns, aber mit sehr heftig näselndem amerikanischem Tonfall. Ich konnte mich nicht für ihn erwärmen. »Es wäre für mich die größte Ehre«, erklärte er uns, »wenn ich Ihnen bei der Veräußerung Ihrer Sammlung behilflich sein dürfte. Dabei meine ich vor allem die Gemälde.« Es entstand eine kurze Pause. »Auch die Möbel sind natürlich sehr gut«, fuhr er dann rasch fort, in dem Bemühen, keinem unserer Anliegen gegenüber desinteressiert zu scheinen, »und einige Stücke, wie etwa vor allem das Klavier, werden hohe Preise erzielen.«

»In unserer Republik gibt es viele musikbegeisterte Menschen«, erklärte der Anwalt einschmeichelnd. Er war ein Meister der perfekt plazierten Belanglosigkeiten.

Ich brachte zaghaft vor, daß es wünschenswert sei, ein Museum für den Kauf der Gemäldesammlung zu interessieren. Die beiden Tschechen sahen einander peinlich berührt an.

»Ich denke, das wird … schwierig werden«, sagte Herr Kierczinsky schließlich.

»Natürlich werden wir unser Bestes tun«, beeilte Herr Tomin sich zu versichern, »daß so viele Gemälde wie möglich beisammenbleiben. Aber die tschechischen Museen sind wirklich nicht in der Lage, auch nur annähernd den gängigen Marktwert dafür zu bezahlen. Und ausländische Museen könnten vielleicht an ein, zwei Bildern Interesse zeigen, aber nicht an allen. Ich bin mir sicher, daß es viele private Kunstsammler gibt, die ihre Gemälde so zu schätzen wissen, wie Madame Mocsáry es sich gewünscht hätte.«

Und mehr konnten wir nicht tun, denn Eric hatte mir erklärt, daß sein Vater kein reicher Mann war. Selbst wenn er an Kunst interessiert gewesen wäre, was er ohnehin nicht war, hätte er es sich kaum leisten können, die Gemäldesammlung zu behalten und anderweitig für Madame Mocsárys Schulden aufzukommen. Das Mittagessen endete unbefriedigend: Eric und ich waren leicht verstimmt, aber machtlos, und Herr Tomin beargwöhnte unsere philanthropische Gesinnung und fürchtete um seine Provision. Es gab nichts mehr zu bereden oder zu tun. Am Tag danach kam der Gutachter zu seinem letzten Besuch, diesmal ohne Begleitung, und tags darauf wurde in beeindruckenden ganzseitigen Anzeigen in der nationalen wie internationalen Presse für den Verkauf von Madame Mocsárys Privatsammlung und ihrer persönlichen Habe geworben.

An ebendiesem Tag erhielt ich einen Brief von Camilla Boardman. Ich erkannte ihre Handschrift sofort – groß, rund und selbstsicher –, und der Dicke des Umschlags war zu entnehmen, daß sie mir einiges zu berichten hatte, daß das Leben in London für sie kaum ereignislos gewesen sein konnte.

Sie hatte mehrere Blätter linierten Notizpapiers beschrieben, was mich überraschte, denn ich hatte zumindest mit Regina Boardmans geprägtem Briefpapier gerechnet, und sie hatte ihren Absender mit der Hand rechts oben auf die erste

Seite gesetzt. In kühnen runden Buchstaben las ich *16 Cadogan Square (die Seite, die nicht »schick« ist)* und das Datum der vorigen Woche.

Liebster James, schrieb Camilla,

ich möchte keinesfalls *Deinem Ego schmeicheln indem ich Dir sage wie entsetzlich entsetzlich entsetzlich langweilig London ohne Dich ist weshalb ich es auch unterlassen werde aber glaub mir es war so. Mama ist wegen ihrer Kirchenaufrufe in* fürchterlicher *Laune gewesen – nachdem Du jetzt weg bist hat sie keine zahmen Stars mehr an der Hand weißt Du – und alle haben* viel *zu viele Parties mit unendlich vielen Frauen gegeben die viel hübscher sind als gut für sie ist und eine* wirklich *ungerechte Konkurrenz für so eine farblose Erscheinung wie mich darstellen!*

Camilla schrieb, wie sie redete, und ihre absolute Gleichgültigkeit, ja Weigerung gegenüber dem Komma war legendär.

Aber ich habe mich überall tapfer durchgekämpft denn das muß *man einfach wie du* weißt *aber es ist wirklich die Hölle gewesen und nichts hätte ich lieber getan als dieser verdammten Stadt den Rücken zu kehren und irgendwohin zu gehen wo es so wildromantisch ist wie in Prag. Wie gefällt es Dir denn eigentlich? Behandelt Mendlewitsch oder wie er heißt Dich auch gut? Sag ihm daß er es mit* mir *zu tun bekommt wenn er nicht nett zu Dir ist und schau mal ob ihm das nicht angst macht. Ich kenne diese Berühmtheiten die in Musik machen – stur bis zum Gehtnichtmehr und viel zu eingenommen von sich und ihrem Genie als überhaupt nur die* Möglichkeit *wahrnehmen zu können daß ein anderer Mensch auf diesem Planeten wie zum Beispiel Du talentiert oder hochbegabt sein und* nicht auszudenken *viel-*

leicht sogar besser als sie sein könnte! Man muß sie im Zaum halten – also laß ihm nichts durchgehen!
Ist Prag sehr schön Jamie? Beim Mittagessen hat gestern jemand gesagt es sei genauso wie das Paris der dreißiger Jahre und voller Schriftsteller und Maler die um Anerkennung ringen und alles sei so *schön* so *billig daß es sich anhört als sei es das Paradies. London ist viel zu teuer und zu schmutzig und voller Leute die man kennt und außerdem ist auch noch das Wetter ekelhaft. Sicherlich wird es auch in Prag kalt sein aber Du wirst wenigstens Schnee haben wenn der Winter kommt und das Nordlicht und all das …*

Camillas Interesse für Naturphänomene war nie sehr ausgeprägt gewesen.

… und alles ist wie eine Szene aus Anna Karenina *und Du wirst schöne Frauen sehen die Pelze tragen und diese großen knuddeligen bärenhaften Männer die so viel besser sind als die dürftigen Exemplare die wir hier in England haben. Hier bekommt einer nach dem anderen eine Erkältung und Ed Saunders ist der einzige der auch nur* im entferntesten *interessant ist (wenn ich ihn natürlich auch nicht heiraten werde egal was Mama sagt) aber insgesamt betrachtet sind sie doch alle trübe Tassen. Warum können sich engländische Männer nicht anständig* unterhalten? *Diese Frage habe ich mir schon häufig gestellt und sie beschäftigt mich um so mehr je öfter ich mit ihnen zu tun habe. Anwesende natürlich ausgenommen.*
Das Leben ist wirklich sehr öde gewesen und ich habe nicht viel Klatsch zu berichten außer o ja! es könnte Dich interessieren zu erfahren daß Ella Harcourt ihre Verlobung mit Charlie Stanhope gelöst hat. Du erinnerst dich doch an Ella? Sie war auf meiner Geburtstagsparty und Du warst ein Schatz und hast mich zu ihrem Verlobungsempfang in dem phantastischen Haus am Che-

ster Square begleitet – wie süß von Dir – aber irgendwie steckt mehr hinter dieser Geschichte als es auf den ersten Blick den Anschein hat. Du erinnerst Dich an ihre Cousine Sarah? Die Hübsche aber so Dünkelhafte die kaum ein Wort *beim Essen herausgebracht hat sondern nur höhnisch gegrinst und Sophie Scott-Chivers völlig unnötigerweise abserviert hat …*

Scott-Chivers? Ach ja, das war die Frau mit der Villa in Biarritz.

… obwohl die nun wirklich eine ganz Liebe *ist wenn auch vielleicht keine intellektuelle Leuchte aber wem wollte man das schon anlasten oder? Egal Du erinnerst Dich an Sarah. Nun ein paar Wochen nachdem Du abgereist warst veröffentlichte sie diese Monographie in einer historischen Zeitschrift namens* Living History *in der sich alles darum dreht wie amerikanisches Geld den englischen Feudalismus oder etwas in der Art unterstützt hat und sie hat ihre eigene Familie als Anschauungsmaterial benutzt und alles in den Artikel reingepackt sogar den Selbstmord ihrer Großmutter – die aus einem Fenster gesprungen ist sehr tragisch weißt Du – und das Interessante daran ist daß dies darin zum ersten Mal öffentlich erwähnt wurde. Der Selbstmord ist die ganze Zeit über vertuscht worden weißt Du. Und weil die Sensationspresse ihrem Namen wie stets gerecht wurde, wurden bald darauf Fragen gestellt und da kam heraus daß Sarahs Großmutter nicht das* einzige *Mitglied der Harcourt-Familie war das unter tragischen Umständen ums Leben kam und Du wirst es nicht glauben aber Lord Harcourts Schwester (Ellas Tante) hat sich* auch *selbst umgebracht und bei der Rückfahrt von der Beerdigung starben Ellas Mutter und Sarahs Eltern bei einem schrecklichen Verkehrsunfall. Ist das nicht furchtbar? Und natürlich haben sich die Zeitungen alle darauf gestürzt und es zu einer großen Geschichte über einen Familienfluch aufgebauscht*

und all den Unsinn über den Wahnsinn ausgegraben der in manchen Familien kursiert und da natürlich Ella diejenige ist die erben wird wenn ihr Vater stirbt – und sie genau die Art Frau ist, über die die Sensationspresse gerne schreibt nämlich reich hübsch etc. etc. behaupten sie jetzt ihr Leben stünde unter einem grausigen Fluch. Das ist der lächerlichste Unsinn den man sich denken kann aber irgendwie müssen die Zeitungen ja ihre Auflagen in die Höhe treiben und das hat schließlich dazu geführt daß sie den Chester Square belagert und Photos geschossen und jede Menge Fragen gestellt haben und ganz allgemein ein fürchterliches Ärgernis gewesen sind. Und in all dem Chaos – der dümmste Zeitpunkt überhaupt wenn du mich fragst – verkündet Ella gänzlich unerwartet daß sie ihre Verlobung mit Charlie Stanhope gelöst hat und gleich am nächsten Tag steht die Schlagzeile »Der Belastung nicht gewachsen« und sonst noch jede Menge fürchterlicher Quatsch in der Sun.

Das war nun mal was Interessantes wie ich finde und um die Wahrheit zu sagen Ella hat sich in letzter Zeit tatsächlich ziemlich seltsam verhalten aber ich glaube nicht im Traum daran daß alles so schwerwiegend sein soll wie die Zeitungen behaupten. Kannst Du Dir vorstellen wie Sarah sich fühlen muß die diese ganze Lawine schließlich losgetreten hat? So was Dummes auch. Ich wette sie tritt sich selbst in den Hintern. Aber ich bin mir sicher daß sich der ganze Wirbel wieder legen wird wie das immer der Fall ist.

Und wenn das geschehen ist wird London noch langweiliger sein als jetzt (denn selbst ein unbegründeter Skandal um eine Freundin ist ziemlich amüsant weißt Du) und dann weiß ich wirklich nicht mehr was ich tun soll. Also beeil Dich und komm nach Hause und unterhalte mich und spiel um Himmels willen bitte auf einem der Konzerte meiner Mutter denn ihre Besorgnis macht mich fast wahnsinnig (nein nein das ist keine Anspielung

auf Ella schließlich ist sie eine Freundin) und das kann ich doch nun wirklich nicht gebrauchen.
Jetzt muß ich aber zum Ende kommen denn ich schreibe dies während einer Kunstgeschichtsvorlesung – Mama hat mich zu diesem schrecklichen *Kurs gedrängt – und die Stunde ist gerade vorbei also paß auf Dich auf mein lieber Jamie und schreib mir bald und sei so gut und laß Dich von keiner dieser tschechischen Schönheiten vom Pfad der Tugend abbringen und so weiter.*

Mit ganz ganz ganz viel Liebe

Camilla

Ich stand im Bilderzimmer, als ich Camillas Brief zum ersten Mal las, und sah mir die Gemälde an, die zum letzten Mal in ihrer ganzen Pracht versammelt waren. Ich weiß noch, wie ich die Zeile über die Auflösung von Ellas Verlobung las; weiß noch, wie ich in mich hineingelächelt habe, weil Camilla es für nötig erachtete, mich daran zu erinnern, wer Ella war; ich weiß noch, wie mich ein Schauer reinster Freude überlief, als ich die Nachricht von der Freiheit meiner Geliebten erfuhr; weiß noch, wie ich dachte, daß es auch die meine bedeuten würde. Auf Camillas Geschwätz über Flüche und Sensationsgier gab ich nicht viel; ich ging vielmehr davon aus, daß ihr Hang zur Theatralik, der ebenso zu ihr gehörte wie ihre unglaublichen Locken und die atemlosen Übertreibungen, ihren Bericht gefärbt hatte. Eine Persönlichkeit wie Camilla rieb sich natürlich an den Begrenzungen des Gewöhnlichen: Gab es nichts Aufregendes, erfand sie es eben, um davon erzählen zu können; und damals hielt ich ihren Brief für ein weiteres Beispiel dafür, wie unbedeutende Vorkommnisse aufgebauscht werden, um Gesprächsstoff zu bieten, und tat das Ganze mit einem Lächeln ab.

Im Laufe eines Lebens schrumpft die Zukunft zusammen, und die Vergangenheit dehnt sich aus. Damals hatte ich nicht wissen können, daß die Zukunft selten so wird, wie man sie sich vorstellt; daß die Gegenwart mit einem Lidschlag vorbei ist; daß die Vergangenheit ein Atlantis ist, eine versunkene Insel im Meer, die je zurückzugewinnen wir nicht hoffen können. Jetzt weiß ich all das. Ich weiß, daß Eric unter den Trümmern der Erinnerung begraben ist, unter den scharf umrissenen Turmspitzen und anmutig glänzenden Domen der Stadt, die wir liebten, von jenem Prag, wie es mein Gedächtnis bewahrt hat. Für mich ist er dort gestorben, nicht in Frankreich; für mich trieb er nie in jenem eisigen Teich tief dort unten; ich habe nie beobachtet, wie sein Leib ... Aber noch kann ich das Geschehene nicht in Worte fassen; noch habe ich den Mut nicht gefunden, mich dem zu stellen, was ich tat, was ich getan habe. Ich werde an diesen Punkt kommen. Aber nicht jetzt. Noch nicht.

Jetzt sitze ich da und beschäftige mich mit dem Gedanken, daß das Leben womöglich doch nur ein Spiel ist, ein Spiel, das wir nur einmal spielen. Irgendwann werde ich mich dieser von Satan vertretenen Ansicht vielleicht einmal anschließen. Aber wenn das Leben ein Spiel ist, dann ist es eines ohne Übungen, ohne Training, ohne Vorrunden. Es ist ein Spiel, das bis zum Auszählen gespielt wird. Und um es richtig zu spielen, fair und gut, brauchen wir alle Kraft, die uns Selbsterkenntnis, Mut, Wille und Disziplin geben können. Mit zweiundzwanzig Jahren besaß ich nichts davon, und wenn doch, wußte ich nichts davon zu nutzen. Noch hatte ich nicht gelernt, das Leben ernst zu nehmen, noch wußte ich nicht, daß es anders ist als andere Spiele, daß es einen Unterschied macht, wer gewinnt und wer verliert und auch wie man gewinnt oder verliert. Ebensowenig wußte ich, daß ein Sieg ein Pyrrhussieg sein kann, daß der Zweck selten die Mittel heiligt. Ohne Erfahrung konnte ich das alles nicht wissen, und Erfahrung besaß ich nicht. Ich war unschuldig und war mir meiner Unschuld noch nicht einmal bewußt.

Kapitel 16

Am Tag darauf regierte im obersten Stock des Palais Scherkansky das Chaos. Ein großer, vierschrötiger Tscheche mit Haaren, die vorn und an den Seiten kurz geschnitten, hinten aber lang geblieben waren, übernahm das Kommando. Als er eintraf, nickte er uns zu, war aber bald schon viel zu beschäftigt, seinen Untergebenen Befehle zuzubrüllen, um uns seine Aufmerksamkeit zu schenken. Männer rannten die Treppen des Palasts auf und ab, rollten Teppiche auf, hoben Türen aus ihren Angeln, legten Draperien zusammen, packten ein, hoben an, trugen fort. Der Flügel war das erste Möbelstück, das die Wohnung verließ, ihm folgten eine große Anrichte, die in der Küche gestanden hatte und deren Porzellan sorgfältig eingewickelt und in Kisten verpackt worden war; das schwere Bett, in dem ich geschlafen hatte; ein schön geschnitzter Bücherschrank; zwei Beistelltische; ein Kleiderschrank; Lampen; Madame Mocsárys arg mitgenommene Sammlung französischer Romane.

Die Gemälde wurden zuletzt abtransportiert, nachdem alles andere in die wartenden Umzugswagen nach unten getragen worden war; und sie wurden mit qualvoller, gewissenhafter Langsamkeit von den Wänden genommen, die sie vereint geschmückt hatten, und in große Plastikplanen gewickelt, die ihre Farben dämpften und ihre Umrisse verbargen. Als eines nach dem anderen von seiner Aufhängung genommen wurde, trat dort, wo das Gemälde schützend gehangen hatte, ein von der Sonne nicht gebleichtes Stück grellroter Wand zutage; und diese klaffenden Wunden wirkten auf mich wie Fleisch, von dem man die Haut geschält hatte. Eric und ich sahen mit bedrücktem Schweigen zu, wie die Männer die Bilder fortschafften, und es war, als zerlegten sie das Haus, in dem wir geboren worden waren – in gewisser Hinsicht war diese Wohnung ja Zeuge einer Art Wiedergeburt gewesen –, doch der redselige Herr Tomin merkte nichts von unserer Niedergeschlagenheit.

»Einige ausländische Sammler zeigen Interesse an dieser Auktion«, erzählte er uns stolz. »Ein Freund von mir bei Christie's in New York hat die Nachricht verbreitet, und ich selbst war letzte Woche in London und habe einige Leute darüber informiert. Ich denke, Sie verkaufen zu einem sehr günstigen Zeitpunkt.« Und er trabte aufgeregt durch die Wohnung, sprach mit dem Chef der Möbelpacker, überwachte guckend und lugend und prüfend das Verpacken und den Transport der Gemälde, mischte sich begeistert überall ein und plapperte dabei unentwegt auf englisch vor sich hin, unterbrochen nur von merkwürdigen rauhen tschechischen Befehlen.

Inmitten von all dem Staub, der Geschäftigkeit und den gebellten Befehlen standen Eric und ich unbeachtet an den Fenstern des Bilderzimmers. Er zog mich am Ärmel.

»Hier ist für uns kein Platz mehr«, sagte er und führte mich völlig unvermittelt aus der Wohnung, vorbei an der Reihe von Arbeitern auf der Treppe, vorbei an den Umzugswagen, die draußen die Straße blockierten. Er lief, ohne innezuhalten, bis wir beim Café Florian ankamen, wo wir den Rest des Tages mißmutig bei heißer Schokolade und im gelegentlichen Gespräch mit zwei amerikanischen Dichtern zubrachten, den einzigen anderen Gästen, die, umgeben von zerrissenen Blättern und dicht beschriebenen Seiten, unverwandt rauchten und ins Leere starrten. Sie waren keine belebende Gesellschaft.

»Nicht einmal unsere Freundin mit der strengen Nase ist hier, um uns aufzuheitern«, flüsterte Eric, als wir zum zweiten Mal Schokolade bei Jean bestellten.

»Nein, nicht mal sie.«

Und weil wir Zerstreuung brauchten, sehnten wir uns nach dem debattierenden Haufen mit seinen langen Worten und strähnigen Haaren, und wir vermißten den Lärm ihrer leidenschaftlichen, kurzlebigen Auseinandersetzungen; vergebens lauschten wir auf ihren Wettstreit der Ideen, die wir – und ich wage zu behaupten, auch sie – nur zum Teil verstanden. In der verrauchten Düsternis ihres Stammlokals klangen uns ihre geisterhaften Stimmen in den Ohren.

»Das Entscheidendste an Kafka war sein Judentum ...«

»... daß er in seinem Herzen Nationalist war ...«

»... daß er in einer inspirierenden Zeit lebte ...«

»... in schöner Umgebung ...«

»... in einer sich verändernden Welt ...«

»Havel zeichnet sich vor allem dadurch aus, daß er ein Denker ist ...«

»... ein Philosoph ...«

»... ein Theaterautor ...«

»... der übrigens seit der Revolution nichts mehr geschrieben hat ...«

»... ein Präsident ...«

»... an den Rand gedrängt ...«

»... ein Brennpunkt ...«

»... von Klaus in den Schatten gestellt ...«

Wir vermißten den Rhythmus ihrer Argumente, die Gleichförmigkeit ihrer Dispute, die Heftigkeit ihrer Versöhnungen und merkten, wie sehr wir sie stets vermissen würden.

Aber ungeachtet unserer Verzagtheit rückte der Tag der Auktion unerbittlich näher. Ursprünglich vierzehn Tage nach dem Abtransport der Gemälde und der Möbel angesetzt, war sie – auf den Rat eines Mitglieds des Ausschusses für Bilderankäufe des Musée d'Orsay – beschleunigt worden, damit sie noch stattfinden konnte, ehe eine bevorstehende Gesetzesänderung, wonach die Ausgaben Frankreichs für ausländische Kunstwerke begrenzt werden sollten, rechtskräftig wurde. »So etwas ist natürlich normalerweise nicht üblich«, sagte Herr Tomin, »aber in diesem Fall denke ich, wäre es klug, eine Ausnahme zu machen. Die französischen Museen sind an Madame Mocsárys Werken sehr interessiert. Und wenn sie sich engagieren, könnte das auch für die tschechischen Museen ein Anreiz sein. Dieses Land braucht eine kulturelle Ikone.«

Er hatte recht. Was die Bewahrung ihres Rufs bei der Nachwelt anging, hätte Madame Mocsárys Tod zu keinem besseren Zeitpunkt erfolgen können, und das nationale Interesse an der Auktion ihrer Werke war sehr groß. Nach der ersten Welle revolutionären Eifers hielt die tschechische Kulturverwaltung geradezu Ausschau nach Anzeichen eines neuen Goldenen Zeitalters, einer erneuten Blütezeit der Künste und der Literatur, wie die erste Republik sie erlebt hatte. Und auch der Umstand, daß Madame Mocsáry gebürtige Französin war und den Großteil ihrer Arbeit unter dem kommunistischen Regime geschaffen hatte, hielt weder die dafür zuständigen Stellen noch die Nation im weiteren Sinne davon ab, sie als eine der bedeutendsten Künstlerinnen ihrer Generation zu ehren. »Mocsáry«, schrieb die *Prague Post,* eine englischsprachige Tageszeitung, die Eric und ich lasen, »belebt unsere lange Tradition kultureller Meisterleistungen und entzündet die Flamme nationaler Kreativität in unserer Zeit. Ihr Werk ist ein bewegendes Zeugnis dafür, welche Macht der menschliche Geist auch unter widrigen Umständen zu entwickeln vermag, und ihre späteren Gemälde sind Ausdruck des ungeheuren Optimismus, von dem unsere neue Zeit getragen ist.« Als man uns um unsere Meinung zu diesem Artikel bat, sahen Eric und ich davon ab, zu erklären, daß ihre späten Gemälde sich wahrscheinlich weniger durch einen ungeheuren Optimismus als durch eine ungeheure Getriebenheit auszeichneten. Von uns sollte die Welt nicht erfahren, was wir von Blanca wußten, daß nämlich Madame Mocsáry das Bilderzimmer erst in den letzten Wochen vor ihrem Umzug ins Pflegeheim beendet hatte. Es wäre uns irgendwie als Verrat an ihrem Gedenken vorgekommen, wenn wir durch irgend etwas die Ausformung oder Akzeptanz ihres Mythos gefährdet hätten; und wir waren ihr für all das, was sie selbst im Tod für uns getan hatte, überaus dankbar.

Auch Herr Tomin überflog die Zeitungen, und seine aufgeregte Selbstzufriedenheit wuchs mit jedem Tag. Er erzählte uns häufig von den Vorbereitungen der Auktion. »Wir haben einen Experten aus Wien kommen lassen, um die Gemälde von ihm aufhängen zu lassen«, erklärte er uns, »und die Beleuchtung im Auktionshaus ist speziell für diesen Zweck umgestaltet worden. Ich hege jetzt auch große Hoffnungen im Hinblick auf die Möbel. Bei all dieser Aufmerksamkeit könnten sie einen historischen Wert bekommen, der ihren eigentlichen bei weitem übersteigt.«

Auch Herr Kierczinsky, den wir natürlich immer noch gelegentlich trafen, war, da das Interesse der Medien zunahm, zusehends von eitler Zufriedenheit erfüllt. Eines Morgens zeigte er uns ein Zeitungsphoto, auf dem er auf den Stufen seiner Anwaltskanzlei zu sehen war. »Ich habe natürlich gesagt, ich könne dazu keinen Kommentar abgeben. Aber es ist doch gut getroffen, nicht wahr? Finden Sie, daß man den Kanzleinamen gut erkennt? Ich bin mir nicht sicher, ob man ihn gut lesen kann.«

Wir beruhigten ihn, daß er gut erkennbar war.

»Ach, das ist gut. Sehr gut.« Und er ging in sich hineinkichernd davon, um die letzten noch erforderlichen Papiere aufzusetzen. Madame Mocsárys Testament enthielt sehr genaue Anweisungen, was die Vererbung ihres Schmucks und Zierats anging; doch da es Jahre vor ihrem Ruhm geschrieben und nie aktualisiert worden war, hatte sie darin die Möglichkeit, daß sie nach ihrem Tod Geld zu vererben haben könnte, weitgehend unberücksichtigt gelassen. Ihre Gemälde hatte sie ihrer Schwester Laure vermacht, ohne dabei mit der internationalen Aufmerksamkeit zu rechnen, die ihr und ihren Bildern später zuteil werden würde. Und da Laure bereits drei Jahe vor ihrer Schwester gestorben war, fielen die Gemälde Erics Mutter zu. Obwohl wir dies recht klar und einfach fanden, schien der voraussichtliche Erfolg der Auktion eine Vielfalt »dringenden Papierkrams« mit sich zu bringen, der Herrn Kierczinskys ungeteilte und kostbare Aufmerksamkeit erforderte.

Die Ausstellungsräume von First Auctioneers Ltd., die gut die Hälfte eines Häuserblocks am Wenzelsplatz belegten, waren speziell für die Auktion neu hergerichtet worden, wie Herr Tomin es versprochen hatte. Ganze Heerscharen von Anstreichern sorgten für einen bisher in tschechischen Auktionshäusern ungekannten makellosen Glanz an den Wänden, und täglich wurde in Leihkisten böhmisches Kristall angeliefert – hauptsächlich Wodka- und Champagnergläser. Am Abend bevor der Mocsáry-Nachlaß unter den Hammer kam, sollte für wichtige potentielle Käufer ein Empfang stattfinden, und der Termin für die Auktion selbst war auf eine Woche nach der erstmaligen Präsentation der Gemälde festgelegt.

In dieser Woche hatte die Öffentlichkeit die vielleicht einzige Gelegenheit, die Sammlung vollständig besichtigen zu können. Und zum Preis eines Katalogs marschierte dann auch jeden Tag eine lange Schlange von Menschen – Tschechen wie Ausländer – bewundernd und diskutierend über das blasse Parkett der Ausstellungsräume. Und jeden Tag kam auch Herr Tomin zu uns und zeigte uns einige illustre Namen mehr im Gästebuch des Auktionshauses.

In den betriebsamen Tagen, die auf das Eintreffen von Camilla Boardmans Brief folgten, hatte ich keine Zeit, ihn zu beantworten, und ich mochte auch Ella nicht schreiben. Ich wartete lieber darauf, von ihr zu hören; eingedenk meines Versprechens, nicht zu schreiben, bis sie mir mitgeteilt hatte, daß ihre Freiheit gesichert war; und da ich mein Wort so lange gehalten hatte, mochte ich es jetzt nicht brechen. Jeden Tag überflog ich meine Post, und jeden Tag war ich von neuem enttäuscht, daß von ihr kein Brief dabei war, was mich beunruhigt hätte, wäre ich mir ihrer weniger gewiß gewesen. So aber fühlte ich mich sicher genug, um abzuwarten, und es gelang mir, der Versuchung zu widerstehen, selbst den ersten Schritt zu tun. Sollte Ella die Zeit noch nicht für reif erachten, wollte ich ihrem Urteil vertrauen.

Am Mittwoch der »Ausstellungswoche«, wie Herr Tomin sie zu nennen pflegte, entdeckte ich dann, daß die Harcourts in Prag waren, und diese Entdeckung machte ich ganz zufällig. Meine Aufmerksamkeit war völlig davon in Anspruch genommen, daß Prinzessin Amelia von Thurn und Taxis sich am Nachmittag zuvor ins Gästebuch eingetragen hatte, als ich zwei Zeilen unter ihrer schnörkeligen Unterschrift auf einen weiteren Eintrag stieß – *Lord und Lady Alexander Harcourt, Grand Hotel Europa* –, geschrieben mit Kugelschreiber in einer selbstsicheren Handschrift, die ich nicht kannte. Ohne auf die aufgeregte Beschreibung der freundlichen Worte zu achten, mit denen die Prinzessin Herrn Tomin beglückt hatte, fragte ich ihn, ob er sich an einen englischen Mylord und seine Frau erinnern könne.

Er machte eine Pause und dachte angestrengt nach, aber seine Augen waren darauf geschult, daß ihnen nichts entging. »Ja. Gutaussehend. Lady Harcourt hat mit amerikanischem Akzent gesprochen«, sagte er, und mein Herz begann wie wild zu schlagen. »Doch sie waren sehr still; sie schienen in Sorge zu sein. Sie unterhielten sich so leise, daß ich nichts verstehen konnte.«

Ich konnte meine Erregung kaum zügeln, als ich überlegte, daß auch Ella in der Stadt sein könnte, daß Ella sich gerade in diesem Moment am Konservatorium oder in der Sokolska 21 nach mir erkundigen könnte. Nach den langen Wochen ohne sie wurde mir auf einmal bewußt, wie sehr ich mich zusammengenommen, wie erfolgreich ich mich den Freuden Prags und den Herausforderungen meiner Geige gewidmet, wie zwanghaft ich mir das Schreiben versagt hatte. Jetzt war es mit meiner Selbstbeherrschung vorbei.

»Die Prinzessin sagte, sie werde höchstpersönlich zur Auktion kommen.« Herr Tomin sah mich stolzglühend an.

»Das ist ja wunderbar. Aber ich frage mich, ob Sie mir vielleicht noch etwas über die Harcourts sagen könnten.«

Überrascht ob meiner offenkundigen Neugier sah er mich an, schüttelte aber den Kopf.

»Ich frage nur, weil sie sehr wichtige englische Sammler sind«, sagte ich und wartete, daß er nach dem Köder schnappte. Gelegentlich mußte man Herrn Tomins Erinnerungsvermögen ein wenig auf die Sprünge helfen.

»Sie kennen sie?« fragte er scharfsinnig.

»Ja.«

»Und Sie denken, sie verfügen über die ... Mittel, Einfluß auf die Auktion zu nehmen?«

»Ohne Zweifel.«

Meine Zuversicht belebte Herrn Tomins Erinnerungsvermögen auf der Stelle.

»Er hatte blondes Haar, das sich oben lichtete, und ging sehr aufrecht. Ihr Haar war rot und sehr ... üppig.«

»Hatten sie noch jemanden bei sich? Eine Tochter vielleicht?« Ich hielt dem wissenden Blick des Auktionators stand.

»Ich weiß nicht«, sagte er langsam, um mich auf die Folter zu spannen. »Nein, ich glaube nicht.« Doch als er meine Enttäuschung sah, hatte er Mitleid. »Warten Sie. Lassen Sie mich überlegen. Wenn ich es mir jetzt genau vor Augen führe, dann hatten sie tatsächlich jemanden dabei.«

»Eine Frau mit kurzen blonden Haaren?«

»Ich denke, ja. Aber sie ist vor ihnen weggegangen.«

Ich nahm mir das Gästebuch vor und sah mir noch einmal die Prager Adresse der Harcourts an. Das Hotel, das sie angegeben hatten, war vom Auktionshaus vielleicht eine Minute Fußweg entfernt; und ich versuchte meiner Aufregung Herr zu werden, als ich mir vorstellte, Ella könnte, genau in diesem Augenblick, in einem der Zimmer unter den Giebeln weilen, die ich von den großen Fenstern aus im Blickfeld hatte. Nachdem ich mich eilig von Herrn Tomin verabschiedet hatte, schlängelte ich mich durch die Reihen der die Bilder betrachtenden Besucher, sprang die Treppen der Galerie hinunter, überquerte, ohne nach rechts oder links zu schauen, die vielbefahrene Straße und erreichte das Foyer des Hotels atemlos, aber im Nu.

Die Jugend verlangt nach sofortiger Befriedigung ihrer Wünsche. Geduld hat sie nicht gelernt. Und es fiel mir gewiß schwer, mich in Geduld zu fassen, als ein höflicher Mann an der Rezeption mich darüber informierte, daß die Harcourts ausgegangen seien und ich mich möglicherweise auf stundenlanges Warten einrichten müßte. Nach und nach machte meine Erregung der Enttäuschung Platz. Doch ich wartete. Und schließlich wurde ich mit dem Anblick von Pamela

Harcourts stattlicher Gestalt und ihres zur Skulptur getürmten Haars belohnt, die am Arm ihres Ehemanns hereinkam. Die beiden unterhielten sich aufgeregt.

»Entschuldigen Sie«, sagte ich und pflanzte mich vor ihnen auf. »Ich weiß nicht, ob Sie sich an mich erinnern. James Farrell. Ich bin ein Freund Ihrer Tochter.«

Sie waren derartig in ihr Gespräch vertieft gewesen, daß es einen Augenblick dauerte, bis sie die unerwartete Anwesenheit eines früheren Gastes ihres Hauses wahrzunehmen vermochten. Dann ergriff Alexander Harcourt meine ausgestreckte Hand.

»Hallo«, sagte er und schüttelte sie. »Was machen Sie denn hier?«

Sein Ton war durchaus verbindlich, wenngleich ein wenig gezwungen. Ich erzählte kurz die Gründe für meinen Aufenthalt in Prag und nahm ihre Gratulation zur Ausstellung der Mocsáry-Sammlung mit einem Lächeln entgegen.

»Ich habe daran kein Verdienst«, sagte ich, »aber es freut mich, wenn sie Ihnen gefällt. Werden Sie zur Auktion kommen?«

Sie nickten höflich – vielleicht sagte Pamela Harcourt auch »aber natürlich« – und schickten sich an weiterzugehen. Ich hielt sie noch einen Augenblick auf.

»Können Sie mir bitte sagen, wo Ella ist?« Ich fragte es mit einem Lächeln und setzte alles daran, daß meine Stimme fest blieb.

Ihr Vater und ihre Stiefmutter wandten sich um und blickten mich an. Ihre Gesichter waren eingefallen, wie ich erst jetzt bemerkte, und in Alexander Harcourts Stimme lag eine Spur stumpfer Resignation, als er leise erwiderte: »Leider nicht. Sie ist gestern verschwunden. Wir haben seitdem nichts mehr von ihr gehört.« Beide blickten mich an, als sträubten sie sich noch immer zu glauben, daß dies möglich war. »Wir wissen nicht, was mit ihr passiert ist.«

»Das tut mir leid«, sagte ich, und die offenkundige Beunruhigung auf meinem Gesicht und in meiner Stimme schuf eine Art Band zwischen uns. Es herrschte einen Moment Schweigen.

»Wir waren zuletzt zusammen bei der Mocsáry-Ausstellung«, sagte Pamela Harcourt schließlich. »Aber Ella hat uns dort verlassen. Wir hatten einen kleinen Streit. Wir glaubten, sie sei ins Hotel zurückgegangen, aber gestern abend und auch heute früh deutete nichts darauf hin, daß sie dagewesen war. Wir kommen halb um vor Sorge.«

»Das glaube ich Ihnen.«

»Falls Sie etwas von ihr hören, irgend etwas, werden Sie uns das doch wissen lassen, nicht wahr?« bat Alexander Harcourt.

»Natürlich«, antwortete ich.

»Das ist sehr freundlich von Ihnen.« Wir gaben einander die Hand. »Nun dürfen wir Ihre Zeit aber nicht länger in Anspruch nehmen, Mr. Farrell. Schön, daß Sie uns aufgesucht haben.«

»Wenn ich irgend etwas für Sie tun kann ...«

»Natürlich. Danke. Ich bin sicher, sie wird jeden Moment wieder auftauchen.«

»Ja.«

Sie wandten sich um und gingen langsam auf den Fahrstuhl zu. »Haben Sie die Polizei schon informiert?« rief ich ihnen nach.

»Hier muß jemand mindestens eine Woche vermißt sein, ehe sie etwas unternehmen«, erwiderte Alexander Harcourt, indem er sich zu mir umdrehte. »Und verlorengegangene Ausländer stehen nicht sonderlich hoch auf ihrer Dringlichkeitsliste.«

»Rufen Sie mich bitte an und sagen mir Bescheid, wenn sie wieder da ist?«

»Selbstverständlich. Läßt du dir bitte die Nummer geben, Pamela?« Ich schrieb sie rasch auf einen Zettel, den Lady Harcourt in ihre Tasche steckte. Dann verabschiedeten wir uns noch einmal, ein wenig verlegen, und sie traten in den Fahrstuhl.

Der Platz vor dem Hotel war voller lachender und redender Menschen, doch ich ging durch sie hindurch, ohne etwas wahrzunehmen. Von einer Mischung aus Verdacht und Hoffnung getrieben, lief ich rasch nach Hause; und als ich die Tür zu Madame Mocsárys Wohnung aufsperrte, entdeckte ich, daß ich mit meiner Vermutung richtig gelegen hatte. Eric und Ella saßen auf dem Boden des Musikzimmers und tranken Tee.

Der Anblick der beiden taucht jetzt ganz deutlich vor mir auf, obwohl ich geglaubt hatte, ihn für immer verbannt zu haben. Ich sehe sie Seite an Seite auf dem Steinfußboden sitzen; ich sehe das golden glänzende Haar Ellas neben dem schwarz schimmernden von Eric; die Blässe ihrer cremefarbenen Haut neben seinem olivenfarbenen Teint. Es muß ihre erste Begegnung gewesen sein, obwohl sie schon voneinander gehört hatten. Ich sehe den Blick in Ellas Augen, als ich die Tür öffne. Ich beobachte, wie sie die Zigarette ablegt und sich mit einer graziösen Bewegung erhebt; ich höre das Klacken ihrer Absätze auf dem Steinfußboden, als sie auf mich zukommt; ich sehe, daß sie schwarze Hosen trägt, die sich an ihre schlanken Beine schmiegen, und eine schwarze Jacke mit einem breiten Pelzkragen. In derart dunklen Kleidern wirkt ihre Gesichtsfarbe fast geisterhaft; aber das Grün ihrer Augen könnte nicht lebendiger sein. Sie lächelt, umarmt mich, hält mich fest; und dann küssen wir uns, und dieser Kuß erfüllt mein ganzes Sein, als ich mit meiner Hand über die zarten Wirbel ihres Rückgrats streiche und sie enger an mich ziehe, sie fest umschlinge. Erst als ich meine Nase an ihrem zarten, nach Zitronen duftenden Hals vergrabe, bemerke ich, daß Eric uns zusieht und einen Blick in den Augen hat, den ich gleich wieder vergessen will, weil ich ihn nicht verstehe, aber er bringt mich wieder zu mir. Jetzt, wo all die Ungeduld meines Wartens, all meine Sorge verflogen ist, löse ich mich glücklich aus Ellas Umarmung und stelle sie meinem Freund vor, wie es sich gehört.

»Wir haben uns schon miteinander bekannt gemacht«, erklärt Eric ziemlich kurz angebunden.

»Ja, das haben wir.« Ella zieht an meiner Hand, damit ich mich neben ihr an einem improvisierten Teetisch aus Packkisten und kurzen Brettern niederlasse. »Eric hat mir schon alles über die wunderbare Zeit erzählt, die ihr beide gehabt habt.«

An den Rest des Gesprächs kann ich mich kaum noch erinnern, doch ich weiß noch, daß ich Eric in die Augen sah, als Ella dies sagte, und daß ich lächelte. Ich weiß auch noch, daß er nicht sofort darauf reagierte, sein Gesicht jedoch weicher wurde, als ich weiterhin lächelte, und er mich schließlich angrinste und ich erleichtert war, als der peinliche Moment vorüber war. Ich erinnere mich, daß Tee eingeschenkt wurde. Ich weiß auch noch, daß ich bei meinem ersten Schluck an Pamela und Alexander Harcourt denken mußte.

»Ich habe deine Eltern gesprochen, Ella«, sagte ich ruhig.

»Tatsächlich?« Sie bemühte sich, unbekümmert zu wirken. Es gelang ihr nicht sehr überzeugend. »Wie geht es ihnen?«

»Sie sind krank vor Sorge.«

Niemand sagte etwas. Gegen meinen Willen sah ich erregt zu, wie sie ihre Tasche öffnete, eine Schachtel hervorholte, eine Zigarette entnahm, sie an die Lippen führte, anzündete. Sie inhalierte langsam und tief. »Ich weiß, du mußt es schrecklich finden, daß ich einfach so fortgelaufen bin, ohne ihnen Bescheid gegeben zu haben«, begann sie dann.

Ich gab keine Antwort.

»Aber ich kann dir gar nicht sagen, wie dringend ich dich sehen mußte. Und sie lassen mich keine Minute aus den Augen.«

Ich wollte Fragen stellen, aber sie gebot mir mit erhobener Hand Einhalt.

»Dazu haben wir später noch genug Zeit. Es ist eine Menge passiert, James, seit wir uns zuletzt gesehen haben. Eine ganze Menge.« Sie sah erst Eric an und dann mich. Schweigen senkte sich auf uns herab. »Ich sollte wohl besser aufbrechen und ins Hotel zurückkehren, damit Papa und Pamela wissen, daß mir nichts passiert ist«, sagte Ella schließlich. »O Gott, es ist alles so schrecklich.« Sie stand auf. »Wenn du mich begleitest, erzähle ich dir die ganze Geschichte.«

»Einverstanden.«

Meine Geliebte streckte meinem Freund die Hand hin. »Es war schön, dich kennenzulernen«, sagte sie lächelnd. »Ich hoffe, wir sehen einander jetzt öfter, nachdem wir uns endlich begegnet sind.«

Eric nahm ihre Hand und murmelte etwas. »Bis später«, sagte er zu mir.

Ich nickte.

Ella und ich verließen gemeinsam die Wohnung und gingen durch das große düstere, in kurz aufflammendes, doch kaum ausreichendes Licht getauchte Treppenhaus nach unten. In der Dunkelheit des zweiten Treppenabsatzes spürte ich ihre Hand in der meinen und roch ihren Duft, und ich küßte sie. Und bei diesem Kuß erfuhr ich die reine Freude des Wiedersehens der Geliebten, die vollkommene und überwältigende Macht unserer Leidenschaft, die Kraft unserer Verschmelzung. Und ich besaß nicht den Verstand, mich davor zu fürchten.

Kapitel 17

Jetzt suche ich mühsam nach den genauen Worten, deren Ella sich bediente. Ich kann ihren Tonfall einfangen, sehe ihr Gesicht vor mir und spüre ihrer sich verändernden Miene nach. Aber ihre Worte finden nur sehr langsam zu mir zurück; denn als ich sie damals hörte, war ich abgelenkt davon, wie Ella sich das Haar aus der Stirn strich, von ihrem leichten schnellen Schritt, ihrer schlanken Taille, den Konturen ihrer Brüste, dem Klang ihrer Stimme. Ich kann mich nicht erinnern, daß mich ihre Anwesenheit in Prag oder die unvermittelte Art, auf die sie ihre Eltern verlassen hatte, zunächst beunruhigt hätten, denn die Hoffart jugendlicher Liebe lieferte jede Erklärung, die ich verlangte. Aber während ich ihr zuhörte, erinnerte ich mich an Camilla Boardmans atemlosen Brief und Ellas Worte in dem leeren Zimmer von Madame Mocsárys Wohnung; und sie bohrten sich durch den Dunst meiner Euphorie, als wir uns durch die Massen auf der Sokolska-Straße schlängelten und nach links auf den Wenzelsplatz einbogen.

»Ich kann Papa und Pamela noch nicht unter die Augen treten«, sagte Ella fast flehend. »Ich muß erst einmal mit dir sprechen, Jamie. Ich brauche deine Hilfe. Gibt es denn nichts, wo wir auf einen Moment hingehen könnten? Irgendwohin, wo niemand uns kennt?«

»Du vergißt, daß dies hier nicht London ist«, erwiderte ich. »Hier brauchen wir uns nicht zu verstecken.« Und lächelnd führte ich sie in ein kleines Café an der Ecke, das ich kannte.

Da es so zentral gelegen war, mangelte es ihm am Charme der Cafés in den Nebenstraßen, aber für unseren Zweck war es ausreichend. Und bald schon saßen wir an einem der hinteren Tische und bestellten Kaffee bei einer Bedienung mit schlecht gefärbten blonden Haaren und bedrohlichen Augenbrauen.

»Also«, fing ich an, als man uns den Kaffee gebracht hatte, »worüber mußt du mit mir reden?«

»Du hast vermutlich von der ganzen Geschichte überhaupt nichts mitbekommen, oder?« fragte sie langsam.

»Doch, ich denke, ein paar Dinge weiß ich schon«, erwiderte ich, weil ich vermutete, daß diese »ganze Geschichte« etwas mit der Aufkündigung ihrer Verlobung zu tun haben mußte.

»Was weißt du, Jamie? Was kannst du überhaupt wissen?«

In aller Kürze erzählte ich ihr, was in Camillas Brief gestanden hatte.

Sie schwieg nachdenklich. Dann seufzte sie und meinte ironisch: »Niemand kann einem so die Schau stehlen wie Camilla, stimmt's?«

Ich nickte und lächelte. Ella lächelte nicht.

»Na ja, sie hat dir die Version geschildert, wie sie sich Außenstehenden darstellt, und es ist gewiß interessant, zu erfahren, was meine Freunde über mich denken. Die Wahrheit ist jedoch ein wenig komplizierter als das, was sie dir erzählt hat. Ein wenig komplizierter und nicht ganz so hübsch.«

»Erzähl.«

»Nun, meine Familie – und nach dem, was du sagst, nehme ich an, auch einige meiner Freunde – ziehen tatsächlich die Möglichkeit in Erwägung, daß ich verrückt sein könnte. Übergeschnappt, verstehst du.« Ella wartete ab, bis ich das verdaut hatte. »Und das Schlimmste daran ist, daß ich es mir selbst eingebrockt habe.« Sie steckte sich eine Zigarette an.

»Wahrscheinlich sollte ich besser am Anfang beginnen, oder?« sagte sie und nahm meine Hand.

Ich nickte.

Schweigen.

»Ich dachte, es sei alles nur dummes, durch die Zeitungen in die Welt gesetztes Geschwätz«, sagte ich schließlich.

»Wenn es das nur wäre, könnte es mir egal sein. Aber leider ist die Sache ernster. Oh, ich bin nicht *wirklich* verrückt«, fuhr sie hastig fort. »Das ist kompletter … Aber ich sollte wirklich von vorn beginnen. Verzeih mir, wenn ich einige Dinge wiederhole, die ich schon in Seton gesagt habe. Es ist einfach wichtig für mich, klar zu unterscheiden, wo die Wirklichkeit endet und die Fiktion anfängt.«

»In Ordnung.«

Wieder legte sich Schweigen über uns. Ella holte tief Luft.

»Du weißt Bescheid über meine Großmutter und meine Tante und die allgemein etwas fragwürdige Geistesverfassung unserer Familie«, sagte sie ruhig.

Ich nickte.

»Nun, mein Vater ist von diesem Gedanken besessen. Verständlicherweise, wie ich meine. Wenn deine Mutter und deine Zwillingsschwester sich umgebracht hätten, würdest du dir doch auch Sorgen um deine eigenen Kinder machen, oder? Vor allem, wenn deine einzige Tochter zufällig das wandelnde Ebenbild ihrer Großmutter wäre. Das wäre doch eine ständige Mahnung. Kannst du mir folgen?«

Ich nickte wieder.

»Also hält Papa ständig Ausschau nach bedenklichen Anzeichen; Anzeichen dafür, daß ich unglücklich, daß ich einer Sache nicht gewachsen sein könnte. Er möchte in bezug auf mich keine Risiken eingehen, was mich ganz schön unter Druck setzt, wie du dir sicher vorstellen kannst.«

»Natürlich.«

Sie biß sich auf die Lippe. »O Gott, ich bin so *dumm* gewesen.« Verärgert drückte sie ihre nur halb gerauchte Zigarette aus.

»In welcher Hinsicht?«

»Ich habe Sarah *direkt* in die Hände gespielt.«

»Inwiefern?«

»Na ja, als ihr Aufsatz veröffentlicht war und die Zeitungen sich auf die Selbstmorde stürzten, hielt ich den rechten Zeitpunkt für gekommen, Charlie loszuwerden. Ich dachte, er würde keine Verrückte zur Mutter seiner Kinder haben wollen. Nicht einmal, wenn sie im Begriff stand, ein Schloß zu erben.« Sie wartete ab. »Also habe ich ein Geständnis inszeniert.«

»Du hast was?«

Ella kramte in ihrer Tasche nach einer weiteren Zigarette und zündete sie sich an. »Ich habe geweint und ihm erzählt, wie labil meine Familie sei, daß mit unserem Erbgut etwas nicht stimme. Ich habe sogar gesagt, daß ich es als meine Verpflichtung betrachte, niemals Kinder in die Welt zu setzen, aus Angst, es weiterzugeben.« Sie hielt kurz inne. »Ich dachte, das würde ihn verscheuchen.«

»Und es hat das genaue Gegenteil bewirkt.« Der Nebel lichtete sich langsam.

»Nicht ganz«, erwiderte sie ruhig. »Anfangs ließ Charlie sich überhaupt nicht erschüttern. Er wollte loyal zu mir halten und all das. Er sagte ständig, es sei nur meine Familie, es sei nicht ich, ich müsse mich davon frei machen.«

Ich mußte an Charles Stanhopes ernste, verständnislose Augen denken, und eine plötzliche Angst schnürte mir die Kehle zu. »Was hast du ihm erzählt?« fragte ich mit ruhiger Stimme.

Ella nahm einen tiefen Zug von ihrer Zigarette. Einen langen Augenblick herrschte Schweigen. Schließlich sprach sie weiter: »Was meinst du denn, was ich ihm hätte sagen sollen?«

»Sag bloß nicht, du hast ...«

»Schon gut, ich sag's nicht. Aber genau das habe ich getan.« Ihre Stimme war ganz hoch und dünn, wie die eines Kindes.

»Du hast ihm gesagt, du seist ...«

»Ja«, bestätigte sie. »Ich habe ihm gesagt, daß ich mir Sorgen um *mich* mache, nicht bloß um meine künftigen Kinder. Da, jetzt ist es raus. Ich habe ihm erklärt, es wäre nicht fair, ihn zu heiraten.«

»O Gott.«

»Und weißt du, was er getan hat?«

Mit vollkommener Klarheit sah ich jetzt, wie die Dinge lagen. »Er hat es deinem Vater erzählt, nicht wahr?« sagte ich finster.

Sie nickte.

»O Ella, wie konntest du nur?« Mir fehlten die Worte. Liebe und Wut stiegen in mir hoch, dann auch Mitleid, als ich sah, daß sie weinte.

»Ich dachte, Sarah zeigt mir einen Ausweg«, sagte sie unter Tränen. »Denn ich habe geglaubt, sie würde sich auf ihre verquere Art zum ersten Mal in ihrem Leben als großmütig erweisen. Indem sie alles aufwirbelte und an die Öffentlichkeit zerrte, glaubte ich, wollte sie mir einen Fluchtweg anbieten, und so schlug ich ihn ein. Ich hatte keine Ahnung, daß alles so enden würde.«

»O nein.«

»Es mag seltsam klingen, aber du kannst dir gar nicht vorstellen, wie perfekt mir das damals alles erschien. Ich dachte, es wäre der am wenigsten schmerzhafte Weg, mit Charlie zu brechen. Es war ihm aufgefallen, daß sich mein Verhalten ihm gegenüber verändert hatte, weißt du; er ist nicht dumm. Er erwartete eine Erklärung. Und ich hätte ihm doch wohl kaum die *Wahrheit* sagen können.« Sie schwieg einen Moment. »Ich hatte doch nicht damit gerechnet, daß er das irgend jemandem erzählt.«

»Ich kann nicht glauben, daß du so …«

»Verurteile mich nicht, James.« Ihre Stimme klang plötzlich scharf. »Verurteile mich nicht.«

Stumm starrten wir einander an. Ich nahm ihre Hand.

»Wenn du wüßtest, was ich in diesen letzten beiden Monaten durchgemacht habe, wärst du freundlicher zu mir«, sagte sie schließlich ein wenig gefaßter und trocknete sich die Tränen. »Ich habe für meine Freiheit bezahlt, das kann ich dir sagen.«

Ich saß reglos da und suchte nach Worten.

»Wenn du wüßtest, wie schrecklich es war, meinen Vater so besorgt zu erleben, so besorgt und das fast grundlos, und zu wissen, daß es meine Schuld war … Wenn du nur wüßtest. Ihn derart leiden zu sehen war schon Strafe genug.« Sie schlug die Augen nieder. »Aber was hätte ich tun sollen?« Suchend begegneten sich unsere Blicke. »Ich hätte ihnen doch nicht alles erzählen können, womöglich auch noch, warum ich mich überhaupt mit Charlie verlobt hatte, also blieb mir nichts anderes übrig, als weiter Theater zu spielen. Ich saß in der Falle, Jamie; ich sah keinen anderen Ausweg. Also habe ich allen etwas vorgemacht.« Sie zog wieder an ihrer Zigarette.

Ich legte meine Hand auf ihren Arm.

»Mein Gott, war das furchtbar«, fuhr sie fort. »Ich kann dir gar nicht sagen, wie furchtbar das war. Die Situation geriet völlig aus dem Ruder. Ich hatte sie nicht mehr im Griff.« Sie verstummte kurz. »Und da begann es, beängstigend zu werden. Ich versuchte, wieder ich selbst zu sein, und entdeckte, daß ich nicht mehr normal sein durfte. Die ganze Maschinerie war bereits in Gang gekommen, verstehst du.« Sie holte tief Luft. »Und dann fing das Gerede an. Und die Zeitungsartikel. Und die Photographen. Du hast keine Vorstellung, was das bei einem anrichten kann. Zu wissen, daß die Leute dich immer beobachten: deine Familie, deine Freunde, die verdammten Reporter. Ich habe in diesen letzten beiden Monaten in einem Goldfischglas gelebt.«

Ich nickte, hatte noch keine Worte gefunden.

»Und das Schlimmste daran ist, daß ich mir das selbst eingebrockt habe. Ich weiß nicht, *wie* ich das alles habe zulassen können.«

»Ich auch nicht«, sagte ich ruhig.

Ella ergriff meine Hand. »Sag das nicht. Du mußt mir helfen. Du mußt mir helfen, das durchzustehen.«

Ihre Augen waren unverwandt auf mich gerichtet.

»Das werde ich«, sagte ich. »Natürlich werde ich das.«

»O Jamie. Ich danke dir.«

Sie beugte sich über den Tisch und küßte mich. Unsere Lippen begegneten sich, und ich wußte, daß ich alles für sie tun würde. Ich wußte es und war, wie ein Narr, auch noch beglückt darüber.

»Wenn du nur wüßtest«, fuhr sie fort und lehnte sich, jetzt ruhiger geworden, zurück, »wie es an einem zehrt, die ganze Zeit glücklich zu sein. Und ich muß vorgeben, glücklich zu sein, um alle davon zu überzeugen, daß ich gesund bin. Mir ist keine verdrießliche Minute vergönnt, ohne daß mein Vater mir nicht sofort den nächsten Therapeuten vorschlägt oder Pamela mich zu einem Tapetenwechsel überreden will. Deshalb sind wir überhaupt in Prag, weißt du.« Sie hielt inne. »Und du hast auch keine Vorstellung, zu wie vielen Seelenklempnern man mich geschleppt hat; ich habe sämtliche Psychiater in der Harley Street kennengelernt.« Sie versuchte sich ein Lächeln abzuringen. »Du ahnst nicht, wie das ist. Sie wollen, daß man sich an alles mögliche erinnert, ihnen von Traumata erzählt, die man nie gehabt hat, und von Komplexen, die man sich nie erträumt hätte. Und das Erschreckende daran ist, daß dir diese Dinge dann tatsächlich in den Sinn kommen. Die ganze Aufmerksamkeit weckt in dir den Verdacht, daß an alldem tatsächlich etwas dran sein könnte. Du beginnst an dir und deiner Wahrnehmung zu zweifeln. Du fängst tatsächlich an, dich an Alpträume aus deiner Kindheit zu erinnern.« Sie zündete sich eine weitere Zigarette an und nahm einen tiefen Zug. »Und weil ich dachte, es wäre besser, offen zu den Ärzten zu sein – schließlich sind sie diejenigen, die man überzeugen muß –, habe ich ihnen meine gesamte Kindheit erzählt, jede kleinste Kleinigkeit. Nur von Sarah natürlich nicht. Ich hätte ihnen ja wohl kaum von ihr, von ihr und mir, erzählen können.«

Ich sah, daß ihre Finger zitterten, als sie die Kaffeetasse an ihre Lippen hob. »Was hast du ihnen dann erzählt?« fragte ich.

»Alles mögliche.«

»Sag mir ein Beispiel.«

»Na gut.« Sie dachte nach. »Nun, als ich neun oder zehn war, hatte ich einen Alptraum von einer Hexe, die im Schrank meines Schlafzimmers wohnte. Eine boshafte Hexe, die Menschen in Stein verwandelte, wie in dieser Kindergeschichte. Erinnerst du dich daran?«

Ich nickte.

»Also, in diesem Traum ist die Hexe stets im Begriff, mich in Stein zu verwandeln, und ich renne immer vor ihr davon, ich renne und renne durch Wälder und Felder und … du kannst es dir vorstellen.« Sie lächelte. »Ich habe verzweifelt meinen Vater gesucht, damit er mich rettet. Und ich bin stets aufgewacht, wenn die Hexe mich gerade erwischt hatte. Papa kam nie.«

»Das hast du den Ärzten erzählt?«

Sie nickte.

»Und was haben sie gesagt?«

»Na ja, du darfst nicht vergessen, daß diese Seelenklempner nicht dafür bezahlt werden, dir zu sagen, daß du *gesund* bist.«

»Was haben sie denn aus deinem Traum herausgelesen?«

»Ach, das Übliche: Mutter verloren, Angst vor der Stiefmutter, braucht den Vater. Sie erklärten mir, ich sei auf Papa wütend gewesen, weil er Pamela geheiratet habe – was zufällig ganz und gar nicht der Wahrheit entspricht –, und wollten mir was von Elektra-Komplex erzählen und den Gefahren einer unterdrückten Trauer um einen Elternteil, woraus Autoaggression oder Gewalttätigkeit als eine Art Suche um Aufmerksamkeit erwachsen könnten. Es war ziemlich lächerlich.«

»Erzähl weiter«, sagte ich.

»Ich habe Papa also erklärt, daß ich keine Ärzte mehr sehen wollte, da sie mir alle möglichen üblen Dinge einzureden versuchten. Ach, du hast keine Ahnung, wie stabil man sein muß, um unbeschadet aus der Sitzung mit einem wirklich angesehenen Psychiater herauszukommen. Und Papa ist hingegangen und hat diesem Therapeuten, dem ich meinen Traum erzählt hatte, die Meinung gesagt. Er wurde richtig wütend, stürmte in Dr. Jeffersons Praxis und verlangte eine Erklärung, womit er natürlich genau das tat, was dieser Idiot wollte. Jetzt befand ich mich angeblich im Stadium der Verleugnung, verstehst du. Hätte ich jedesmal, wenn einer dieser Kurpfuscher, die mich nicht von einem Stück Seife unterscheiden können, mir erklärte, ich müsse ›mich meinen Problemen stellen‹, ein Pfund abkassiert, wäre ich reicher als mein Vater.«

Sie schwieg, und wieder standen ihr die Tränen in den Augen. »O mein Gott, Jamie. Was habe ich nur *getan?* Was habe ich bloß getan?« Sie streckte die Hand nach mir aus.

»Ruhig«, flüsterte ich und stand auf, um sie in den Arm zu nehmen. »Es wird alles wieder gut werden.«

»Wird es das?«

»Ja.«

»Ich kann dir gar nicht sagen, wie sehr ich mich danach gesehnt habe, das zu hören. Oder wie sehr ich dich vermißt habe.«

Schweigend klammerte sie sich an mich. Ich hielt sie fest, bis ihre Tränen versiegten.

»Und jetzt erzähl mir, warum du gestern deinen Eltern davongelaufen bist«, fing ich an, als wir uns wieder voneinander gelöst hatten.

»Das ist der letzte Teil der Geschichte«, sagte sie und kramte wieder in ihrer Tasche. Etliche halb gerauchte Zigaretten füllten den Aschenbecher zwischen uns, und die Schachtel, die sie hervorholte, war leer. Ella schien überrascht, und verärgert zerknüllte sie die Packung. »Nach dem großen Knall bei Dr. Jefferson schlug Pamela wieder einen ihrer ›Tapetenwechsel‹ vor«, sagte sie schließlich. »London war im Prinzip kein Ort für die Kranke. Für die Zeitungen war das alles ein gefundenes Fressen, wie du dir vorstellen kannst. Apropos, da fällt mir was ein. Schau dir das an.« Sie holte eine Boulevardzeitung hervor und zeigte mir die betreffende Seite. In der Mitte war ein großes Photo von ihr, das auf einer Party aufgenommen worden war. Sie stand allein auf einer Treppe und war sehr blaß. »Weiß der Himmel, wo sie das herhaben«, sagte sie. »Lies, was da steht.«

Ich nahm ihr die Zeitung aus der Hand und überflog das darin abgehandelte Melodrama voller Widerwillen.

Es schien, als hätte sie alles, was das Leben zu bieten hat, fing es in abgedroschenem Journalistenjargon an, *aber über Ella Harcourt, 24, Erbin eines der prächtigsten Schlösser unseres Landes, dräut eine finstere Familiengeschichte. Jung, schön, intelligent, ist sie der gefeierte Star Londons … aber wie viele Jahre bleiben ihr noch, ehe sie dem tragischen Fluch der Harcourts zum Opfer fällt?*

Stammbaum ... Seite 2
Psychologischer Kommentar ... Seite 15–17

»*Das* ist der Grund, weshalb sie dachten, ein Tapetenwechsel täte mir gut«, bemerkte Ella trocken. »Aber sie wollten mich nicht allein fahren lassen – seit das alles angefangen hatte, durfte ich überhaupt nicht mehr allein sein –, und deshalb sind sie mitgekommen. Ich habe mich deinetwegen für Prag entschieden.«

Ein Freudenschauer überlief mich, als sie das sagte.

»Aber warum bist du weggelaufen?« fragte ich.

Sie schwieg eine Weile. »Vermutlich dachte ich, schlimmer könnte es nicht werden. Wir sind uns bei der Mocsáry-Ausstellung in die Haare geraten, und Papa sagte irgendwas ... über meinen ›Zustand‹. Da habe ich bei mir gedacht: ›Na ja, wenn sie sowieso schon davon überzeugt sind, daß ich verrückt bin und nichts daran etwas ändern kann, dann kann ich mir auch einen Abend in Freiheit genehmigen.‹« Sie schwieg kurz. »Kannst du dir vorstellen, wie wundervoll es ist, allein zu sein, wenn man zwei Monate lang ständig bewacht wurde, Tag und Nacht?« Sie sah mich an. »Oh, ich weiß, daß es nicht richtig war«, fuhr sie rasch fort. »Aber ich war wütend und hatte es satt, ewig mit Samthandschuhen angefaßt zu werden. Kannst du das verstehen?«

Ich nickte.

»Aber du kannst nicht immer davonlaufen«, sagte ich entschlossen.

Sie schwieg einen Moment. »Du meinst doch nicht etwa, ich soll es ihnen *erzählen,* oder? Die ganze Geschichte mit Sarah und Charles und ... alles, was ich getan habe. Wenn sie die Wahrheit wüßten, würden sie mich erst recht für verrückt halten.«

Das leuchtete mir ein. »Nein, das meine ich nicht«, entgegnete ich nachdenklich. »Aber als ich sie vor ein paar Stunden verlassen habe, waren sie krank vor Sorge. Du mußt zu ihnen gehen und sie wissen lassen, daß du wohlauf bist. Und ich denke, du solltest dir dazu ein paar von Herzen kommende Worte der Entschuldigung einfallen lassen.«

Sie senkte den Kopf. »Du hast recht«, erwiderte sie.

»Dann laß uns gehen und es hinter uns bringen.«

Und wir standen auf, zahlten und verließen das Café. Als wir in die Menge auf dem Wenzelsplatz eintauchten, schob Ella ihre Hand in meine. »Danke, Jamie.«

Und sie küßte mich.

Es Sünde zu nennen ist ein hartes Urteil. Aber ich schrecke nicht mehr davor zurück. Ich weiß, daß Ella gesündigt hat, indem sie Sarah Charles wegnahm. Ich denke, daß ich vielleicht auch gesündigt habe, indem ich ihr Geständnis für mich allein haben wollte. Mir allein sollte sie vertrauen. Ich unterließ es, ihr zu raten, die Wahrheit zu sagen, zuzugeben, was sie getan hatte. Ich wies sie nicht auf die Gefahren des Betrugs hin; ich kannte sie damals selbst noch nicht. Doch heute weiß ich, daß Lügen wie die Gitterstäbe eines Käfigs sind, die sich allmählich verfestigen und nach einer gewissen Zeit keinen Ausweg mehr zulassen.

Die Kardinalsünde Ellas, Sarah Charles weggenommen zu haben, beeinflußte von da an die weiteren Ereignisse ihres Lebens – unser aller Leben. Und in ihrer Schwäche, die zum Teil auch meine Schwäche war, vertuschte sie ihre Sünde mit Lügen: Lügen gegenüber Charlie; gegenüber ihren Eltern; vielleicht auch gegenüber sich selbst. Sie gab nicht zu, was sie getan hatte, und suchte auch keine Vergebung dafür. Und als die Wahrheit schließlich ans Licht kam, war es zu spät; zu spät, um einen von uns zu retten. So sehe ich es jedenfalls jetzt; und ich weiß, daß ich resignieren muß, denn es hat keinen Sinn, längst Vergangenem den Kampf anzusagen; meine einzige Hoffnung besteht darin, die Vergangenheit zu verstehen, nicht sie zu verändern. Und wenn allein dies mir gelänge, wäre ich schon dankbar; dankbarer sogar, als ich Sarah war. Und diese Dankbarkeit könnte mir Frieden schenken; sie könnte mir Ruhe gewähren. Und das, denke ich, ist alles, was ich mir noch wünschen kann.

Kapitel 18

Die Mocsáry-Auktion war für den folgenden Montag anberaumt, und über das Wochenende waren die Schauräume des Auktionshauses zum Bersten voll mit Käufern und der Sorte Menschen, die sich kleiden, als gehörten sie dazu. Die Besucher, die nur gekommen waren, um sich die Sammlung anzusehen, wurden jetzt weniger, anstelle ihrer Freizeitkleidung traf man jetzt auf die eleganten Anzüge und die machtverheißenden Krawatten der wahrhaft Kaufkräftigen. Jeder Tag brachte neue telefonisch abgegebene Gebote; und in den seriösen Zeitungen erschienen lange Artikel darüber, daß die Kunstwerke der Nation erhalten werden müßten. Auch die weniger seriösen Zeitungen berichteten über die Ausstellung – besser gesagt, über Garderobe und Liebesleben gefeierter Persönlichkeiten unter den Besuchern –, und Herr Tomin mußte binnen kürzester Zeit im hinteren Teil des Auktionssaals einen Pressestand einrichten.

Dies und die Tatsache, daß Prinzessin Amelia sich bei ihrem zweiten Besuch noch an seinen Namen erinnerte, machte seine Großtuerei unerträglich. In immer auffälligeren Jacketts tauchte er jeden Tag lächelnd auf und erzählte den von ihm favorisierten Kunden unter Scheingeflüster, daß die im Katalog genannten Schätzungen wirklich sehr konservativ seien. Eric und ich folgten ihm in diskretem Abstand, lauschten fasziniert seinem Geschwätz und verabscheuten ihn, obwohl wir zugeben mußten, daß er Eindruck machte. Gewiefte Sammler aus Westeuropa und den Vereinigten Staaten entspannten sich unter seinen Schmeicheleien; prominente Mitglieder der europäischen Aristokratie folgten dem Beispiel der rosenwangigen, perlenbehängten Prinzessin Amelia und überboten sich gegenseitig in ihrem Entzücken; das Besucherbuch der Galerie wurde von den Käufern eifrig weitergereicht, die ängstlich darauf bedacht waren, ihre Anwesenheit bei diesem von ihnen selbst dazu ernannten historischen Ereignis zu dokumentieren.

Ja, Herr Tomin machte seine Arbeit gut. Selbst aus der Distanz von fünfzig Jahren kann ich nur bewundern, wie er seinem Ruf höchsten Glanz verlieh; wie er die Begüterten Europas davon überzeugte, daß der Name Madame Mocsáry es verdiente, in ihn zu investieren, und die Landsleute zu Hause, daß man ihn verehren mußte. Von solchen Männern werden große Künstler gemacht.

Erics Mutter reiste am Tag vor der Auktion an. Sie war eine große, würdevolle Frau mit zartem Körperbau und wunderschönen Händen. Ich weiß noch, wie ich ihr das erste Mal begegnete; ich erinnere mich an die natürliche Eleganz ihres Ausdrucks und ihrer Kleidung; das Silber ihres langen Haars; den Glanz ihrer dunklen ernsten Augen. Sie muß so alt gewesen sein wie meine Eltern, oder auch älter, aber ihre Bewegungen hatten die Geschmeidigkeit der Jugend; und ihr Gesicht wies nur dann Falten auf, wenn sie lächelte. Ich sehe ihr Lächeln jetzt vor mir und erinnere mich, daß es auch Erics Lächeln war; daß die Gesichter von Mutter und Sohn aufleuchteten, wenn sie lächelten, daß ihr Lachen sich wie Hall und Widerhall zu einem wunderbaren Zusammenklang fügte. Selbst heute noch höre ich die beiden in meinen Träumen manchmal lachen.

In Prag traf ich Erics Mutter nur zweimal: am Nachmittag der Auktion und am Abend davor, an ihrem ersten Tag in der Stadt, als sie mich und ihren Sohn zum Abendessen ins Czardas ausführte, eines der neuen Nobelrestaurants, die seit der Revolution aus dem Boden geschossen waren. Es erstreckte sich über die unteren beiden Stockwerke eines alten Palasts in der Mála Strana, war sowohl von der französischen als auch der amerikanischen Botschaft rasch zu Fuß zu erreichen und wurde fast ausschließlich von Ausländern besucht. Infolgedessen waren die Preise exorbitant, der Service untadelig und die Atmosphäre nicht weiter bemerkenswert. Ich fand es eine merkwürdige Wahl, bis ich erfuhr, daß es auf Herrn Tomins besondere Empfehlung hin ausgesucht worden war.

Louise de Vaugirard saß auf einem der unbequemen modernen Stühle des Restaurants, als wir eintrafen, eine elegante Gestalt in einem langen schwarzen Strickkleid, das sich um ihre schmalen Hüften schmiegte. Sie trug keinen Schmuck außer einem silbernen Kreuz an einer dünnen Silberkette; und als sie aufstand, wußte ich, wer sie war, noch ehe Eric sie auf beide Wangen geküßt hatte.

»*Maman, je te présente mon ami* James Farrell«, sagte er.

»Aber wir brauchen uns nicht auf französisch zu unterhalten«, sagte sie in fast akzentfreiem Englisch. »Die Engländer haben doch für Fremdsprachen nicht viel übrig, oder?«

Ich errötete und sagte unbeholfen, daß ich Französisch eine wunderbare Sprache fände.

Sie wandte sich an Eric. »Er ist wirklich genauso charmant, wie du gesagt hast.« Sie wandte sich mir wieder zu und reichte mir die Hand. »Es freut mich, Sie endlich kennenzulernen, Monsieur Farrell. Mein Sohn spricht nur in den höchsten Tönen von Ihnen. Und mein Mann und ich sind Ihnen zutiefst dankbar für alles, was Sie für die Familie hier in Prag getan haben. Ich wünschte nur, Erics Vater wäre auch hier, um Ihnen danken zu können, aber leider ist er geschäftlich unabkömmlich.«

Wir setzten uns; das Essen wurde bestellt und bald auf Goldrandtellern serviert. In der Gesellschaft seiner Mutter war Eric zuvorkommend und ehrerbietig und ein wenig nervös. Obwohl sie einander zweifellos sehr nahestanden, schien dieser Nähe eine gewisse Befangenheit anzuhaften, da sie eher auf einer Geistesverwandtschaft als auf gefühlsmäßiger Vertrautheit beruhte. Jedenfalls war Eric im Umgang mit seiner Mutter nicht so unbeschwert wie mit mir, und er verhielt sich in ihrer Gesellschaft auch mir gegenüber anders als sonst. Er beobachtete mehr und redete weniger; und es war anrührend, sein auf vielfache Weise ausgedrücktes Verlangen zu sehen, sie und ich möchten uns verstehen. Also bestritten Madame de Vaugirard und ich den Großteil der Unterhaltung – wir redeten über meine Kindheit, meine Musik, meine Zeit in Prag mit ihrem Sohn –, während Eric fast nur sprach, wenn er dazu aufgefordert wurde.

Ich mochte Louise de Vaugirard. Ich genoß ihren natürlichen, nicht berechnenden Charme, ihre präzisen Formulierungen, die Ironie ihrer Beobachtungen. Nur das Kruzifix, das sie trug, lenkte meine Aufmerksamkeit hin und wieder ab. Es war außergewöhnlich: klein, fein gearbeitet, schön. Aber auf dem Gesicht seines Christus war der Ausdruck menschlicher Qual so überzeugend eingefangen, daß man es nur mit Unbehagen anschaute, und das faszinierte mich. Wieder und wieder kehrten meine Augen zum Kruzifix zurück; und da meine Gastgeberin es bemerkte, bot sie mir an, es näher zu betrachten.

Ich nickte lächelnd.

»Das Kreuz ist mit einer interessanten Geschichte verknüpft«, sagte sie, indem sie den Verschluß der Silberkette öffnete und sie mir reichte.

»Oh, tatsächlich?«

»Ja. Eine Vorfahrin meines Ehemannes hat es als Belohnung bekommen.«

Ich sah, wie Eric leicht die Stirn runzelte und gegen seine Entrüstung ankämpfte. »Womit hat sie sich das verdient?« erkundigte ich mich.

»Sie war Spionin beim Wiener Kongreß«, erwiderte Louise de Vaugirard lächelnd. »Sie bediente sich ihrer weiblichen List, um an die Geheimnisse der ausländischen Unterhändler zu kommen, und ihr Lohn dafür war unter anderem dieses Kreuz. Sie war eine große Dame. Sie hieß Louise, wie ich.«

»Sie war eine Hure, *Maman*«, zischte Eric, »das weißt du genau.«

Gespenstisches Schweigen breitete sich aus.

Louise ließ sich durch nichts anmerken, daß sie die Worte ihres Sohnes vernommen hatte. Ruhig nahm sie die Kette von mir entgegen und hängte sich das Kreuz wieder um den Hals. Dann sagte sie beherrscht: »Ich möchte dich nie wieder so zu mir sprechen hören, Eric. Habe ich mich klar ausgedrückt?« und wandte sich wieder dem Essen zu. Ihr Besteck erklang einen Augenblick lang unnatürlich laut; dann bekam sie es unter Kontrolle. Sie nahm die Konversation mit mir wieder auf und lachte und lächelte dabei, als wäre nichts geschehen.

Eric sprach für den Rest der Mahlzeit kein Wort; und die Stunde angestrengter Rede und Gegenrede mit seiner Mutter, die auf das Schweigen ihres Sohnes nicht einging, wurde mir sehr lang. Als unsere Dessertteller und Kaffeetassen abgeräumt waren und der Kellner die Rechnung brachte, zeigte Eric noch immer keine Anzeichen, etwas tun oder sagen zu wollen. So dankte ich also Madame de Vaugirard ein wenig unbeholfen für das schöne Abendessen, und sie erhob sich.

»Es war mir eine Freude, Sie endlich kennengelernt zu haben, James.« Im Verlauf des Abends hatte sie sich sehr gewandt erbeten, mich beim Vornamen nennen zu dürfen. »Ich freue mich, Sie morgen nachmittag auf der Auktion zu sehen.«

»Ganz meinerseits«, sagte ich und meinte es auch so.

Jetzt stand Eric vom Tisch auf und küßte seine Mutter auf beide Wangen. Dann, ohne ein weiteres Wort, drehte er sich um und ging hinaus. Ich schüttelte Louise de Vaugirard die Hand, und sie lächelte mich dabei wieder an, als wäre nichts geschehen. Nachdem wir das Restaurant verlassen hatten, gingen Eric und ich schweigend nebeneinander her, und mein Freund gab einige Minuten lang ein schnelles Tempo vor. Wir liefen am Fluß entlang, steuerten auf die Karlsbrücke und die Trambahn zu, die uns nach Hause bringen würde, und unser Atem verwandelte sich in der eisigen Luft des herannahenden Winters in kleine Wölkchen. Wir ließen Häuserblock um Häuserblock und eine kopfsteingepflasterte Straßenzeile nach der anderen hinter uns; die Scheinwerfer, die das Schloß auf dem Hügel anstrahlten, gingen aus, und ich überlegte, daß es Mitternacht sein mußte. Noch immer sagte Eric kein Wort; und da es auch nicht den Anschein hatte, daß sich das ändern würde, fragte ich ihn schließlich, was los sei.

»Zerbrich dir nicht den Kopf darüber, James«, sagte er, und in seiner Stimme lag ein unheilverkündender Ton, den ich bisher noch nie vernommen hatte.

Wir gingen schweigend weiter. »Ich denke, du könntest es mir schon sagen«, versuchte ich es dann erneut und setzte alles daran, die in mir aufsteigende Woge der Entrüstung zu bekämpfen. »Findest du nicht, daß du mir eine Erklärung schuldest?« Weiteres Schweigen folgte, einzig und allein von den raschen, regelmäßigen Schritten Erics auf dem harten Pflaster und dem Rauschen des Flusses unterbrochen. »Kannst du dir denn überhaupt nicht vorstellen, wie peinlich das vorhin für mich war?« fragte ich schließlich ärgerlich.

Mein Freund wandte sich mir zu, seine Augen blitzten. »Dann war es also meine Schuld?« explodierte er. »Die Scheinheiligkeit meiner Mutter trägt ihr nichts als Lob ein.

Und ich, der ich versuche, ihr den Wind aus den Segeln zu nehmen, der ich versuche, aufrichtig zu sein, bin dann derjenige, der sich Vorwürfe anhören muß. Selbst von dir.«

Ich war ratlos. »Ich verstehe nicht, wieso die Art und Weise, auf die deine Vorfahren an Staatsgeheimnisse kamen, deine Aufrichtigkeit auf die Probe stellt. Und was meinst du mit der Scheinheiligkeit deiner Mutter? Du drückst dich recht unklar aus.«

»Meine Mutter gibt vor, eine gute Katholikin zu sein«, erwiderte er knapp. »Unentwegt redet sie vom Sakrament der Ehe, welche Sexualität erlaubt und welche verwerflich ist. Aber die Prostitution heißt sie gut, sofern sie dem Ruhm Frankreichs dient.«

Beunruhigt merkte ich, daß seine Stimme zitterte. Mir war beklommen zumute; meine Entrüstung war verflogen. Ich schwieg. Eric spürte mein Unbehagen.

»Zerbrich dir nicht den Kopf darüber, James«, wiederholte er. »Du wirst es doch nicht verstehen.« Er beschleunigte seine Schritte. Das Schweigen war spannungsgeladen, und ich wartete darauf, daß die Spannung sich entlud. Als Eric wieder sprach, stieß er seine Worte schnell, beinah heiser hervor. »Du wirst es nie verstehen, James. Du wirst nie verstehen, was ich meine, weil du die Sicherheit deines hübschen, gemütlichen Schneckenhauses nie verlassen wirst. Du wirst nie den Boden unter den Füßen verlieren, weder allein noch gemeinsam mit anderen.«

Gekränkt und verstört wollte ich mich verteidigen, mich rechtfertigen; einen Moment lang war ich sogar wieder wütend. Und vielleicht hätte ich auch etwas gesagt, wenn wir nicht die Trambahn auf unsere Haltestelle hätten zurattern sehen und losgerannt wären, um sie noch zu erwischen. Schweigend fuhren wir nach Hause, und wir legten uns schlafen, ohne ein weiteres Wort miteinander gewechselt zu haben.

Der nächste Tag, der Tag der Auktion, war wolkenverhangen und regnerisch. Eric und ich kamen um fünf Uhr nachmittags, eine Stunde vor Beginn der Versteigerung, im Auktionshaus an und redeten noch immer nicht miteinander. Wir trafen Erics Mutter, die sich bereits der Obhut des strahlenden Herrn Tomin anvertraut hatte und auf einem Platz in der ersten Reihe saß. Ihr Stuhl und die beiden Stühle links und rechts neben ihr, auf die sie deutete, waren mit großen Schildern versehen, auf die jemand gewissenhaft und wie gestochen RÉSERVÉ geschrieben hatte. Nichts an ihrem Verhalten zeugte von Unbehagen, und es war, als hätte es die Spannung vom Vorabend nie gegeben.

»Lieber James«, sagte sie, nachdem sie und Eric ihre üblichen Wangenküsse ausgetauscht hatten, »Monsieur Tomin scheint der Meinung zu sein, daß der Verkauf ein großer Erfolg wird. Meine Familie ist Ihnen zu großem Dank verpflichtet.«

»Das ist wirklich nicht der Rede wert.«

»Und ehe es losgeht und alles – wie sagt man? – zu hektisch wird«, fuhr sie mit einem Lächeln fort, »möchte ich Ihnen gern ein kleines Geschenk machen.« Sie nahm das Kreuz von ihrem Hals und legte es mir in die Hand, die sie darüber schloß. »Sie haben es gestern abend bewundert. Ich möchte, daß Sie es behalten. Christus hat die vielen Generationen behütet, die es getragen haben.«

Ich war mir bewußt, daß Erics Augen auf mir ruhten, und wußte nicht, was ich sagen sollte, und so stammelte ich etwas davon, daß ich es unmöglich annehmen könnte …

»Aber ich bestehe darauf«, sagte sie. »Sie sind der Freund meines Sohnes und deshalb auch der meine. Wenn Eric es unpassend findet, daß ich es trage, dann möchte ich, daß Sie es bekommen.« Und mit einer Miene, die einer Segnung gleichkam, ergriff sie meine linke Hand und Erics rechte und drückte sie fest in den ihren. »Und jetzt«, sagte sie zu Herrn Tomin, der auf ihr Zeichen wartete, »sind wir bereit.«

Er gab einem Lakaien ein Signal, der steif auf die Flügeltür des Auktionsraums zuging und sie mit großer Geste aufstieß. Eine Menschenmenge strömte herein, darunter Prinzessin Amelia, die sich aufgeregt plaudernd ihren Weg zu den Reihen der vergoldeten, samtbezogenen Stühle bahnte. Nach und nach füllten sich die Plätze; und als der Auktionator das Podium bestieg und seine Eröffnungsworte sprach, die Menge ihr Gemurmel einstellte und die Tür sich schloß, huschte eine Gestalt mit kurzen glänzenden blonden Haaren und aufgeregten grünen Augen herein. Ella schlüpfte auf einen Platz in der letzten Reihe; Eric sah, wie ich ihr einen Blick zuwarf, seine Mutter lächelte beifällig, als ich das Kreuz in meine Tasche steckte, und die Auktion begann.

Die Gebote kamen zögerlich, das Publikum ließ sich anfangs von der Animation des Auktionators nicht mitreißen. Einige weniger prestigeträchtige Objekte gingen unter dem Eröffnungspreis weg: ein Tisch; ein bißchen Porzellan; ein Sekretär, der in Madame Mocsárys Diele gestanden hatte. Als ich die Möbel, die uns so vertraut geworden waren, Stück für Stück unter den Hammer kommen sah, dachte ich voller Wehmut an die Wochen, die ich in dieser so individuell gestalteten Wohnung verbracht hatte, und mein Groll wich sanften Gefühlen für den Menschen, mit dem ich sie geteilt hatte. Ich sah Eric an seiner Mutter vorbei an und lächelte ihm zu. Seine Augen begegneten mir, und nach kurzem Zögern lächelte er zurück.

Nach der Auktion kam Ella zu mir und nahm meine Hand.

»Du warst neulich so lieb zu mir«, sagte sie. »Ich weiß nicht, was ich ohne dich getan hätte.«

»Wie ist es denn jetzt mit deinen Eltern?« erkundigte ich mich.

»Besser. Aber das muß die letzte meiner kleinen Eskapaden gewesen sein. Von jetzt an ist nur noch Vernunft angesagt.« Sie blickte zu mir hoch und lächelte.

»Sind sie auch hier?« Angesichts der nicht länger illegitimen Beziehung zwischen ihrer Tochter und mir wäre ich Alexander und Pamela Harcourt gern begegnet.

»Nein«, erwiderte sie. »Du wirst es nicht glauben, aber ich habe ihnen damit gedroht wegzulaufen, wenn ich nie einen Augenblick für mich allein sein könne. Und da haben sie mich freiwillig gehenlassen.«

Ich sehe noch immer ihre glänzenden, zu mir aufschauenden Augen, spüre die kleine Hand und ihren festen Griff. »Wie mutig von ihnen«, grinste ich.

Sie knuffte mich spielerisch. »Jetzt werde nicht frech, oder ich werde dir nicht sagen, was ich dich eigentlich fragen wollte.«

»Und das wäre?«

»Also ...« Sie lächelte. »Papa und Pamela müssen übermorgen nach London zurück, aber sie wollen mich aus einleuchtenden Gründen nicht mitnehmen. Der Wirbel zu Hause hat sich noch nicht gelegt, weißt du. Die Welt braucht wohl, was ihr zusteht. Wie hat Oscar Wilde noch mal gesagt? Daß es nur eines gibt, was schlimmer ist, als ins Gerede zu kommen, nämlich *nicht* ins Gerede zu kommen.«

»Ja, so ähnlich«, sagte ich lächelnd, weil mich ihre gute Laune freute.

»Nun, ich habe mich entschlossen, die Dinge so zu sehen.« Sie griff in ihre Tasche, um eine Zigarette hervorzuholen. »Aber worum es mir eigentlich geht ...«

»Ja?«

»Schau mich nicht so durchtrieben an, Jamie.«

»Du bist jetzt eine freie Frau.« Ich beugte mich zu ihr hinunter und flüsterte ihr ins Ohr: »Ich möchte Ansprüche auf dich geltend machen.«

Sie legte ihre Arme um meine Taille. »Warum kommst du dann nicht mit und verbringst die paar Wochen bis Weihnachten mit mir? Papa und Pamela möchten nicht, daß ich allein bin. Und wir haben ein hübsches Häuschen in Frankreich, das ich dir gerne zeigen möchte.«

»Nichts lieber als das«, erwiderte ich schlicht, doch dann mußte ich an Eric und unseren Streit denken. Ich wollte ihn nicht verlassen, ohne die Mißstimmung bereinigt zu haben, aber ich vermutete, daß es noch ein paar Tage dauern würde, bis sich seine Laune gebessert hätte. »Aber ich glaube nicht, daß ich Eric so Hals über Kopf verlassen kann.«

In diesem Augenblick trat er zu uns. »Ella«, sagte er hölzern, »wie schön, dich zu sehen.« Und er küßte sie auf beide Wangen.

»Genau dich wollte ich sprechen«, sagte sie. »Mein Vater und meine Stiefmutter kehren bald wieder nach London zurück und stellen mir unser Haus in Frankreich zur Verfügung. Ich möchte, daß ihr beide, du und James, mit mir kommt und dort die Zeit bis Weihnachten verbringt.« Als sie dies sagte, lächelte sie mich an, und ich hätte sie dafür umarmen mögen, daß sie meinen Freund in die Einladung mit einbezog.

»Das wäre schön«, erwiderte Eric in derart höflichem Ton, daß ich nicht hätte sagen können, ob seine Worte aufrichtig gemeint waren. »Aber ich fürchte, ich kann nicht.«

»Aber du mußt«, fuhr sie fort. »James hat gesagt, wenn du nicht mitkommst, würde er auch nicht kommen, und ihr könnt mich doch nicht in irgendeinem gottverlassenen Haus irgendwo in der Wildnis allein lassen.«

Eric sah mich an; ich sah Ella an; dann sah ich ihn an. Fest, beinahe herausfordernd erwiderte er meinen Blick. Ich dachte, er sei noch immer verärgert wegen des vergangenen

Abends. Und weil ich ihm zeigen wollte, daß ich alles vergeben und vergessen hatte, legte ich ihm den Arm um die Schultern. »Ich habe mich so daran gewöhnt, dich um mich zu haben«, sagte ich lächelnd. »Du mußt mitkommen.« Er sah mich noch immer unverwandt an.

»Gib dir einen Ruck, Eric«, sagte Ella.

»Ja, los«, stimmte ich ein.

Es entstand ein Augenblick des Schweigens, in dem – hätten wir es doch alle nur gewußt – unser aller Schicksal in der Schwebe hing.

»Na gut«, sagte er schließlich. »Ich werde mitkommen.«

Kapitel 19

Weil Ella und ihre Eltern Prag schon ein paar Tage vor uns verlassen hatten, reisten Eric und ich allein nach Frankreich, nachdem wir uns noch von den Menschen und Orten verabschiedet hatten, die keiner von uns je vergessen würde. Im Café Florian lauschten wir traurig den Erinnerungen der betrunkenen Gäste und ihren lauten Debatten, die, wie wir wußten, fortgesetzt würden, ob wir nun blieben oder nicht. Wir hatten Blanca zum Tee eingeladen und ihr für alles gedankt, was sie für uns getan hatte, und an unserem letzten Nachmittag, als wir die Schlüssel zu Madame Mocsárys nunmehr leerer Wohnung übergaben, trafen wir Herrn Kierczinsky in dessen erlesen ausgestatteter Kanzlei zu einem Kaffee.

In den letzten Stunden, die mir noch blieben, nahm ich Abschied von Eduard Mendl, der mich mit einem Stück »Glücksharz« auf den Weg schickte, das ich noch heute besitze.

»Es hat mir Freude gemacht, dich zu unterrichten«, erklärte er mir feierlich, als wir uns trennten. »Und das sage ich nicht zu allen meinen Schülern. Mit entsprechender Hingabe kannst du es weit bringen.« Und als ich meine Geige in ihren Koffer legte, sagte er mir, er habe auch meine Konzerte mit Eric genossen. »Sie lassen mich für euch beide hoffen«, sagte er. »Und als alter Musiker, der ich bin, freue ich mich über den Rapport, in dem ihr miteinander steht.«

Ich dankte ihm warmherzig.

»Gott segne dich, James«, sagte er, als wir einander die Hand gaben.

Ich verließ seine herrlichen Räume mit dem Klang seiner Lobesworte im Ohr und dachte voller Aufregung an die Reise, an die gepackten Taschen und den schon gebuchten Schlafwagen, an Ella, die in Frankreich auf mich wartete. Ich erinnere mich, wie ich das Konservatorium verließ; erinnere mich, im kalten Sonnenlicht eines frühen Wintertags die Stufen hinabgesprungen zu sein. Ich war glücklich und beschwingt, sprudelte über vor Ehrgeiz, war voll eitler Hoffnung und großartiger Pläne … Aber was nützt das jetzt alles? Was versuche ich damit zu beweisen? Zählt es so viel, daß ich zuletzt Demut gelernt habe?

Unsere letzten Tage in Prag waren schön. Weder Eric noch ich kamen je auf das Abendessen mit seiner Mutter oder den darauffolgenden Streit zu sprechen, und mir schien, daß er sich wie ich darum bemühte, beides zu vergessen. Die unbeschwerte Beziehung zwischen uns wurde wiederhergestellt, und unsere Reise nach Frankreich verlief fröhlich und glücklich, wir lachten und scherzten und tauschten unsere ersten tschechischen Anekdoten miteinander aus. Am frühen Morgen eines nebligen, wolkenverhangenen Tages erreichten wir die Grenze, und übermüdet brachten wir die Wartezeit auf einem eiskalten Bahnsteig hinter uns – die sich wegen einer nicht erklärten Verzögerung auf drei Stunden ausdehnte –, um dann in zwei aufeinanderfolgenden Bummelzügen weiterzufahren. Eric war für die Wahl der Route und der Anschlußverbindungen zuständig gewesen und hatte seine Aufgabe nicht gerade bravourös gemeistert, aber seine Gesellschaft war zu kurzweilig, als daß ich ihm lange hätte böse sein können (»Nur langweilige Leute kommen gut mit Zügen zurecht«, erklärte er mir), und so erreichten wir am späten Nachmittag unser Ziel, arg mitgenommen, aber in Hochstimmung.

Ella holte uns nicht vom Bahnhof ab. Statt dessen hatte sie

den Sohn des Verwalters mit einer Nachricht geschickt, die in ihrer mir im Laufe der Zeit so vertraut gewordenen eigenwilligen, braunen Schrift abgefaßt war.

Liebster James, schrieb sie,

wie Du bereits bemerkt haben wirst, ist es heute sehr kalt, und ich habe Weisung bekommen, mich weder der Fahrt noch dem Wetter auszusetzen. (Papa und Pamela haben den Dorfarzt in Alarmbereitschaft versetzt für den Fall, daß ich Dummheiten anstellen sollte. Er ist mehr als übervorsichtig.) Deshalb habe ich Jacques geschickt, um Euch abzuholen, und ich hoffe, daß es Dir nichts ausmacht. Denk daran, ihm ein Trinkgeld zu geben – in diesem Land ist es wichtig, daß man die Leute auf seiner Seite hat.

Ich kann es nicht erwarten, Dich zu sehen.
E.

Ich las diese Zeilen im Auto, als wir vom Bahnhof abfuhren, und hörte abwesend zu, wenn Eric und Jacques hin und wieder ein paar Sätze in höflichem Französisch wechselten. Die Landschaft zog an uns vorüber, bis wir schließlich langsamer wurden und uns einem Paar verfallener Torpfosten näherten. Und als wir zwischen ihnen hindurchfuhren, malte ich mir mit freudiger Erregung aus, wie Ella bald in meinen Armen läge. Ich erinnere mich an meine damalige Aufregung, die Ungeduld meiner Erwartung, als wir uns auf der langen holprigen Einfahrt dem Haus näherten, einem alten verwitterten Gebäude mit morschen blauen Fensterläden. Es überraschte mich, daß ein solches Haus den Harcourts gehören sollte und daß sie es in einem derart baufälligen Zustand beließen. Die Pracht ihres Londoner Domizils hatte mich dazu verleitet, mir etwas Gediegeneres als dies hier auszumalen, etwas weniger Trostloses.

Ich erblickte Ella, als wir um die letzte Kurve der Einfahrt bogen. Sie erwartete uns auf der schmalen Treppe mit ihren rissigen Stufen, die zur Eingangstür hinaufführte, eine zerbrechliche Gestalt in hellblauem Kaschmir mit zerzaustem Haar und glühenden Wangen. Als ich sie sah, schoß mir vor Freude die Röte ins Gesicht, und ich warf einen Blick auf Eric, um zu sehen, ob auch er lächelte, doch er starrte unbewegt geradeaus. Aber als der Wagen anhielt, achtete ich nicht weiter auf seine zusammengepreßten Lippen oder die Anspannung in seinen Schultern, weil ich wohl davon ausging – sofern ich mir überhaupt etwas dabei dachte –, daß unsere lange Reise ihn ermüdet hatte. Meine Müdigkeit war wie verflogen. Sobald Jacques anhielt, sprang ich aus dem Auto, und Ella lag in meinen Armen, und ich umschlang sie und hob sie schwungvoll von den Stufen, und sie lachte und schmiegte sich an mich und umklammerte mich. Ich erinnere mich an die zarten Knochen ihres Nackens, ihre fein geschwungene Nase, ihr fliegendes Haar, als wir herumwirbelten. Selbst jetzt noch bringt der süße Schauder unserer Wiedervereinigung an jenem kalten Tag mein Herz zum Rasen. Und ich weiß mit einer Gewißheit, die durch nichts zu erschüttern ist, daß unsere Liebe nicht schlecht, daß ihr Ende nicht unausweichlich war, daß Erics und auch Sarahs Tod hätten vermieden werden können, wenn wir alle älter oder stärker oder klüger gewesen wären. Aber wir waren es nicht; und ich sehne mich jetzt nach dieser schönen, lächelnden jungen Frau und der Leidenschaft von damals, in der Zeit vor meiner Schuld.

Es birgt schon eine gewisse Ironie, daß die Tränen von heute abend und der ganzen Woche nicht meiner toten Frau gelten, sondern meiner vergangenen Liebe zu ihrer Cousine;

daß Sarahs blutüberströmter Körper mich weniger berührt als Ellas Geruch nach Zitrone, Seife und Zigaretten, den ich so lang vergessen hatte und an den ich mich heute wieder lebhaft erinnere. Während ich sie in der eisigen Luft umschlungen hielt, füllte ich meine Lungen mit ihrem Geruch. Sie lachte übermütig, als ich sie schließlich freigab, und schubste mich spielerisch weg, um Eric die Hand zu reichen und ihm ihre rosige Wange zu bieten.

»Laßt eure Taschen hier stehen«, sagte Ella lächelnd zu uns, als sie in die niedrige dunkle Diele voranging, die trotz der Blumen auf dem Tisch in ihrer Mitte trostlos wirkte. »Ihr solltet euch das Haus ansehen, bevor ihr auspackt.«

Und so besichtigten wir das Haus. Während ihrer Führung dachte ich, daß ihre Energie in diesen düsteren Korridoren und zugigen Räumen fehl am Platze wirkte. Das Klacken ihrer Absätze auf den Fliesen gehörte in eine unbeschwertere Umgebung als die trübe Atmosphäre zwischen den ungeliebten Wänden dieses verfallenden Hauses. Erinnerungen sind schon eigenartig. Nach Erics Tod bin ich nie dorthin zurückgekehrt, und das ist fast fünfzig Jahre her, aber jede Einzelheit von Les Varrèges – so hieß das Haus – ist mir noch immer ins Gedächtnis eingebrannt. Ich vermag die Muster seiner dikken Wände nachzuspüren, die Abfolge seiner wenigen großen Räume; ich kann mich an die Anzahl der Türen in seiner Diele mit der niedrigen Decke erinnern, an den muffigen Geruch längst verloschenen Holzfeuers und der staubigen Wandteppiche. Ich weiß noch, wie die hohen offenen Kamine aussahen, die pockennarbigen Balken, aus dem Holz von Kriegsschiffen früherer Zeiten geschlagen und jahrhundertelang durch Ruß geschwärzt; der Grundriß des Gästeflügels, ein Anbau aus dem neunzehnten Jahrhundert; die Anlage seiner Gärten.

»Wir haben nicht alle Zimmer hergerichtet«, erklärte Ella,

als sie uns durch einen gewölbten Korridor führte. »Es sind nur wir drei hier im Haus. Und natürlich Doktor Pétin, der hier wohnt.« Sie deutete auf eine Tür. »Jacques und Madame Clancy wohnen im Dorf, und es schien mir nicht nötig, für uns alles aufzuschließen und zu lüften.«

Ich folgte ihr, erfreute mich an der sanften Melodie ihrer Stimme.

»Den guten Doktor werdet ihr später kennenlernen«, fuhr sie fort. »Ich nehme an, er macht gerade einen seiner ausgedehnten Spaziergänge.« Während sie das sagte, blieb sie vor einer massiven Eichentür stehen. »Das hier ist euer Zimmer«, erklärte sie. »Ich dachte, ich bringe euch beide am besten irgendwo unter, wo es keine feuchten Wände gibt.« Und sie drückte die Türklinke nieder und führte Eric und mich in ein großes, luftiges Zimmer, das gemütlicher als die anderen war und auf den Garten hinaus führte. Starker Lavendelduft, gemischt mit dem Geruch von Holz und Feuer, umfing uns, und Ella verzog die Nase. »Madame Clancy ist eine erklärte Anhängerin parfümierter Schlafzimmer, wißt ihr«, erklärte sie, während sie auf eines der Schiebefenster zuging und es öffnete. »Aber wir werden diesen Gestank schon los, keine Sorge.«

Draußen war es kalt, und Nebel kroch über den dichten Eibenhain am Ende des Gartens. Es war ein Garten, der seine beste Zeit hinter sich hatte, eine ehemals strenge Anordnung von Kieswegen, gesäumt von beschnittenen Hecken und Bäumen, die sich unterdessen vom Joch menschlicher Herrschaft befreit hatten und wieder ihrer Natur folgten. Dieser Garten war geisterhaft; romantisch und verlockend wie alle verwilderten Anlagen.

»Wir benutzen das Haus eigentlich nicht mehr«, sagte Ella leise. »Es war der liebste Aufenthaltsort meiner Mutter, wißt ihr. Sie und mein Vater haben es gleich nach ihrer Hochzeit gekauft, und ich glaube, Pamela gefällt es nicht sonderlich.« Sie sah sich im Zimmer um. »Aber Papa würde es nie verkaufen«, fügte sie schließlich hinzu. »Er kümmert sich einfach nicht weiter darum und glaubt, der wöchentliche Besuch von Madame Clancy reiche aus, es in Schuß zu halten.«

»Magst du es denn?« fragte ich.

»Ich schon.« Unsere Blicke begegneten sich. »Aber mir gefällt nicht, daß es so herunterkommt. Und um diese Jahreszeit ist es furchtbar düster.«

Ich nickte.

Ella lächelte mir und Eric zu. »Deshalb bin ich auch froh, daß ihr beide hier seid«, sagte sie leichthin. »Ihr könnt euch von eurer harten Arbeit in Prag erholen, und wir können einander Gesellschaft leisten.«

Ich nickte und sah meinen Freund an, aber er hatte sich abgewandt und schaute aus dem Fenster in den weitläufigen Garten. Während Ella munter von Handtüchern und Badezimmern schwatzte, fiel mir die Anspannung seiner Schultern auf, die ich jedoch wieder der Müdigkeit zuschrieb, als mir einfiel, wie wenig wir in den vergangenen vierundzwanzig Stunden geschlafen hatten. Und als Ella dann innehielt und uns fragte, ob wir müde seien, nickte ich nur.

»Na, das ist nach eurer langen Reise ja auch kaum verwunderlich.« Sie drückte meine Hand. »Warum ruht ihr beide euch nicht ein wenig aus? Kann ich euch gegen sieben Uhr zu einem Drink erwarten?«

»Mit Vergnügen«, erwiderte ich und dachte voller Freude an all die Zeit, die vor uns lag und die wir verbringen konnten, wie es uns gefiel. Eric, der noch immer am Fenster stand, blieb stumm.

»Na dann, bis sieben.« Ella ging und schloß behutsam die Tür hinter sich.

Ich packte langsam aus und richtete mich verträumt in dem Zimmer ein, wobei ich noch flüchtige Spuren von Ellas Duft erhaschte. Am Bett standen alte französische Romane, schön gebunden; auf einem Waschtisch befanden sich eine große Porzellanschüssel und ein mit Vergißmeinnicht bemalter Krug. Neben dem Kamin stand ein Wandschirm, bestickt mit höfischen Figuren, die sich in einem stilisierten Rosengarten aufhielten. Das Zimmer wies Spuren einer einst sorgfältigen Hauswirtschaft auf, und ich fragte mich, wie Ellas Mutter wohl gewesen sein mochte, die Frau, die diese Möbel ausgesucht und die Romane zur Erbauung ihrer Gäste neben das Bett gestellt hatte. Ich trat neben Eric, der sich noch immer nicht gerührt hatte, und betrachtete mit ihm die Aussicht. Die wenigen Blumen, die es noch gab, wucherten ungehindert, und die Kieswege waren von Eibensträuchern gesäumt, die sich inzwischen zu baumhohen Begrenzungen ausgewachsen hatten. In der Mitte des Gartens befand sich ein Brunnen, und während ich ihn betrachtete, kam stotternd Leben in ihn, und aus den offenen Mäulern seiner Frösche spritzte ein Wasserstrahl hervor.

»Wie gefällt es dir?« fragte ich, aber Erics Antwort beschränkte sich auf ein nichtssagendes Brummen. Wieder herrschte Schweigen, und ich fragte mich, ob etwas Ernsteres als Erschöpfung seinen Stimmungswechsel verursacht haben könnte, denn diese schweigsame Gestalt am Fenster hatte so gar nichts mehr von meinem lachenden Reisegefährten. Vielleicht deprimierte ihn die seltsame Atmosphäre dieses einsamen Hauses, denn einen größeren Kontrast zum erlesenen Glanz in der Sokolska 21 und den satten Farben von Madame Mocsárys Wohnung hätte man sich kaum denken können.

Unvermittelt wandte er sich vom Fenster ab. »Ich denke, ich werde einen Spaziergang machen«, sagte er und ging zur Tür.

»Möchtest du, daß ich dir Gesellschaft leiste?« rief ich hinter ihm her, als er die Tür zuzog. Er blieb kurz stehen, öffnete die Tür noch einmal und blickte mich durch seine schwarzen ungekämmten Locken an, die ihm in die Augen fielen.

»Nicht ich bin es, dem du jetzt Gesellschaft leisten möchtest, James«, sagte er gefaßt. Ehe ich etwas erwidern konnte, hatte er die Tür hinter sich geschlossen, und ich vernahm nur noch seine verklingenden Schritte, als er sich den Korridor hinunter entfernte.

Obwohl ich nun mit Ella allein im Haus war, besiegte ich meinen Drang, zu ihr zu gehen, und sagte mir, daß uns die Zeit nicht davonliefe. Statt dessen nahm ich ein heißes Bad und rasierte mich, denn die Eitelkeit des Liebhabers ließ sich durch den schmutzigen, von der Reise gezeichneten Anblick, den der Spiegel mir bot, nicht befriedigen. Ich wollte frisch und rein sein für den Abend. Noch während ich mich anzog, kehrte Eric von seinem Spaziergang zurück, und zwar wesentlich fröhlicher, als er bei seinem Aufbruch gewesen war, und mußte mir sofort von einem verlassenen Steinbruch hinter den Bäumen am Ende des Gartens erzählen. Froh darüber, daß seine Laune sich gebessert hatte, verbrachten wir die halbe Stunde bis zum Abendessen, das wir mit Ella in einem kleinen von der Küche abgehenden Eßzimmer einnehmen sollten, mit angenehmen Plaudereien.

Ich erinnere mich noch an dieses Abendessen; ich sehe das altmodische Porzellan vor mir, in dem es serviert wurde, das gemütliche Feuer, das knisternd unser Gespräch begleitete. Wir waren allein, nur wir drei, denn Dr. Pétin war zu einer Entbindung gerufen worden und wurde erst sehr spät zurück erwartet. Wir taten uns an dem kalten Braten, den Madame Clancy am Nachmittag vorbereitet hatte, gütlich. Wir erzählten von Prag, der Mocsáry-Auktion, dem Steinbruch, auf den Eric bei seinem Spaziergang gestoßen war.

»Dort hat man die Steine für dieses Haus abgebaut«, erklärte Ella. »Er ist sehr tief. Meine Mutter hat ihn mit Wasser füllen lassen, damit ihre Gäste darin schwimmen können.« Sie trank einen Schluck Wein. »Inzwischen ist der Großteil des Wassers versickert, und ich weiß nicht, wie tief der Teich jetzt noch ist. Aber ihr könnt natürlich gern einmal hineinspringen, obwohl ich das jetzt, Anfang Dezember, nicht unbedingt raten würde.«

Eric war derjenige, der vorschlug, den Steinbruch im Mondlicht zu besuchen, und als das Abendessen vorbei und Dr. Pétin noch immer nicht zurück war, beschlossen wir, es nicht länger aufzuschieben. Mit einer Taschenlampe bewaffnet, gingen wir drei also die von Eibensträuchern gesäumten Kieswege entlang, anfangs noch lachend – denn die Atmosphäre zwischen uns hatte sich entspannt –, dann aber zunehmend schweigsam, je mehr uns der Garten in seinen Bann schlug. Ellas kleine Hand fand in der Dunkelheit die meine und hielt sie fest. Eric, der mit der Taschenlampe voranging, leuchtete kurz zu uns nach hinten und richtete das Licht dann wieder nach vorn. Hinter dem Eibenhain am Ende der Anlage tauchte ein Obstgarten auf – Reihe um Reihe säuberlich gepflanzter Apfelbäume, die unheilverkündend aus der Dunkelheit hervortraten.

»Wir gehen hier entlang, durch den Obstgarten«, flüsterte Ella mir zu und wies uns den Weg.

Wir kamen durch einen weiteren Hain, und als wir aus seinem Schutz heraustraten, löschte Eric die Taschenlampe und tauchte uns in Dunkelheit. Einen Augenblick lang war alles schwarz. Dann schob sich der Mond hinter einer Wolkenbank hervor, und aus fernen Schultagen kam mir eine Zeile aus Tennysons Gedicht »Idylls of the King« in den Sinn, die einzige von vielen, die nicht dem Vergessen anheimgefallen war: »Der unfruchtbare See / Und die langen Herrlichkeiten des Wintermondes«. Hier war ein unfruchtbarer See; hier war ein in blassem Gold leuchtender Wintermond. Vor uns lag die steile Felswand des Steinbruchs, die zum schwarzen Wasser hin, das viele Meter darunter begann, schroff abfiel. Der Mond warf sein geisterhaftes Licht auf den Schauplatz und verwandelte Büsche in Kobolde und Bäume in hagere Riesen. Wir schwiegen alle. Ich sah Erics Profil im Mondlicht: den markanten Bogen seiner gallischen Nase, die Kontur seines Kinns, die Locken seines schwarzen Haares. Auf der anderen Seite stand Ella, zerbrechlich wie Porzellan, ihre Haut geisterhaft durchscheinend, die Finger verschränkt. Ich stand zwischen ihnen und beobachtete, wie Ella mit ihren Ringen spielte.

Ich weiß noch, daß mir, als ich dort stand, der Gedanke an Schönheit kam, aber die Schönheit dieser Stimme war von einem leichten Unbehagen begleitet, die Verlassenheit des Steinbruchs mit seinen unergründlichen Tiefen barg etwas Verstörendes. Ich dachte an riesige Bestien, die sich lauernd über den trüben Grund des Sees bewegten. Und als meine Augen sich von Ellas Händen und ihren funkelnden Ringen abwandten und aufblickten, sah ich, daß Eric mich mit einem schmerzlichen Ausdruck in den Augen beobachtete. Ich sah auch, daß Ella ihn beobachtete, aber es war zu dunkel, als daß ich ihren Gesichtsausdruck hätte lesen können. Mein Blick begegnete erneut dem meines Freundes, aber er schaltete die Taschenlampe wieder an, und der so zarte Zauber wurde abrupt gebrochen. »Kommt«, sagte er, »mir ist kalt.« Und mit schnellen, trotzigen Schritten schlug er den Rückweg ein. Ella und ich folgten ihm wortlos.

Auf diesem Weg ergriff eine Veränderung von uns Besitz. Niemand sprach; es fiel nicht ein einziges Wort. Aber als wir das Haus erreichten, war nichts mehr wie zuvor. In unserem Schweigen lag kein Trost. Und als wir auf unserem Weg zur

Eingangstür am Gästeflügel vorbeikamen, bemerkte ich erleichtert, daß bei Dr. Pétin Licht brannte.

Ella lief an seinen Fenstern vorbei, ohne sich bemerkbar zu machen. »Ich mag ihn jetzt nicht sehen«, sagte sie, als wir die Stufen hochstiegen, und sie sah mich an, als wolle sie noch mehr sagen, überlegte es sich dann aber anders. Sie hatte auf dem Rückweg weder meine Hand ergriffen noch mir die ihre angeboten, und als ich jetzt ihre Schulter berührte, wich sie zurück. »Ich muß immer froh und munter sein«, sagte sie schließlich und lächelte schwach, »damit ich Papa und Pamela gegenüber ein gutes Zeugnis bekomme. Ich werde euch morgen mit Dr. Pétin bekannt machen.« Und sie ließ Eric und mich in die dunkle Diele ein und verriegelte die schwere Eichentür hinter uns. »In diesem Haus ist es mir nicht geheuer«, sagte sie unvermittelt und blickte sich in dem düsteren Raum um.

»Mir auch nicht«, erwiderte ich mitfühlend und wünschte mir, Eric wäre nicht dabei und ich könnte mit Ella allein sein. Die Anwesenheit meines Freundes und die seltsame Stimmung, die uns auf dem Rückweg überkommen hatte, bereiteten mir Unbehagen.

»Ich finde es schön.« Erics Stimme ertönte unnatürlich laut aus dem Halbdunkel. Er stand am Kamin am anderen Ende des Raumes und war in der erlöschenden Glut der Holzscheite kaum auszumachen.

»Ach ja?« sagte ich, selbst überrascht von der Gereiztheit in meiner Stimme.

»Habt ihr beiden etwa Angst vor Geistern?« Sein Ton war ironisch, und ich sah, daß Ella sich fragte, ob der Spott darin freundlich gemeint war.

Schließlich ergriff sie das Wort. »Du hast recht, es ist dumm, sich zu fürchten. Gute Nacht, ihr beiden. Ich wünsche euch einen erholsamen Schlaf.« Sie gab mir einen Kuß auf die Wange und ging zur Tür.

Als ich ihr nachgehen wollte, schüttelte sie den Kopf. Ich spürte Wut in mir aufsteigen und wandte mich an Eric. »Komm schon – Schlafenszeit«, sagte ich schroff.

»Bist du dir sicher, daß ich derjenige bin, mit dem du sie verbringen möchtest?« Sein Ton war unterkühlt.

»Sei still.«

Schweigend ging ich voran in unser gemütliches Zimmer, das nun von einem Kohlenfeuer erleuchtet wurde. Wieder duftete es überall nach Lavendel, und ich schloß daraus, daß die gewissenhafte Madame Clancy hier gewesen war. In dem warmen Halbdunkel zogen Eric und ich uns wortlos aus und legten uns dann jeder in sein Bett. Die Laken waren frisch und kalt.

»Schlaf gut«, sagte ich.

»Du auch.«

Und er löschte das Licht und ließ mich mit meinen Gedanken an Ella allein. Aber lange Stunden fand ich keinen Schlaf. Statt dessen lag ich wach und kämpfte gegen meine Enttäuschung an, in dieser ersten Nacht unseres Wiedersehens allein schlafen zu sollen.

Und so endete dieser erste Tag.

Kapitel 20

Der nächste Tag war heller als sein Vorgänger, kalt, mit klarem Winterhimmel und strahlendem Licht. Frost überzog den Boden. Eric und ich wachten zeitig auf und nahmen unsere Plätze am Frühstückstisch ein, wo eine schwatzhafte Madame Clancy uns mit Croissants und mit irgendwelchen gräßlichen Wettervorhersagen traf. Sie redete so schnell, und ihr Dialekt war meinen Ohren so fremd, daß ich Eric, als sie weg war, um eine kurze Zusammenfassung bat.

»Sie meint, es würde jetzt sehr kalt werden«, sagte er. »Sehr kalt. Und sie hat gesagt, daß Ella einen Spaziergang macht. Sie würde aber in Kürze zurück sein.«

Kaum hatte er das ausgesprochen, kam Ella mit roten Apfelwangen herein. »Morgen, Jungs.« Sie klang fröhlich, wich aber meinem Blick aus.

»Guten Morgen.« Ich gab mich ihr gegenüber leicht verdrießlich, denn ich schmollte ein wenig wegen der Abfuhr, die ich am Abend zuvor hatte einstecken müssen. Sie ging darüber hinweg.

»Der gute Doktor Pétin kommt für gewöhnlich gegen neun Uhr auf eine Tasse Kaffee und ein Croissant herunter«, sagte sie. »Das wird er wohl sein.« Noch während sie sprach, betrat ein recht unterwürfiger Mann mittleren Alters das Zimmer, ein wenig rundlich, mit dünnen grauen Haarsträhnen, die er an den Seiten lang wachsen ließ, damit sie, über den Kopf gekämmt, seine stark fortgeschrittene Glatze kaschierten.

»Guten Morgen, Ella«, sagte er mit der sanften, einschmeichelnden Stimme, mit der man sich Kindern nähert. »Ich hoffe, daß Sie gut geschlafen haben.« Sein Englisch war ausgezeichnet.

»Sehr gut, danke«, erwiderte sie und lächelte ihn, während sie Kaffee einschenkte und uns vorstellte, so strahlend an, daß es, wie ich fand, nur einstudiert sein konnte.

Der Doktor begrüßte uns kopfnickend.

»Das freut mich«, sagte er zu Ella. »Es ist überaus wichtig, daß Sie so viel Schlaf wie möglich bekommen, ehe Sie nach London zurückkehren.« Als er sich Eric und mir zuwandte, unterstrich er mit seinen Wurstfingern, was er uns zu diesem Thema zu sagen hatte. »Schlaf, Ruhe, Wärme; und vor allem Mäßigung. Daran glaube ich, meine Herren, das sind meine Prinzipien.« Und mit diesen Worten nahm er seinen Platz bei Tisch ein und schaffte es, innerhalb kürzester Zeit vier Croissants zu verputzen.

Erst am späten Vormittag gelang es mir, Ella allein zu sprechen, denn sie verschwand kurz nach dem Frühstück, und mir blieb nichts anderes übrig, als höflich dem Schachspiel zwischen Dr. Pétin und Eric zuzusehen. Sie spielten im *salon,* einem großen, rechteckigen Raum in der Mitte des Hauses mit hohen Fenstern und einer Flügeltür, die in den Garten hinausführte. Ich saß auf einem der Sofas und lächelte gelegentlich dem Doktor und meinem Freund zu, um sie meines unaufhörlichen Interesses an ihrem Spiel zu versichern, dachte dabei aber unentwegt an Ella. Als ich sie dann unvermittelt aus dem Eibenhain heraustreten sah, entschuldigte ich mich hastig bei den beiden Männern und eilte in den Garten hinaus. Als ich sie endlich erreichte, war sie schon beim Brunnen angelangt und kam mit raschen Schritten auf das Haus zu. Sie war in einen Männermantel gehüllt und trug um den Hals einen hellblauen Schal, der ihrem Vater gehört haben mußte.

Als sie mich sah, blieb sie stehen. Einen Moment lang sagte keiner von uns etwas.

»Guten Morgen«, meinte sie schließlich.

»Guten Mortgen.«

Sie schickte sich an weiterzugehen, aber ich packte sie am Arm. »Warum behandelst du mich wie einen Fremden?« Die durchwachten Stunden einer enttäuschten Nacht verliehen meiner Stimme eine Gereiztheit, die ich nicht zu verbergen vermochte. »Was ist los?«

Sie sah mich einen Augenblick lang ruhig an. Schließlich sagte sie bedächtig: »Weißt du das denn nicht?«

Ich schüttelte den Kopf. Sie ließ ihren Blick auf meinem Gesicht verweilen. Die Verwirrung, die sie dort vorfand, schien sie zufriedenzustellen, und sie suchte in ihren Taschen nach einer Zigarette. Mit ungetrübter Faszination sah ich zu, wie sie diese an ihre Lippen führte und anzündete. Sie nahm einen tiefen Zug und blies den Rauch mit in den Nacken gelegtem Kopf in den Himmel. Ich verfolgte ihn, bis er sich in dem hellen, kalten Blau über uns verlor.

»Sprich mit mir«, sagte ich schlicht.

Abrupt wandte sie sich ab. Der kurze Moment des Zögerns verursachte mir Herzklopfen. »Also gut«, sagte sie schließlich. »Aber komm mit. Hier entlang.« Und sie lief rasch den Kiesweg hinunter und durch den Eibenhain ans hintere Ende des Gartens. Ich folgte ihr und stellte erleichtert fest, daß der Obstgarten bei Tag pittoresk aussah und die riesigen Apfelbäume ganz und gar nicht bedrohlich wirkten. Der Frost auf dem Gras glitzerte im Sonnenlicht und knirschte unter unseren Füßen, als wir zwischen den Obstbäumen hindurchgingen. Da wurde mir klar, daß wir auf dem Weg zum Steinbruch waren; und als Ella mich durch das Wäldchen führte, das ihn vom Obstgarten trennte, verspürte ich einen Anflug des Schauders vom Abend zuvor. Aber wie der Obstgarten hatte auch der Steinbruch im Tageslicht seine Schrekken verloren, und unter uns erstreckte sich nichts weiter als ein trüber Teich. Am Rande des Steinbruchs stand eine Bank, die mir am Vorabend entgangen war. Ella setzte sich und wies auf den Platz neben sich.

Sie zündete sich die nächste Zigarette an und nahm zwei nachdenkliche Züge. Wir schwiegen.

Weil ich die Distanz zwischen uns spürte und nicht verstand, ergriff ich schließlich das Wort. »Warum?« fragte ich einfach, sanfter jetzt als zuvor im Garten.

»Warum was?« Sie blickte mich scharf an.

Ich wurde rot, nahm aber allen Mut zusammen. »Warum hast du mich gestern abend in mein Zimmer geschickt, wo ich doch mit dir hätte zusammensein können?« Ich nahm ihre Hand. Sie ließ es zu, wenn auch widerwillig. »Ich habe mich so nach dir gesehnt. Wir waren so lange getrennt. Ich habe aus Prag nicht geschrieben, weil du mich darum gebeten hattest. Jetzt ...«

Sie entzog mir ihre Hand und hob sie, um mir Einhalt zu gebieten. »Du weißt also wirklich nicht, warum?« fragte sie noch einmal mit bebender Stimme, ohne etwas anderes als meine Frage gelten zu lassen.

Ich blickte sie an und sah die Zärtlichkeit in ihrem Gesicht, gemischt mit etwas, das ich als Spott deutete. Wieder schüttelte ich den Kopf. Dann wandte ich mich ab, und als mein Blick zu ihr zurückkehrte, sah ich mit Bestürzung, daß sie den Tränen nahe war. Doch als sie wieder sprach, war ihre Stimme ebenmäßig und fest.

»Ich weiß nicht, wie jemand dermaßen naiv sein kann«, sagte sie schließlich.

»Wie bitte?«

»Ich denke, du hast gehört, was ich sage.« Die Zärtlichkeit war jetzt aus ihrem Gesicht gewichen.

»In welcher Hinsicht bin ich naiv?« fragte ich schlicht.

Sie sah mich unverwandt an. »Soll ich dir das wirklich sagen?«

»Natürlich.«

»Und du weißt es wirklich nicht?«

»Ich weiß es wirklich nicht.«

»Na gut.« Sie holte tief Luft. »Eric ist rasend in dich verliebt«, sagte sie langsam und betonte dabei jede einzelne Silbe.

Ich höre jetzt noch, wie sie es sagte; wie sie mir in die Augen schaute und meinen Blick festhielt; spüre die Woge der Überraschung in mir aufsteigen und Ellas fast greifbares Erstaunen, als ich zu lachen beginne. Weil ich befürchtet hatte, daß zwischen uns etwas ernstlich nicht stimmte, lachte ich teils aus Erleichterung und teils belustigt über ihren Irrtum. »Blödsinn«, sagte ich. Doch im selben Moment, in dem ich das sagte, fielen mir seltsame Augenblicke aus meiner Zeit mit Eric in Prag ein: Wahrheiten, halb dargebracht und halb verweigert; Blicke, beobachtet, doch nicht verstanden; verstohlenes Lächeln. »Blödsinn«, sagte ich noch einmal, diesmal aber weniger überzeugt.

»Es ist kein Blödsinn«, sagte sie ruhig und sah mir unverwandt in die Augen. »Er erträgt den Anblick von uns beiden zusammen nicht; er haßt mich, weil du mich liebst; er sieht dich an, wenn er glaubt, daß ich es nicht merke.«

»Unsinn.«

»Du weißt, daß es kein Unsinn ist, James.«

Ich verharrte reglos, kämpfte gegen die dämmernde Erkenntnis an, sie könnte recht haben.

»Wie kannst du das wissen?« fragte ich schließlich.

Sie antwortete nicht gleich. Sie schnippte ihre halb gerauchte Zigarette in den Steinbruch. »Frauen spüren so etwas«, sagte sie schließlich ruhig. »Der Gedanke ging mir schon in Prag durch den Kopf, aber damals habe ich ihn zurückgewiesen. Ich dachte, er könne auch aus anderen Gründen über meine Anwesenheit verärgert sein. Aber gestern abend wußte ich es; als ich neben dieser Bank hier stand, wußte ich es. Das ist der Grund, weshalb ich heute nacht nicht mit dir zusammensein wollte.« Und als sie dies sagte, schien etwas in ihr zu bersten. »Du weißt es auch, Jamie«, sagte sie, und ihre Stimme zitterte wieder. Sie war erneut den Tränen nahe. »Du weißt, daß er dich liebt. Du gestehst es dir vielleicht selbst nicht ein, aber du weißt es.«

»Wie kann Erics Gefühl für uns von Bedeutung sein, wenn ich es nicht erwidere?« fragte ich nach einiger Überlegung mit rauher Stimme.

Ella richtete sich auf. »Woher willst du *wissen*, daß du ihn nicht liebst?« Sie schaute mich jetzt kühl an; ihre Stimme klang wieder gefaßt.

»Wie bitte?«

»Woher weißt du, daß du ihn nicht liebst?«

»Weil ich es eben *weiß*.«

Sie sah mich fest an. »Nein, das stimmt nicht. Die Art und Weise, wie du dein Wissen über seine Gefühle verdrängt hast, beweist nur, wie sehr du dich davor fürchtest.« Sie holte tief Luft. »Du kannst dir nicht eingestehen, daß Eric dich liebt oder du seine Liebe womöglich erwiderst, weil man dir beigebracht hat, daß ein Mann keinen anderen Mann lieben kann.«

»Ich ...«

Aber sie hob die Hand, um mir Einhalt zu gebieten. »Du hast Angst, das ist alles«, sagte sie, und wieder lag Spott in ihrer Stimme. Sie wandte sich mir direkt zu, und als sie fortfuhr, war jedes Wort genau abgewogen. »Ehe wir da anknüpfen können, wo wir einmal waren, möchte ich wissen, ob wirklich ich es bin, die du willst.«

»Aber du bist es.« Ich nahm ihre Hand, doch sie entzog sie mir.

»Das kannst du nicht wissen.«

»O doch.«

»Nein, kannst du nicht. Du kannst keine begründete Entscheidung treffen, wenn du nicht …«

Doch ich fiel ihr ins Wort. »Ich bin kein … ich bin nicht so, Ella.«

»Woher willst du das wissen, solange du dich noch nicht einmal mit der Möglichkeit auseinandergesetzt hast?«

»Ich …«

»Ich möchte nicht, daß du dich aus reiner Ängstlichkeit für mich entscheidest, James.«

Ich sah sie hilflos, ungläubig an. »Willst du damit sagen, daß ich die Alternative ausprobieren soll?«

»In gewisser Weise.«

Ich wollte ihr in die Augen schauen, aber sie wandte sich von mir ab und sah zum Steinbruch hinüber. »Du bist verrückt«, sagte ich. »Du bist ganz und gar verrückt.«

Sie zuckte zusammen. »Sag so etwas nie wieder zu mir!« zischte sie.

»Aber …«

»Kein Aber. Sag das *nie* wieder.«

Ich nickte, eingeschüchtert von ihrem Zorn. Schweigend blickte ich sie an, suchte nach einer Erklärung für ihre Worte; doch ich bekam keine. Statt dessen stand sie auf.

»Ich kann niemanden lieben, der in Gefühlsdingen ein Feigling ist«, sagte sie langsam, wie nach reiflicher Überlegung.

Ich kämpfte gegen ein sich ausbreitendes Taubheitsgefühl an und fragte sie, was sie damit meine.

»Genau das, was ich sage.«

Mir dröhnte der Kopf. »Versuchst du, mich auf die Probe zu stellen?« fragte ich schließlich hilflos.

Sie schwieg, dann sagte sie: »Vermutlich.« Sie wandte sich ab. »Ich möchte, daß du mir beweist, daß wirklich ich es bin, die du willst, daß ich nicht nur die bequemere, sichere Alternative bin, sondern daß du dich und deine Begierden kennst.«

»Und wie soll ich das anstellen? Wie kann ich dir etwas beweisen, wenn du mir nicht glaubst, was ich dir sage?«

»Ein einfacher Kuß würde wahrscheinlich ausreichen«, erwiderte sie leise, sah mich aber immer noch nicht an. »Ich glaube, wenn du ihn erst einmal geküßt hast, wirst du wissen, wie du empfindest. Du mußt dich dieser Sache stellen. Erst dann wirst du wissen, ob ich diejenige bin, die du willst, oder nicht.« Nach diesen Worten entfernte sie sich mit raschen Schritten, und ich hörte das Knirschen ihrer Schuhe auf dem Kies, als sie zwischen den Bäumen verschwand. Ich blieb wie betäubt sitzen und starrte ihr nach.

Der junge Mann, der vor langer Zeit dort auf der Bank saß, ist mir heute fremd. Er hört nicht, wie ich ihn rufe. Taub wartet er ab, bis eine widerstreitende Welle um die andere über ihm zusammenbricht; er kümmert sich nicht um meine Warnungen. Ich sage ihm, er solle Ellas Worte nicht für bare Münze nehmen, sondern nach ihrer verborgenen Bedeutung suchen. Er hört mich nicht; er kann es nicht. Er fühlt sich elend und verloren, und ihm ist schwindlig von der Mühe, seine Gedanken zu ordnen. Er fällt, fällt in strudelnde Wasser, die er nicht begreift; und im Fallen streckt er die Hände aus und klammert sich an jener unüberlegten, ungeprüften Lösung fest, die allein ihm Halt zu geben scheint. Darin sieht er seine Rettung; er klammert sich im irrtümlichen Glauben daran, sie werde ihn über Wasser halten.

Aus einem Abstand von fünfzig Jahren verstehe ich, was Ella sagte, und zwar so, wie er nie hätte hoffen können, es zu verstehen. Aber er wird mich nicht hören; er rührt sich nicht, als ich ihm sage, daß wir, wenn wir selbst sündigen, die Möglichkeit akzeptieren müssen, daß auch diejenigen sündigen, die wir lieben; daß Ella sich selbst, indem sie ihrer Cousine den Mann wegnahm, den sie gar nicht liebte, einen Schlag versetzte, der genausoviel Schaden anrichtete wie der, den sie Sarah versetzt hatte. Ich sage ihm, daß seine Geliebte sich selbst verriet; und daß sie von dem Augenblick an mit der schrecklichen Angst leben mußte, andere, die sie liebte, könnten sie wiederum verraten. Es war diese Angst, die Ella dazu brachte, mich von sich zu stoßen; diese Angst verlangte danach, daß ich ihr meine Hingabe bewies – auf wie schreckliche Weise auch immer. Heute weiß ich, daß Ella, indem sie sich selbst verriet, ihr Vertrauen in die Welt verlor, und mir bricht es fast das Herz, wenn ich bedenke, daß diese zarte junge Frau nichts anderes wollte als die Gewißheit, daß ich sie voll und ganz liebte.

Ich verfluche die Grausamkeit des Schicksals, das mir nicht die Einsicht gewährte, zu erkennen, daß es Dinge gibt, die nicht einmal die Liebe rechtfertigt.

In meiner Jugend und Schwäche unterwarf ich mich der Logik von Ellas Unsicherheit. Als ich dort auf jener einsamen Bank saß, kam ich zu der Überzeugung, daß man mich vor eine Herausforderung gestellt hatte, daß ich, um zu beweisen, wie sehr ich Ella verdiente, die Prüfung bestehen mußte, die sie mir auferlegt hatte. Und ich wußte auch, daß ich den Spott in ihren kühlen grünen Augen nicht ertragen konnte. Ich wußte nicht, daß das, was auf mich wie Spott wirkte, in Wirklichkeit Angst war; daß es auch andere Beweise anstelle dessen getan hätten, den ich ihr schließlich darbot. Als meine Welt ins Taumeln geriet und alle Ideale von Freundschaft und Treue unter dem Gewicht von Ellas Herausforderung zerbrachen, wußte ich nicht, daß die Prüfung, die sie mir auferlegt hatte, in Wirklichkeit die Reaktion einer stolzen Seele auf die Angst vor tiefgreifendem Verlust war, wie unbegründet diese Angst auch sein mochte.

Es stimmt schon: Wer viel gibt, erwartet, daß ihm viel gegeben werde; wer viel nimmt, erwartet, daß ihm viel genommen werde. Ella nahm Sarah den Menschen, der dieser am meisten bedeutete, und konnte sich danach nie wieder eines Menschen völlig sicher sein. Wie man Sarah Charles genommen hatte, könnte ich Ella genommen werden; das war ihre Angst, und Angst ist das Verderben von vielen. So jedenfalls verstehe ich es heute. Die einzige Möglichkeit, wie Ella sich meiner vergewissern konnte, lag darin, mich abzuweisen und zu ihren Bedingungen wieder anzunehmen. Und weil sie jung und Eric – der liebe, vertrauensselige Eric – zur Hand war, waren er und seine Liebe zu mir die Mittel, deren sie sich bediente. Ich wiederum gequält von der Liebe zu ihr, getrieben von der Kälte dieser mich verfolgenden Augen – einer Kälte, in der ich keine Angst, keine Schwäche sah –, faßte den Entschluß, Ellas Herausforderung anzunehmen, mich ihr zu ihren Bedingungen zu beweisen.

Das war mein Verderben; das war mein Verbrechen. Und wie Ellas Verbrechen bestimmte es von diesem Augenblick an mein Leben. Als ich auf jener verwitterten Bank am Steinbruch saß, beschloß ich, die Schätze der Freundschaft und der Selbstachtung um Ellas Liebe willen aufzugeben. Ich kam zu dem Schluß – und darin lag meine größte Schwäche –, daß ich mir kein Leben ohne ihre Liebe vorstellen konnte, daß diese Liebe jedes Opfer wert war, das darzubringen in meiner Macht stand.

Ich war im Irrtum. Keine Liebe ist das wert. Kein Mensch ist es wert, daß man sich selbst vollkommen aufgibt. Aber das wußte ich damals nicht; und obwohl ich den Schaden dunkel ahnte, den ich womöglich anrichtete, indem ich Ellas Herausforderung annahm, ging ich über alle Skrupel hinweg.

Mein einziger Gedanke war die selbstsüchtige Befriedigung meines Begehrens, mein einziger Lohn die Wiederherstellung unseres gegenseitigen Vertrauens. Ich wußte nicht, daß ich, als ich damals am Steinbruch saß und nachzudenken versuchte, meine letzte Chance bekam, uns beide zu retten.

Ich wußte nichts davon, und weil das so war, erhob ich mich langsam von der Bank und machte mich auf die Suche nach Eric. Ich traf ihn allein im *salon* an, wo er las, und mit dem ersten Schauder des Verrats legte ich meine Hand auf seine und sagte, wir sollten abreisen. Ich weiß noch, wie überrascht er war, sehe seine dunklen Augen sich weiten und seinen Mund sich öffnen, um zu protestieren. Ich weiß noch, wie der Protest auf seinen Lippen erstarb, wie sein Blick sich von Verwirrung in Begreifen wandelte, wie er von seinem Stuhl aufsprang und losrannte, um zu packen, angetrieben von plötzlicher Freude und nie erträumter Hoffnung. Bevor ich abreiste, sah ich Ella noch einen Augenblick und küßte sie zum Abschied mit einer Heftigkeit, die mir neu war. Ich jagte ihr Angst ein, und ich war froh, ihr angst zu machen. Ich wollte, daß sie die Stärke spürte, die sie in mir angestachelt hatte; und vielleicht wollte ich auch, daß sie Zweifel bekam, ob ich zurückkehren würde: Ich wollte, daß sie über den Ausgang ihrer Prüfung im Zweifel war, damit ihr Vertrauen in mich, wenn ich sie denn bestanden hätte, nur um so größer wäre.

Kapitel 21

Es ist kalt draußen; die Sonne geht über den waffengrauen Wellen des Atlantik unter; das Licht wird schwächer. Zum ersten Mal bin ich an einem Punkt, wo ich nicht weitermachen möchte. Zum ersten Mal bleibt mir das, was ich sagen will, im Hals stecken. Der junge Mann, um den es bisher in meiner Geschichte ging, ist unschuldig gewesen – vielleicht eigensinnig und zweifelsohne schwach, aber unschuldig, naiv. Das ist jetzt nicht mehr der Fall. Er kann nicht länger für sich in Anspruch nehmen, nicht zu wissen, was er tut; er kann dem Urteil für das, was er tun wird, nicht entfliehen; und ich muß wieder mit den Folgen dessen leben, was er getan hat. Mein ganzes Leben habe ich mit ihnen gelebt, mit ihnen gelebt und versucht zu vergessen. Jetzt muß ich mich erinnern. Ich muß die Bilder ausfindig machen, die zu begraben Sarah mir so erfolgreich beigebracht hat; muß die Gedanken und Motive aufspüren, die ich für immer getilgt sah; muß mich wappnen gegen den Klang von Erics Lachen, das in meinen Träumen widerhallt. Das Lachen wird wohl die am schwersten auszuhaltende Erinnerung sein, denn es ist so vertrauensvoll, so frei von Angst. Die Liebe, die Eric für mich empfand, war rein und warm und kam von Herzen. Ich habe sie kalt und berechnend mißbraucht. Ein Leben lang habe ich versucht, das zu vergessen, habe zu begraben versucht, was ich tat. Jetzt bin ich es Eric schuldig, diese Geschichte mit all ihrer Fülle von schändlichen Einzelheiten zu Ende zu bringen. Ich schulde es ihm, mir nichts zu ersparen, mich zu erinnern. Denn Offenheit ist die einzige Wiedergutmachung, die ich zu leisten vermag, und ich muß freigebig damit sein. Soviel weiß ich.

Meine erste Erinnerung an unsere gemeinsam verbrachten Tage ist die Zugreise, die wir unternahmen, nachdem wir Ellas Haus verlassen hatten. Wir fuhren nach Vaugirard, zu Erics Familie – wenn ich auch nicht weiß, welcher Teufel mich geritten hat, gerade dieses Ziel vorzuschlagen –, und ich erinnere mich an unsere Reise, weil sie in so vollkommenem Gegensatz zu der stand, die wir erst am Tag zuvor gemeinsam von Prag zurückgelegt hatten. Ich war nicht mehr der aufgeregte junge Mann, der voller Hoffnung und Freude und in Gedanken an zukünftiges Glück seiner Geliebten entgegenstrebte. Auf dieser zweiten Reise war ich verändert, weil ich Erics Lächeln zu deuten wußte und es erwiderte; weil ich mit absoluter Klarheit wußte, daß Ella recht hatte, und auch, obwohl es mich anwidert, es zu sagen, daß ich ihre Prüfung bestehen würde. Ich versuche, mich genau zu erinnern, was ich darüber hinaus empfand, ob ich den möglichen Folgen meines Handelns irgendwelche Aufmerksamkeit schenkte, und ob ich mir etwas aus ihnen gemacht hätte, wenn dem so gewesen wäre. Hinter allen und jedem meiner Gedanken standen die Augen meiner Geliebten, fern und voll Spott, die Augen, die ich an jenem Morgen am Steinbruch gesehen hatte. Ich wollte mich ihrer Anerkennung würdig erweisen, damit sie wieder für mich leuchteten. Ich wollte ihr ein für allemal beweisen, daß ich die Eigenschaften besaß, nach denen Ella verlangte. Ich glaubte, mit bestandener Prüfung unsere Liebe zu festigen, und um dieses Preises willen hätte ich alles riskiert.

Heute beschämt mich, wie leicht sich unter Ellas Einfluß die Bande meiner Freundschaft zu Eric lösten. Ich bin mir fast sicher, daß ich das damals nicht so empfand. Und nun erinnere ich mich auch wieder, warum. Ich erinnere mich an die Schliche, die ich anwandte, um alle Erwägungen zu umgehen, die meinen Entschluß hätten ins Wanken bringen können, die Tricks, mit denen mein besessener Geist sich und all seine Absichten vor sämtlichen erschwerenden Skrupeln schützte, vor jedwedem ablenkenden Gedanken. Ich erinnere mich wieder, wie ich mir beibrachte, den Eric, den ich kannte, von dem Eric zu trennen, den zu erforschen ich aufgerufen war. Und ich weiß auch, daß mir diese Trennung gelang, daß die beiden Seiten seines Wesens – die leidenschaftliche und die platonische – in meinem Geist immer größere Ausmaße annahmen, bis sie zwei vollständige, natürlich miteinander verbundene, aber letztlich getrennte Personen waren.

Eric, den Geliebten, kannte ich nicht, und ich wollte ihn auch nicht kennen; er verwandelte sich mit flinker Sorgfalt von einem Menschen, der womöglich Gefühle hatte, in eine Trophäe, deren einziger Zweck es war, erobert zu werden. Fragen der Loyalität oder gar des Geschlechts lösten sich im Angesicht meines rauhen Eroberungswillens auf. Mit Eric, dem Freund, konnte natürlich nicht so umgesprungen werden. Er war der Eric, den ich kannte, der Eric, den ich in jeder anderen Situation um Rat gebeten hätte, der Eric, mit dem ich in Prag drei berauschende Monate lang gelacht, getrunken, mich gestritten und gearbeitet hatte. Er konnte nicht zu einer Trophäe gemacht werden und mußte deshalb von dem Preis, den ich zu gewinnen hoffte, vollkommen getrennt werden, so daß keine Rücksicht auf Freundschaft oder gemeinsame Geschichte meinem Siegwillen im Weg stünde. Mit kaltblütiger Überlegung trennte ich Eric den Geliebten von Eric dem Freund; und zum Verrat bereit wie Judas, sah ich die ersten Früchte meiner Arbeit bereits, als der Zug in den kleinen Bahnhof von Vaugirard einfuhr. Schon gelang mir ein Lächeln ohne Zuneigung; gelangen mir bedeutungsvolle Blicke ohne jede Substanz; schaffte ich es, Handeln und Denken voneinander zu trennen. Ich hatte rasche Arbeit geleistet, das war mir klar; aber mir war auch klar, daß mein Werk nicht lange Bestand haben würde. Ich hatte meine Seele betäubt, mehr nicht, aber ich dachte, und wurde darin auch bestätigt, daß dies für meine Absichten genau das richtige war. Als mein Gewissen sich rührte, beschwichtigte ich es mit dem perfiden Gedanken, daß der Anstoß zu der Aufteilung der Persönlichkeiten, die ich mir so raffiniert zurechtgelegt hatte, von Eric selbst gekommen war. Er, so flüsterte ich meinem Gewissen zu, hatte mir gegenüber nie etwas von seinen Gefühlen für mich verlauten lassen. Er war nie offen oder ehrlich damit umgegangen, hatte nie versucht, unsere Beziehung dahingehend auszudehnen, daß sie diese Gefühle einschloß oder wenigstens anerkannte. Und das redete ich mir so oft und so überzeugend ein, daß ich es beinahe glaubte. Ich versuchte, nicht an die Zeichen zu denken, die er ausgesandt, an die Annäherungsversuche, die er unternommen hatte; denn ich wußte, daß kein Verrat an der Freundschaft dem Licht der Prüfung lange widerstehen kann.

Wir erreichten Vaugirard am späten Nachmittag und wurden am Bahnhof von Erics Schwester Sylvie abgeholt, einer großen Frau, vorzeitig gealtert, mit für die Vaugirards typischer Nase und charakteristischem Kinn, die allerdings nicht zu ihrem weichen Mund und ihren friedfertigen Augen passen wollten. Sie küßte ihren Bruder und bot mir die Wangen und deutete anschließend auf den alten roten Citroën, der gleich in der Nähe stand. Als wir den Parkplatz verließen, fragte sie mich in korrektem, aber zögerndem Englisch, ob ich meine Zeit in Prag genossen hätte.

»Sehr«, erwiderte ich.

»Ich wäre auch gerne hingefahren«, sagte sie. »Das wäre sicher wunderbar gewesen.« Sie schwieg einen Moment. »Aber meine Pflichten liegen hier.« Als sie das sagte, sah sie ihren Bruder mit einer gewissen Selbstgefälligkeit an, was dieser jedoch ignorierte.

Danach fuhren wir schweigend weiter, vorbei an den modernen Wohnhausern einer wachsenden Stadt und hinein in die kopfsteingepflasterten Straßen ihrer mittelalterlichen Vergangenheit. Auf einem Hügel, der die ganze Gegend beherrschte, erhob sich ein Schloß, eine festungsähnliche Anlage, die mir stolz als einstiger Familienbesitz präsentiert wurde.

»Natürlich gehört es uns jetzt nicht mehr«, sagte Sylvie, als wir an einer Ampel warten mußten, »aber die Familie lebt trotzdem noch hier. Es wird in Vaugirard immer einen Vaugirard geben.«

Und ich mußte an ein anderes Schloß denken, weitaus schöner als dieses, und an eine andere Stimme, die von Besitz und Pflicht sprach. Eric sagte nichts.

Louise de Vaugirard hieß mich mit offenen Armen und einem herzhaften Abendessen willkommen. Die Familie lebte in einem der alten Häuser im Herzen der Stadt, in einem hohen, schmalbrüstigen Bau, der von der Straße aus eingepfercht wirkte, sich aber sehr tief nach hinten erstreckte, indem ein niedriges Zimmer ins andere führte. Man hatte das Haus im Laufe der Zeit einfach in den Garten hinein ausgebaut, so daß davon jetzt nur noch ein kleiner Rasenfleck übrig war.

»Wir spielen dort im Sommer Krocket«, erklärte Louise, als sie ihn mir zeigte. »Wie schade, daß Sie im Winter kommen, denn ich fürchte, das Wetter wird sehr ungemütlich werden.«

Mich verlangte nicht nach trägen Sommernachmittagen mit Erics Familie, und ich richtete meinen Blick dankbar auf die Wolken am Himmel. Ich spürte, daß sich meine naive Aufspaltung Erics in Freund und Trophäe in der Behaglichkeit seines Zuhauses, unter der Bürde der Freundlichkeit seiner Familie schwer würde aufrechterhalten lassen; und als ich erwiderte, daß das Wetter auch nicht schlimmer sein könne als in England, fragte ich mich, warum ich überhaupt hergekommen war, und dachte mit Erleichterung daran, daß ich nicht mehr als fünf Tage versprochen hatte. Fünf Tage lang mochte die Betäubung anhalten; darüber hinaus konnte ich mir nicht sicher sein, und ich wünschte nicht, daß die Wirkung im Schoß von Erics Familie nachließ.

Nachdem Sylvie uns allein gelassen hatte, um nach ihrem Mann und ihrem Kind zu sehen, traf Erics Vater ein und gab seinem Sohn und mir mit strenger Würde die Hand. Er war ein großer, stämmiger Mann mit riesigen Händen und einem schraubstockartigen Händedruck. Als Eric neben ihm stand, war deutlich zu sehen, daß die Züge meines Freundes, sosehr er auch seinem Vater ähneln mochte, von den Genen der Mutter weicher gemacht worden waren, denn die das Gesicht beherrschende Nase und das stark ausgeprägte Kinn verliehen dem älteren Mann fast ein wenig karikaturhafte Züge, was dem jüngeren erspart geblieben war. Eric *père* war ein freundlicher Riese, der während des Abendessens still dasaß, während das Gespräch seiner Frau das Zimmer mit Leben erfüllte. Gelegentlich schenkte er mir ein gastliches Lächeln, aber mehr tat oder sagte er nicht. Als wir zum Kaffee nach oben gingen, nahm er mich jedoch zur Seite.

»Ich möchte Ihnen danken für das, was Sie für meine Familie getan haben«, sagte er mit tiefer, rauher Stimme. »Eric äußert sich sehr lobend über Sie, wie auch alle anderen, die Sie in Prag kennengelernt haben.« Ich dachte an Herrn Kierczinsky und Pavel Tomin, erinnerte mich erschrocken daran, daß sie existierten, sie, die noch Tage zuvor großen Raum in meinem Leben eingenommen hatten. Erics Vater sprach Englisch mit starkem Akzent, aber seine Grammatik war fehlerlos.

»Es war mir eine große Freude, helfen zu können«, sagte ich. »Eine Ehre.«

»Und fanden Sie die Gemälde interessant?«

»Faszinierend.«

»Ja. Schade, daß wir keines davon behalten konnten. Aber was soll ich mit Gemälden anfangen?« Er lächelte mich an und schüttelte den Kopf, und ich erwiderte sein Lächeln, verzweifelt darum bemüht, ihn nicht zu mögen.

Ich weiß nicht, warum selbst die trivialen Höflichkeiten dieser Zeit mir erzählenswert erscheinen. Vermutlich erzähle ich sie, um den Bericht dessen, was ich getan habe, hinauszuzögern. Obwohl es mich beschämt, verweile ich bei den Vaugirards, bei der unkomplizierten Art, mit der sie mich in ihrem Zuhause aufnahmen, einer Unbeschwertheit, die meinen Verrat nur um so schlimmer macht. Ich, der ich ihrem Sohn nichts als Leid zufügen wollte – oder jedenfalls bereit war, ihn auf dem Altar meiner Liebe zu einem anderen Menschen zu opfern –, wurde in ihrem Leben willkommen geheißen. Und ich nahm ihre Gastfreundschaft an, wie Judas die von Christus beim letzten Abendmahl angenommen haben wird: verlogen, hinterhältig, betrügerisch. Ich wurde aufgenommen, weil ich der Freund ihres Sohnes war; allein diese Empfehlung genügte. Ich wohnte in ihrem Haus; ich hatte teil an ihren Mahlzeiten, ihrem Wein, ihren Gesprächen; und die ganze Zeit über beherbergten sie in ihrer Mitte einen Verräter und wußten es nicht. Obwohl ich nach außen hin freundlich war, erlaubte ich es mir nicht, mich für Louise de Vaugirards Charme oder die unbeholfene Freundlichkeit von Eric *père* zu erwärmen, und auch in dieser Hinsicht war ich ein Betrüger: Denn ich tat so, als wäre ich ihr Freund, war es aber nicht; tat so, als verdiente ich ihr Vertrauen, mißbrauchte es aber. Und ich hielt Distanz zu ihnen, hütete mich vor jeglicher Nähe, weil ich wußte, daß mein Vorhaben sonst ins Wanken geriete. Ich verhielt mich so schändlich wie nie zuvor und war gewappnet, es auch weiterhin zu tun. Mir wird übel, wenn ich heute daran denke, wenn ich ihre lächelnden Gesichter vor mir sehe. Jene Mahlzeiten in Vaugirard suchen mich in meinen Träumen heim, begleitet vom Klang des Lachens dieser Familie. Die Erinnerung an sie läßt mein eigenes Lachen hohl, freudlos und falsch erscheinen.

Den eigentlichen Verrat zu begehen war demgegenüber ein leichtes. Am Abend meines zweiten Tages bei den Vaugirards beschloß ich zu handeln. Selbst ich wußte, daß meine Vorstellung ihre Grenzen hatte, und ich hütete mich, sie auszureizen. So stand ich also ein zweites Abendessen durch, das wie das erste lang und sehr gut war, trank wenig und wartete auf meine Gelegenheit. Sie kam, als die letzten Teller abgeräumt waren und Eric sich entschuldigte und nach oben ging, um sich schlafen zu legen. Ich entschuldigte mich ebenfalls und verließ mit ihm den Raum, indem ich seiner Familie lächelnd eine gute Nacht wünschte.

Wir stiegen die schmale Flucht steiler Treppen hoch, die zu unseren Schlafzimmern führten, wobei unser Schweigen meine Entschlossenheit grimmig unterstrich. Auf dem Treppenabsatz vor meinem Zimmer, hoch oben bei den Göttern des Hauses, wünschte Eric mir eine gute Nacht und wandte sich seiner Zimmertür zu.

»Gute Nacht«, erwiderte ich. Und dann rüstete ich mich, den Sprung zu wagen. Beim Gedanken an Ellas Augen, an die weiche Vertiefung unter ihrem Schlüsselbein, verzogen sich meine Lippen zu einem Lächeln. »Ich bin noch gar nicht so recht müde«, sagte ich und hielt das Lächeln fest.

Überrascht wandte mein Freund sich mir zu.

Ich sah ihn an, ohne ihn wahrzunehmen. »Komm und leiste mir eine Weile Gesellschaft«, fuhr ich fort und trat schnell in mein Schlafzimmer. Als er mir folgte, nahm ich einen Schluck aus dem Wasserglas neben meinem Bett, denn mein Mund war trocken. Als ich aufblickte, sah ich Eric zögernd und unsicher in der von der Dunkelheit gerahmten Tür stehen.

»Es ist so schön, dich hier zu haben«, sagte er schließlich.

»Es ist schön, hier zu sein.«

»Und meine Familie mag dich sehr.«

»Ich mag sie auch.«

»Du bist ein alter Charmeur, James.« Er kam, kühner jetzt, auf mich zu und setzte sich ans Fußende meines Bettes. Unbeholfen stand ich neben ihm.

»In deiner Anwesenheit gehen wir alle sehr ungezwungen miteinander um«, sagte er, und ich wußte, daß dies stimmte: Es waren keine weiteren Anzeichen der Spannung zwischen Eric und seiner Mutter aufgetaucht, die ich in Prag bemerkt hatte, denn die Familie war zusammengerückt, um sich ihrem Gast von der besten Seite zu zeigen.

Langsam und bemüht, nicht zu zittern, setzte ich mich neben ihm auf das Bett. Unsere Knie berührten sich, wie zufällig, aber Eric nahm seines nicht fort, und ich zwang mich dazu, meines ebenfalls nicht fortzuziehen. Wir schwiegen, doch in meinem Kopf tobte der Aufruhr: Über dem raschen, harten Pochen meines Blutes hörte ich Ellas Stimme, kühl und gleichmütig, die mir sagte, sie könne niemanden lieben, der in Gefühlsdingen ein Feigling sei.

»Du bist mir ein Rätsel, James«, sagte Eric.

Ich blickte zu Boden, traute mich nicht zu sprechen.

»Nie weiß ich, was du meinst oder was du willst. Du kommst mir so verändert vor, seit wir Ella verlassen haben. Was ist dort passiert? Was ist zwischen euch beiden vorgefallen?«

Mit äußerster Willensanstrengung zwang ich mich, den Kopf zu heben. Ich sah Eric fest in die Augen, fand meine Stimme wieder und sagte rauh, daß ich nicht über Ella sprechen wolle. Ich holte tief Luft und legte meine Hand auf seine.

»Jetzt verstehe ich dich überhaupt nicht mehr.«

»Ich denke doch.« Meine Stimme klang fest und entschlossen, und ich nahm seine andere Hand in die meine.

Die Ungewißheit auf Erics Gesicht löste sich langsam in ein Lächeln auf. »Das kann ich nicht glauben«, sagte er und sah mich dabei scheu an.

»Warum nicht?«

»Weil ich ... *Mon Dieu,* wie soll ich das sagen?« Er zögerte, entschloß sich dann aber doch, sich mir anzuvertrauen. »Weil ich dich liebe und dachte, du wolltest mich nur zum Freund. Ich dachte, *sie* hätte dich für immer gewonnen.« Er redete hastig, in seinem Eifer, die Worte herauszubringen, verhedderte er sich.

Ich ließ seine Worte an mir vorbeiziehen, ohne daß sie eine Spur in meiner Seele hinterließen. Schweigend, berauscht vom Adrenalin, mit pochenden Adern, beugte ich mich vor, um ihn zu küssen.

Ich erinnere mich an diesen Kuß. O Gott, ich erinnere mich daran. Selbst heute noch sehe ich, wie sich Erics ungläubiges, von dunklen Locken gerahmtes Gesicht auf mich zu bewegt; ich rieche seinen fremden, unvertrauten Duft aus Schweiß und Rasierwasser; ich spüre seine Hände auf meinen Schultern und die Heftigkeit seiner schnellen Umarmung. Der Kuß selbst war rauh und hart; so anders als der Kuß einer Frau, wie er nur sein konnte, und plötzlich spürte ich ihn auf mir. Er nestelte an meinen Knöpfen, und ich stieß ihn fort und sagte mit aller Macht: »Nein!« Ellas Stimme klang mir im Kopf, sagte mir immer und immer wieder, daß ein einfacher Kuß ausreichend wäre, daß ich, hatte ich ihn erst einmal geküßt, Bescheid wüßte. Und als ich Eric von mir stieß und mich keuchend aufrichtete, bebend, wußte ich, daß ich Bescheid wußte, daß ich so weit gegangen war, wie ich ungefährdet gehen konnte, daß ich die Prüfung meiner Geliebten bestanden hatte, daß ich das strahlende Lob in ihren glänzenden Augen verdiente, daß ich jetzt Anspruch darauf erheben konnte.

Erst da wurde mir bewußt, daß Eric mich entzückt anlächelte, daß sein Gesicht vor Leidenschaft glühte, wie ich es nie gesehen hatte, sein Körper gespannt war vor Erregung. Und erst da dämmerte in mir eine dunkle Ahnung dessen, was ich seitdem mit solcher Gewißheit erfahren habe: daß man nämlich die Menschen nicht teilen kann, daß sie nicht der moralischen Zweckmäßigkeit anderer zuliebe in zwei Hälften aufgeteilt werden können. Schwer atmend und mit leuchtenden Augen nahm Eric meine Hände und beugte sich zu mir vor, und als er das tat, wußte ich mit plötzlicher Gewißheit, daß ich meinen Freund für immer verloren hatte. Ich sagte nichts, weil dieser Gedanke mich elend machte; aber als seine Lippen sich wieder den meinen näherten, stieß ich ihn weg und stand auf, und mir drehte sich alles, angesichts dessen, was ich getan hatte.

Schweigen legte sich über uns.

»Ich ... ich bin noch nicht soweit«, sagte ich schließlich.

Langsam und respektvoll ließ er meine Hände los. Ich sah die Anstrengung, die es ihn kostete, sich zurückzunehmen, das in so vielen Monaten angestaute Verlangen wieder zu zügeln, und dafür bewunderte ich ihn. Er richtete sich auf meinem Bett auf, beugte sich vor und ergriff mit fragend hochgezogener Braue wieder meine Hand. Ich brachte es nicht übers Herz, sie ihm zu verweigern.

»Ich liebe dich, James«, sagte Eric leise.

Ich sagte nichts.

»Ich liebe dich seit dem Tag, als ich dich zum ersten Mal sah, seit der Minute, als du Regina Boardmans Salon betreten hast.«

Mir schwirrte der Kopf. Eric versuchte, mich näher an sich zu ziehen, aber ich stieß ihn weg und ging zum Fenster hinüber. Ich ertrug seine Berührung nicht länger. Tief unter uns leuchteten die Straßenlaternen, und Autos fuhren in beiden Richtungen über das Kopfsteinpflaster.

So seltsam es auch scheinen mag, ich hatte keinen Gedanken daran verschwendet, was ich tun wollte, wenn ich die Prüfung erst einmal bestanden hatte. Über den Beweis meines Mutes in Gefühlsdingen hinaus hatte ich nicht gedacht. Und ich stellte fest, daß ich es nicht einmal mehr ertrug, meinen Freund anzuschauen; ich wußte, daß ich über keine Reserven mehr verfügte, mit seinen Liebesworten umzugehen. Meine ganze Kraft hatte ich darauf verwandt, mich Ellas Herausforderung zu stellen. Und jetzt, wo ich es getan hatte, jetzt, wo der Sieg mein war und Eric auf meinem Bett saß und mir sagte, daß er mich über alles liebte, hatte ich keine Ahnung, was ich tun sollte. Als ich auf die Straße unter mir starrte, wußte ich, daß er nie aus zwei getrennten Personen bestanden hatte, daß ich niemals die eine als Trophäe hätte nehmen und die andere unversehrt hätte lassen können. Schon in dem Moment war mir eigentlich klar, daß ich ihm mit allem, was ich fortan tun mochte, unwiderruflichen Schaden zufügen würde.

An diesem Abend ließ er mich in Ruhe, weil ihm mein Schweigen zwar nicht behagte, er es aber zu verstehen glaubte.

»Ich will dich zu nichts zwingen«, sagte er, als ich am Fenster verharrte, unfähig, ihm in die Augen zu schauen. »Ich werde dich jetzt allein lassen. Der Rest kommt dann schon, wenn unsere Zeit reif ist.« Und er stellte sich hinter mich und legte mir die Hand auf die Schulter. Als er spürte, daß ich mich versteifte, zog er sie zurück. »Gute Nacht«, sagte er. Und an der Tür wandte er sich um, und eine letzte Spur von Anstand gebot mir, mich ebenfalls umzudrehen und ihn anzusehen. »Ich bin so glücklich wie noch nie zuvor«, sagte er mit leiser Stimme und ging.

Ich versuche mich zu erinnern, was ich empfand, als ich mich auszog und ins Bett legte. Ich weiß, daß ich das Licht löschte und versuchte, an Ella zu denken, aber ihre Augen nicht mehr sehen und ihre Lippen nicht mehr auf meinen Lippen spüren konnte. Ich spürte einzig und allein die rauhe Kraft von Erics Kuß, die Wildheit seiner Leidenschaft. Und da kostete ich zum ersten Mal den bitteren Geschmack des Verrats. Da wußte ich, daß ich keine weitere Nacht mehr in diesem vertrauensvollen Haus bleiben konnte, daß ich am nächsten Tag fortgehen mußte, daß meine Freiheit jede Lüge lohnte. Und angesichts meiner Tat lag ich in kaltem Schweiß gebadet da und versuchte, nicht zu denken.

Ich schlief erst ein, als die Sonne den schwarzen Himmel in ein nebliges Grau verwandelte, aber als der Schlaf über mich kam, war er so tief, daß ich nicht hörte, wie Eric am nächsten Morgen meine Tür öffnete. Ich wurde erst wach, als er mir das Haar aus den Augen strich. Da wußte ich, daß die vergangene Nacht kein Traum gewesen war, daß der Alptraum Wirklichkeit war, daß seine Folgen nicht mit dem Schlaf verschwanden. Das alles wußte ich; und in meiner Verzweiflung ging mir der weitere Betrug glatt und leicht von der Hand. Nach einem hastigen Frühstück, bei dem ich mich zwang, Erics glänzenden Augen ohne Verlegenheit zu begegnen, rief ich Camilla Boardman an. Sie war beim dritten Läuten am Apparat, ihre Worte schrill und voll übertriebener Betonungen wie immer.

»*Schaatz!*« rief sie. »Ich dachte schon, du kommst *nie mehr* zurück! Wo bist du? Ißt du mit mir zu Mittag?«

Ich erklärte, daß ich mich bei Freunden in Frankreich aufhielte und ein gemeinsames Mittagessen deshalb unmöglich sei, was ich jedoch zutiefst bedauerte.

»Ach, wie *langweilig.* Ohne dich ist London wirklich *sterbenslangweilig,* und ich möchte wissen, wann du wiederkommst, um hier ein bißchen Leben reinzubringen.«

»Bald, Camilla. Bald. Und ich komme sogar noch eher, wenn du mir einen Gefallen tust.« Rasch erfand ich eine Geschichte über langweilige Leute, bei denen ich wohnte und um deren Gastfreundschaft zu entkommen ich eine höfliche Ausrede benötigte. Camilla nahm das begierig auf, denn das Spinnen von Intrigen war ihre Stärke. »Ich möchte, daß du mir hilfst«, schloß ich, »indem du in einer Stunde hier anrufst und mir die Nachricht hinterläßt, daß ich sofort zurück nach England kommen muß.«

»O Schatz, wie *aufregend!* Welche Begründung soll ich denn geben?«

»Das weiß ich nicht. Aber jemand wie du wird bei so etwas auf Inspiration meinerseits wohl kaum angewiesen sein.«

»*Natürlich* nicht, Schatz. Du kannst dich auf mich verlassen.«

»Das weiß ich. Deshalb habe ich dich auch angerufen.«

Und mit vielen durch den Äther geschickten Küssen und Koseworten endete das Gespräch, und ich legte auf.

Ruhiger jetzt, aber darauf bedacht, daß meine plötzliche Abreise von den Vaugirards als unvermeidbar angesehen werden würde, fragte ich Eric, ob er nicht einen Spaziergang mit mir machen wollte. Mir war daran gelegen, daß seine Mutter Camillas Anruf entgegennahm, denn dann wäre ich über jeden Verdacht erhaben.

Eric zeigte mir die Anlagen und Gebäude des Schlosses,

das nur mehr eine pittoreske Ruine war, und erzählte mir die Geschichte der Stadt, die es beherrscht hatte. Dankbar für dieses neutrale Thema, nickte ich lächelnd, hörte aber vor lauter Bangigkeit kaum zu und zählte die Minuten. Am entspanntesten war ich, wenn wir schwiegen, denn mit jedem Wort, das ich sagte, kam ich mir noch treuloser vor. Aber selbst das Schweigen war unaufrichtig: Für Eric waren es Minuten stiller Gemeinsamkeit, für mich waren es kurze Verschnaufpausen von dem Druck, zarte Gefühle an den Tag legen zu müssen. Nach etwa einer Stunde schlug ich vor, der Kälte den Rücken zu kehren und nach Hause zu gehen.

Als wir dort ankamen, war Louise de Vaugirard im Zustand hellster Aufregung. Sie empfing uns an der Eingangstür und führte mich ins Wohnzimmer, ergriff meine Hände und bat mich, Platz zu nehmen. »Ich habe schlechte Nachrichten für dich, mein lieber James«, sagte sie feierlich.

Ich setzte eine entsprechend besorgte Miene auf.

»Leopold liegt im Sterben«, sagte sie weich. »Er wird nicht mehr lange zu leben haben.« Und mit unendlicher Zartfühligkeit blickte sie mir in die Augen und streichelte meine Hand. »Deine Mutter hat eben angerufen. Sie meint, du solltest sofort nach England zurückkehren. Sie klang sehr betrübt.«

Leopold, so dämmerte mir, war Camillas King-Charles-Spaniel. Ich hatte Mühe, mich angesichts der Absurdität der Situation zu beherrschen, und wandte meinen Blick ab.

»Sch, sch«, sagte Erics Mutter und legte mir die Hand auf die Schulter. »Du mußt tapfer sein.«

»Ich packe jetzt wohl besser sofort meine Sachen«, sagte ich mit rauher Stimme.

»Das solltest du. Eric wird dich zum Bahnhof fahren.«

Benommen vor Erleichterung ging ich nach oben, um zu packen.

Kapitel 22

Ich bin schuldig, das weiß ich. Wenn doch nur ... Wenn doch nur triviale Versäumnisse nicht so große Folgen zeitigen würden. Wenn ich doch nur ein bißchen umsichtiger und weniger hektisch gewesen wäre, als ich Erics Haus verließ. Wenn ich nur nicht meine Geige in Vaugirard vergessen hätte. Wenn ich nur ... Ich weiß es nicht. Mit der Zeit hätte Erics Leidenschaft sich gewiß abgekühlt. Ellas Vertrauen wäre gewiß gewachsen. Wir alle hätten wieder Luft zum Atmen gehabt. Ich weiß es nicht.

Aber ich habe meine Geige in Vaugirard vergessen. Und deshalb erfuhr Eric, als er an jenem Nachmittag meine Eltern anrief, um zu fragen, ob er sie schicken solle, daß meine Familie niemanden namens Leopold kannte und ich nichts darüber hätte verlauten verlassen, vor Weihnachten heimkommen zu wollen.

Ahnungslos, wie schnell mich die Ereignisse überrollen sollten, legte ich die Zugfahrt zwischen Vaugirard und Ellas Dorf in die Ecke eines leeren Abteils gedrückt zurück und ließ die schreckliche Erinnerung an die vergangenen beiden Tage vor mir ablaufen, voller Erleichterung, daß ich Eric entkommen war. Und als die gefrorenen Felder an mir vorbeihuschten, erfüllte mich der Gedanke mit Freude, daß es nur noch eine Frage von Stunden war, bis ich meine Geliebte wieder ganz für mich haben, ihren zarten Körper in meinen Armen spüren würde. Während Ella von meiner Seele Besitz ergriff, wurden die Ereignisse der jüngsten Vergangenheit zunehmend unwirklicher, und mit ihnen auch Eric. Dies beruhigte mich, denn es machte es mir leichter, zu vergessen, was ich ihm angetan hatte. Und ich wollte vergessen. Ich versuchte mit aller Kraft, sämtliche Gedanken an meinen Freund zu verdrängen. Und weil ich wußte, daß ich Ella bald sehen, es aber Wochen dauern würde, bis ich Eric wiederbegegnete, konnte ich mir einreden, daß Zeit und Entfernung meine Verbündeten sein würden; daß sie mir irgendwie zeigen würden, wie ich Wiedergutmachung leisten und Erics Vertrauen zurückgewinnen könnte. Die Jugend ist bekannt für ihren Optimismus, und das galt in besonderem Maße für mich.

Bei meiner Ankunft rief ich Ella vom Bahnhof aus an, und ihre Freude rührte mich und gab mir das Gefühl, alles würde gut werden, alles wäre schon gut. Sie holte mich in Jacques' staubigem Renault ab, und zum ersten Mal, seit ich sie in London verlassen hatte, war wieder etwas von dem alten Zauber zwischen uns, ungetrübt von Sorge, unbelastet von der Gesellschaft anderer. Als wir um die letzte Kurve der Einfahrt bogen, wirkte mit ihr an meiner Seite das alte Haus lange nicht mehr so düster auf mich wie zuvor seine Verlassenheit; es bot Zuflucht, bot Schutz vor allen Gedanken an die Außenwelt.

Über das, was zwischen mir und Eric passiert war, teilte ich Ella nur das Nötigste mit. Ich hatte ihre Prüfung bestanden, das war alles, was sie von mir erfahren sollte. Und sie, die vielleicht schon bereute, sie mir auferlegt zu haben, forschte nicht weiter nach. Nach meinem kurzen Bericht über die vergangenen beiden Tage unterhielten wir uns, als sei nichts geschehen; als gäbe es Eric und Sarah und Charles gar nicht; als wären wir mit unserer Liebe allein und nährten uns einzig von ihr. An jenem Nachmittag begegneten wir einander mit einer Leidenschaft, die selbst uns neu war, und mit einem Gefühl fast vollkommenen Glücks, gab ich mich den Liebkosungen ihres warmen weißen Körpers hin. Wenn ich jetzt an sie denke, vermisse ich ihre geschmeidigen Glieder; ihre weichen Brüste; den Bogen ihrer Nase; den warmen Klang ihres silbrigen Lachens. Selbst jetzt noch vermisse ich sie, obwohl ich inzwischen ein alter Mann bin. Ungeachtet all dessen, was passiert ist, begehre ich sie. Und ich werde mein Verlangen mit ins Grab nehmen.

Jetzt bin ich am schmerzlichsten Teil meiner langen Geschichte angekommen. Ich habe die erste der schrecklichen Konsequenzen meiner und Ellas Sünde erreicht, die erste von so vielen, die noch folgen sollten. Es fällt mir schwer, von dem zauberhaften Abendessen zu erzählen, das wir an jenem Abend gemeinsam einnahmen, oder davon, wie unser entzücktes Lachen und unsere herzlichen Worte das kalte alte Haus erstrahlen ließen. Damals hatte ich keine Ahnung, wie nah wir dem Ende waren, wie kurz die Zeit ungetrübter Liebe war, die uns noch blieb. Wir beide aßen allein in dem kleinen Eßzimmer, das von der Diele abging. Dr. Pétin war wieder im Dorf unterwegs, und wir genossen die Ruhe. Ich erinnere mich an das gemütliche Knistern des Feuers; den warmen Lichtschein auf Ellas Gesicht; den Duft von Holzfeuer und Zigaretten und Schweiß und Parfüm, der uns umgab. Wir hatten uns nicht angezogen, sondern saßen in Morgenmänteln Seite an Seite an dem schmalen Tisch, das Haar zerzaust, berührten uns manchmal beim Essen, beobachteten die Bewegung der Gabel des anderen, lauschten dem gedämpften Klirren von Silber auf Porzellan, tranken süßen Wein. Wenn ich an diesen Abend zurückdenke, sehe ich das verwuschelte Haar meiner Geliebten; die Glut ihrer Wangen; die Kontur ihrer Nase im Kerzenlicht. Ich höre unser müßiges Reden, die Offenheit unserer Worte und ihr helles Lachen, das eine Oktave tiefer in meinem ein Echo findet. Ich sehe, wie ihre Stirn sich furcht, als es an der Tür klingelt, und höre sie sagen, daß dies wohl Dr. Pétin sein müsse, der überraschend aus dem Dorf zurückgekehrt sei, und dem ähnlich sähe, ausgerechnet jetzt heimzukommen. Ich höre sie kichern und sagen, wie kompromittierend unser Aufzug sei, und ich sehe sie ihren Morgenmantel fester um ihre schmale Taille ziehen und sich ohne viel Effekt mit der Hand durch das Haar fahren. Ich blicke ihr nach, als sie an mir vorbei durch die Tür des Eßzimmers und in die Diele geht, und lausche auf den ehrerbietigen Gruß des Doktors. Einen Augenblick lang herrscht Stille. Dann scheuert ein schwerer Riegel, und in einem nicht geölten Schloß wird ein Schlüssel gedreht. Dann ein kurzer, erschrockener Aufschrei und der Klang von Männerschritten auf den Fliesen, und ich höre Erics Stimme erregt und schrill nach mir fragen, und Ellas Antwort, daß ich nicht hier sei und er sofort wieder gehen müsse. Und ich höre seine eiligen, entschlossenen Schritte in der Diele und seine erhobene Stimme, die meinen Namen ruft, und ich stehe auf, mir ist übel, und ich gehe zur Eßzimmertür und öffne sie und sehe ihn dort stehen, in den gleichen Kleidern, in denen ich ihn am Morgen verlassen hatte, sein Haar wirr, meinen Geigenkasten in seiner kräftigen Hand. Und da fällt mir ein, wo ich ihn vergessen hatte, und ich weiß mit entsetzlicher Klarheit, was passiert ist, wie er mich gefunden hat. Ich gehe auf ihn zu, aber er blickt mich voller Entsetzen an und schleudert den ausgebleichten Lederkasten mit aller Wucht auf den Boden. Es folgt ein schreckliches Knacksen von Holz und reißenden Saiten, und ich sehe zu, wie er durch die Tür hinausstürmt und die Stufen hinabspringt, hinaus in die kalte schwarze Nacht.

Was blieb mir anderes übrig, als ihm zu folgen? An Ella vorbei, die schweigend in der Diele steht, laufe ich die Stufen hinunter und in meinem Morgenmantel hinter ihm her, der

Wind jener eisigen Nacht peitscht mir um die Ohren, seine Kälte macht meine Zehen taub. Ich rief den Namen meines Freundes einmal, zweimal, aber die einzige Antwort blieb das stete Stampfen seiner Füße auf dem Kies, als er vor mir davonlief. Ich folgte ihm im Dunkeln, geleitet von meinen Ohren und der Eibenhecke, die mir die Hände zerkratzte, aber den Weg wies. Anfangs rief ich, aber als mir klar wurde, daß meine Stimme ihn nur um so schneller rennen ließ, schwieg ich und lauschte statt dessen, folgte dem Knirschen seiner Schritte und versuchte seine fliehende Gestalt im Dunkel zu erkennen. Als der Mond voll und klar hinter einer Wolkenbank auftauchte, sah ich ihn im Eibenhain am Ende des Gartens verschwinden, und ich rannte darauf zu. Als ich aus dem dichten Schatten der Eiben auftauchte, sah ich ihn durch den Obstgarten laufen, hörte ihn mir mit einem scharfen schrillen Ton in der Stimme, die an den Schrei eines gehetzten Tieres erinnerte, zurufen, ich solle ihn allein lassen. Doch ich blieb ihm auf den Fersen, bis ich den Obstgarten hinter mir gelassen hatte und keuchend am Rande des Steinbruchs stand; ich rief ihn mit sanfter Stimme, sagte ihm, ich könne ihm alles erklären. Als der Mond wieder durch die Wolken brach, stand seine Gestalt unvermittelt vor meinen Augen neben der Bank. Als ich seinen Namen rief, setzte er sich auf die rissige Sitzfläche, den Kopf in den Händen, die Schultern bebend. Ersticktes, atemloses Schluchzen drang durch die feuchte Luft zu mir, und bestürzt ging ich zu ihm und legte ihm meine Hand auf die Schulter.

»Faß mich nicht an.« Seine Stimme war schwach und unsicher, fast dünn; noch nie hatte ich sie so gehört.

»Eric«, fing ich an und verstummte. Ich fand keine Worte.

Langsam wandte er sich zu mir und blickte mich an. Als meine Augen sich an die Dunkelheit gewöhnt hatten, sah ich, daß sein Gesicht naß war. »Warum bist du hier?« wollte er wissen, und in seinem hilflosen Blick und den tränenvollen Augen lag etwas Mitleiderregendes. »Warum bist du hier bei *ihr?*«

Ich sah ihn an und schwieg.

»Ich liebe dich, James.« Der Mann neben mir ergriff meine Hände und hielt sie fest, als ich versuchte, sie ihm zu entziehen. »Ich liebe dich, seit ich dich zum ersten Mal gesehen habe.«

»Nein, Eric …«

»Und ich weiß, daß du mich liebst.« Er sprach jetzt schneller. »Ich weiß es. Lange Zeit war das anders. Ich habe versucht, mich mit deiner Freundschaft zu begnügen, mit dem, was wir in Prag hatten.« Ich befreite meine Hände und wartete hilflos ab, wünschte mir, er würde aufhören zu reden. Er spürte mein Unbehagen. »Aber … gestern abend«, fuhr er schließlich fort. »Gestern abend habe ich begriffen, daß auch du mich liebst. Nein, sag jetzt nichts. Ich weiß es.«

Schweigend schüttelte ich den Kopf, unfähig, einen klaren Gedanken zu fassen.

»Was nützt es, wenn du dir was vormachst, James? Eine Liebe wie die unsere ist wunderbar. Da gibt es nichts, wofür man sich schämen muß.«

»Aber Eric …«

»Sag nicht ›Aber Eric‹. Du weißt, daß du mich liebst. Sag, daß du das tust.«

Und als er wieder meine Hände nahm und sie an seine Lippen preßte, wußte ich, daß ich etwas sagen, ihm die Augen öffnen mußte. »Eric«, fing ich an und befreite mich wieder aus seinem Griff, »ich …«

»Was, James?«

»Ich …« Vergebens suchte ich nach einer Floskel, nach einer Formulierung, welche die Wahrheit und meinen Verrat an ihm zu verschleiern vermochte. Nach kurzem Überlegen fand ich sie. »Du bist mein Freund«, sagte ich, »einer der Menschen auf der Welt, die mir am meisten bedeuten.« Ich wartete ab, sah die Hoffnung in seinen Augen. »Ich habe meine Zuneigung zu dir mit etwas anderem verwechselt.«

»Nein.«

»Doch, Eric, und es tut mir leid. Ich liebe dich, aber nicht auf diese Weise. Ich kann dich nie auf diese Weise lieben.«

»Aber gestern abend ...?« Er sah mich an, ein Bild hilflosen Jammers.

»Das gestern abend war verrückt. Ich war verwirrt. Ich wußte nicht, was ich tat.«

»Das glaube ich dir nicht.«

»Es ist die Wahrheit, ich schwöre es dir.«

»Aber du hast mich geküßt.«

»Es war ein Fehler«, sagte ich leise, wie betäubt vor Selbstverachtung.

»Ein Fehler?«

»Ja. Ein Fehler. Ich kann dich nicht so lieben.«

»Warum nicht?«

»Ich bin eben nicht so.«

Ein kurzes, entsetzliches Schweigen.

»Liebst du *sie* denn?« fragte er schließlich.

»Wen? Ella?«

»Wen denn sonst?«

»Ja, ich liebe sie.«

Eric sah mich hilflos an, er begriff es nicht. »Und du liebst mich nicht?«

Ich setzte mich auf die Bank und legte den Arm um ihn. »Ich mag dich wie niemanden sonst«, sagte ich.

»Aber du liebst mich nicht.«

»Nein, das tue ich nicht.«

An dieser Stelle begann er zu weinen, erst schwach und leise, dann heftig und laut; und ich rührte mich nicht, als er sich an meine Schulter lehnte und große heiße Tränen weinte, die meinen Hals und den Kragen meines Morgenmantels benäßten. Langsam legte ich meine Hand auf seinen zitternden Rücken, und als ich das tat, merkte ich, wie ich fror.

»Komm schon«, sagte ich sanft. Und dann sah ich in der Dunkelheit den hellen Strahl einer Taschenlampe und hörte Ella nach mir rufen. Auch Eric hörte sie und klammerte sich mit all seiner Kraft an mich, vergrub sein Gesicht an meinem Hals, und seine Tränen waren noch immer heiß und naß auf meiner Brust.

»Na, komm«, sagte ich wieder; und dann blinzelte ich in den grellen Strahl der Taschenlampe, der uns einfing und festhielt. Dahinter stand Ella, ihr Gesicht geisterhaft weiß über dem hochgeschlagenen Kragen ihres Mantels; und obwohl mich die Helligkeit des Lichtstrahls blendete, sah ich die Furcht in ihren Augen.

»Was tust du da?« Ihre Stimme war schneidend und schrill.

»Es ist nicht, wie du denkst«, sagte ich und wollte Eric von mir schieben. Doch dann begriff ich, daß ich Ella nichts mehr beweisen mußte. Sie konnte mir jetzt glauben; ich hatte genug geopfert, um ihr Vertrauen zu verdienen. Und so hielt ich den Freund fest, dessen große Gestalt zitterte. Ruhig und bestimmt bat ich Ella, uns einen Augenblick allein zu lassen.

»Was soll das heißen?« erwiderte sie mit bebender Stimme.

»Genau das, was ich gesagt habe. Ich werde gleich ins Haus zurückkommen. Bitte. Eric und ich müssen unter vier Augen miteinander reden.«

Gespanntes Schweigen lastete auf uns, das einzig und allein von Erics Wimmern unterbrochen wurde.

»Ehe ich gehe, mußt du ihm sagen, daß ich es bin, die du liebst.«

Der Klang von Ellas Stimme schien Eric aus seinem Elend zu reißen, denn er hob den Kopf und schaute sie an.

»Sag's ihm«, wiederholte sie, und ihr Gesicht war hart und entschlossen.

»Geh!« Der Mann an meiner Seite hatte zu weinen aufgehört. Langsam erhob er sich, und seine massige Gestalt wirkte im Mondlicht bedrohlich. »Du hast genug Schaden angerichtet«, sagte er mit belegter Stimme. »Geh jetzt. Ich bin es, den James liebt. Und daran wird keines deiner Worte etwas ändern können.«

Ich sah zu, wie sie einander gegenüberstanden. »Bitte, ihr zwei ...«, fing ich an.

»Sag's ihm, James.«

»Bitte, Ella. Ich werde in einer Minute zurück sein.«

»Sag es ihm, bevor ich gehe.«

»Bitte.«

»Sag ihm, warum du ihn geküßt hast.«

Stille. Eric sah mich an.

»Was meint sie damit, James?« fragte er schließlich.

»Nichts. Nichts, Eric. Jetzt laßt uns bitte ...«

Der Strahl der Taschenlampe schwenkte wieder in meine Augen. Ellas Gesicht dahinter war verkniffen und starr. »Sag es ihm«, wiederholte sie. »Da hilft jetzt kein Verstellen. Das haben wir drei hinter uns.« Und bei diesen Worten kam sie auf mich zu – auch ich war jetzt von der Bank aufgestanden – und hakte sich mit Bedacht bei mir unter.

»Was geht hier vor, James? Was soll das bedeuten?« Erics Stimme klang jetzt gefaßter, aber ich sah, wie das Blut in den Adern an seinen Schläfen pulsierte.

»Es ist nichts«, sagte ich.

»O doch!« Ellas Stimme war hoch und herausfordernd.

»Bitte, Ella.« Ich sah sie an, versuchte ihr mit den Augen zu verstehen zu geben, daß sie nichts zu befürchten hatte. Doch sie wandte den Blick ab.

»Ich werde nicht gehen, bis du Eric die Wahrheit gesagt

hast«, fuhr sie mit entschlossener Stimme fort. »Ich möchte, daß du ihm sagst, daß du mich liebst und daß du ihn geküßt hast, um mir deine Liebe zu beweisen.«

»Ich bin es, den er liebt.« Erics Stimme klang jetzt wütend. »Du hast alles versucht, um uns zu schaden, und du bist gescheitert.« Er trat zu mir. »Komm, James. Komm mit mir.« Und mit Wut in den Augen schaute er Ella an.

»Eric ...«, fing ich an und suchte nach Worten. »Eric, ich ... ich liebe Ella.« Ich hielt inne.

»Sag's ihm, Jamie.«

»Ich ...«

»Und das gestern abend?« Eric sah mir in die Augen, und ich zwang mich, seinem Blick standzuhalten.

»Ich ... ich habe es nicht so gemeint.«

»Sag es ihm, Jamie.«

»Es war eine Prüfung«, sagte ich schließlich, elend vor Verzweiflung.

»Eine Prüfung?« In seiner Stimme schwang Entsetzen mit.

»Ich mußte mich beweisen.«

»Was mußtest du beweisen?«

Und da wußte ich, wenn auch zu spät, daß ich nur meine eigene Schwäche bewiesen hatte.

»Er hat bewiesen, daß er alles für mich tun würde.« Ellas Augen glänzten. Sie ergriff meine Hand.

Ihre Berührung und ihre lächelnden Lippen widerten mich an; ich riß meine Hand los. »Laß das«, sagte ich und spürte, wie eine Welle des Ekels über mir zusammenschlug. »Ich wußte nicht, was ich da tat«, murmelte ich rauh in Erics Richtung. »Das mußt du mir glauben.«

»Du hast es ganz genau gewußt.«

Und wir wußten alle drei, daß er recht hatte.

Kapitel 23

Ich erinnere mich nicht mehr, wie ich in jener Nacht von den beiden loskam, wie ich den Weg zurück zum Haus und in den warmen Schutz seiner staubigen Zimmer fand. Ich weiß noch, daß ich durch den Obstgarten lief und auf dem gefrorenen Gras ausrutschte und stürzte. Ich erinnere mich auch an Erics Augen und Ellas Lächeln, das im Mondlicht unwirklich aussah, und an die geisterhafte Blässe beider Gesichter. In meinem Drang, von ihnen fortzukommen, rannte ich kopflos davon, vorbei an kahlen Bäumen und schlecht beschnittenen Hecken und einem im Dunkeln düster schweigenden Brunnen. Ich rannte, bis die Lichter des Hauses vor mir auftauchten, ein Leuchtfeuer in der Nacht; und ich hielt erst ein, als ich in der hellerleuchteten Diele war, schweißüberströmt und mit vom Sturz blutigen Knien, meine Hände rot und eiskalt. Ich trug noch immer meinen Morgenmantel.

Ich konnte an diesem Abend keinem von beiden mehr in die Augen schauen, soviel wußte ich. Und so holte ich mein Bettzeug aus dem Zimmer, das ich mit Eric bewohnt hatte, und breitete es auf dem Fußboden eines unbenutzten kleinen Raumes neben der Küche aus. Ich beeilte mich, weil ich fürchtete, Ella oder Eric könnten zurückkommen, und schwer atmend und den Tränen nahe schloß ich mich wie ein Kind, das sich versteckt, um der Bestrafung zu entgehen, in der engen Dunkelheit ein. Doch auch als ich endlich allein war, fand ich keinen Frieden, denn der Raum füllte sich mit Bildern und Geräuschen; mit dem rauhen Kratzen von Erics Lippen auf den meinen; mit der herben Süße von Ellas Duft; mit wüstem Gelächter und Augen voller Tränen und dem Anblick von Erics Gesicht am Steinbruch, verschreckt wie das eines verwundeten Tieres. Von ferne hörte ich, wie sich die Eingangstür öffnete und wieder schloß, und dachte erleichtert, daß keiner von beiden mich finden würde, ehe es Morgen war. Das Herz voller Verzweiflung, versuchte ich zu schlafen.

Der Schlaf kam mit dem Sonnenaufgang, und dann war er tief und traumlos. Ich schlief so fest, daß ich das Schreien zuerst nicht hörte; und ich hatte mich so gut versteckt, daß Ella das ganze Haus nach mir absuchen mußte, als sie ihn am nächsten Morgen gefunden hatten. Ich weiß noch, daß ich mit der Zerschlagenheit einer auf einem harten Steinboden verbrachten Nacht aufwachte und die frostige Kälte dieses unangenehm feuchten, unbelüfteten Raumes spürte, als sie mit verzweifelter Stimme gegen die Tür trommelte.

Eric lag mit dem Gesicht nach unten im Wasser, trieb wie ein Stück Holz in den Tiefen des Steinbruchs. Es waren vier Männer aus dem Dorf nötig, um seinen Körper an den Rand des Sees und dann über den steilen Abhang nach oben zu ziehen. Ella und ich sahen zu, wie sie die mitgebrachten Seile an die Eiben banden und sich zum See hinunterließen. Wir hörten das Platschen ihres Schlauchboots, als es in das trübe Wasser gelassen wurde. Wir beobachteten, wie zwei von ihnen einstiegen, und hörten ihr Paddeln; hörten ihr Keuchen, als sie die Leiche ins Boot hievten, und beobachteten ihre langsame Rückkehr zu den anderen, die an der Steilseite des Steinbruchs hingen. Dann kamen Winden und Gurte zum Einsatz, und Eric begann seine ruckartige, einsame Reise nach oben, zurück zu uns, zurück auf trockenen Boden. Ich sehe das grausige Starren seiner Augen in seinem wächsernen Gesicht noch vor mir, seinen offenen Mund; das immense

Gewicht seines tropfenden Körpers, als er auf die kalte Erde gelegt wurde.

Dr. Pétin unterzeichnete den Totenschein, sein sonst rosiges Gesicht war bleich und düster, sein Haar für einmal in Unordnung. Als wahrscheinliche Todesursache gab er Ertrinken an; und ich sah zu, wie er schweigend die Formulare ausfüllte, sah ihn über dem aufgedunsenen Gesicht meines Freundes knien und die Leiche untersuchen. Und als ich die Tränen in den Augen des alten Mannes sah, merkte ich, daß ich nicht weinte. Ich war taub, unberührt von der Aufregung, die auf den Tod eines Menschen folgt. Und ruhig, fast mechanisch, begrüßte ich die Dorfgendarmerie; sah zu, wie sie Eric in einen Ambulanzwagen hievten und zur weiteren Untersuchung abtransportierten; nahm die Beileidsbekundungen von Madame Clancy und Jacques entgegen; dankte den Männern, die Erics Leiche aus dem Steinbruch geborgen hatten. Wie im Traum stand ich neben Ella, als sie dem Ermittlungsbeamten erklärte, daß Eric mir von Vaugirard aus nachgereist sei, um mir meine Geige zu bringen; daß er gegen Ende des Abendessens angekommen sei und sie und ich ihm Kaffee und ein Bett angeboten hatten; daß er vor dem Schlafengehen noch einen Spaziergang habe machen wollen; daß er einen durchaus glücklichen Eindruck gemacht habe, eigentlich ganz wie immer. Und als ich dann befragt wurde, sagte ich, ich sei einer von Erics besten Freunden gewesen; von Kummer habe er mir nichts gesagt; die Nacht sei dunkel gewesen; daß ich mir nur vorstellen könne, er sei gestürzt; daß er nicht zu den Menschen gehörte, die sich das Leben nehmen.

Erst als der Polizist fragte, ob ich die Adresse der nächsten Verwandten des Verstorbenen wisse, durchdrang die Wirklichkeit den Nebel. Sofort sah ich die Vaugirards vor mir: Louise, die auf dem Markt die Zutaten für das Abendessen auswählte; Eric *père,* der ernst in seinem Arbeitszimmer saß und sich auf das Mittagessen freute; Sylvie mit ihrem Sohn, den sie von der Kinderkrippe abgeholt hatte und fragte, was er den Tag über gemacht habe.

»Ich kenne sie«, sagte ich zu dem *gendarme.*

»Dann wäre es vielleicht besser, wenn Sie die Familie informierten«, meinte er. Er war ein kleiner, ängstlicher Mann mit freundlichen Augen. Es war, wie er mir erzählte, für ihn das erste Mal, daß er einen Toten gesehen hatte.

Also war ich es, der mit Erics Mutter telefonierte; ich mußte mir ihre besorgten Fragen nach Leopold anhören; ich erzählte ihr, daß man seine Krankheit übertrieben hatte und er jetzt außer Gefahr war; ich ertrug ihre Freude über diese Nachricht. Ich war es, der ihr erzählte, daß etwas Schreckliches passiert war; von mir erfuhr sie, daß Eric tot war. Ich mußte mir den ersten spitzen Aufschrei einer Mutter anhören, die ihren Sohn verloren hat. Danach stürzten ihre Fragen auf mich ein, und ich erklärte ihr, daß Eric ohne Taschenlampe nachts spazierengegangen und in einen Steinbruch gestürzt war. Und noch immer weinte ich nicht; ich konnte nicht. Fühllos und unbewegt, nahm ich mit Ella, dem *gendarme* und Dr. Pétin meinen Platz am Eßzimmertisch ein und wartete auf die Ankunft von Erics Eltern, leer im Kopf, bis auf einen dumpfen Schmerz und das stetige Pochen meines Blutes. Ich schaute Ella an, sah sie aber nicht. Ich registrierte mechanisch, wie sie eine Zigarette nach der anderen rauchte, ohne ihre Bewegungen, ihren Geruch wahrzunehmen. Da wußte ich, daß ich niemals jemandem den wahren Grund für Erics Tod erzählen würde, ebensowenig wie sie. Ich redete mir ein, es wäre für Erics Eltern besser, das Schicksal zu verfluchen und mit der Tragödie eines Unfalls zu leben, als zu wissen, daß ihr Sohn sich selbst das Leben genommen hatte. Aber ich hatte keine Kraft mehr zur Selbsttäuschung. Ich wußte sehr genau, warum ich gelogen hatte, warum ich immer lügen würde. Ich wußte, daß ich ein Feigling war, daß ich weder den Willen noch den Mut besaß, für mein Tun öffentlich einzustehen. Und indem ich damals log, indem ich die einzige Gelegenheit zu einem ehrlichen Geständnis verstreichen ließ, begab ich mich der einzigen Möglichkeit zur Sühne. Ich verurteilte mich dazu, mich selbst zu richten, und machte aus mir einen Verbrecher. Und als ich mit der schweigenden Gruppe am Tisch saß, wußte ich, daß mich, was immer ich auch tat, die Gewißheit, wertlos zu sein, stets begleiten würde.

Die Vaugirards trafen am späten Nachmittag ein, und ich unterwarf mich ihren tränenreichen Umarmungen. Madame Clancy verschwand, um zwei Schlafzimmer herzurichten: eines für sie und eines für mich, denn ich konnte es nicht ertragen, in den Raum zurückzukehren, den ich mit Eric geteilt hatte. Unterdessen saß ich mit Erics Eltern zusammen und erzählte ihnen, daß Eric mir nachgefahren sei, um mir meine Geige zu bringen; wie er in Hochstimmung zu einem Spaziergang aufgebrochen sei; daß er keine Taschenlampe mitgenommen habe; wie Ella und ich zu Bett gegangen seien, ohne große Sorge, er könnte nicht zurückkommen; wie er am Morgen mit dem Gesicht nach unten im Wasser gefunden worden sei. Erics Mutter war ruhig, wie ich. Sie saß auf einem Stuhl mit hoher Lehne würdevoll neben mir, die Hand auf den Arm ihres Ehemanns gelegt, die zarten Schlüsselbeine deutlich sichtbar, ihr Rücken gerade. Eric *père* weinte, wie Eric *fils* in der Nacht zuvor geweint hatte: Es waren die lauten häßlichen Schluchzer eines Mannes, dem Tränen fremd sind. Von allen Geräuschen, die ich an diesem Tag vernommen hatte, durchdrang einzig sein Weinen meine Starre; und ich hörte Erics Weinen und spürte die warme Flut seiner Tränen an meinem Hals. Dann hörte ich sein Lachen. Fern und leise anfangs, dann lauter, voller, beherzter, näher. Und nun sah ich seine vor Freude funkelnden Augen und das Aufblitzen seiner weißen Zähne und sein breites Lächeln, und ich dachte, ich müßte weinen, tat es aber immer noch nicht.

Die Tränen kamen erst später, als ich das Zimmer betrat, in dem Eric und ich geschlafen hatten. Ich wollte das Bettzeug zurückbringen, das ich in der Nacht zuvor geholt hatte. So betäubt ich auch war, konnte ich doch klar genug denken, um zu wissen, daß es nicht gut wäre, wenn es in dem dunklen Raum neben der Speisekammer entdeckt werden würde. Deshalb ließ ich die Vaugirards, die sich mit Dr. Pétin unterhielten, allein und schlich mich über den gewölbten Flur, durch den Ella Eric und mich erst vor so kurzer Zeit geführt hatte. Alles in dem Zimmer war genau so, wie ich es in Erinnerung hatte: der Kleiderschrank; die Romane; der Wandschirm. Dann bemerkte ich den vertrauten Duft von Lavendel und Holzrauch und einen weiteren Geruch, den ich einen Augenblick lang nicht einzuordnen wußte, den Geruch von Schweiß und Rasierwasser. Und da überwältigte es mich, und ich sank langsam auf die Knie, vergrub das Gesicht in den Armen, die Nase in der dicken Wolle meines Pullovers. Ich konnte Erics Geruch nicht ertragen. Und während ich zitternd auf dem Fußboden hockte, hörte ich die Tür aufgehen und spürte, wie Louise sich neben mich kniete und mich mit den langen schlanken Armen und den knochigen Händen umarmte, die sie Eric vererbt hatte. Schweigend wiegten wir uns in den Armen, und entsetzt spürte ich ihre Tränen auf meiner Schulter, wo sie sich vielleicht mit dem Salz der Tränen ihres Sohnes vermischten.

»Du darfst dir nicht die Schuld daran geben, daß du Eric gestern nacht allein hast hinausgehen lassen«, sagte sie. »Er war tollkühn. Und gerade das haben wir an ihm geliebt. Genau das hast du an ihm geliebt.«

Ihre Worte setzten mir mehr zu, als der saubere Stich eines Messers es vermocht hätte.

Die Polizei kam zu dem Schluß, daß es ein Unfalltod war, und Eric wurde in der geweihten Erde des winzigen Friedhofs beigesetzt, der neben dem Schloß in Vaugirard lag. Ich war Leichenträger bei seiner Beerdigung, meine Augen waren die einzigen, die in dieser überfüllten Kapelle mit ihren harten Kirchenbänken und normannischen Bögen trocken blieben; meine Schultern waren die zuverlässigsten der sechs, die den schweren Sarg hochhoben und ihn den schmalen Gang hinuntertrugen. Ich überstand diesen Tag mit der grimmigen Entschlossenheit eines Mannes, der zu lebenslänglicher Haft verurteilt ist; und ich beobachtete mich mit sachlichem Interesse aus einer Nische meiner Seele, dem einzigen Zufluchtsort, den ich finden konnte. Ich beobachtete mich beim Anziehen an diesem Morgen; sah zu, wie meine Finger die schwarze Krawatte banden, die ich mir zu diesem Anlaß gekauft hatte; sah zu, wie sie mit dem Kamm durch das Haar fuhren; bemerkte, daß ich älter, verhärmter aussah als noch eine Woche zuvor; sah ungerührt, daß ich nichtsdestotrotz vorzeigbar war. Ich hatte sieben Nächte in Folge so gut wie nicht geschlafen; meine Wangen waren eingefallen; unter meinen Augen lagen dunkelviolette Ringe. Die Erschöpfung wirkte beruhigend; sie trennte und distanzierte mich von der Welt, von meiner Rolle im letzten Akt von Erics Tragödie. Sie schottete mich ab gegen die Tränen und das Leid derer, die mich umgaben; sie schützte mich vor der Erkenntnis dessen, was ich getan hatte; sie betäubte mein Leid zu einem dumpfen Schmerz.

Ich erinnere mich an jene schmale Kapelle hoch über der Stadt; ich erinnere mich an das Rascheln der schwarz gekleideten Gemeinde, als diese auf den schmalen Kirchenbänken aus dunklem Holz Platz nahm; ich erinnere mich an die würdevolle Ruhe von Louise und die wilden roten Augen von Eric *père*. Ich erinnere mich an den Sarg; erinnere mich an den darin liegenden Eric; erinnere mich an die stille, bleiche Würde seines Gesichts; seine unnatürlich geordneten schwarzen Locken. Auch als ich in der Reihe derer, die ihm die letzte Ehre erweisen wollten, vor ihm stand, blieb jedes Gefühl aus, denn das da war nicht mein Freund, war nicht der Eric, mit dem ich mein erstes Konzert gegeben hatte; war nicht der Eric, mit dem ich im Café Florian gelacht hatte; war nicht einmal der Eric, den ich so bereitwillig geopfert hatte, um Ella meine Liebe zu beweisen. Seine Seele hatte seinen Körper verlassen, so viel wußte ich, und ich konnte nur hoffen, daß sie ihren Frieden gefunden hatte. Mit unnatürlicher Ruhe blickte ich ihn an und versuchte, Abschied von ihm zu nehmen, aber es wollten keine Worte kommen. Das Gesicht von Erics totem, ausstaffiertem Körper hatte keine Bedeutung mehr für mich. Erst, als ich seine Schuhe sah, kamen mir die Tränen. Sie verbanden den Toten vor mir mit einer lebendigen Vergangenheit, einer Wirklichkeit, die ich plötzlich entsetzlich vermißte. Ich erinnerte mich an die Szene im Florian, als Eric sie gekauft hatte, und hörte seine lachende Stimme sagen, daß er neue Sachen nicht leiden könnte. Er hatte sie von einem Mann gekauft, der mit der Frau mit der strengen Nase befreundet war, einem Engländer, der schlechte Zeiten durchmachte. Es waren derbe Arbeitsschuhe, altmodisch und abgewetzt, und sie hatten zusammen mit einem alten Tweedanzug und ein paar Krawatten unter den Stammgästen im Florian die Runde gemacht. Eric hatte die Schuhe gekauft, ohne um den Preis zu feilschen, wie das die Käufer der anderen Sachen getan hatten, denn er wollte niemanden ausbeuten, der in Not war. Er hatte ihrem Besitzer die geforderte Summe bezahlt und die Schuhe auch gleich angezogen. Und das war es, was mich zu Tränen rührte.

Ella kam zu mir, als der Strom der Trauergäste sich vom Grab entfernte, eine Reihe schwarzer Gestalten unter einem grauen Himmel, fröstelnd im Wind. Im Verlauf der vergangenen Woche war ich mir ihrer kaum bewußt gewesen; ich hatte ihre roten Augen und ihre eingefallenen Wangen gesehen; ihr blasses Gesicht und die dunklen Ringe unter ihren grünen Augen, ohne all das jedoch wirklich wahrzunehmen. Ich hatte darauf geachtet, nie mit ihr allein zu sein, denn das hätte ich nicht ertragen. Und als sie auf dem Friedhof ihre Hand in meine schob, ekelte ich mich vor der Glätte ihrer Haut, denn sie erinnerte mich an das, was ich getan hatte, um sie zu gewinnen; was ich getan hatte, um ihrer wert zu sein. Ich konnte ihr nicht in die Augen schauen.

»Jamie …«, sagte sie schließlich. »Bitte tu das nicht. Tu nicht so, als gäbe es mich nicht.«

Ich beschleunigte meinen Schritt.

»Bitte«, sagte sie wieder. »Ich kann nicht mehr.«

»Eric war es, der nicht mehr weiterkonnte«, sagte ich leise. »Nicht du. Nicht ich. Eric.«

Ihre Hand packte fester zu. Ich schüttelte sie ab.

»Was wir getan haben, war der Grund dafür, daß er sich umgebracht hat«, sagte ich, »das, wozu …« Ich unterdrückte die Anschuldigung, die mir auf den Lippen lag.

»Sag es«, verlangte sie.

»Das, wozu du mich angestiftet hast.«

Wir schwiegen beide.

»Jamie«, sagte sie schließlich. »Jamie, tu das bitte nicht.« Und in ihrer Stimme lag echtes Flehen. Noch immer konnte ich ihr nicht in die Augen schauen.

»Glaubst du allen Ernstes, wir könnten fröhlich weitermachen wie bisher?«

»Nein, vielleicht nicht wie bisher, aber … Begreifst du denn nicht, wie sehr wir einander brauchen? Wir brauchen einander jetzt mehr als je zuvor. Du bist meine einzige Hoffnung. Ich bin die deine.«

Wir näherten uns jetzt den anderen Trauernden; und ich hörte zuschlagende Wagentüren und das Klacken hoher Absätze auf dem Kopfsteinpflaster.

»Was hast du ihm gesagt?« fragte ich unvermittelt, aber ruhig. »Was hast du ihm gesagt, als ich fort war?«

Sie gab keine Antwort.

»Was hast du gesagt?«

»Bitte, Jamie ...« Sie weinte jetzt.

»*Was hast du ihm gesagt?*«

»Ich ...« Ella sah mich an. Ich erwiderte ihren Blick mit steinerner Miene, und zum ersten Mal blieb ihre Schönheit ohne Wirkung auf mich. »Bitte nicht«, sagte sie wieder.

»Sag es mir.«

»Ich ...« Sie zögerte und öffnete ihre Tasche, um sich eine Zigarette herauszuholen.

Ich riß ihre Hand fort. »Du sollst jetzt nicht rauchen. Du sollst mir jetzt sagen, was du Eric gesagt hast, nachdem ich weg war.«

»Ich habe Eric die Wahrheit gesagt«, erwiderte sie leise. »Er war sehr wütend, nachdem du gegangen warst. Er behauptete, du würdest ihn lieben, daß du ihn geküßt hättest, daß ich dir schaden wolle. Deshalb habe ich ihm erzählt, warum du ihn geküßt hast. Ich habe ihm klargemacht, daß du es für mich getan hast.«

»Und dann?«

»Und dann ließ ich ihn allein.«

Wir liefen schweigend weiter, durch die Friedhofspforte und hinaus auf die Straße. Ich hörte das Klacken von Ellas Absätzen auf den Steinen, zusammenhanglose Gesprächsfetzen der anderen Trauergäste, das Starten von Motoren. Ich kann nicht beschreiben, wie ich mich fühlte; mir fehlen die

Worte für die Taubheit, die wieder von mir Besitz ergriff. Ich versuchte, etwas zu sagen, aber ich brachte keinen Ton heraus. Und als Ella und ich nebeneinanderher gingen, hatte ich das Gefühl, körperlos zu sein, als wäre die Welt um mich herum nicht wirklicher als ein Traum. Für einen Augenblick klammerte ich mich an diese Hoffnung. Dann sagte ich mir, daß die Welt real war, daß ich kein Schatten, sondern ein Mensch war, der lebte und atmete wie andere Menschen auch. In einem Moment der Klarheit lag die Zukunft vor mir: ein in den Untiefen meiner Seele gelebtes Leben, von wo aus umherzuschweifen gefährlich wäre.

Als die Straße zur Stadt hin bergab führte, sah ich Ella noch einmal an und nahm noch einmal in vollen Zügen ihr schönes zartes Gesicht in mich auf; die Vertiefung, die ihr Schlüsselbein über dem Ausschnitt ihres schwarzen Kleides erzeugte; das Grün ihrer Augen und die Symmetrie ihrer Wangenknochen. Auch sie sah mich an und trat näher. Zum letzten Mal roch ich ihre feine Duftmischung. »Ich möchte dich nie mehr wiedersehen«, sagte ich langsam. Und dann ließ ich sie stehen und begann zu rennen, aus Angst vor dem Klang ihrer Stimme, ihrer Macht, mich umzustimmen; und ich hörte erst auf zu rennen, als ich mich unter den Menschen der Stadt verlor und sie weit hinter mir war, eine einsame Gestalt in einem schwarzen Kleid, das Gesicht vom Wind gepeitscht, die Augen ausdruckslos, die Hände zitternd.

Kapitel 24

Es fällt mir schwer, über die Tage und Monate zu sprechen, die auf meine Rückkehr nach London folgten. Erics Freundschaft und Ellas Liebe waren mit einem einzigen Schlag aus meinem Leben verschwunden, und ich trauerte um beide mit einem Schmerz, den ich mit niemandem teilen konnte. Ich trauerte nicht um den Verlust meiner Unschuld, denn ich war mir ihres früheren Vorhandenseins nicht bewußt gewesen; aber ich spürte, daß sich die Dinge verändert hatten, daß ich nicht mehr der junge Mann war, der drei Monate zuvor nach Prag gegangen war. Ich erinnere mich an meine Reise nach England, es war an einem grauen Tag mit kabbeligen Wellen und kreisenden Möwen. Ich erinnere mich noch an das Schlingern des Schiffes, das Salz des Windes auf meiner Haut, die Menschenmassen, die auf die Fähre warteten. Ich ging unbeirrt durch sie hindurch, und als ich zu Hause ankam, schlief ich, entschlossen, mich nicht länger auf das Opiat der Erschöpfung zu verlassen.

Ein oder zwei Tage lang schützte mich der Schlaf. Danach häuften sich die eingehenden Weihnachtskarten, und meine Mutter sprach nur noch von Tannenbäumen und Lametta und dem Festessen und der Schwierigkeit, für meinen Vater Geschenke zu finden. Froh, mich eher als erwartet wieder daheim zu haben – und vermutlich auch aus dem Wunsch heraus, alle Spuren vergangener Kämpfe zwischen uns zu tilgen –, band sie mich zunächst entschlossen in ihre Pläne für die Festtage ein. Doch als sie mich so niedergedrückt und ungesellig erlebte, hielt sie mich für undankbar und bedrängte mich mit ihrer Aufmerksamkeit. Tag für Tag war meine Meinung zu unaufschiebbaren Problemen gefragt. Sollten wir Heiligabend eine Dinnerparty geben oder nicht? Sollten wir Tante Julia bitten, wie üblich die Festtage bei uns zu verbringen, oder nicht? Sollten wir den Pfarrer am zweiten Weihnachtstag zum Mittagessen einladen oder nicht?

Inmitten all dieser vorweihnachtlichen Aufregung blieb ich benommen wie im Traum, schrieb meinen Namen unter die Grüße auf den Weihnachtskarten; murmelte meine Lobesworte über das fortwährend bereitgestellte duftende Weihnachtsgebäck; machte Geschenkvorschläge für meinen Vater. Doch ich fühlte mich der munteren Geschäftigkeit um mich herum fern, und meine Eltern, die sich in meiner Gegenwart von unerbittlicher Fröhlichkeit zeigten, äußerten immer öfter die Ansicht, daß mir meine Musik nicht guttäte und ich öfter an die frische Luft gehen sollte. Körperertüchtigung galt in unserer Familie von alters her als Allheilmittel, doch erst durch Tante Julia sollte ich sie als Zufluchtsort schätzen lernen.

Tante Julia war eine große Frau mit stolzer Haltung, lebhaften braunen Augen und kampflustigen Brauen. Obwohl sie schon auf die Siebzig zuging, umgab sie noch immer der Hauch einer Lebedame, was sich in ihrer Vorliebe für Rauchen und Fluchen ausdrückte. Beiden Lastern frönte sie mit militärischer Begeisterung, wie das einst auch ihr verstorbener Ehemann, ein Brigadegeneral, getan hatte. Herrlich unbeeindruckt von der Mißbilligung meiner Mutter, war sie fürsorglich um meinen Vater bemüht (sie war die Busenfreundin seiner Mutter gewesen), und vermutlich genoß sie ihren Status als Nenntante sehr, leitete sie daraus doch ab, sich uneingeschränkt als Vertraute der Familie betrachten zu dürfen. An guten Ratschlägen für meine Eltern hatte Tante Julia keinen Mangel, und mich bedachte sie mit einer Art belfernder Herzlichkeit, die sie, die selbst keine Kinder hatte, gegenüber der jüngeren Generation wohl als angemessen erachtete.

Ein eiserner Wille und stets gleichbleibende Gewohnheiten waren zwei ihrer hervorstechendsten Eigenschaften. Diese waren es auch, die mich in jener trostlosen Zeit, die auf meine Heimkehr aus Frankreich folgte, ihrem Besuch mit größerer Freude als sonst entgegensehen ließen. Damals brauchte ich alte Gewißheiten: das Gefühl, daß das Leben weiterginge, und den Glauben, daß die Zeit mir helfen werde, mit dem zu leben, was ich getan hatte. Und es gab nichts Beruhigenderes als einen Besuch von diesem altehrwürdigen weihnachtlichen Stammgast, in dessen Gegenwart man das Leben als eine Art militärische Pflichtübung verstehen konnte, eine Pflichtübung, die durch die dazu im Widerspruch stehende Respektlosigkeit der alten Dame selbst gemildert wurde und Charme gewann. Jeder ihrer Schritte war genau geplant. Sie traf unweigerlich drei Tage vor Weihnachten ein und verließ uns, ausnahmslos, am zweiten Weihnachtstag. Und auch die Art ihrer Ankunft blieb sich immer gleich: Sie kam mit zwei Taxis von der Waterloo Station – eines für die Koffer, eines für deren Besitzerin und den Hund – und stieg dann, begleitet vom müden Kläffen ihres Basset, aus, um meiner Mutter die Hand und die runzelige Wange zu bieten. Dann erst bezahlte sie die Taxifahrer und schickte sie mit lauten Wünschen für ein »verdammt frohes Fest« weg. Wenn sie es sich dann drinnen am Kamin bequem gemacht hatte, ihr Gepäck bereits nach oben getragen und ausgepackt war (»Ich kann Leute nicht ausstehen, die aus Koffern leben«), pflegte sie sich ein Zigarillo anzuzünden, sich ein Glas Wasser anbieten zu lassen – Tante Julia trank keinen Alkohol – und ihr Publikum mit einer so erbarmungslosen Direktheit auszufragen, daß meine Mutter es als Affront empfand und in die erste der eisigen Schweigephasen verfiel, die den fünftägigen Besuch unweigerlich überschatteten.

Ich erinnere mich an den Tag, an dem sie eintraf. Ich weiß noch, daß ich in der Diele stand, in Erwartung ihrer Inspektion und der beiden effizienten Weihnachtsküsse; und ich weiß noch, daß ich dachte, Tante Julias Besuch könnte mich von mir selbst ablenken; könnte die Aufmerksamkeit meiner Eltern von mir ablenken und mir den Freiraum gewähren, den ich brauchte. Ich freute mich auf die unangefochtene Autorität ihrer Worte und die Art und Weise, wie sie die Unterhaltung an Weihnachten beherrschen würde. Ich wünschte mir von ihr, daß sie mich auf eine Weise vor mir schützte, die nicht in der Macht meiner Eltern lag; und ich spürte, daß ihr Schutz, wie es für meine Person anfangs bei Ella der Fall gewesen war, zu einer Zeit käme, wo er am nötigsten gebraucht wurde.

Meine Mutter machte schließlich den Vorschlag, daß ich es übernehmen sollte, Jep, den Hund, auszuführen. Dieses Privileg wurde mir von Tante Julia gnädig gewährt, denn sie hatte keine größere Ehre zu vergeben als die der Fürsorge für ihren Hund. Jep war ein glücklicher, eingebildeter kleiner Basset mit dem glänzenden Fell und den gutmütigen Augen eines über alles geliebten Hundes und fieberte seinem täglichen Spaziergang mit Ungeduld entgegen.

Es ist schon seltsam, daß diese wenigen Spaziergänge durch den windigen Nieselregen eines englischen Dezembers mir so wichtig gewesen sein sollen; seltsam, daß sie jetzt, aus einer Distanz von fünfzig Jahren, mit solcher Lebhaftigkeit wiederkehren. Ich frage mich, warum das so ist. Vielleicht wandte ich mich schon damals vom Drama meines Lebens ab; vielleicht schrumpften meine Hoffnungen und meine Träume bereits, und vielleicht neigten sich meine Sehnsüchte schon der bequemen Mittelmäßigkeit eines warmen Bettes und eines ruhigen Lebens zu. Ich weiß es nicht. Ich weiß nur, daß die bedingungslose, unkomplizierte Zuneigung Jeps mir eine gewisse Sicherheit vermittelte; daß seine langen Ohren und sein Watschelgang mich für ihn einnahmen. Das Vertrauen von Tieren läßt sich leicht bewahren, leichter als das von Menschen, denn es birgt keine wirklichen Belastungen, keine echten Versuchungen. Es ist ein Band, das uns mit der Realität verknüpft, mit den Begrenzungen des Alltags, und das war genau die Sorte Band, die ich damals am meisten benötigte. Selbst in meinem Kummer war ich Mensch genug, um für Jeps Gesellschaft dankbar zu sein, und ich zeigte ihm meine Dankbarkeit mit unbegrenzter Zuneigung, die er selbstgefällig als sein Recht ansah.

Die Einsamkeit jener Spaziergänge war für mich auch in einer weiteren Hinsicht eine willkommene Erlösung, denn unser Haus füllte sich mit einem ständigen Strom von Gästen, deren Mäntel ich zu nehmen, deren Gläser ich zu füllen und deren Gespräche, die dank der auf zahllosen Weihnachtsumtrünken einstudierten Gewandtheit reibungslos abliefen, ich mir lächelnd anzuhören hatte. Der einzige Raum, in dem ich mir meiner Privatsphäre sicher sein konnte, war die winzige Dachkammer, in der ich Ella an den langen Sommernachmittagen vorgespielt hatte. Doch ausgerechnet dort fand ich keinen Frieden, denn dort klang ihr Lachen mir unentwegt in den Ohren.

Und so suchte ich, mit einer Ironie, die ich damals noch nicht zu würdigen wußte, die Einsamkeit inmitten der Menschen der Großstadt. Inmitten von fremden Gesichtern, die keinerlei Erinnerung für mich bargen, fand ich ein wenig Erlösung von meiner Vergangenheit und ein wenig, wenn auch sehr flüchtigen Frieden. Mit Jep an meiner Seite wanderte ich durch die Ströme der Menschen, die kurz vor dem Fest noch hastig Einkäufe tätigten; ich bekam aufgeregte Diskussionen über Essen und Geschenke und Kleider und Liebhaber und Ferien mit; sah Freunde laut an Bushaltestellen lachen und hörte Paare sich verstohlen über Nichtigkeiten streiten, mit vor Kälte und vor Ärger verkniffenen Mienen. Ich versuchte, mich für die namenlosen Gesichter, die ich sah, zu interessieren, für die Leidenschaften und Sehnsüchte, die ihr Lächeln nährten und ihrem Ärger die Schärfe verliehen. Ich versuchte mir auszumalen, wie sie ihre Konflikte lösten, wie sie ihren Freundschaften Dauer und ihren Liebesverhältnissen Zukunft gaben. Ich versuchte sogar, sie zu beneiden. Denn damals spürte ich, daß ich all diese Dinge für immer verloren hatte; daß mein eigenes Leben mich nicht mehr berührte; und ich fürchtete die kalte Ödnis meiner Selbstentfremdung.

Noch war ich nicht bereit, mich dem zu stellen, was ich getan hatte; geistig zum Schauplatz von Erics Tod oder den Ereignissen, die ihm vorangegangen waren, zurückzukehren. Ich lebte im ständigen Schrecken vor meiner eigenen Erinnerung, denn ich wußte, welchen Schmerz sie auszulösen vermochte. Und so versuchte ich mich für das Leben von Menschen zu interessieren, die ich nicht kannte, und hoffte damit, mir zu entkommen und in meinem Leben eine Art gefühlsmäßige Wirklichkeit aufzubauen, so nachempfunden sie auch sein mochte.

Weihnachten kam und ging, und ich aß und trank und versuchte zu lachen, wie man das von mir erwartete, beobachtete die unterdrückte Entrüstung meiner Mutter, wenn Tante Julia sich abends am Eßtisch ein Zigarillo anzündete, Jep mit kleinen Bissen Truthahn fütterte und meinen Vater altes Haus nannte. Die Frau des Pfarrers kam am zweiten Feiertag allein zum Mittagessen – weil ihr Ehemann »mit einer Grippe schlimm daniederlag« – und redete unentwegt über den Kirchenbasar, während Tante Julia fragte, was man an Sesselschonern bloß finden könne. Ich führte Jep zweimal am Tag aus: stundenlange Oasen voller Zeit, die mir gehörte und auf die ich mich mit unverhohlenem Eifer freute, um dann mit geröteten Wangen heimzukehren und den gesellschaftlichen Verpflichtungen im Haus meiner Eltern mit neuer Kraft entgegenzutreten.

Nach einer dieser Expeditionen, es war am Vorabend von Tante Julias Abreise, geschah es, daß ich um sechs Uhr nach Hause kam, ohne daß Gäste zugegen waren. Tante Julia zog gerade wortgewaltig über die Frau des Pfarrers her.

»Verdammt häßliches Kleid, findet ihr nicht?« sagte sie in dem Moment, als ich eintrat. »Ich jedenfalls sehe keinen Grund dafür, warum Häßlichkeit mit Frömmigkeit stets Hand in Hand gehen soll, ihr vielleicht?«

»Ganz und gar nicht«, erwiderte mein Vater und reichte ihr ein Glas Wasser.

Tante Julia saß kerzengerade in ihrem Lieblingsstuhl am Kamin, ein Zigarillo in der Hand, das stahlgraue Haar streng aus dem Gesicht frisiert. Ich bediente mich an der Hausbar mit Gin und Tonic und setzte mich in eine dunkle Ecke am Fenster, von wo aus ich zusehen konnte, wie mein Vater lachte, und das Gespräch mitbekam, ohne etwas dazu beisteuern zu müssen.

»Eine verdammte Dreistigkeit, sich so schlecht anzuziehen«, fuhr Tante Julia fort. »Das muß für ihren Mann ja furchtbar peinlich sein.«

Und ich dachte mitleidig an die Frau des Pfarrers, der es wirklich an jedem Schick mangelte, und daran, wie sie wohl beim Essen unter Tante Julia gelitten haben mußte, doch dieses Mitleid hielt mich nicht davon ab, über die gutmütige Boshaftigkeit zu lachen, mit der ihr Charakter und ihr Geschmack systematisch auseinandergenommen wurden. Als ich mit Jep im Schoß dasaß, spürte ich mit Erleichterung, daß die kalten Fliesen und die abblätternden Fensterläden von Ellas Haus in Frankreich sehr weit weg waren; daß die Ereignisse, die unter seinen geschwärzten Balken und in der Kälte seiner verwahrlosten Gärten stattgefunden hatten, das Wesen eines Alptraums angenommen hatten; daß sie zu einer anderen Welt als der gehörten, in die ich zurückgekehrt und in der ich wieder geborgen war.

Die gemütliche Häuslichkeit der Szene vor mir würde von jetzt an meine Realität sein, beschloß ich. Es würde mir schon gelingen, sie als die einzige Realität anzunehmen, die von Belang war, und ihre Wärme würde mir Zuflucht bieten vor dem Schmerz der Erinnerung ... Aber was nützt es, mich an meine damaligen Hoffnungen auf Selbsttäuschung zu erinnern? Selbst damals schon stand es nicht in meiner Macht, meine Schuld zu überwinden oder zu vergessen, was ich getan hatte. Nur jahrelange fachkundige Anleitung konnte mir zeigen, wie ich mich von meiner Vergangenheit trennte; doch eine solche Anleitung war mir noch nicht zuteil geworden. Instinktiv suchte ich den Rückzug: die Geborgenheit meiner frühesten Erfahrungen jener Welt, die ich mir an jenem kalten Abend aus meiner dunklen Ecke anschaute. Ich wollte eine Familienwelt mit vertrauten Gesichtern, mit freundlichen Gesprächen vor loderndem Feuer in Räumen, die ich mein ganzes Leben lang gekannt hatte. Aus der bloßen Anwesenheit von Menschen aus meiner Kindheit wie Tante Julia zog ich Trost. Ich brauchte Geborgenheit und Stabilität und Zuneigung, letzteres so dringend, daß selbst die gedankenlose Hingabe eines Hundes mich anzurühren vermochte.

Ich versuchte, nicht an die Einzelheiten von Erics Tod zu denken, mich nicht zu fragen, warum ich meinen Anteil daran nicht gebeichtet hatte, als ich die Chance dazu gehabt hätte. Ich versuchte, nicht an das Weihnachtsfest der Vaugirards in diesem Jahr zu denken: an Erics Vater und Mutter und

Schwester; an das verlorene Häufchen, das sie in ihrem schmalbrüstigen, weitläufigen Haus, mit dem Krocketrasen dahinter, unter dem Weihnachtsbaum abgeben würden. Ich versuchte, nicht an Erics Schuhe zu denken; daran, wie er bei unserer langen Suche nach einem Bett in Madame Mocsárys Wohnung gelacht hatte; an die Frau mit der strengen Nase im Café Florian, die mit uns debattiert hatte. Ich versuchte, nicht daran zu denken, wie er in unserem improvisierten Musikzimmer in der Sokolska 21 Klavier übte; daran, wie seine Augen blitzten, wenn wir beide gut zusammen spielten; an den Geruch von Rasierwasser und Schweiß, der unserem Schlafzimmer bei Ella angehaftet hatte. Ich versuchte, mich auf die Menschen vor mir zu konzentrieren, Tante Julias galligem Witz zuzuhören, die Entrüstung meiner Mutter zu belächeln, wenn ihre Zigarilloasche versehentlich auf den Teppich fiel. Aber der Raum verschwamm vor meinen Augen, und sosehr ich mich auch bemühte zuzuhören, drang doch einzig und allein Erics Stimme an mein Ohr, der mir sagte, daß er mich von ganzem Herzen liebte. Und ich sah nur noch seinen aufgedunsenen Körper vor mir auf dem gefrorenen Boden am Steinbruch mit dem weinend darüber gebeugten Dr. Pétin.

»Mein Gott, der Junge weint.« Tante Julia war es, die das sagte; und ihre dünnen Arme waren es auch, die sich mir gleich darauf um die Schultern legten.

Rauh, ein ungewohntes Mitgefühl in der Stimme, sagte sie mir, daß ich mich sofort zusammenreißen und mit diesem Unsinn aufhören sollte.

Kapitel 25

Ich genas. Merkwürdig, wie großzügig das Leben sein kann. Und es war eine bemerkenswerte Genesung, so unvollkommen sie auch stets blieb; das sehe ich heute. Ich sehe jetzt, was Sarah für mich getan hat; weiß die Geschicklichkeit zu schätzen, mit der sie mir ihre kühlen Lektionen über Selbsttäuschung und Betrug eintrichterte. Aber als ich an jenem kalten Dezemberabend in Julias Armen lag und den besorgten Augen meiner Eltern auszuweichen versuchte, ahnte ich nicht, als wie schwer der Pfad, der vor mir lag, sich erweisen würde. Als ich meiner Familie erklärte, ich sei müde und sie sollten sich keine Gedanken machen, ahnte ich noch nicht, daß ich in eine rauhere Welt eingeführt worden war. Ich merkte nicht, daß die wenigen Wochen in Prag und Frankreich mich auf immer über die heitere Begrenztheit früheren Empfindens hinausgetragen hatten; daß Ellas Liebe und Erics Tod mich auf eine kältere, erwachsenere Erfahrungsebene gehoben hatten; daß das Leiden in dieser neuen Welt dauerhaft und echt sein konnte. Ich ahnte dies nicht, weil ich die Bitterkeit ungelösten Kummers noch nicht erfahren hatte. Doch die Lektion, die mir bald darauf zuteil werden sollte, war so langwierig und schmerzhaft, daß ich Jahre brauchte, um sie zu vergessen.

Aber der Schmerz dieser ersten Wochen konnte nicht in alle Ewigkeit andauern; und schließlich brannte auch dieses Feuer nieder, wie es alle Feuer tun, wenngleich es glimmende Kohlen zurückließ, die all meine Hoffnungen auf Frieden zerstörten. Endlich begann der Unterricht am Konservatorium wieder, und ich überließ mich dem täglichen Trott von Unterricht und selbständigem Üben, der meinem Elend ein wenig von seiner Unmittelbarkeit nahm, denn Routine ist ein wirksamer Balsam. Und in hingebungsvollem Fleiß – ebenso wie in der tröstlichen Gegenwart vertrauter Menschen und Orte – fand ich ein wenig Linderung. Schritt für Schritt lernte ich mit dem zu leben, was ich getan hatte.

Es heißt, daß das Leben weitergeht; daß die Zeit alle Wunden heilt. Und so banal sie auch klingen, liegt doch in solchen Redensarten ein Funken Wahrheit. Mein Leben *ging* weiter nach Erics Tod. Langsam lernte ich wieder, über die Scherze der anderen zu lachen; mir ihre Probleme anzuhören; mir von ihren Liebesgeschichten und ihren Plänen erzählen zu lassen und dabei beinahe so etwas wie Begeisterung zu empfinden. Ich lernte, die Tage durchzustehen; und mit der Zeit wurden sie immer erträglicher. Erträglich, mehr nicht, das weiß ich heute; vielleicht empfand ich es selbst damals schon so. Aber ich war für die kleinsten Wohltaten dankbar.

Mein Übungsraum am Konservatorium, ein schäbiges kleines Zimmer, das keine Erinnerungen enthielt, wurde zum Mittelpunkt meines Lebens: ein schlecht lackiertes Klavier in seiner Mitte, das kalkfarbene Linoleum auf seinem kleinen quadratischen Fußboden, der Notenständer aus Metall, der vor den schmutzigen Michglasfenstern stand. Ich erinnere mich an seinen muffigen Geruch; die von Zigaretten rührenden Brandstellen auf dem kleinen Tisch; die verblaßten Drucke von Originalpartituren, die als einziger Schmuck die vier braunen Wände belebten. Nichts hätte dem Glanz von Madame Mocsárys Wohnung ferner sein können, das ist gewiß; aber ich genoß die Anonymität seiner Häßlichkeit. In diesem Raum war ich sicher, und ich brachte viele Stunden damit zu, allein und ungestört darin zu spielen.

Meine Geige war in diesen düsteren Tagen mein wichtigster Trost. Wenn ich spielte und die Musik mich erfüllte, verschwand Eric aus meinem Gedächtnis, und für eine Stunde oder zwei war ich manchmal frei von der Erinnerung an das, was ich ihm angetan hatte. Aber es währte nie lange. Meine Schuld kehrte immer wieder zurück; und mit ihr der Klang des Lachens meines Freundes und das blicklose Starren seiner offenen Augen, als er auf dem Boden neben der Bank am Steinbruch lag. Wochenlang ließ mich dieser Anblick nicht los, welchen Weg der Zerstreuung ich auch einschlagen mochte. Eric lebte in meinen Träumen, und der Schlaf bot keine Zuflucht; er wurde statt dessen zu einer beängstigenden Kakophonie aus Bildern und Geräuschen und Gerüchen, aus Tränen und Schreien und endlosen, steilen Stürzen in die Dunkelheit. Ich begann, wach im Bett zu liegen und mir den Morgen herbeizusehnen; versuchte mir einzureden, daß bei Tage alles weniger schrecklich sei; daß selbst Erics Lachen den anbrechenden Morgen nicht überdauern werde. Ich hatte niemanden, dem ich mich anvertrauen konnte, und erfuhr auf diese Weise die bittere Wahrheit, daß Einsamkeit wenig zu tun hat mit der Anzahl der Menschen, mit denen man sich umgibt; daß die Einsamkeit einen überallhin verfolgt; daß der Geist selbst unser strengster Gefängniswärter ist.

Ella sah ich nicht, obwohl ich in den Zeitungen und Illustrierten über sie las, die, als sie mir eine Woche später folgte, über ihre Rückkehr nach England berichteten. Voller Widerwillen sah ich die reißerischen Schlagzeilen, die von Wahnsinn kündeten und von Nahaufnahmen begleitet waren, die zeigten, wie sie, bleich vor Erschöpfung, aus dem Flugzeug stieg. Ich las melodramatische Geschichten über den Harcourt-Fluch, der ein neues Opfer gefordert habe, einen jungen und vielversprechenden französischen Pianisten, einen Gast der Familie in ihrer »pittoresken Villa im Nordwesten Frankreichs«.

Aus solchem Unsinn speist sich die Vorstellungskraft der Volksseele. Aus solchem Unsinn speiste sich in gewisser Weise auch meine Vorstellungskraft, denn die Lektüre dieser Artikel stellte den einzigen Kontakt dar, den ich mir während meines dreijährigen Studiums am Konservatorium zu Ella erlaubte, einer Zeit, die ich mit intensiver Arbeit füllte. Sie schrieb mir natürlich: lange von Angst kündende Briefe, die um so angstvoller klangen, als aus den Wochen Monate wurden, und die ich alle unbeantwortet ließ, manche sogar ungeöffnet. Ich vermißte sie. Natürlich vermißte ich sie; und das mit quälender Trauer. Mehr als einmal hätte ich ihr beinahe geschrieben. Aber mein Gewissen erlaubte mir nicht, Ella zu sehen; und je größer mein Verlangen nach ihr wurde, um so wichtiger wurde es für mich, mir den Trost ihres Daseins in meinem Leben zu verweigern. Ich war für die Rolle, die ich bei Erics Tod gespielt hatte, nicht bestraft worden. Wahre Bestrafung war unmöglich ohne das Bekenntnis, das ich nicht abzulegen wagte. Dennoch sehnte ich mich nach ihr, denn ohne sie konnte meine Schuld nur noch größer werden. Ich sehnte mich nach einer Möglichkeit, mein Verbrechen zu sühnen; mich durch Leiden davon zu befreien; und mein vornehmstes Leiden, meine wichtigste Entbehrung war Ella.

Nach und nach wurden ihre Briefe seltener, und schließlich blieben sie ganz aus. Mein zunehmend der Musik und dem Violinspiel gewidmetes Leben ging ohne diese konkreten Zeichen unserer Liebe weiter. Ein Tag ging in den anderen über, und ich stand sie alle durch, wobei ich versuchte nicht nachzudenken und hart daran arbeitete, mich einer inneren Stimme zu verschließen, die mir einflüstern wollte, daß mein Schweigen grausam war, daß die zarte Frau, deren Photo ich in den Zeitungen sah, es nicht verdiente, so vollkommen aus meinem Leben ausgegrenzt zu werden, einem Leben, an dem sie so kurz, aber so umfassend teilgehabt hatte.

Wenn ich jetzt daran zurückdenke, weiß ich, daß es wirklich grausam war, wie ich Ella behandelt habe, daß ich ihr, ohne meine Schuld – oder ihre – zu vergrößern, wenigstens hätte schreiben können. Und wenn es vielleicht auch falsch gewesen wäre, ihr zu sagen, daß ihr Bild mich noch immer im Traum heimsuchte, daß kein Tag verging, an dem ich nicht an ihr klingendes Lachen oder ihre zärtlichen Hände dachte, hätte ich ihr doch sagen können, daß es mir leid um sie tat, daß ich auch um sie trauerte.

Doch es ist leicht, sich zu wünschen, anders gehandelt zu haben, wenn die Zeit des Handelns vorbei ist. Im nachhinein ist man bekanntermaßen immer schlauer. Tatsache ist, daß ich nicht geschrieben habe. Und mein Schweigen erwuchs aus dem Umstand, daß ich insgeheim Ella die Schuld an Erics Tod gab, statt sie meiner eigenen Naivität anzulasten, die der wahre Übeltäter war. Für mich war es leichter und bequemer, den Ursprung meiner Sünde bei jemand anderem zu suchen; zu glauben, ich sei beeinflußt worden; mich als Opfer zu sehen, wenngleich nicht als unschuldiges. Weil ich durch das Bemühen, meine Grausamkeit zu verstehen, abgelenkt war, fehlte es mir an Einsicht, die Unsicherheit hinter Ellas Grausamkeit zu begreifen, und so schwankte ich in meinem Urteil über sie, war weder in der Lage, sie vollkommen zu verdammen, noch ihr vollkommen zu vergeben, einzig und allein darauf erpicht (manchmal auch gegen meinen Willen), ein Wiedersehen herbeizuführen, das mein Gewissen mir nicht erlaubte. Ich sehnte mich so heftig nach ihr; ich brauchte sie so sehr, und das Versagen eines derartigen Trostes, dachte ich, sei das geringste, was ich Eric schuldete.

Vielleicht wird mich der Tod mit jenen wieder vereinen, die ich auf eine Weise geliebt habe, wie es auf Erden nie mehr der Fall sein kann. Vielleicht … Aber ich schweife wieder ab.

Ich muß weitermachen, bis alles gesagt ist. Eine Nacht ist seit Sarahs Tod vergangen; eine weitere darf nicht verstreichen, oder ich verliere alle Entschlußkraft. Noch ist es nicht an der Zeit aufzuhören.

Die Jahre am Konservatorium lehrten mich, meine Gefühle, mein Unglück zu verbergen und mich vor den teilnehmenden Erkundigungen meiner Freunde und meiner Familie zu schützen. Ich wurde immer geschickter darin, mich selbst zu betrügen, auch wenn ich diese Kunst noch nicht so meisterhaft beherrschte, wie ich es später durch Sarahs Beispiel lernen sollte. Deshalb war mir das Bewußtsein einer schrecklichen Wahrheit noch nicht abhanden gekommen: daß der Mensch naturgemäß eine seinen Verbrechen angemessene Bestrafung braucht. Und ich begann darunter zu leiden, daß mein Leben bar jeglicher Not war; ich begann in jedem freundlichen Wort oder glücklichen Zufall ein Verdienst zu sehen, das mir nicht gebührte. Die Trennung von Ella reichte mir als einzige Strafe nicht aus; und ohne Worte der Gegenklage, die mich hätten verletzen können, der Katharsis der Beichte beraubt, konnte ich meine Schuld nur immer wieder auf mich nehmen. Ich dachte mir weitere selbstauferlegte Entbehrungen aus – ich versagte mir Lieblingsspeisen; gewisse Musikstücke, den tröstlichen Rückgriff auf meine Geige – und wußte dabei die ganze Zeit, daß sie nicht ausreichten, nie ausreichend würden sein können.

Besessen von meiner Schuld, gelangte ich zunehmend zu der Überzeugung, daß jede Freude, jede Befriedigung, die ich meinem Leben oder meiner Kunst abgewann, durch das befleckt war, was ich Eric angetan hatte; daß ich es ihm schuldig war, allem, was mir Freude machen könnte, den Rücken zu kehren, meiner Chance, glücklich zu sein, zu entsagen, weil ich es war, dessentwegen er der seinen hatte entsagen müssen. Ich hielt mich für wertlos; und kein Gefühl wußte ich mehr zu genießen als das der stumpfsinnigen Plackerei, ohne dabei zu bedenken, daß ich Eric damit nur um das betrog, was eigentlich ihm gebührt hätte. Ich hatte mir bereits zuviel von dem angeeignet, was rechtmäßig einem anderen gehörte; ich hatte mir den unerläßlichen und vergänglichsten Besitz genommen, oder mitgeholfen, ihn zu nehmen: das Leben. Und außer den Freuden, die mein Spiel mir gab, wagte ich mir keine anderen zu gönnen, aus Sorge, daß mich diese Schwäche dann die letzten Spuren meiner einst geschätzten Selbstachtung kosten könnte. Bange davor, zu gestehen und somit von anderen bestraft zu werden, aber auch bange, auf ewig unbestraft zu bleiben, suchte ich mich selbst zu strafen; und bei der insgeheim abgeleisteten Buße achtete ich darauf, mir keine Nachlässigkeit zu erlauben. Ich war ein strenger Zuchtmeister meiner selbst; und darin lag meine einzige Erleichterung.

Aber die Natur war letztlich stärker als ich; und je hartnäckiger ich mich bemühte, desto mehr erfuhr ich, daß der menschliche Geist nicht ganz zum Schweigen gebracht werden kann, auch nicht durch den unerbittlichsten und unversöhnlichsten Widersacher; daß ich mich schließlich doch außerstande sah, mich meines eigenen Menschseins voll und ganz zu entledigen. Ella hatte mich gezwungen zu leben, mehr noch, sie hatte mir die Möglichkeiten des Lebens erst eröffnet; und ein solches Wissen läßt sich unmöglich vergessen, ganz gleich, wie gut die Absichten sein mögen. Meine waren sehr gut, aber sie haben versagt, weil ich versuchte, mir alle Leidenschaft mit einer Inbrunst auszutreiben, die in ihrer Entschlossenheit schon wieder leidenschaftlich war: leidenschaftlich und somit widersinnig, selbst auf dem Gipfel ihrer Macht. Wieder und wieder versuchte ich es; wieder und wieder gelang es mir nicht. Und durch wiederholte Erprobung wurde mir langsam klar, daß das, was ich Eric angetan hatte, mir ein stumpfes und sinnloses Leben unmöglich gemacht hatte; daß mein Verbrechen und die darauffolgende Trauer mir einen Schatz an Erfahrung und Empfindung mitgegeben hatten, wie ihn Menschen in einem Leben voll nüchterner Zufriedenheit selten anhäufen können.

Mit dieser Erkenntnis kämpfte ich, während ich mit der wilden Energie arbeitete, die ein rasender Gefangener zu entwickeln vermag. Meine Seele – denn so möchte ich sie nennen, bis jemand ein besseres Wort vorschlägt – verweigerte sich dieser Gefangenschaft, das sehe ich heute; ich kann verstehen, daß sie um ihre Freiheit kämpfte. Und da mein Geigenspiel ihre einzige Fluchtmöglichkeit war, ihr einziger Weg in die lichtere Welt jenseits meines Kummers, kam sie in meiner Arbeit mit derart konzentrierter Intensität zum Tragen, wie sie glücklicheren Geistern versagt ist. Langsam begriff ich, daß die Extreme von Freude und Schmerz, denen ich ausgesetzt gewesen war, zuerst durch Ella und dann durch Eric, meine Kunst beseelten und meine Begabung an die Schwelle zum Genie führten.

Ein solches Wort geht mir nicht leicht über die Lippen, und so stammt diese letzte Formulierung auch nicht von mir, sondern von Michael Fullerton. Sie ist aus der Überschrift eines Artikels, den er über das erste Konzert schrieb, das ich nach dem Abschluß des Konservatoriums gab. Ich habe den Artikel in meinem Schreibtisch, er ist Teil eines hübschen Bündels an Kritiken, das Sarahs nimmermüde Finger vor Jahren geschnürt hat. Aber weder von dieser noch von den anderen Kritikern ist irgendein Aufschluß zu erwarten, in allen steht so ziemlich das gleiche. Ich brauche nicht an meine Karriere erinnert zu werden; oder daran, wie überdrüssig ich all der mir zugedachten Verherrlichung geworden bin und wie sehr ich gegen das Wissen ankämpfte, daß meine Musik eine Macht besaß, die ich allein ihr nicht zu geben vermocht hätte. Es kam so weit, daß mich die Ursprünge dieser Macht erschreckten. Heute ist das nicht mehr so. Die Zeit hat mich ruhiger gemacht; und es ist nur recht, daß ich die Schuld anerkenne, in der ich bei meinem toten Freund stehe; daß ich mir selbst gegenüber eingestehe, daß die Kunst zwar nicht aus dem Leid geboren sein muß, aber kann; und daß meine es war.

Man braucht die Gelassenheit des Alters, um gewisse Dinge zugeben zu können, sie aussprechen zu können. Und erst jetzt, jetzt, wo ich nichts mehr beweisen muß (weder mir noch irgend jemandem sonst), kann ich Ellas Liebe und Erics Tod ihren jeweiligen Verdienst an meinem musikalischen Erfolg zugestehen. Liebe war es, die mich zuerst aus den seichten Wassern lockte und mich lehrte, allein zu schwimmen; und die Rolle, die ich beim Tod meines besten Freundes spielte, war es, die mich beinahe hätte ertrinken lassen. Es sind diese beiden Erfahrungen, denen ich den Reichtum meines späteren musikalischen Schaffens verdankte. Auf mich allein gestellt, hätte ich technisch beeindruckt, mehr nicht; denn willentlich hätte ich die Untiefen meiner Seele nicht gegen die Wogen getauscht, gegen die ich später anzuschwimmen hatte. Es war Ella, die mich ins Meer des Lebens warf; sie war es, mit der ich hätte schwimmen können, als ich den Boden unter den Füßen verlor. Aber ich schwamm nicht; und als Sarah mir ihre Hand reichte, war ich nur allzu bereit, mich in sichere Gewässer zurückziehen zu lassen; war ich nur allzu froh, wieder festen Boden unter den Füßen zu spüren. Aber für den Gewinn meiner Sicherheit zahlte ich einen Preis. Von diesem Augenblick an wurde meine Inspiration weniger dringlich, weniger zwingend; und ich war nicht mehr der Musiker, der ich zuvor gewesen war. Meine Fähigkeit lag, wie eine der Kritiken aus Sarahs Bündel bezeugt, in der öffentlichen Umsetzung privater Leidenschaft. Mein einziger persönlicher Beitrag zu meiner Kunst war das Handwerk, das mir erlaubte, sie auszudrücken; das Empfinden, das darüber hinausging, war nicht mir zuzuschreiben, jedenfalls nicht mir allein. Es ist eine Erleichterung, das schließlich eingestehen zu können.

Kapitel 26

Ich machte meinen Abschluß am Konservatorium in dem Sommer, in dem ich fünfundzwanzig wurde. Das erste Konzert, das ich danach gab, wurde, wie bereits gesagt, von Michael Fullerton mit großer Begeisterung in der *Times* besprochen. Ich kann nicht anders, als mir das Photo anzusehen, das seine Kritik begleitet, ein ernster, aber dramatischer Schnappschuß von mir, wie ich auf der Bühne der Albert Hall vor Reihen von hinter mir aufsteigenden leeren Logen stehe. Ich bin schlicht gekleidet, denn ich hatte geprobt; und obwohl ich meine Geige halte, als wollte ich gleich spielen, ist mein Gesicht angespannt und ein wenig hart.

Es ist ein Gesicht, das meinem jetzigen sehr viel ähnlicher ist als das des jungen Mannes, der zum ersten Mal Ella traf, der zum ersten Mal ihre jugendliche Gestalt sah, als sie allein auf der sonnigen Bank im Park saß. Gewiß, nur drei Jahre trennen diese Gesichter; aber Menschen verändern sich, selbst in so kurzer Zeit, und ich hatte mich verändert. Wenn ich mein Bild jetzt anschaue, kommt mir das Gesicht älter vor als seine fünfundzwanzig Jahre: Es hat Linien, wo vorher keine waren; die Augen sind schmaler; die Lippen dünner; die Wangenknochen treten stärker hervor. Natürlich war mein Haar noch immer lang, da mein Konzertagent fand, daß langes Haar meine Bühnenpräsenz verstärkte und das, was man meine »romantische Ausstrahlung« nannte, steigerte. Aber trotz des strengen Haarschnitts, den ich jetzt trage – denn wallende Locken überstehen das mittlere Alter meist nicht –, unterscheide ich mich nicht sonderlich von dem Mann, der mich aus der Zeitung auf meinem Schoß anschaut. Natürlich hat der Lauf der Jahre die Zeichen des Alters verstärkt, und natürlich sind aus seinen Linien meine Falten geworden. Aber ich habe einen Blick mit diesem fünfundzwanzigjährigen Selbst gemeinsam, der mir mit zweiundzwanzig noch unbekannt war. Es ist ein trauriger Blick; hart und reserviert: ein Blick, der jetzt – wie damals – nur dann weicher wird, wenn ich spiele. Mit fünfundzwanzig hatte ich resigniert, mich mit dem Leid des Lebens abgefunden; und diese Resignation ist meinen Augen abzulesen.

Vielleicht sah Ella diese Resignation ebenfalls, denn zu jener Zeit war ich fast so häufig in den Zeitungen abgebildet wie sie, wenn auch aus anderen Gründen. Vielleicht betrachtete sie mein Bild wie ich ihres und fand in meinen Augen die Zeichen des Leidens, die ihr eigenes spiegelten. Vielleicht ... Aber was nützt es, sich heute diese Fragen zu stellen? In meinem Verlangen nach Bestrafung hatte ich Ella aus meinem Leben verbannt; und obwohl ich noch immer in Gedanken bei ihr war, obwohl ich noch immer mit erschreckendem Vergnügen an ihr Lächeln dachte oder daran, wie sie sich eine Zigarette anzündete, war ich von ihr durch drei Jahre schmerzlicher Schuld getrennt, eine Schranke, die ich ohne Unterstützung nicht überwinden konnte und würde. Vielleicht verfolgte sie erregt den Fortschritt meiner Karriere; vielleicht kaufte sie meine Konzertaufnahmen und versuchte die Nachmittage nachzuerleben, die wir im Verlauf jenes gemeinsamen goldenen Sommers in meiner winzigen Dachkammer verbracht hatten. All das ist möglich.

Sicher ist, daß ich zwischen meinen Konzerten und Studioaufnahmen mit Interesse verfolgte, was über sie zu lesen war; doch konnte es kein freudiges Interesse sein (wie ich hoffte, daß es umgekehrt bei ihr der Fall war), denn die Nachrichten von den Harcourts waren nicht gut. Kurz nach Ellas Rückkehr aus Frankreich war das Interesse der Presse erloschen; aber es lebte wieder auf und steigerte sich zu neuen Höhen nach der Veröffentlichung von Sarahs Buch über das Leben ihrer Großmutter, das in der Öffentlichkeit große Aufmerksamkeit erregte und auch einigen Beifall von Kritikerseite bekam. Die Literaturbeilage der *Times* pries es als »ausdrucksvolle Schilderung der labilen Geistesgröße einer bemerkenswerten Frau«, jedenfalls stand es so auf dem Umschlag meiner Ausgabe; und nachdem es lanciert worden war, richteten die Photographen wieder ihre Kameras auf das Haus am Chester Square und hofften darauf, die zerbrechliche Schönheit der jüngsten Erbin von Schloß Seton vor die Linse zu bekommen.

Etwa eine Woche lang wurden die Journalisten enttäuscht; aber dann stellte ein glücklicher Reporter eine in Tränen aufgelöste Ella in der Harley Street, wo sie gerade aus der Praxis eines Psychiaters kam, und die Zeitungen stürzten sich voller Schadenfreude sowohl auf das Photo als auch auf die Geschichte. Die nachfolgenden Artikel stießen auf derart großes öffentliches Interesse, daß selbst die angesehenen Zeitungen kleine Kolumnen über die Harcourts und ihre Geschichte einrichteten, während die Phantasie der Regenbogenpresse in puncto Flüche und Schlösser keine Grenzen kannte. Während des ganzen Sommers, der auf meinen Abschluß folgte, nahmen Ella und ihre Familie im Klatsch der Nation eine Rolle ein, die sonst nur noch die königliche Familie genoß; und die verschiedenen Darsteller in ihrem Drama wurden überall mit einer derart gedankenlosen Zudringlichkeit diskutiert, daß mir das Blut kochte, wenn ich es hörte.

Selbst Camilla Boardman, die ihre Freunde im Privaten so indiskret behandelte, fühlte sich dazu aufgerufen, in der Öffentlichkeit laut zu verkünden, was für ein *Unsinn* das alles sei; wodurch sie für all jene, die es hören wollten, raffiniert herausstrich, auf welch vertrautem Fuße sie mit diesen Berühmtheiten stand, während sie sich gleichzeitig ihren Freunden gegenüber als strikt loyal erwies. Was immer die Jahre mit mir angerichtet hatten, Camilla hatten sie nichts anhaben können; sie war perfekt gelockt, von makelloser Erscheinung und müheloser Zuversicht wie eh und je. Ihre überschwenglichen Betonungen unterlagen keinem Wandel; ihre Begeisterung wurde nicht gedämpft; ihre fehlende Zeichensetzung blieb legendär. Sie blieb ihrem Versprechen treu und heiratete Ed Saunders nicht. Statt dessen zeigte sie einmal mehr, was in ihr steckte, verließ ihr Elternhaus und nahm bei der Bank einen Kredit auf, und als ich meinen Abschluß am Konservatorium gemacht hatte, gab es Camilla & Co. schon seit geraumer Zeit – in einem schicken Gebäude von erlesenem Design in der Fulham Road. Ursprünglich war es eine ganz normale Boutique, doch nach und nach wurde es zu einem Absatzmarkt für Camillas eigenes kreatives Talent. Schon bald hatte sie vier Näherinnen unter sich, und ihre Kleider wurden von einer Klientel getragen, die weit über den Kreis ihrer Freundinnen und deren ihrer Mutter hinausging.

In jenen dunklen Zeiten sah ich sie oft – und mit den Jahren legte sich meine Ehrfurcht vor ihr –, denn Camilla forderte eine derart absolute Aufmerksamkeit, daß sie mich von meiner eigenen Seelenbedrängnis ablenkte; und ich war ihr dankbar für die zuverlässige Zerstreuung, die sie mir bot. Weil sie selbst niemals einen Moment der Schuld gekannt und tatsächlich nie eine Demütigung erfahren hatte, die über eine ungebührlich lange Wartezeit bei ihrem Zahnarzt hinausgegangen wäre, war Camilla von einer so beständigen Fröhlichkeit, daß sie wie Balsam auf mein depressives Gemüt wirkte. Und obwohl sie darauf gebrannt haben muß, Einzelheiten über meine Zeit in Frankreich zu erfahren (denn ich glaube, sie wußte, daß ich mit Ella dort war), versagte sie es sich, mich danach zu fragen. Dieses überraschende Taktgefühl freute mich und bewog mich sogar dazu, mein Bild von ihr zu überdenken und zu dem Schluß zu kommen, daß ich sie von ganzem Herzen mochte.

Ich erfuhr natürlich, daß Neuigkeiten von Ella im Heim der Boardmans kursierten, doch da ich mich äußerst bedeckt hielt, machte es der Tochter des Hauses keinen Spaß, mir näher darüber zu berichten, und so blieb das Thema bei unseren Gesprächen außen vor. Zuverlässige, unkomplizierte Freundschaft, das brauchte ich damals; und glücklicherweise war Camilla darin eine Meisterin. Ihre Warmherzigkeit machte sie mir sympathisch (wie meine Bereitwilligkeit, ihr zuzuhören, mich vermutlich ihr sympathisch machte); und im Laufe der Jahre erwuchs aus unserer oberflächlichen Bekanntschaft eine tiefergehende Freundschaft, die für uns beide wichtig wurde, eine Verbindung, die noch in meinen ersten Ehejahren fortdauerte.

Wenn ich von Camilla erzähle, ist das kein Abschweifen. Es ist mir wichtig, sie wieder in eine Art Zusammenhang zu stellen; es ist ganz entscheidend für mich, die genaue Abfolge der Ereignisse zu erinnern, die zu Ellas Prozeß führten und darüber hinaus. Einzelheiten sind mir jetzt wichtig, denn die Ereignisse überstürzten sich, und ich muß eine letzte Anstrengung unternehmen, sie mir ins Gedächtnis zurückzurufen. Ich muß den Nebel von Konzerten und Wettbewerben, von Radiointerviews und unzähligen Proben durchdringen, der mir die Sicht auf jene wenigen Wochen verstellt, ehe ich den Hibberdson-Preis gewann. Ich muß die Fortschritte nachvollziehen, die meine Freundschaft mit Camilla machte, und mich an meine Zusammenarbeit mit Regina Boardman erinnern, auf deren Wohltätigkeitskonzerten ich regelmäßig spielte.

Wie stets von allen Hindernissen unbeeindruckt, suchte sich diese respektgebietende Dame in ihrem Bemühen, Geld zu beschaffen, immer höher gesteckte Ziele, als mein Abschluß näher rückte; und wenn auch meine Erinnerungen an Eric mich davon abhielten, ihre Morgenempfänge zu besuchen, war ich ihr doch stets dankbar für ihr Engagement zu Beginn meiner Karriere. Schließlich verdankte ich Mendls Unterricht nicht zuletzt ihrem Einfluß; und dies, wie die Tatsache, daß sie mir zu meinem ersten Erfolg verholfen hatte, vergaß ich ihr nie. Deshalb spielte ich, wenn ich darum gebeten wurde, auf ihren Benefizkonzerten, und mein wachsender Ruhm zog immer mehr Publikum an. Wenn ich mich auch weigerte, noch einmal in St. Peter am Eaton Square zu spielen, lernte ich auf diese Weise doch jede Menge anderer Londoner Kirchen von innen kennen, Kirchen, die ich ansonsten nie gesehen hätte.

Doch ich habe keine Zeit, mich bei längst vergangenen Nachmittagen aufzuhalten, die ich probend in eisigen Kirchenschiffen oder renovierungsbedürftigen Seitenkapellen verbrachte. Ich muß mich an Regina Boardmans Worte nach dem Jahrestreffen ihrer Gesellschaft zur Erhaltung alter Gebäude erinnern. Ich muß sie wieder vor mir sehen, an ihrem Schreibtisch im Salon am Cadogan Square, die Beine schicklich übereinandergeschlagen; ich muß mich an den zielstrebigen Unterton in ihrer Befehlsstimme erinnern; die kunstvolle Steifheit ihrer Haarskulptur.

Sie war strahlend vor Begeisterung über eine neue Idee von ihrem Treffen zurückgekommen; eine Idee, in der es um eine neue Konzertreihe ging, die diesmal in Privathäusern stattfinden und von Champagnerempfängen begleitet sein sollte; eine Idee, die, wie sie mir versicherte, die Effizienz ihrer Spendenaktion verdoppeln *mußte.* »Zu was hat man denn Freunde mit großen Häusern, mein Lieber«, sagte sie zu mir mit einem schelmischen Lächeln, »wenn man sie nicht *nutzt?«*

Diese Frage hatte ich mir bis dahin noch nie gestellt, und so erwiderte ich bloß: »Ja, in der Tat.« Und unausweichlich füllte ich anschließend die erwartungsvolle Pause, indem ich freiwillig meine Dienste für das erste dieser Konzerte anbot, ein Ereignis, das, wie ich erfuhr, für den Tag nach der Vorentscheidung für den Hibberdson-Preis anberaumt war.

»Es wird im Cheverel House stattfinden«, erklärte Regina mit verzeihlichem Stolz und dankte mir dann überschwenglich, daß ich ihr so prompt meine Zeit zur Verfügung gestellt hatte. »Überlegen Sie doch, welchen Spaß es machen wird, zur Abwechslung mal wieder vor einem *wohlgesinnten* Publikum zu spielen«, sagte sie zum Schluß lächelnd. »Sie nehmen wirklich an *zu* vielen Wettbewerben teil, James.«

Ich war versucht, ihr zu erklären, daß der Hibberdson-Wettbewerb mein erster war; aber ehe ich etwas sagen konnte, meinte Regina, ich würde, ehe ich mich dessen versah, den Preis *gewonnen* haben und dann wäre ich für jemand wie sie *wirklich* eine Nummer zu groß.

Ich lächelte höflich zu dem Kompliment und versprach, eine Woche später wiederzukommen, um das Programm festzulegen.

»Das wäre *herrlich«,* sagte Regina und erhob sich von ihrem Platz, um mich zu küssen. »Ich wüßte nicht, was ich ohne Sie täte. Ich bin Ihnen so dankbar, James, daß Sie uns an Ihrem Genie teilhaben lassen.«

Weil mir derartige Dankbarkeit unangenehm war, verabschiedete ich mich und brach auf. Ich ging nach Hause und holte meine Geige hervor, auf der ich dann den ganzen Nachmittag und bis in den Abend hinein spielte, weil ich Angst hatte, mit meinen Gedanken allein zu sein, und Regina

Boardmans Lob brannte mir mit seiner gutgemeinten Freundlichkeit in den Ohren.

Jener erste Sommer nach meinem Abschluß war sehr arbeitsreich für mich, doch weil ich weiterhin meine beste Fluchtmöglichkeit in der Musik sah, tat es mir um die Stunden intensiven Übens nicht leid, die für die Aufnahmen im Tonstudio (und mein Weiterkommen in den Ausscheidungsrunden des Hibberdson-Wettbewerbs) erforderlich waren. In den endlosen Stunden harter Arbeit, die mein Leben mir abverlangte, fand ich meine Freiheit; und in der Konzentration während einer Aufführung erlebte ich eine Befreiung von mir selbst, eine Befreiung, die mich über die dunklen Zeiten hinwegrettete.

Wie schon gesagt, hatte ich keinen Kontakt zu Ella, obwohl sie immer noch häufig in der Presse stand; und ich hätte auch nichts unternommen, um sie zu sehen, wenn nicht Fortuna mit der für sie charakteristischen Grausamkeit anders entschieden und mich in Versuchung geführt hätte, das Werk von Jahren zunichte zu machen, den über so viele lange Monate aufgestauten Wünschen freien Lauf zu lassen. Sie wählte dazu den Abend von Regina Boardmans Konzert im Cheverel House; einen Abend, an dem ich ganz besonders schwach war, weil ich schuldbewußt meine Freude darüber zu unterdrücken versuchte, mir am Vortag einen Platz in der Endausscheidung des Hibberdson gesichert zu haben. Ich hatte meine Einstellung zum Erfolg noch nicht geklärt; ich hatte noch nicht gelernt, ihn unbefangen anzunehmen. Als ich auf einer improvisierten Bühne am Ende eines langgestreckten Raumes vor Regina Boardmans Gästen stand, versuchte ich, nicht an Erics Gesicht zu denken, an sein glasiges Starren, als er im frostigen Wind langsam an der Wand des Steinbruchs hochgezogen wurde. Ich sah mein Publikum nicht, während ich spielte; und als ich mich anschließend dankend für seine

Aufmerksamkeit verneigte, nahm ich nur schemenhafte Gesichter und das enthusiastische Klatschen ihres Applauses wahr. Ich hatte gut gespielt, wenn auch mit einer gewissen Zurückhaltung, und nach meinem Auftritt ließ ich es willenlos und benommen zu, daß man mich in einen kleinen dunklen Raum führte, wo ein Glas Champagner für mich bereitstand. Ich erinnere mich, daß ich, nachdem ich dem Diener gesagt hatte, ich wolle einen Augenblick allein sein, mich hinsetzte und das Gesicht in den Händen begrub, um Kraft für das Lächeln und Händeschütteln zu sammeln, das mir nicht erspart bliebe, ehe ich aufbrechen konnte.

»Schatz, du warst wunderbar.«

Das Knarren der Tür sagte mir, daß ich entdeckt worden war, und ich wußte, daß die Umarmungen Regina Boardmans nicht lange hinter denen ihrer Tochter zurückstehen konnten.

»Komm schon und genieße deinen Erfolg«, sagte Camilla mit glänzenden Augen zu mir. »Alle sind *verrückt* nach dir. Mama hat ihnen *allen* erzählt, daß du den Hibberdson gewinnen wirst, und so wie du heute abend gespielt hast, würde mich das auch *keineswegs* überraschen.« Sie wartete lächelnd, während ich meine Geige in ihren Kasten legte. »Komm schon, James, sei nicht so schüchtern«, flüsterte sie mir zu, als sie mich unterhakte und die Tür zum Treppenabsatz öffnete. »Du mußt dich an all das gewöhnen, wenn du berühmt werden willst, weißt du.«

»Ich werde nicht berühmt«, sagte ich, auf einmal gereizt von ihrer Fröhlichkeit.

»Aber du bist es schon«, sagte sie schlicht und führte mich hinaus. »Und jetzt kannst du nicht mehr viel dagegen tun.«

Natürlich konnte ich der Menschenmenge, die auf der Treppe auf mich wartete, nicht höflich aus dem Weg gehen; und so lächelte ich verbissen, als die Männer mir die Hände schüttelten und mich ihren Frauen vorstellten: elegant aufgemachte Frauen, die mir, je nach Temperament, erzählten, daß ich entweder so hinreißend oder so begnadet war, wie man ihnen berichtet hatte. Das Publikum jenes Abends war handverlesen: Regina hatte ihre reichsten und einflußreichsten Freunde eingeladen, und die schienen es als eines der mit dem teuren Eintritt erworbenen unausgesprochenen Rechte anzusehen, mit dem Künstler bekannt gemacht zu werden. Also wurde ich pflichtschuldig vorgestellt, denn Regina Boardman enttäuschte ihr Publikum nie. Doch während ich langsam die überfüllte Treppe hinabgeführt wurde und dabei unbeholfen lächelte und versuchte, den überschwenglichen Lobesworten kein Gehör zu schenken, ersehnte ich mir nichts mehr, als aufbrechen und allein sein zu können.

Erst als ich mich den letzten Paaren näherte, die darauf warteten, mir vorgestellt zu werden, erst als ich mich umwandte, um die letzte Treppenflucht hinabzusteigen, sah ich, daß Alexander und Pamela Harcourt am Ende der Reihe standen; und dabei bemerkte ich auch, daß die vergangenen drei Jahre ihren Tribut gefordert hatten. Obwohl Pamela Harcourts Frisur so kompliziert war wie eh und je, obwohl sie an ihren Fingern immer noch ihre großen Ringe trug, entdeckte ich eine Müdigkeit an ihr, die auch ihre hervorragende Aufmachung und ihre teuren Kleider nicht verbergen konnten. Die Knöchel ihrer mageren Hand traten weiß hervor, als sie den Arm ihres Ehemannes ergriff, einen Arm, der unter dem Stoff seiner Smokingjacke dünn und fast zerbrechlich wirkte. Auch Alexander Harcourt hatte seine Vitalität eingebüßt, das sah ich sofort; seine Augen strahlten nicht länger die Zuversicht eines Menschen, der die bewundernden Blicke anderer gewöhnt ist. Er sah abgezehrt und alt aus, und seine Hand zitterte leicht, als er sie mir zum Gruß entgegenstreckte.

»Guten Abend«, sagte ich und dachte dabei an unsere letzte Begegnung im Foyer des Grand Hotels, als Ellas Schwierigkeiten gerade begonnen hatten.

»Guten Abend, Mr. Farrell. Wie schön, Sie wiederzusehen.« Selbst seine Stimme klang älter, als ich sie in Erinnerung hatte; älter und trauriger, fand ich.

»Es war uns eine Freude, Sie spielen zu hören.« Pamela Harcourt lächelte mich mit der einstudierten Bewegung ihrer geschminkten Lippen an.

Einen Moment lang herrschte Schweigen zwischen uns. Dann dankte ich den beiden für ihr Kommen und schickte mich an weiterzugehen; aber Alexander Harcourt hielt mich am Mantelärmel fest.

»Könnte ich ... Sie einen Augenblick sprechen? Unter vier Augen?« Seine blauen Augen bohrten sich in meine.

Ich sagte nichts.

»Bitte.«

Ich spürte, daß Regina Boardman hinter mir die Treppe herunterkam, bereit, mich weiterzureichen.

»Ich hätte Ihnen vor dem heutigen Tag schon beinahe geschrieben«, sagte Alexander Harcourt rasch, weil auch er sie sah. »Bitte. Ich kann Ihnen gar nicht sagen, wieviel mir ein paar Minuten mit Ihnen allein bedeuten würden.«

Die ruhige Würde von Ellas Vater rührte mich, denn sein alterndes Gesicht hatte einen Ausdruck, der dem seiner Tochter entsprach. »Natürlich«, sagte ich und schritt die letzten Stufen hinab.

Er wartete an der Haustür auf mich, und während Pamela Harcourt in ein Taxi stieg, versuchte er auf dem Weg zur U-Bahn-Station mit mir Schritt zu halten. Einen Augenblick herrschte verlegenes Schweigen zwischen uns; dann ergriff er das Wort, und als er sprach, zitterte seine Stimme.

»Meine Tochter ist in einem schrecklichen Zustand«, sagte er bedächtig.

Ich schwieg.

»Was meinen Sie damit?« fragte ich schließlich, obwohl ich es wußte.

»Ich meine damit, daß sie, nachdem sie mit Ihnen und dem armen jungen Mann, der ums Leben gekommen ist, in Frankreich gewesen ist, nie wieder dieselbe war.«

Wieder schwiegen wir beide.

»Sie dürfen nicht denken, ich wolle Ihnen die Schuld dafür geben«, fuhr ihr Vater fort. »Ich hatte mir schon Sorgen um Ella gemacht, bevor sie aus Prag abreiste. Schon damals verhielt sie sich nicht wie der Mensch, den ich kannte. Aber als sie zurückkam, war es noch schlimmer. Sie wollte nicht mit mir oder Pamela reden; sie wollte soviel wie möglich allein sein; sie schien ihr Interesse am Leben verloren zu haben.« Er hielt inne. »Anfangs dachten wir, daß der Tod dieses Franzosen … Wie hieß er noch gleich?«

»Eric«, sagte ich ruhig.

»Genau. Wir dachten, daß Erics Tod sie schwer getroffen hatte und daß sie diesen Schlag erst mal verkraften mußte.«

Wieder hielt er kurz inne.

»Also gaben wir ihr Zeit; wir bedrängten sie nicht. Aber es wurde immer schlimmer mit ihr. Sie wollte niemanden mehr sehen; sie schien an nichts mehr Freude zu haben. Und das war hart, denn Ella hat das Leben früher immer so genossen. Zur Zeit ihrer Verlobung machte sie einen so glücklichen Eindruck.«

Alexander Harcourt blickte zu Boden, und ich dachte an die Tage und Nächte jenes leidenschaftlichen Sommers, als Ella und ich uns unsterblich gefühlt hatten.

»Wir alle haben ihr zu helfen versucht«, fuhr er fort. »Vor allem ihre Cousine Sarah war eine große Quelle der Kraft.

Aber jetzt will Ella überhaupt niemanden mehr sehen. Und diese ganze Aufmerksamkeit, die die Presse ihr entgegenbringt, ist natürlich auch nicht gerade hilfreich. Sie verbringt jetzt den ganzen Tag allein auf ihrem Zimmer. Selbst mit mir will sie nicht mehr sprechen. Sie …« Ihm versagte die Stimme.

»Bitte, James.« Er suchte meinen Blick, und ich sah, daß er weinte. »Ich mache mir Sorgen um meine Tochter. Ich weiß nicht mehr, was ich tun soll. Ich spüre, daß ich sie verliere. Und der einzige Mensch, von dem sie spricht, der einzige Mensch, den sie sehen will, sind Sie.«

Wir waren jetzt am Notting Hill Gate angelangt, und es hatte zu regnen begonnen.

»Ich habe Ihnen schon so oft schreiben wollen … Und als ich Sie dann heute abend sah, wußte ich, daß ich es Ihnen sagen muß. Sie sagt, Sie würden ihre Briefe nicht beantworten, und ich wollte mich da nicht einmischen. Aber jetzt habe ich Angst. Sie sind meine letzte Hoffnung.«

Wieder herrschte Schweigen zwischen uns.

»Wollen Sie es wenigstens versuchen?« Die Bitte dieses Mannes in mittleren Jahren hatte etwas Tragisches.

»Was könnte ich denn tun?« sagte ich langsam, mehr zu mir selbst als zu Ellas Vater.

Voll Eifer packte er meinen Arm. »Schreiben Sie ihr, James. Telefonieren Sie mit ihr. Besuchen Sie sie.« Er schwieg einen Moment. »Mein Bruder gibt nächsten Monat ein Fest auf Seton. Begleiten Sie sie dorthin.«

Ich schüttelte den Kopf.

Er schlug die Augen nieder. »Bitte, James, tun Sie etwas! Lassen Sie sie nicht im Stich.«

Lange herrschte Schweigen zwischen uns. Meine Gedanken überschlugen sich. »Gut«, sagte ich schließlich. »Ich werde ihr schreiben. Sagen Sie ihr, daß ich ihr schreiben werde.«

»Ich kann Ihnen nicht genug danken.« Alexander Harcourt streckte mir die Hand entgegen. Ich schüttelte sie, und wir sahen einander in die Augen.

»Auf Wiedersehen«, sagte ich und versuchte zu lächeln. Dann wandte ich mich um und ging die Treppe zur U-Bahn hinunter .

Kapitel 27

Ich kann nicht sagen, was ich in jener Nacht empfand. Ich kann nur sagen, daß ich nicht schlief; daß ich statt dessen auf den Dachboden stieg, wo man, wie ich wußte, mein Licht nicht sehen konnte; und daß ich mich in der Ecke niederließ, wo einst Ella gesessen hatte, und meine Gedanken zu ordnen versuchte, nach etwas suchte, das mir Halt gab im Sturm meiner Gefühle.

Schließlich fand ich ihn. Aber die Suche war schwer, und der Erfolg forderte das Eingeständnis meiner eigenen Schwäche. Ich mußte mir eingestehen, daß ich nicht den ganzen Rest meines Lebens so verbringen konnte wie die vergangenen drei Jahre; daß ich, was immer ich Eric angetan hatte, wie sehr ich auch bestraft zu werden verdiente, dem Sog meiner alten Liebe nicht widerstehen konnte. Die Trennung von Ella, die so lange die Hauptstütze meiner Selbstverleugnung war, hielt ich nicht länger aus; und sowenig ich das Glück auch verdiente, konnte ich ihm doch nicht länger widerstehen. Und dies war ein Zugeständnis, das mir sehr schwer fiel. Schwer, weil ich damit auch zugeben mußte, daß ich nicht stark genug war, mich zu bestrafen oder die Strafe zu ertragen, die ich verdient hatte; schwer, weil es zur Folge hatte, daß ich auch den letzten Funken meiner Selbstachtung aufgab; schwer, weil ich, der ich mich auf ewig fühllos geglaubt hatte, plötzlich auf eine Art und Weise zum Leben erweckt wurde, die genauso schmerzhaft wie wunderbar war.

Alexander Harcourts Flehen tat seine Wirkung in jener

Nacht. Ich konnte der Macht der Erinnerung nicht länger standhalten; und der dunkle Raum füllte sich mit den Bildern, die ich für mein blindes Tasten schon verloren geglaubt hatte.

O ja, Alexander Harcourts Worte hatten ihre Wirkung getan. Bis ich Ellas weinenden Vater sah, hatte ich mich imstande gewähnt, Ellas Liebe zu opfern, sie als den Preis einer eigentlich unbezahlbaren Schuld hinnehmen zu können. Blind, betäubt von Schmerz und Schuld, hatte ich mich entschlossen, den Freuden unseres Zusammenseins zu entsagen, in der Hoffnung, daß ich so meine Strafe finden könnte; daß ich somit, irgendwie, für das sühnen würde, was ich – was wir zusammen getan hatten. Vor Alexander Harcourts besorgten Worten war ich entschlossen, in einer Welt zu leben, die Gefühlen gegenüber abgeschottet war; mich auf einen dunklen, dürftig beleuchteten Raum zu beschränken, den nur gelegentlich das ferne Licht meiner Musik erreichte. Auf diese Weise hatte ich versucht, Ruhe zu finden, hatte ich gehofft, Frieden zu erlangen; und aus einer Distanz von fünfzig Jahren begreife ich, daß ich mir fast gewünscht hatte, Erics Tod mit dem meiner Seele zu teilen.

In jener Nacht gab ich dieses Ansinnen auf. Zum ersten Mal seit meiner Rückkehr aus Frankreich spürte ich die Unbändigkeit wirklicher Hoffnung; die Süße einer wiedergekehrten Liebe. Zum ersten Mal seit drei Jahren freute ich mich – mit beinahe jungenhaftem Erstaunen – an den Geheimnissen der Nacht, an der Schönheit eines sternenübersäten Himmels; denn die Dunkelheit herrschte mich nicht länger an, sie füllte sich nicht mehr mit Träumen von Eric, sondern mit Gedanken an Ella. Nicht die leblose Gestalt meines Freundes erschien mir in jener Nacht, sondern der zerbrechliche Körper meiner Geliebten; nicht Erics vom Tod glasige Augen, sondern die vor Leben sprühenden Ellas. Zitternd sah ich sie neben mir und wagte kaum zu atmen. Ich beobachtete sie, wie sie sich eine Zigarette anzündete; sich das Haar aus den Augen strich. Wieder einmal hörte ich das silbrige Glucksen ihres Lachens, die sanfte Melodie ihrer Stimme. Wieder küßte ich die samtige Stelle unterhalb ihres Schlüsselbeins.

Allein im Dunkeln, glaubte ich, daß nichts Ella von mir fernhalten könnte; daß unsere Liebe eine zweite Chance verdient hatte; daß sie uns vor dem Vergessen gerettet hatte. Ich schluckte meinen Stolz hinunter. Ich gestand meine Schwäche ein. Ich akzeptierte, daß ich Ellas Sog nicht länger widerstehen konnte; daß ich zu ihr gehen würde, wenn sie mich brauchte; daß ich ihrem Ruf folgen würde.

Jetzt sehe ich, was für ein Schritt das war; ich sehe und begreife es. Denn indem ich meine Lebensgeschichte in Worte fasse, lerne ich mich auf eine Weise kennen, die ich mir nie hätte träumen lassen. Und fünfzig Jahre später weiß ich, daß die Bande, von denen ich mich für so kurze Zeit befreite, tatsächlich mächtig waren; daß sie nur durch die Kraft einer Liebe, die so stark war wie die von Ella und mir, durchbrochen werden konnten. Unsere Leidenschaft gab uns diese Kraft, das weiß ich heute ohne jeden Zweifel; und wir hätten sie schließlich zum Guten nutzen können. Wir hätten das Licht am Ende dieser Tragödie sehen können. Wir hätten glücklich sein können.

Doch wieder träume ich von dem, was hätte sein können, obwohl ich weiß, wie sinnlos solche Überlegungen sind. Nur meine Geschichte zählt; das, was wirklich passiert ist. Und wirklich passiert ist folgendes: die Schleusen meiner Liebe zu Ella öffneten sich noch einmal. Und mein Verlangen nach ihr strömte mit einer Kraft, die ich nicht länger unter Kontrolle hatte, als ich in jener Nacht auf dem Dachboden saß und im Licht einer kleinen hellen Lampe eilig einen Brief zu Papier brachte, der sechs Seiten großen Notizpapiers mit den kleinen dichtgedrängten Buchstaben meiner verkrampften Hand füllte.

An die Worte, die ich benutzte, kann ich mich nicht mehr erinnern, denn sie wurden vor langer Zeit und überaus hastig gewählt; mir fallen die Sätze nicht mehr ein, die über mich kamen, als ich über das Papier auf meinen Knien gebeugt saß. Ich erinnere mich nur noch an den Kern des Geschriebenen und die Inbrunst, mit der ich es schrieb. Ich schrieb Ella von der Liebe, von meiner Liebe zu ihr und ihrer für mich. Ich sprach von meiner Reue über die vergangene Zeit und meiner Hoffnung auf die Zukunft. Ich sagte ihr das, was ich ihr schon längst hätte sagen sollen: daß ich nie aufgehört hatte, an sie zu denken; nie aufgehört hatte, von ihr zu träumen; daß sie recht hatte: daß wir einander jetzt mehr denn je brauchten.

Als der Tag mit neuem Glanz anbrach, unterschrieb ich den Brief. Erst dann ging ich, erschöpft von meinen Worten, ins Bett und schlief nach drei langen Jahren den ersten traumlosen Schlaf. Ich wachte spät auf, als die Sonne schon hoch am Himmel stand, und zum ersten Mal seit Erics Tod empfand ich wieder die Freude, die der einfache Luxus stiller Beobachtung gewährt. Ich vernahm lange nicht mehr wahrgenommene Geräusche; sah Dinge, die man üblicherweise nicht bemerkt. Ich freute mich an dem Muster, das der Sonnenschein auf meine Wand warf; an der Farbe der Buchrükken auf meinem Regal; an den glitzernden Pfützen des Regens der vergangenen Nacht. Mein Leben hatte eine Wende genommen; dessen war ich mir sicher; ich war mir sicher, daß alles wieder gut werden würde.

Langsam, unbeschwert, stand ich auf und zog mich an.

Draußen im Sonnenschein warf ich Ellas Brief ein. Dann ging ich zum Konservatorium und dachte verwundert, wie sehr sich dieser Morgen von all jenen unterschied, an denen ich zuvor diesen Weg gegangen war, und daß auch alle künftigen so sein würden. Wie sehr ich mich verändert hatte. Ich hatte wieder Freude an der Welt; an dem Gedanken, daß Ella und ich, wieder vereint, die Dinge in Ordnung brächten; daß wir uns den Dämonen unserer Schuld gemeinsam stellen und sie besiegen würden, was allein zu schaffen wir nicht hoffen konnten. Ich erinnere mich an meine bedächtige Besonnenheit an jenem Tag; die stille, entschlossene Freude, die mir der zarteste Hauch, der gewöhnlichste Anblick bereiteten. Ich war noch einmal ins Leben zurückgekehrt, offen für all seine Möglichkeiten. Und jetzt, Jahre später, während ich im Dunkeln sitze und den Mond beobachte, der über den heranrollenden Wellen einer wogenden See aufsteigt, erinnere ich mich daran, wie das war; ich erinnere mich an die Rückkehr der Hoffnung, wie ein durstiger Mann sich an den ersten Anblick des Wassers erinnern wird. Noch hatte ich nicht getrunken, aber ich sah die Oase bereits vor mir; und in meinem Verlangen glaubte ich, nichts könnte sich mir jetzt noch in den Weg stellen; daß mein Durst, so lange als die einzige Strafe, die ich mir selbst auferlegen konnte, ausgehalten, gleich gelöscht werden würde. Langsam, mit fast kindischem Vergnügen, kostete ich diesen Tag und die ihm folgenden aus; und ich freute mich an dem flüchtigen Gedanken, daß das Leben trotz allem vielleicht schön sein konnte.

Dieses Gefühl drückte sich in meinem Geigenspiel mit einer Macht aus, die ebenso berauschend wie unwiderstehlich war. Die ganze nachfolgende Woche arbeitete ich mit unstillbarer Begeisterung. Schon lange zuvor hatte ich mich dazu entschlossen, das e-Moll-Konzert von Mendelssohn zu spielen – eine unbewußte Hommage an Ella –, falls ich in die Endausscheidung des Hibberdson-Wettbewerbs kommen sollte; und als ich mich jetzt an die Quelle meiner Inspiration erinnerte, arbeitete ich mit unermüdlicher Leidenschaft. Während der Übungsstunden durchlebte ich noch einmal die sonnigen Nachmittage, an denen ich ihr den ersten Satz vorgespielt hatte; und ich erinnerte mich, wie sie, vor Freude ganz still, auf ihrem Kissen in der Ecke meiner schmuddeligen Dachkammer gesessen hatte.

Auf diese Weise vergingen Tage. Aber in aufgeregter Erwartung der Zukunft setzte ich meine Arbeit fort und dachte dabei wenig an die Beschränkungen der Gegenwart. Auf meinen Brief kam keine umgehende Antwort; aber eine Verzögerung von ein paar Tagen konnte mich nach so vielen Monaten unbewußten Wartens nicht entmutigen. Wenn mein Leid mich eines gelehrt hatte, dann Geduld. Ich sagte mir – ganz zu Recht, wie sich herausstellte –, daß tausend Dinge Ella davon abhalten mochten, mir umgehend zu antworten; daß sie mir schreiben würde, sobald sie konnte. Und ich war mir ihrer erneut so sicher, daß ich mich frohen Mutes mit einem leeren Briefkasten abfinden konnte.

Noch weitere Dinge ereigneten sich in dieser Zeit; Begegnungen und Gespräche, denen ich damals wenig Bedeutung beimaß, an die ich mich jetzt aber erinnern muß, wenn ich die Ereignisse in ihrer genauen Abfolge zu erfassen versuche. Genauigkeit ist jetzt wichtig; das ist mir klar. Ich versuche mich also zu erinnern. Und indem ich das tue, höre ich den emphatischen Klang von Camilla Boardmans Stimme, höher als üblich. Ich spüre ihre Hand, die mich durch einen Raum führt, der von lauten Gesprächen und sprödem Lachen und dem harten Geklirr von Edelstahl auf Porzellan erfüllt ist. Wir sind in einem Restaurant in einer kleinen Nebenstraße der King's Road; wir haben uns zum Mittagessen getroffen; meine Freundin sprudelt fast über vor Aufregung. Wir haben kaum unsere Plätze am Fenstertisch eingenommen, als sie mir den Arm drückt und mir sagt, daß sie *phantastische* Neuigkeiten habe. Ihre große Chance sei gekommen, und sie stehe kurz davor, berühmt zu werden.

Ich sehe sie vor mir an diesem Tag. Ich erinnere mich an ihre Lebhaftigkeit, ihre ansteckende Begeisterung, als sie mich fragt, ob ich jemals in Seton gewesen sei. »Das ist nämlich ein ganz *unglaubliches* Haus. Ein wirklich *gewaltiges* Schloß auf einer Insel vor der Küste Cornwalls«, erzählte sie mir aufgeregt. »Voll *erstaunlicher* Geschichte und *traumhaften* Möbeln und …« Sie schnappte nach Luft, denn selbst ihr Vorrat an Adjektiven war nicht unerschöpflich.

Ich wartete ab und sagte nichts. Ich versuchte, meine Aufregung im Zaum zu halten, als ich meine Freundin von Ellas Insel sprechen hörte, von dem Haus, das einmal ihres und meines sein könnte.

»Es ist der Familiensitz der Harcourts, weißt du«, fuhr Camilla fort. »Und sie geben dort eine *riesige* Party, um Geld für irgendeinen wohltätigen Zweck zusammenzubekommen. Mama hängt mit drin. Ich habe keine Ahnung, worum es genau geht; wahrscheinlich um die Erhaltung alter Gebäude. Aber das ist nicht so wichtig. Wichtig ist, daß das *die* große Party in diesem Sommer werden wird. Und unter uns gesagt, Mama und ich kennen natürlich praktisch *jeden,* der dort eingeladen ist, und du kannst darauf wetten, daß *ich* all ihre Kleider entwerfen werde.« Camilla hielt außer Atem inne. »Das wissen sie natürlich noch nicht«, fügte sie mit unbeabsichtigter Ironie hinzu. »Aber Ella Harcourt staffiere ich bereits aus. Und ihrem Beispiel werden die anderen natürlich folgen, wart's nur ab.« Außer sich vor Aufregung bestellte sie Champagner. Ich lächelte in mich hinein, weil ich daran denken mußte, daß Alexander Harcourt mir schon vor etlichen Tagen von dieser Party erzählt hatte. Dieses eine Mal war ich besser informiert als die allwissende Miss Boardman.

Es verstrichen etwa zehn Tage, ohne daß ich etwas von Ella hörte; und nach Ablauf dieser Zeit begann ich mir nun doch Sorgen zu machen, Sorgen, daß sie meinen Brief vielleicht gar nicht geöffnet hatte, wie ich das mit ihren so oft getan hatte. Aber trotz der in mir aufkeimenden Befürchtungen arbeitete ich so hart wie nie zuvor, denn es waren nur noch wenige Tage bis zur Endausscheidung des Hibberdson-Wettbewerbs, und meine Zeit war mit Proben und den vielen tausend Kleinigkeiten einer Wettbewerbsvorbereitung ausgefüllt. Ich kam gerade von einer besonders langen Probe heim, als ich ihren Brief sah: er lugte unter einem Haufen anderer auf der Matte in der Eingangshalle hervor. Diesmal war es ein blauer Umschlag, doch die eigenwilligen Buchstaben der Adresse waren in der braunen Tinte geschrieben, die ich so gut kannte.

Ich weiß noch, wie aufgeregt ich in diesem Augenblick war: wie mir die Kehle trocken wurde, als ich Ellas Brief aufhob und ihn mit in die winzige Dachkammer nahm, den Raum, den sie drei Sommer zuvor zu dem ihren gemacht hatte. Ich weiß noch, wie sich das schwere Papier anfühlte, als ich den Umschlag aufriß; wie steif der herausfallende Briefbogen war; der geprägte Briefkopf, der mir verriet, daß sie ihn auf Seton geschrieben hatte. Sie verwendete nicht meinen Namen, wie ich mich entsinne; und ihr Brief war nicht lang. Sie schrieb:

Liebling, mein Liebling,

ich kann es nicht glauben, daß Du doch noch geschrieben hast. Ich kann es nicht glauben, daß Du zu mir zurückgekehrt bist. Ich dachte schon, Du seist mir auf ewig verloren.
Du ahnst nicht, wie sehr ich Dich vermißt habe; wie sehr ich mir gewünscht habe, Dich zu sehen. Dies sind harte Jahre für mich gewesen – aber Dir wird es ähnlich ergangen sein. Es tut mir leid, daß ich Deinen Brief nicht schon eher beantwortet habe. Ich bin nicht in London gewesen, weißt Du – ich bin hier im Salon und helfe Onkel Cyril bei seinen Partyvorbereitungen. Das Haus ist

ein einziges Chaos, und wir jüngeren sind gebeten worden auszuhelfen. Deshalb bin ich nicht zu Hause gewesen, und Pamela ist sehr unzuverlässig, was das Nachsenden von Post angeht. Ich habe Deine Worte erst heute morgen gelesen – und seitdem hält es mich nicht mehr auf meinem Platz. Ich kann es nicht erwarten, Dich wiederzusehen; Dich, mein Liebster, wieder zu berühren. Ich habe Dich so vermißt.

Aber ich kann hier erst nächste Woche fort, wenn das Fest vorbei ist. Natürlich könntest Du zum Ball kommen – obwohl ich mir, wenn ich es recht bedenke, nichts Schlimmeres vorstellen kann, als Dich vor Tausenden von Leuten wiederzusehen. Es ist ohnehin eine Art Regina-Boardman-Party, und ich will Dich allein sehen ... Wirst Du noch ein wenig länger auf mich warten? Und unterdessen den Hibberdson gewinnen? Ich habe bis zur Endausscheidung alles mitverfolgt, und ich bin gespannt, was Du wohl spielen wirst. Du hast keine Ahnung, wie sehr ich mir wünsche, Deine Musik zu hören.

Es gibt so viel zu sagen; so viel zu erzählen. Ein Brief ist dazu nicht der richtige Weg.

Ich sehne mich danach, wieder mit Dir vereint zu sein.
Ella

Allein hier im Dunkeln meine ich Ella zu hören, wie sie mich von weit her ruft; ich sehe ihre Augen, die die meinen suchen.

Danach überschlugen sich die Ereignisse.

Bei der Hibberdson-Endausscheidung wimmelte es von Preisrichtern und Scheinwerfern und Fernsehkameras, von Schweiß und Lampenfieber und besorgten Freunden. Für mich war es ein Abend des Ruhms, denn ich spielte mit einer Passion, die ich bis dahin nicht gekannt hatte. Ein Abend, an dem Ellas Liebe mein Spiel beflügelte wie nie zuvor, ihm eine

Empfindsamkeit verlieh, die es nie wieder erlangte. Ich erinnere mich an alles. Ich weiß auch noch, was für ein Gefühl es war, zu gewinnen. Ich erinnere mich an den Schauer der Erleichterung, als ich meine Geige absetzte und mich verbeugte; ich weiß, daß ich lächelte; erinnere mich, den Preisrichtern gedankt und gesagt zu haben, wie überaus glücklich ich sei. Und ich *war* glücklich, denn nichts kann die Freude trüben, wirklich gut gespielt zu haben, sich in seiner Kunst selbst übertroffen zu haben. Und obwohl ich noch immer der Ansicht war, daß der Sieg nicht mir allein gehörte, daß die Kühnheit, mit der ich gespielt hatte, ohne die in mir kreischende Erinnerung an Erics Lachen und den Anblick seiner blicklosen Augen unmöglich gewesen wäre, spürte ich zugleich, daß Eric gewollt hätte, daß ich gewann; und ich glaubte, daß Ellas Liebe mich in Zukunft vor solchen Dämonen beschützen würde.

Als ich auf der Bühne stand und die bronzenen Lorbeerblätter in der Hand hielt, ließ ich meinen Blick über die Reihen fröhlicher Gesichter und die klatschenden Hände schweifen; und als ich mich wieder verbeugte, sah ich einen schlanken, geneigten Hals und ein Lächeln, bei dem mir der Atem stockte. Ich sah noch einmal hin, vergewisserte mich; und dann ging ich, noch immer lächelnd, über die Bühne, schüttelte meinen Mitstreitern die Hand, nahm ihre Glückwünsche entgegen und dachte dabei nur daran, wie ich den Konzertsaal verlassen, wie ich mit dem einzigen Menschen, den ich sehen wollte, in die Nacht entschwinden könnte. Hinter der Bühne warteten Fernsehkameras und Zeitungsreporter und mein Agent, der mir sagte, ich müsse noch einmal zur Verbeugung antreten, um den Applaus auszunutzen; und als ich dies tat, pochte mir das Blut wie wild im Kopf, und meine Hände waren naß vor Schweiß und vor Angst, Ella könnte in der Menge untergehen und ich könnte sie letztlich doch nicht finden.

Einer weiteren Verbeugung verweigerte ich mich. Statt dessen ging ich direkt in die Garderobe, wo meine Mitstreiter ihre Instrumente wegpackten und sich ihrer Krawatten entledigten. Ich legte meine Geige in ihren Kasten und verabschiedete mich hastig. Dann eilte ich durch die weitläufigen Korridore zum Bühnenausgang und hoffte, mich davonstehlen zu können, ehe er umlagert war. Aber als ich die Tür öffnete, vernahm ich zu meinem Unmut den schrillen Aufschrei »Da ist er!« und war gleich darauf Mittelpunkt einer Gruppe aufgeregter Gratulanten und Reporter, von Fragen und schnell gezückten Autogrammbüchern.

Ich sagte mir, daß Ella mich schon finden würde, daß es ratsam wäre, an einem Ort zu bleiben, holte also tief Luft und stellte mich dem Sperrfeuer aus Worten und den Autogrammbüchern. Mein Puls raste, ich holte meinen Füller hervor und begann zu signieren, wobei ich mich zur Ruhe zwang.

»Darf ich mich Ihren ergebenen Bittstellern anschließen, James?«

Ich hatte sie gesehen, noch bevor sie sprach; und die runden Vokale einer britischen Aussprache ließen mich vor Enttäuschung blaß werden. »Mein Gott … Sarah.«

Sie lächelte mich an, während ich meine Fassung wiedergewann. Und als ich ein weiteres Programm nahm und automatisch meinen Namen darauf schrieb, gelang es mir zumindest, sie zu fragen, was sie hierherführte.

»Sie natürlich«, erwiderte sie, noch immer lächelnd. Sie kam mir weniger streng vor, als ich sie in Erinnerung hatte. »Ich dachte, ich sollte wenn möglich meine Bekanntschaft mit dem Preisträger demonstrieren.«

»Wie bitte?«

Im Tumult der Menge ging ihre leise Stimme unter.

»Herzlichen Glückwunsch«, rief sie, diesmal lauter. Und sie beugte sich vor und küßte mich auf die Wange.

Jemand photographierte uns, und ein Reporter wollte wissen, wer die bezaubernde Dame sei. »Bitte, sagen Sie uns doch Ihren Namen!«

Sarah errötete, und sehnsuchtsvoll dachte ich daran, wie wunderschön ihre Cousine war.

»Es ist lange her«, sagte sie, als wir uns den Weg zu meinem Auto bahnten.

»Ja.«

»Und wie ist es Ihnen ergangen, seit wir uns das letzte Mal gesehen haben?«

»Oh … ganz gut. Ich habe viel gearbeitet.«

»Und Preise gewonnen.«

»Nur einen.«

»Aber was für einen.« Sie blickte hoch zu mir, und ihre blauen Augen begegneten meinen, als hätten wir uns schon immer gekannt.

»Es war nett von Ihnen, zu kommen und mich abzupassen«, sagte ich schließlich. »Ich dachte, Ihre Familie sei samt und sonders nach Seton beordert worden.«

»Ich bin heute nach London gekommen, um ein Kleid abzuholen.«

»Verstehe.«

Sie lächelte wieder. Es entstand eine kleine Pause.

»Na dann, auf Wiedersehen«, sagte sie schließlich. »Meinen Glückwunsch für den heutigen Erfolg. Ich bin mir sicher, es wird der erste von vielen sein.«

»Danke.«

»Und wo wir jetzt einander so unerwartet über den Weg gelaufen sind, dürfen wir den Kontakt nicht wieder verlieren.«

»Gewiß nicht.« Inzwischen steckte der Schlüssel im Schloß meiner Wagentür.

»Auf Wiedersehen, James.«

»Auf Wiedersehen, Sarah.«

Ich beugte mich zu ihr hinab und küßte sie auf die Wange. Und als ich das tat, roch ich ihren Duft, den Geruch einer anderen Zigarettenmarke, einer unbekannten Seife, eines fremden Parfüms: jenen Geruch, den ich gestern nachmittag, zusammen mit der klebrigen Süße warmen Blutes, wahrgenommen habe, als ich mich über ihren Körper beugte.

Kapitel 28

Die Tage zwischen der Hibberdson-Endausscheidung und der Party bei den Harcourts waren sehr turbulent. Zwischen den Interviews, die ich gab, und den Glückwünschen, die ich entgegennahm, blieb mir wenig Zeit für mich. Die Zeit, die ich hatte, verbrachte ich mit meiner Familie, deren Lob zwar nicht überschwenglich war, aber von Herzen kam, oder mit Camilla Boardman, deren Vorhersagen auf künftigen Ruhm keine Grenzen kannten. Doch der Mensch, den ich wirklich sehen wollte, war natürlich Ella. Ich litt unter der Aussicht auf die Tage, die uns noch trennten, obwohl ich ihre Notwendigkeit sah. Auch mir war nicht daran gelegen, daß unser Wiedersehen unter den wachsamen Augen ihrer Familie und unserer Freunde stattfand.

Ansonsten vergingen meine Tage in einem euphorischen Rausch, den ich so nicht mehr für möglich gehalten hatte. Zum ersten Mal in drei Jahren – und aus einer Distanz von fünfzig Jahren kann ich dies bestätigen – hatte ich das Gefühl, am Leben wieder wahrhaft teilzuhaben; das Gefühl, daß die kleinen Details des Alltags, für die ich so lange Zeit Interesse nur vorgetäuscht hatte, wieder von Belang für mich waren. Indem ich Ella schrieb, hatte ich meine Niederlage eingestanden. Vor mir selbst zumindest hatte ich zugegeben, daß ich nicht fähig war, meine mir selbst auferlegte Gefangenschaft für die Rolle, die ich bei Erics Tod spielte, auf unbegrenzte Zeit fortzusetzen. Und dieses Eingeständnis befreite mich; Ellas Liebe oder, besser, das Wissen, daß sie mich noch liebte, befreite mich von der Vergangenheit auf eine Weise, der ich mich nicht verweigern konnte. Sosehr ich es auch versuchte, konnte ich doch die leise, beharrliche Stimme nicht zum Schweigen bringen, die mir sagte, daß das Leben lebenswert war; daß es vielleicht bessere Möglichkeiten der Wiedergutmachung an Eric gab als die seelische Selbstverstümmelung, zu der ich bis jetzt Zuflucht genommen hatte. Seit sechs Nächten war er aus meinen Träumen verschwunden. Seine blicklosen Augen waren durch den Klang von Ellas Gelächter, der Anblick seines durchweichten Leibes von der Wärme ihrer Wange an der meinen ersetzt worden.

In dem Wunsch, mein Glück zu teilen, hätte ich Camilla beinahe alles erzählt; aber sie war so voller eigener Neuigkeiten und Pläne, daß sich für mich keine Gelegenheit zum Reden ergab. Ich hatte die Rolle des geduldigen Zuhörers zu lange gespielt; und ihre Phase der Vorbereitung auf ihren Abend des Ruhms war nicht die richtige Zeit, daran etwas zu ändern.

»Es ist *so* viel Arbeit, Schatz«, erzählte sie mir eines Abends am Telefon. »Selbst jetzt noch kommen die Leute und wollen in letzter Minute was geändert haben. Und so viele Gespräche über *Schuhe* hast du noch nicht gehört. Das reicht, um die Puritaner in den Wahnsinn zu treiben.«

Die Mühelosigkeit, mit der Camilla sich zur Märtyrerin stilisierten konnte, sei es gesellschaftlich oder wirtschaftlich, war im Laufe der Jahre nur noch gewachsen.

»Du hast keine *Ahnung,* wie einen das auslaugt.«

»Nein, bedaure.«

»Glücklicher Musikant. Diese alten Liedchen auf einer Fiedel zu spielen kann nicht *halb* so schwer sein, wie Lady Markham bei der Wahl einer Handtasche zu beraten.«

»Gewiß nicht.«

»Werden Sie bloß nicht *unverschämt,* junger Mann. Wir können schließlich nicht alle den Hibberdson gewinnen.«

»Hmmm.« Aber ich dachte an Ella und daran, wie sie mich beglückwünschen würde.

»Ach, übrigens«, fuhr meine Freundin fort, »lade ich dich am nächsten Mittwoch zum Abendessen ein, um deinen Triumph zu feiern. Punkt halb neun. Ich hole dich ab.«

Damit legte sie auf.

Drei Abende vor dem Ball also erzählte mir Camilla einige Dinge, Dinge, die ich mir jetzt ins Gedächtnis zurückrufen muß, wenn ich nachvollziehen will, wie das Ganze eins nach dem anderen geplant war.

Ich weiß noch, daß Camilla mir ihre Kundinnen beschrieb (»*Fürchterlich* indiskret, ich weiß, aber es ist *so* lustig – und du bist durch und durch vertrauenswürdig«). Mit gedämpfter Stimme erzählte sie mir also, daß Ella gar kein *Kleid* tragen werde, sondern einen eigens für sie entworfenen Abendanzug, wie ihn Männer tragen. Ich erinnere mich, daß sie mir erzählte, Sarah Harcourt (»Du erinnerst dich doch noch an sie, Jamie?«) sei anfangs zu ihr gekommen, habe sich aber schließlich für die *schreiend* rote Scheußlichkeit eines anderen Modeschöpfers entschieden. »*So* eine Schande, denn sie ist wirklich *ziemlich* hübsch und hätte *so* gut aussehen können«, flüsterte Camilla mehr als leicht pikiert. »Aber über Geschmack läßt sich bekanntlich nicht streiten, oder?«

Von ihrer Mutter hatte meine Freundin Einzelheiten des Festablaufs erfahren; und auch diese teilte sie mir begierig mit, als unser Essen kam. Bei gedünstetem Spargel erfuhr ich, es werde ein Freudenfeuer geben (weil die Atlantikwinde selbst im September *eisig* sein können) sowie ein Feuerwerk und Treibhausrosen und ein großes Festzelt. »Sie wollen die Gäste gar nicht groß ins Haus hineinlassen«, vertraute Camilla mir an. »*Vollkommen* einsichtig, natürlich, bei *so* vielen wertvollen Dingen. Und ich denke, ein Zelt wird sich auf jeden Fall ganz *fabelhaft* machen.«

Ich nickte und erkundigte mich, ob die Berichte stimmten, daß eine amerikanische Filmdiva ihren Friseur eigens für diesen Abend einfliegen würde.

»*Wahrscheinlich,* Schatz. Das ist genau die Art Sensation, die Mama sich einfallen läßt. Du kennst sie ja.«

Wir lachten.

Ich entsinne mich noch an Camillas unverhohlene Aufregung; den Eifer, mit dem sie mir die Leckerbissen des vorfestlichen Klatsches präsentierte; den beruflichen Stolz, der ihren Äußerungen ein Gewicht verlieh, an dem es ihnen in den Anfangsjahren unserer Freundschaft gemangelt hatte.

»Auf alle Fälle wird jede, die von mir eingekleidet wurde, *fabelhaft* aussehen«, verriet sie mir, als sie die Rechnung abzeichnete, und gab mir einen Abschiedskuß. »Ich werde dir die Bilder zeigen, wenn ich wieder zurück bin. Und dann erzähle ich dir alles.«

Ich wünschte mir, ich hätte Ella schon früher geschrieben, dann hätten wir das Fest gemeinsam genießen können, und während ich mir sehnsüchtig ausmalte, wie wunderschön sie aussehen würde, verließen wir das Restaurant, und ich begleitete Camilla, den Arm um ihre Schultern gelegt, zum Taxi.

»Bis bald«, rief sie mir vom Fond aus zu. »Bis bald – mit *jeder* Menge Neuigkeiten.«

»Auf Wiedersehen«, rief ich ihr winkend nach.

Aber nicht Camilla war es, durch die ich als erstes von jener Party erfuhr; diese Höflichkeit erwies mir das Schicksal nicht. Ich las alles auf der ersten Seite der Zeitung eines Pendlers, der vier Tage nach unserem Essen mir gegenüber in der Hitze der überfüllten U-Bahn saß. LORD BEI WOHLTÄTIGKEITSBALL ERMORDET verkündete die Schlagzeile; und mit trockenem Mund und einer Angst, die mir die Kehle zuschnürte, sah ich das Bild von Ellas Vater, der mich aus der Zeitung heraus anstarrte, ein Lächeln in den Augen und den Arm um die Smokingjackettschultern seiner Tochter gelegt.

Ungläubig stieg ich bei der nächsten Station aus und ging anfangs langsam, dann immer schneller durch das Gewühl am Bahnsteig, stürmte ungeduldig an der Schlange auf der Rolltreppe vorbei, verfluchte die kaputte Sperre und rannte, während mir das Blut im Kopf dröhnte, zum Zeitungsstand am Ausgang der U-Bahn-Station.

Ich saß zu Hause, benommen, weil ich es nicht glauben konnte, als Camilla mich am Nachmittag anrief, fast den Tränen nahe. »O Gott, James«, sagte sie. »O Gott. Hast du es schon gehört?«

Sie wußte, daß ich davon erfahren haben mußte. Die Geschichte stand in jeder Zeitung; jeder Kanal brachte sie; inzwischen schien es das Gesprächsthema schlechthin zu sein. Vor den Schaufenstern der Elektrogeschäfte standen die Leute in Gruppen zusammen und suchten die Reihen der Fernsehgeräte nach neuen Nachrichten ab.

»Alle haben es *gesehen,* weißt du«, sagte sie. »Hunderte von Menschen haben zugeschaut, als sie es tat.«

Und während ich ihr zuhörte, schoß mir der völlig unpassende Gedanke durch den Kopf, wie einem das unter solchen Umständen passieren kann, daß Camillas Stimme beim Erzählen seltsam ausdruckslos war für jemand, der ein solches Talent zum lebendigen Vortrag hat; daß sie distanziert, zerstreut, nicht wie sonst klang. Ich lauschte ihrer Geschichte, als wären mir die darin vorkommenden Personen völlig unbekannt, als hätten sie nie etwas mit mir zu tun gehabt, nie eine Rolle in meinem Leben gespielt. Ich verfolgte ihr Schicksal, wie man das Schicksal berühmter Leute verfolgt, deren Erfahrungswelt von der eigenen unendlich weit entfernt ist. Erst später, als ich allein war, begriff ich allmählich: daß Ella eine Mörderin war; daß die Frau, die ich liebte, die Frau, für die ich zweimal meine Selbstachtung geopfert hatte, die Frau mit der melodischen Stimme und den abgebissenen Fingernägeln jenes Weib war, das im Zentrum der Geschichte stand, die Camilla mir erzählt hatte; daß sie die Tochter war, die ihren Vater kaltblütig vor mehr als zweihundert Zeugen getötet hatte.

»Ich konnte es nicht glauben, Jamie«, sagte Camilla unter Tränen zu mir. »Aber ich habe es selbst gesehen. Ich habe mit angesehen, wie sie es tat. Vor all diesen Leuten. Es gab keine Möglichkeit für sie, ungestraft davonzukommen.«

Ich schwieg.

»Und das muß sie gewußt haben.«

»Erzähl mir, was du gesehen hast«, sagte ich schleppend.

Und das tat Camilla. Aus ihrem Bericht und dem noch ausführlicheren, der später beim Prozeß abgegeben wurde, erfuhr ich die Fakten jenes Abends. Wenn ich sie mir jetzt in Erinnerung rufe, kann ich mich selbst aus einer Distanz von fünfzig Jahren nur wundern, wie dreist die Tat bewerkstelligt, wie unverfroren sie begangen wurde. Ja, ihre Unverfrorenheit ist es, die mich jetzt schockiert; ihre Kaltblütigkeit ist es, mehr noch als ihre Gefühllosigkeit, die diesen bitteren Geschmack hinterläßt.

Aber das Gedächtnis ist eingerostet und arbeitet langsam. Es fällt mir schwer, mich genau an das zu erinnern, was Camilla mir erzählte; mir die Unmenge häßlicher Details in Erinnerung zu rufen, die in den Wochen nach Alexander Harcourts Ermordung ans Licht kamen. Fünfzig Jahre lang habe ich dafür gesorgt, daß die Einzelheiten von Ellas Prozeß zusammen mit jenen von Erics Tod begraben blieben: der Prüfung durch ein gutes Erinnerungsvermögen nicht zugänglich. Ich wollte mich nicht erinnern; und im Vergessen war ich bemerkenswert erfolgreich. Das ist mir heute klarer denn je. Mehr denn je verstehe ich, was ich Sarah verdankte; denn sie war meine Lehrerin. Sie war es, die mir zeigte, wie man sich in Selbsttäuschung übt; sie war es, die mich lehrte, mich gegen alles abzuschirmen, was die gelassene Ruhe eines beschaulichen Innenlebens aufzuwühlen vermochte. Meine Frau war der Gleichmut selbst; wie sie das Gleichgewicht ihrer inneren Ruhe bewahrte, war beispiellos.

Doch jetzt *muß* ich mich erinnern. Was ich in bezug auf Eric getan habe, muß ich auch in bezug auf Ella und den Tod ihres Vaters tun: Ich muß verschlossene Türen entriegeln, alte Geister heraufbeschwören. Für einen Mann meines Alters ist das hart; hart, weil die Ernüchterung die traurigste der Wunden eines Lebens ist. Und in meine Wut mischt sich Mitleid mit meinem jüngeren Selbst, denn das Leben, das ihm erst vor so kurzer Zeit wieder dargeboten worden war, wurde seinem Zugriff entzogen, ehe er noch einmal davon kosten konnte. Ich weine um den Mann, der wie betäubt dasaß, als Camilla Boardman ihm erzählte, was Ella getan hatte, was Camilla sie hatte tun sehen. Ich würde ihn gern trösten. Aber ich kann es nicht; und wenn ich es könnte, was würde ich ihm dann sagen? Es gab nichts, was er hätte tun können; keinen Schritt, den er hätte unternehmen können. Er war bereits verloren; so verloren, wie er es sich nie hätte vorstellen, wie er es nie hätte begreifen können.

Ella als Mörderin – das veränderte alles. Es machte eine Lüge aus allem, was wir gehabt hatten; eine Lüge, von der ich niemandem erzählen konnte.

Und ich ging an jenem Abend hoch in die Dachkammer und saß im Mondlicht dort, wo sie immer gesessen hatte, hörte ihre Stimme und verfolgte den Rauch ihrer ewigen Zigaretten. Ich erinnerte mich an unsere Begegnung im Park; die Verkündung ihrer Verlobung mit Charlie auf Camillas Geburtstagsparty; unsere Fahrt nach Seton. Ich sah, wie sie sich das Haar aus den Augen strich und mit angezogenen Beinen auf jenem Fenstersims über dem Meer hockte. Ich hörte sie von Blanche erzählen, von der Geschichte ihrer Familie, von Sarah. »Dieses Haus birgt jede Menge dunkler Geheimnisse«, hatte sie gesagt. Ich sehe ihre entsetzten Augen, als wir mit Eric am Steinbruch waren; höre ihre abgehackte Stimme, als sie mir sagte, ich solle ihm die Wahrheit erzählen. Ich sah dies alles; hörte dies alles. Und ich spürte, daß eine Art Bann gebrochen war; daß die Frau, die ich geliebt hatte, nicht länger existierte, falls sie denn je existiert hatte.

Als ich in der heißen und überfüllten Schalterhalle der U-Bahn-Station von Alexander Harcourts Ermordung las, hatte ich mich noch an eine verrückte Hoffnung geklammert; an das blinde Vertrauen, das mich in den Jahren seit Erics Tod davor bewahrt hatte, Ella zu verdammen. Aber als ich mir Camillas Augenzeugenbericht anhörte, in einer leisen Stimme, wie ich sie noch nie von ihr vernommen hatte, begriff ich, daß ich mich getäuscht hatte. Und später, allein in der Dachkammer, in der ich erst kürzlich gesessen und ihr in der leidenschaftlichen Sprache naiver Verehrung von Liebe und Verlangen geschrieben hatte, spürte ich eine Welle des Abscheus über mich hereinbrechen. Erics wasserschwerer Leib kehrte in der Dunkelheit zurück; ich sah ihn ruckartig an der Wand des Steinbruchs nach oben schwingen, um vor mir auf den Boden gelegt zu werden. Ich erinnerte mich an die Tränen in Dr. Pétins Augen. Und mit einem Gefühl, das Haß sein mochte, dachte ich daran, daß ich mich zweimal für eine junge Frau geopfert hatte, die ihren Vater getötet hatte. Um ihr Vertrauen zu gewinnen, hatte ich Verrat an der Freundschaft begangen; um sie wiederzusehen, hatte ich drei harte Jahre der Selbstbestrafung vertan. Und als ich weinte, weinte ich nicht um Ella, nicht einmal um Eric, sondern einzig um mich.

Kapitel 29

Selbst die Schrecken der Vergangenheit verdienen eine gewisse Anerkennung, wie ich finde; und die Hindernisse auf dem Weg zu ihrem Erfolg waren groß. Erstens war der Zugang der Gäste zum Haus eng begrenzt, und der Große Saal selbst war abgeschlossen (denn darin waren für diesen Abend sämtliche Wertgegenstände aus den offen zugänglichen Räumen untergebracht worden). Doch nur über den Großen Saal ist der Zugang zum Balkon möglich; und den einzigen Schlüssel zu diesem Raum hatte Cyril Harcourt, einen Schlüssel, der später von der Polizei in seinem Schreibtisch sichergestellt wurde. Als es passierte, müssen mehr als zweihundert Menschen auf der Terrasse gewesen sein: Sie standen um das Feuer herum; redeten und lachten; zogen offenbar trotz der Kälte die frische Luft der stickigen Wärme in den Empfangsräumen vor. Mehr als zweihundert Menschen sahen also zu, als sie es tat; mehr als zweihundert Menschen, von denen einige sie gut kannten.

Für mich ist es traurig, den Geschehnissen dieses Abends nachzuspüren, traurig, weil ich das Haus kenne, worin sie sich ereigneten. Alles ist so real. Als Camilla mir die Geschichte erzählte, konnte ich mir nur vorstellen, wie alles gewesen sein mußte; ich besaß noch nicht die Vertrautheit mit diesem Ort, die ich unterdessen gewonnen habe. Jetzt kenne ich den Grundriß der Terrasse ganz genau; weiß genau, wie man den Kopf neigen muß, damit man den Balkon sehen kann, der sie weit oben überragt. Ich kenne den Geruch der

See im September; die Farbe der Mauern im Schein eines Freudenfeuers. Ich kann die Kälte einer Atlantikbrise in meinem Nacken spüren. Wenn ich jetzt zurückdenke, sehe ich alles vor mir; spüre alles; und ich halte Ausschau nach einem Zeichen, das jemand gesehen haben könnte, einem Detail, das jemand übersehen haben mußte. Doch ich spüre nur die glückliche Erwartung der Menge; höre nur ihre sporadischen Freudenrufe, als Alexander Harcourt und seine Tochter Ella auftauchen.

Bei so vielen Zeugen stellten die Ermittlungen kaum eine Herausforderung dar, erforderten sie kaum besondere kriminalistische Fähigkeiten. Aber sie waren gründlich. Uninspiriert vielleicht, aber gründlich. Und man kann der Polizei kaum etwas vorwerfen; denn wie ich hatte sie keine Ahnung. Es bleibt mir also nichts anderes übrig, als mich an einem klaren, ausgewogenen Bericht zu versuchen; und versuchen will ich es. Das ist das mindeste, was sie verdient.

Die Gäste trafen zwischen sieben und halb acht Uhr abends auf Seton ein. Man empfing sie mit Champagnercocktails im Ballsaal, und viele zog es, wie gesagt, nach draußen auf die Terrasse. Etwa eine halbe bis eine dreiviertel Stunde später, kurz bevor zum Dinner gebeten wurde, erschienen Ella und ihr Vater auf dem Balkon über der Menge, auf den man nur durch die hohen, fast bis zum Boden reichenden Flügelfenster des Großen Saals gelangt. Gemäß der Aussage der meisten Anwesenden schienen die beiden entspannt, wenn auch auffiel, daß die Jahre bei Alexander Harcourt ihren Tribut gefordert hatten und er älter wirkte, als viele ihn in Erinnerung hatten. Ein erwartungsvolles »Pst!« war zu hören, und Rufe nach einer Rede wurden laut. Einige Gäste klatschten. Ella in ihrer Smokingjacke trat hinter ihren Vater und legte ihm die Hände auf die Schultern, eine Geste, die sehr liebevoll wirkte. Als sie hinter dem Mann stand, der größer war als sie, war von ihr kaum mehr zu sehen als ihr modisch geschnittenes blondes Haar, und Lord Markham rief: »Zeig dich, Ella! Sei nicht so schüchtern.« Jemand lachte.

Alexander Harcourt nahm sich seine Notizen vor. Unterdessen hob Ella mit einer Anmut, die nichts überstürzte, die Arme – und ließ sie mit einem Schlag auf seinen Nacken niedersausen. Ihr Vater schrie erschrocken auf und ließ seine Zettel fallen. Einige flatterten hinunter in das Gedränge. Die Leute beeilten sich, sie aufzuheben; ein oder zwei landeten im Feuer. Einige Gäste am Rande der Menge, die nichts sehen konnten, fingen an zu lachen. Aber die anderen beobachteten mit zunehmender Verunsicherung, wie Alexander Harcourt sich überrascht zu seiner Tochter umwandte, und dann sahen sie, wie diese sich bückte und ihm in einer schnellen, einstudierten Bewegung die Füße wegzog und ihn über das Geländer stieß. Im Fallen ruderte er wild mit den Armen, fand mit einer Hand Halt an der Balustrade und blieb einen qualvollen Augenblick lang dort hängen. Niemand lachte mehr. Stille herrschte. Ella beugte sich über ihn, und für einige sah es so aus, als ergriffe sie seine Hand, um ihn wieder hinaufzuziehen. Eine Frau schrie. Dann fiel er. Alexander Harcourt stürzte mit einem langen entsetzlichen Schrei in den Tod. Er landete auf den Fliesen der Terrasse. Ella verschwand vom Balkon.

Als man sie fand, saß sie im Schlafzimmer ihres Vaters und rief nach ihm, von dem, was sie getan hatte, offenbar ganz und gar nicht erschüttert. Anfangs schien die Anwesenheit der Polizei sie zu schockieren; und als diese ihr deutlich machte, sie verhaften zu wollen, »drehte sie völlig durch«, wie einer der Beamten es während ihres Prozesses beschrieb: »Sie war völlig verrückt, wie ein wahnsinniges Tier.« Unter hysterischen Schreien weigerte sie sich, sich Handschellen anlegen zu lassen. Sie rief nach ihrem Vater, nach Pamela, stieß wüste Drohungen gegen Sarah aus, die in Tränen aufgelöst in der Eingangshalle stand, und wurde so unter den Blicken der entsetzten, schweigend dastehenden Gäste gewaltsam die Treppe hinuntergebracht und abgeführt.

»Du kannst dir nicht *vorstellen,* wie schrecklich es war«, sagte Camilla am folgenden Abend. »Dieser Ausdruck in ihren Augen. Wie sie schrie. Und als Sarah auf die Polizisten einzuwirken versuchte, sie nicht so grob anzufassen, schlug sie wie wild um sich.«

Am anderen Ende der Leitung hörte ich meine Freundin weinen.

»Ich kenne Ella seit sieben Jahren«, brachte sie schluchzend hervor. »Seit sie aus Amerika zurück ist. Und ich kann dir gar nicht sagen, wie *gespenstisch* das war, sie an jenem Abend so zu sehen. Geflucht und geschrien hat sie, und Sarah hat sie Dinge an den Kopf geworfen, die sich nicht wiederholen lassen. Sie hat sogar behauptet, daß Sarah es getan haben müßte.« Camilla schneuzte sich. »Und da begann sie mir leid zu tun, weißt du; sofern einem jemand überhaupt leid tun *kann,* der so etwas Schreckliches getan hat. Mit dem Finger auf jemand anders zeigte, und das vor all den Leuten, die sie selbst bei der Tat gesehen haben! Es hatte etwas Erbärmliches, Jamie. Etwas zutiefst Erbärmliches.«

Mir war elend zumute.

»Vielleicht hatten die Zeitungen doch recht«, fuhr Camilla fort. »Ich meine, im Hinblick auf den Wahnsinn in ihrer Familie. Du weißt doch davon?«

Ich sagte nichts.

»Weißt du davon?«

Schweigen.

»Ja«, sagte ich schließlich. »Ja, ich weiß davon.«

Und ich hörte zu, als Camilla, deren Mutter es von Pamela Harcourt erfahren hatte, mir erzählte, daß man Ella auf der Polizeistation von Penzance hatte ruhigstellen müssen. »Hat wie ein wildes Tier um sich getreten und geschrien«, sagte meine Freundin.

Bei der anschließenden Leibesvisitation fand die Polizei einen Schlüssel in der Tasche von Ellas Smokingjacke, einen Schlüssel, von dem sich später herausstellte, daß er ein Duplikat des Schlüssels zum Großen Saal war, dessen Original unangetastet im Schreibtisch ihres Onkels gefunden wurde. Ein Londoner Schlüsselmacher meldete sich und sagte beim Prozeß aus, daß sie vierzehn Tage vor dem Fest zwei Nachschlüssel hatte machen lassen; und weil der zweite nie gefunden wurde, ging man davon aus, daß sie ihn versteckt oder ins Meer geworfen hatte.

»Du hast keine Ahnung, wie schrecklich das war«, sagte Camilla, »Alexander Harcourt schreien zu hören. Mit anzusehen, wie sie ihn hinabstieß.«

Mit diesen fürchterlichen Worten ging ich in jener Nacht ins Bett, endlos hallten sie mir im Kopf nach. *Mit anzusehen, wie sie ihn hinabstieß. Mit anzusehen, wie sie ihn hinabstieß. Mit anzusehen, wie sie ihn hinabstieß.*

Am nächsten Morgen berichteten sämtliche Zeitungen von Ellas Verhaftung, und innerhalb der folgenden beiden Monate stand ihr Name höchstens dreimal nicht auf der Titelseite. Ein Prozeß wie der ihre mußte Beachtung finden. Und die Presse, die sich wie Geier auf die Hauptpersonen stürzte, witterte in den einzelnen Punkten von Ellas Verbrechen das beliebte Rohmaterial des Sensationsjournalismus: Berühmtheit; Schönheit; Gewalt; Tod. Keine Zeitung konnte bei diesen Zutaten standhaft bleiben; und keine einzige enthielt sich des Kommentars, daß dieses Vorkommnis der kürzlich von Sarah veröffentlichten Familiengeschichte ein spektakuläres Kapitel hinzufügte. Wahnsinn wurde in all seiner Tragik das beherrschende Thema der Nation; wurde fast zum schillernden Mitschuldigen. Und einige Wochen lang schlug mir Ellas Bild von allen Anschlagtafeln und den Titelseiten der Illustrierten entgegen, und ich lernte, mein Herz vor ihrem Blick und ihrem feingezeichneten Antlitz und dem Elfenbeinteint zu verschließen.

Krank vor Verbitterung, war ich den wiederkehrenden Dämonen hilflos ausgeliefert. Und während hellwacher, schlafloser Nächte hörte ich wieder das Kreischen von Erics Lachen, das mich mit neuer Kraft heimsuchte, um mich dafür zu strafen, daß ich mich jemals erdreistet hatte, den Konsequenzen des an ihm begangenen Unrechts entfliehen zu wollen. Ungeduldig wartete ich auf das Tageslicht, das diese Geräusche zum Verstummen bringen sollte, um dann, wenn es endlich soweit war, festzustellen, daß es mir auch keine Erleichterung brachte: nur Zeitungen, die unter den im Gerichtssaal angefertigten Skizzen ihres hohlwangigen Gesichts Neuigkeiten über Ella und ihren Prozeß berichteten. Wenn ich beim Frühstück über meinen Kaffee gebeugt dasaß, las ich mit einer Art morbider Faszination über ihren Fall; und in meiner erneuten und doppelt einsamen Isolation spürte ich, daß ich für meine Hybris bestraft wurde; daß mich jetzt nichts mehr retten konnte. Es war eine merkwürdige, wirre, einsame Zeit; einsam, weil ich mich an niemanden wenden konnte, mit niemandem reden konnte. Die Ironie lag darin, daß nur Ella oder Eric meinen Kummer hätten mit mir teilen können; und beide waren mir für immer verloren. Ich hatte niemanden mehr. Und in meiner Wut – denn ich war wütend auf Ella; rasend vor Wut bei dem Gedanken, daß sie mich getäuscht hatte, daß sie nie ehrlich gewesen war – machte sich das erste Zittern der Ernüchterung bemerkbar. Als ich von meiner alten Liebe in den Zeitungen las, die Fortschritte ihres Prozesses verfolgte, wobei ihre Schuld nur immer eindeutiger zu werden schien, begann ich mich vor mir selbst zu ekeln. Und dieser Ekel hat mein ganzes Leben lang angehalten. Das letzte bißchen Glaube an mich selbst, das ich noch gehabt haben mochte, nachdem er durch Erics Tod schon so erschüttert worden war, starb in jenem Herbst und Winter, als Ellas Prozeß voranschritt. Ich verlor ihn für immer. Und ich war erst fünfundzwanzig.

Natürlich leugnete sie alles, was ihr zur Last gelegt wurde.

Unter Berücksichtigung der Abscheulichkeit des begangenen Verbrechens wurde ihr Haftentlassung gegen Kaution verweigert, und die Angeklagte verließ ihre Zelle nur, um im Gerichtssaal zu erscheinen, wie ich den Zeitungen entnahm. Ella sah einzig ihren Verteidiger. Sie bekam keinen Besuch: weder von ihrer Familie noch von Freunden. Einmal schrieb sie mir: einen langen, weitschweifigen Brief, in dem sie sich zu verteidigen suchte und Gegenanklage erhob; doch ich überflog ihn nur und antwortete ihr nicht. Ich beschloß, mich von ihr nicht mehr in Versuchung führen zu lassen; und als ich nicht antwortete, schrieb auch sie nicht wieder. Im Zeugenstand war sie unbeirrbar, und die immer heftiger werdende Hysterie, mit der sie trotz der erdrückenden Beweislast ihre Schuld leugnete, trug nicht dazu bei, den Richter oder die Geschworenen für sie einzunehmen. Bei ihrer Aussage behauptete sie, vom Tod ihres Vaters erst durch die Polizei erfahren zu haben. Und obwohl der Staatsanwalt einen Zeugen nach dem anderen präsentierte, der sie auf dem Balkon gesehen hatte, weigerte sie sich hartnäckig, ihre unglaubwürdige Geschichte zu korrigieren; weigerte sich sogar, auf vorübergehende Unzurechnungsfähigkeit zu plädieren, was ihr die Kommentatoren mit jedem Tag, der verstrich, immer dringender nahelegten.

Von Camilla, die es von ihrer Mutter gehört hatte, erfuhr ich, daß Ella im Gefängnis völlig zusammengebrochen war, daß sie sich in verworrene Phantasien über Sarah hineinsteigerte, daß sie behauptete, Sarah müsse es getan haben. Aber Sarah in ihrem roten Kleid war auf jener Party überall gesehen worden; hatte mit allen geredet. Und wenn sie nicht auf der Terrasse gewesen war, war sie eben im Ballsaal gewesen oder in der Eingangshalle, um die Gäste ihres Onkels zu begrüßen, oder in der Küche, um dort nach dem Rechten zu sehen. Damit war ihr Alibi hieb- und stichfest. Und so begnügte sich die Polizei bei der Überprüfung ihrer jeweiligen Schritte mit ein paar Stunden höflicher Befragung und tränenreicher Kooperation.

Im Gerichtssaal behauptete Ella, eine Nachricht erhalten zu haben, während sie sich ankleidete, in der sie gebeten wurde, um acht Uhr ihren Vater in dessen Zimmer zu treffen und dort auf ihn zu warten, falls er sich verspätete. Beim Kreuzverhör sagte sie aus, sie habe geglaubt, er wolle mit ihr über seine Rede sprechen; aber sie war nicht in der Lage, das Stück Papier zu ihrer Entlastung beizubringen, und konnte einzig die nur wenig überzeugende Vermutung anführen, jemand müsse es aus ihrem Schlafzimmer entwendet haben. Als nächstes wurden die psychiatrischen Gutachten vorgetragen; Gutachten, welche die Angelegenheit besiegelten. Zu meiner Überraschung erfuhr ich, daß Ella einem vom Gericht bestellten Psychiater alles von sich und ihrer zwanghaften Beziehung zu Sarah berichtet hatte; all das, was sie mir in jenem Turmzimmer auf Seton vor langer Zeit erzählt hatte. Aber ihre Offenheit, falls sie es dafür hielt, wirkte sich nur zu ihren Ungunsten aus. Und die wüsten Beschuldigungen gegen ihre Cousine, die sie bei ihrer Verhaftung und einmal auch – verhängnisvoll – im Gerichtssaal vorgebracht hatte, wurden als Beweis einer unkontrollierbaren Paranoia gewertet; die tragische, aber nicht überraschende Folge vorangegangener Labilität. Gegenüber den zahllosen Berichten zahlloser Sachverständiger klang Ellas Erklärung, ihr früherer Zusammenbruch sei vorgetäuscht gewesen, um eine unangenehme Verlobung zu lösen – die Erklärung, die sie in Prag auch mir gegeben hatte –, fadenscheinig und dubios. Und ich verachtete mich dafür, ihr je geglaubt zu haben; mich jemals durch das entwaffnende Kompliment ihrer verrückten Vertraulichkeiten verführt haben zu lassen.

Die Geschworenen zeigten jedenfalls keine Anzeichen, meinen Fehler zu wiederholen. Ellas Starrsinnigkeit machte jedes Mitgefühl zunichte; selbst ihr Verteidiger – der ihr wiederholt geraten hatte, auf vorübergehende Unzurechnungsfähigkeit zu plädieren – kämpfte gegen Ende des Prozesses nur noch mit halbem Herzen. Nach vierzehn Tagen lag es auf der Hand, daß die Höchststrafe so gut wie unvermeidbar war. In seinem Schlußplädoyer sagte der Richter, Ellas Fall sei einer der verabscheuungswürdigsten, der ihm in seiner gesamten Laufbahn begegnet sei.

Zum letzten Prozeßtag ging auch ich hin. Ich hätte nicht fernbleiben können. Und ich hörte, wie das Urteil verkündet wurde, und sah zu, wie sie aus dem Gerichtssaal geführt wurde, zurück in die Zelle, aus der sie gekommen war. In dem überfüllten, überheizten Gerichtssaal war ihr Gesicht bleich, ihre Augen waren blutgeädert, und sie war sehr dünn. Es überraschte mich fast, als ich feststellte, daß sie in den Jahren, seit ich sie zuletzt gesehen hatte, gealtert war; daß sie nicht mehr die junge Frau meiner Erinnerung oder auch nur der neueren Photos war, sondern eine Frau mit vorzeitig gezeichnetem Gesicht und gebrochenem Gang. Als sie mit unsteten Schritten zwischen den kräftigen Polizisten, die sie begleiteten, hinausging, schaute sie niemanden an, schien sich der langen Reihe von Harcourts, die ganz vorn auf der Besuchergalerie saßen, nicht bewußt zu sein. Ihre Freunde, sofern sie noch welche hatte, waren nicht gekommen; ganz London, bis auf die Zeitungen, wollte nichts mehr mit ihr zu tun haben, mit dem Makel, der an ihr haftete. Und als ich ihr nachschaute, ging mir durch den Kopf, daß Ellas Verurteilung als Mörderin es mir leichter machte: trauriger, aber leichter. Im Angesicht des neuerlichen Schreckens meiner Schuld redete ich mir ein, daß Ellas Verurteilung mir die Verantwortung für Erics Tod abnahm; daß sie auch mich zum Opfer machte. Ich redete mir ein, daß ich ein Unschuldiger gewesen war, den diese verrückte junge Frau in die Irre geführt hatte; daß Ellas Wahnsinn mich von meinem Unrecht reinwusch; daß mein Anteil an unserer gemeinsamen Schuld auf sie übertragen werden konnte. Aber damals fehlten mir noch die zum Selbstbetrug erforderlichen Werkzeuge. Und sosehr ich mich auch bemühte, hatte ich doch nur ein Bild der Zukunft vor Augen: eine Aneinanderreihung von schlaflosen, düsteren Tagen, erleichtert nur durch harte Arbeit. Und ich befand, daß ich etwas anderes auch nicht verdiente.

Als sie die Tür erreichte, blieb Ella stehen und schaute in den Gerichtssaal zurück. Ihr Blick war stumpf, aber es lag noch immer etwas von ihrem alten Wesen darin, etwas von ihrer alten Faszination. Ich beobachtete, wie ihre Augen langsam über ihre Familie wanderten, als wolle sie das Bild ein letztes Mal in ihr Gedächtnis einschließen; ich sah, wie Pamela Harcourt sich von ihr abkehrte. Sie nahm die Reporter in sich auf, das Publikum, Sarah, die im Kreis ihrer Familie saß, das braune Haar, das ihr lang über die Schultern fiel. Endlich trafen ihre Augen meine; und ich wußte, daß ich es war, nach dem sie Ausschau gehalten hatte. Für einen Moment verbanden sich unsere Blicke. Und ich schaute nicht weg; das hätte ich nicht gekonnt. Aber ich zeigte auch keine Regung; weder lächelte noch formte ich Worte der Liebe oder des Mitleids. Ich sah sie an, und sie sah mich an.

Abrupt drehte sie sich um und ließ sich abführen.

Kapitel 30

Unter den Menschen, die an diesem Tag aus dem Gerichtsgebäude strömten, sah ich Charles Stanhope, wie er mit starrer, unbewegter Miene verloren in der Menge stehenblieb. Er machte den Eindruck, als wüßte er nicht, was er tun oder wohin er gehen sollte, und ich verspürte Mitleid mit ihm, als die Journalisten an ihm vorbeieilten, um sich auf Pamela Harcourt zu stürzen. Er tat mir leid; aber ich konnte ihm nicht helfen, ebensowenig wie er mir helfen konnte. Ich konnte ihm noch nicht einmal in die Augen sehen. Ich drängelte mich also an den Mikrophonen und Kameras vorbei, an den Touristen, die unter ihren Regenschirmen fröstelten, und ging rasch die Stufen hinunter. Es drängte mich zu meiner Geige, zu der einzigen Zuflucht, die sich mir jetzt noch bot. Und ich sagte mir, daß ich allein sei auf der Welt; und daß es das beste wäre, diese Tatsache so bald wie möglich zu akzeptieren. Der kalte Wind und der zunehmende Regen ließen mich meinen Schal fester um den Hals binden und den Schritt beschleunigen, wobei ich versuchte, nicht zu weinen.

Ich glaube, sie holte mich auf der Treppe zur U-Bahn-Station ein. Ja, jetzt sehe ich sie dort am Geländer: das lange Haar; das weiße Gesicht; die bebenden Schultern. Sie zitterte. Mag sein, daß ich ihren Gruß erwiderte. Mag sein, daß ich ihr die Hand reichte oder ihr sogar einen Kuß auf die Wange gab. Mag sein … Daran kann ich mich nicht mehr erinnern. Diese erste Begegnung ist mir nur noch verschwommen vor Augen, weil ich durch die vielen anderen Ereignisse und Gedanken abgelenkt war. Zudem hatte ich nie Anlaß, mich zu erinnern. Selbst später, Jahre später, sprachen wir selten über unsere erste gemeinsame Zeit; und ich hatte mir angewöhnt, ihr Schweigen als eine stille Anerkennung meiner Liebe zu einer anderen zu verstehen, als ein Zeichen ihres taktvollen Verständnisses, um dessentwillen ich sie so sehr schätzen lernte. Diese Zurückhaltung war es auch, die mich anfangs zu Sarah hinzog; dieser ihr eigene unaufdringliche Sinn dafür, daß man etwas zwar wußte und verstand, aber nicht darüber sprach. Genau das hatte ich früher, verrückt vor Liebe zu Ella, als Unbeholfenheit angesehen; aber mehr als drei harte Jahre hatten mich gelehrt, wie oberflächlich dieses Urteil war. Und schon an jenem ersten Nachmittag spürte ich, daß ich mich dieser Zurückhaltung ruhig anvertrauen konnte, daß sie der Abschottung besser diente als alles, was ich mir selbst erdacht hatte.

Ich sollte die Erfahrung machen, daß meine Frau gegenüber allem, was schmerzhaft war, ein tröstliches Schweigen bewahrte, ein Schweigen, das mich anfangs erleichterte und dann verführte. Und nach und nach lehrte sie mich, dieses Schweigen auch in mir zu bewahren; es gewissenhaft und sorgfältig zu bewahren und zu pflegen.

Aber ich schweife ab; eile mir wieder voraus. Immer wieder möchte ich erklären, ehe ich überhaupt etwas gesagt habe; aber inzwischen sollte ich gelernt haben, daß die Wahrheit sich nur im Erzählen der Geschichte herstellt. Sarahs Schweigen muß endlich gebrochen werden; das weiß ich, und ich bin entschlossen, meine Aufgabe zu erfüllen. Ich erinnere mich. Und die seltsamsten Dinge fallen mir zuerst ein: die Tatsache beispielsweise, daß ihr Haar frisch roch, als sie mich im Regen umarmte; und daß wir beim Mittagessen, das wir auf ihr Drängen hin zusammen einnahmen, Froschschenkel und Steaks aßen.

»Ich möchte heute nicht allein sein«, erklärte sie mir, als sie ihren Arm um mich legte; und ihrem Blick, der dem Ellas so ähnlich war, daß ich fast geweint hätte, vermochte ich nicht zu widerstehen.

Also ließ ich mich zu einem kleinen französischen Restaurant führen, in dem unterwürfige Kellner flüsternd in den Ecken standen und Sarah mir die traumatischen Ereignisse der vergangenen beiden Monate erzählte, wobei ihre großen fahlen Augen meinen Blick suchten und festhielten, ihre Hände stumm darum baten, gehalten zu werden, wenn sie zitternd eine Zigarette anzuzünden versuchten. Überrascht stellte ich fest, daß sie nicht mehr die strenge Frau war, die sie im Park gewesen war; auch nicht die unterkühlte junge Frau, die ich auf Ellas Verlobungsfeier erlebt hatte. Ellas Prozeß schien eine befreiende Wirkung auf sie gehabt zu haben, und ihre Tränen verliehen ihr in meinen Augen eine gewisse Wärme.

Sie beherrschte viele Tricks, meine Frau; sie war eine kluge Person, die ihre Wirkung so genau berechnete, wie sie ihre Entfaltung verschleierte. Und ich als Mann konnte da nicht mithalten, das gebe ich unumwunden zu. Vielleicht wußte ich es sogar schon damals. Vielleicht fand ich sogar schon an jenem ersten Tag Sicherheit in Sarahs Vormachtstellung: die Art von Sicherheit, an der es in meinem Leben bis dahin so gemangelt hat. Ich unterwarf mich ihr widerstandslos, das steht fest. Als ich an jenem Ecktisch saß, der Regen an den Fenstern herunterströmte, der Wein uns beide wärmte und ich ihr zuhörte, wie sie mir von Pamela Harcourts Trauer und ihrer eigenen erzählte, ließ ich mich von ihrer sanften, gleichförmigen Stimme einlullen; gerührt von den Tränen, die sie nicht zurückhalten konnte; vielleicht auch erregt – wie ich erst jetzt zugeben kann – durch die Art, wie Ella zu mir zurückgekehrt zu sein schien. Menschliche Anziehung ist ein komplexes Phänomen; so komplex und machtvoll, daß kein Leben ausreicht, sie ganz zu erfassen. Jetzt, mit siebzig, wo man erwarten könnte, daß ich Weisheit erlangt habe, begreife ich langsam ihre Macht, beginne ich, ihre Launenhaftigkeit zu verstehen oder sie wenigstens anzuerkennen, wozu ich damals noch zu jung war. Allmählich geht mir auf, daß wir uns zu körperlicher Schönheit auf eine Weise hingezogen fühlen, die uns oft verborgen bleibt, und daß wir die subtilen Schritte, in denen dies geschieht, nicht immer nachvollziehen können. Indem ich mich an die Ereignisse in meinem Leben erinnere, erfasse ich auch die Wahrheit, die in der Vorstellung liegt, daß romantische Liebe aufs engste mit ihrem körperlichen Ausdruck verbunden ist: eine Liebe zu Ella war von der Faszination, die ihr Körper und ihr Gesicht auf mich ausübten, nicht zu trennen.

Genau diese Faszination war es auch, die mich zu Sarah hinzog, und das wußte sie. Sie wußte es und zögerte keine Sekunde, von diesem Wissen Gebrauch zu machen. Mehr als ihr Geist war es ihr Körper, der etwas erspürte und sich dem darbot, was an jenem Tag besonders verletzbar in mir war; und wenn ich mich jetzt, aus der Distanz endloser Jahre, daran erinnere, finde ich ihre Berechnung beinahe faszinierend, und die Art, wie sie mittels scheinbarer Sanftmut, geboren aus gemeinsamer Erinnerung und geteiltem Leid, meinen Willen dem ihren beugte, flößte mir fast so etwas wie Ehrfurcht ein.

Wir liebten einander an diesem Nachmittag, genau wie Sarah es vorausgeplant hatte.

Als würden wir von einer unsichtbaren, doch unwiderstehlichen Macht gezogen, verließen wir das Restaurant. Wir winkten im strömenden Regen ein Taxi herbei, gingen zu mir nach Hause und dort hoch in die Dachkammer, die Ella vor Jahren zu der ihren gemacht hatte. Ein angemessener Ort, um alte Geister zu vertreiben, wie ich fand. Und als

Sarah die Führung übernahm, Sarah es war, die sich zu mir beugte und mich küßte, als wir im Regen auf der Eingangsstufe standen und ich nach meinem Schlüssel kramte, ließ ich es bereitwillig zu; und als wir uns liebten, auf gänzlich andere Weise, als es zwischen mir und Ella gewesen war, fand ich in dieser seltsamen Mischung aus Vertrautem und Unbekanntem Trost. Es tröstete mich und erregte mich und ließ mich hoffen, möglicherweise gerettet, vielleicht doch noch nicht ganz verloren zu sein.

In den Wochen, die auf diese Begegnung folgten und in denen ich ihre Cousine mehr vermißte, als ich zuzugeben vermochte, gelang es mir allmählich, mich am Anblick von Sarahs schlanker Gestalt zu erfreuen; an der Berührung ihrer weichen, bleichen Haut; daran, ihre Lippen auf den meinen zu spüren. Ich lernte zuzusehen, wie Sarah, nicht Ella, ihre Zigaretten mit unbewußter Anmut anzündete und mich dabei aus ihren großen blauen Augen ansah. Ich lernte, ihrem ruhigen, zurückhaltenden Humor Reiz abzugewinnen; Zuneigung zu entwickeln für die stille Art, mit der sie mein Leben zu beherrschen begann. Ich entdeckte, daß ihre Gegenwart mir Geborgenheit bot, wie ich das schon an jenem ersten Nachmittag gespürt hatte; und ich war ihr dankbar, daß sie bereit war, mich vor mir selbst zu retten. Die Zeit, die wir miteinander verbrachten, war unkompliziert und ruhig: all das, was mein Leben so lange nicht gewesen war. Und mit gedankenloser Erleichterung versenkte ich mich in Sarahs Gemütsruhe, hoffte, darin Frieden finden zu können, wußte, daß ich in ihrer Stärke Schutz finden würde. Wenn mir die Erinnerung daran auch schwerfällt und mich um so mehr belastet, seit die Illusion sich der Wahrheit gebeugt hat, weiß ich doch, daß Sarahs Gelassenheit mich wieder ins Gleichgewicht brachte; daß ihre Führung und die ersten Lektionen im Selbstbetrug, die sie mir unbewußt vermittelte, mich schützten. Sie war es, die mir den Weg zum Vergessen erhellte; sie war es, die mich zurück in die Sicherheit der seichten Gewässer lockte; und ich war ihr dankbar.

Als wir in jener ersten Nacht zusammen im Bett lagen, erzählte sie mir von Ella; und ich sehe sie jetzt vor mir, wie sie, ein Laken über die Brüste gezogen, am Kopfende lehnte, rauchte und mit jener sanften, gleichförmigen Stimme zu reden begann, die ich so gut kennenlernen sollte.

»Du mußt gewußt haben, wie sehr sie mich gehaßt hat«, begann sie. Und ihre Stimme war ruhig, weich, bescheiden. »Ich glaube, ich habe dir das sogar selbst erzählt, damals im Park«, fuhr sie fort.

Und wir beide erinnerten uns an jenen Sommernachmittag, als ich ihr ein Eis spendiert hatte.

»Ja«, erwiderte ich und fragte mich, wieviel Sarah von dem, was zwischen Ella und mir gewesen war, wissen mochte. »Ja, ich weiß.«

»Und sie hat dir zweifellos erzählt, daß dieser Haß von mir erwidert wurde.«

Gefesselt von der Linie ihrer Brüste und den zarten Knochen ihres Handgelenks, beobachtete ich sie, wie sie, gegen die Wand gelehnt, ihre Zigarette hielt, und sagte nichts. Mag sein, daß ich zögerte, zum vielleicht letzten Mal, eine solch alte vertrauliche Mitteilung Ellas zu verraten.

»Ist schon gut«, sagte Sarah, die mein Zögern spürte und meine Hand ergriff. »Du brauchst es mir nicht zu erzählen. Sie hat mir ins Gesicht gesagt, daß sie mich für eine Mörderin hält. Etwas Schlimmeres als das kann sie dir wohl kaum über mich gesagt haben.«

»Nein.«

Wir schwiegen. Und ich betrachtete sie; die Kontur ihrer Nase, den Schwung ihrer Nasenflügel, als sie den Rauch ausblies. Vor der weißen Wand war ihre Haut sehr bleich.

»Arme Ella.«

»Ja«, sagte ich.

Und wenn ich daran denke, brennt mir der Kopf; ich zittere vor Wut, wenn ich an Sarahs Mitgefühl in dieser Nacht denke. Die Erinnerung an ihr Gesicht und den traurigen Blick, mit dem sie mir in die Augen sah, hat allen Ungewißheiten ein Ende bereitet; denn plötzlich weiß ich ohne jeden Zweifel, daß sie es verdient hat zu sterben. Es war richtig, sie zu töten; es diente in gewisser Weise einer tieferen, wahrhaftigeren Gerechtigkeit als der, welche die banale Bürokratie irdischer Gefängniswärter und Gefängnisse zu leisten vermocht hätte. Gott wird sie richten; dazu ist nur Er in der Lage. Und mir, der ich hier allein und alt und der Umkehr unfähig sitze, bleibt nichts anderes übrig, als ebenfalls auf Seinen Richterspruch zu warten; ich kann nur warten und mich erinnern.

In jener Nacht im Bett mit Sarah war ich rettungslos verloren.

Das sollte mich jetzt beruhigen; denn ich saß schon damals in der Falle. So sicher wie Ella in der Falle saß, wenn auch nicht so grausam wie sie. Ich hätte nichts dagegen tun können, denn Sarah bekämpfte sie nicht mit gleichen Mitteln; hatte es nie getan. Der Kampf fand auf einem Boden statt, den sie nur allzugut kannte, der mir aber ganz und gar fremd war; einem Boden, auf dem sich auszukennen sie sich zur Aufgabe gemacht hatte. Hätte es mir geholfen, wenn ich ihrer berechnenden Vertraulichkeit gegenüber wachsamer gewesen wäre? Hätte das Ella geholfen? Welche Chance hat jeder von uns beiden wirklich gegen sie gehabt? Meine Frau war eine ihrem Instinkt folgende Drahtzieherin. Erst jetzt, wo sie tot und fast schon begraben ist und ich von ihrem Einfluß befreit bin, erkenne ich das. Ich sehe auch, daß sie ihre Waffen mit Vorsicht schärfte; daß sie gegen ihre Cousine erst zu Felde zog, als sie dazu bereit war, und daß hinter ihrem Feldzug vier angespannte Jahre heimlichen Beobachtens standen. Sarah kannte die Menschen; und deshalb boten sie ihr selten Überraschungen. Und sie wußte schon lange meisterhaft mit ihnen umzugehen. Das weiß ich jetzt. Die Wahrheit hat mir geholfen, das zu erkennen, wenn sie auch erst spät im Leben gekommen ist. Was Sarah mir angetan hat, wird mir jetzt auf eine Weise klar, wie sie bis gestern noch undenkbar gewesen wäre.

Schon merkwürdig, wie innerhalb von vierundzwanzig kurzen Stunden mein ganzes Leben zerbrochen ist, wie sich die Grundlagen eines fünfundvierzig Jahre währenden Ehelebens in so kurzer Zeit aufgelöst haben. Die Wahrheit zu erfahren war zerstörerisch. Indem ich mich erinnerte, habe ich Sarahs Arbeit zunichte gemacht; ich habe die Ecksteine ihres Bauwerks entfernt. Und wenngleich ich auch so gut wie nichts davon wiederaufgebaut habe – denn es ist nichts und niemand mehr übrig, mit dem ich das tun könnte –, habe ich es wenigstens geschafft, die Macht zu verstehen, die sie hatte. Meine Frau war ein Mensch, der keine Kränkung vergaß, der selten einem Feind verzieh, der einen aber auch mit einer derart großzügigen Loyalität belohnen konnte, daß man ihr auf ewig verpflichtet war. Das waren Sarahs Methoden; und als ich ihren Worten in jener Nacht lauschte, war ich mir nicht bewußt, mit welch sanften, geschickten Schritten ich unter ihren Einfluß gebracht wurde.

»Ich habe mich so sehr bemüht, Ella zu helfen«, erzählte ihre Cousine mit schüchterner Offenheit. »Ich wußte, daß sie Hilfe brauchte. Du hast keine Ahnung, wie gern ich verhindert hätte … was auf Seton passiert ist. Ich … ich fühle mich in gewisser Weise dafür verantwortlich.« Und ich glaube, ihre Augen füllten sich dabei mit Tränen.

Ich weiß noch, wie Sarah weinte; wie hübsch sie das tat; wie ihre Tränen einen dazu brachten, die samtige Haut unter ihren Augen berühren zu wollen. Ich weiß noch, wie ich sie in jener Nacht sanft wegwischte und sie meine Finger küßte.

»Danke«, sagte sie und streichelte mir den Kopf.

»Ich habe mich so bemüht, die Leute zu warnen«, fuhr sie bedächtig fort. »Aber niemand wollte es hören. Niemand außer Onkel Alex. Er war außer mir vielleicht der einzige, der Ellas Zustand wahrnahm. Er kannte ihn schon von seiner Mutter und seiner Schwester, weißt du.«

Ich nickte, mit schwerem Herzen.

»Er versuchte, Ella zu helfen; er war derjenige, der sie zu all den Ärzten schickte. Vermutlich ist das der Grund, weshalb sie ...« Sarahs Stimme erstarb. »Aber Ella wollte seine Hilfe nicht annehmen, und auch nicht die von anderen. Sie ist schon immer starrköpfig gewesen. Und als ich es versuchte, wollte sie ... Aber das kann ich dir nicht erzählen; es war schrecklich.«

»Erzähl es mir«, murmelte ich; und ein Teil von mir wollte wirklich das Schlimmste hören.

»Ich kann nicht.«

»Sag es.«

Sie sah mich an, und ihre blauen Augen füllten sich wieder mit Tränen. »Na gut, wenn du darauf bestehst ...«

»Erzähl es mir«, forderte ich sie sanft auf.

»Sie drohte mir, mich umzubringen.«

Sarah machte eine Pause, damit ihre Worte ihre volle Wirkung entfalten konnten.

»Natürlich hätte ich nie gedacht, daß sie wirklich etwas Derartiges tun würde«, redete sie weiter. »Hätte ich nur gewußt, wie ernst es um sie bestellt war ... Ich hätte vielleicht etwas dagegen tun können. Ich hätte ...«

»Es ist nicht deine Schuld«, unterbrach ich sie, wie aufs Stichwort.

»Aber ich fühle mich verantwortlich.«

»Das solltest du aber nicht.«

Und voller entsetztem Mitgefühl hielt ich sie lange Zeit fest in den Armen.

»Nein, du hast recht«, meinte sie schließlich. »Das sollte ich nicht.« Mit vorbildlicher Anmut trocknete sich Sarah die Tränen. »Es war schließlich Ella, die ihre Probleme nie zugeben wollte. Und ein Arzt nach dem anderen erzählte ihr das gleiche; daß man seine Krankheit erst anerkennen muß, ehe man sie behandeln kann. Und genau das verweigerte Ella. Sie war so starrköpfig. Sie stand kurz davor, in eine Anstalt eingewiesen zu werden – was hätten Alexander oder Pamela oder ich auch sonst tun können?«

»Nichts«, murmelte ich. Und ich versuchte, die Erinnerung an Ellas Stimme damals in jenem vollen Prager Café zu unterdrücken; ich bemühte mich, den Klang ihrer mit trokkenem Humor gestellten Frage zu ersticken, ob ich wüßte, wie stabil man sein müsse, um eine Sitzung bei einem wirklich angesehenen Psychiater unbeschadet zu überstehen. »Du hast getan, was du konntest«, sagte ich zu Sarah; und indem ich es sagte, beschloß ich, die Vergangenheit ruhen zu lassen.

»Ja, ich weiß«, erwiderte sie langsam. »Ich weiß, daß ich mir keine Vorwürfe machen sollte.« Sie lehnte ihren Kopf an meine Brust. »Sie war so eifersüchtig auf mich, James; so furchtbar eifersüchtig.«

»Ich weiß.«

»Hat sie es dir erzählt?«

»Ja.«

»Was genau hat sie gesagt?«

»Sie hat hauptsächlich von eurer Großmutter gesprochen.«

»Und über Seton?«

»Ja.«

»Sie konnte sich nie mit der Tatsache abfinden, daß ich

besser dorthin paßte als sie. Sie haßte mich dafür, Engländerin zu sein; auf eine Weise, wie sie es nie vermocht hätte, ich meine, über ihre Geburt hinaus.«

Ich sagte nichts.

»Sie haßte mich dafür, daß ich die Insel verstand, wie es ihr nie möglich sein würde. Ihr ganzes Leben lang versuchte sie zu beweisen, daß sie sich besser darum kümmern könnte als ich. Und das Traurige daran ist, daß sie die Insel kaum kannte.«

»Tatsächlich?«

»Sie fuhr nur zu Geburtstagen und gelegentlich an Weihnachten hin.«

Ich blickte Sarah an, und die Tränen waren aus ihren Augen verschwunden.

»Es war eine schreckliche Verantwortung für sie«, fuhr sie mit leicht verändertem Tonfall fort, »ein wahrer Mühlstein um ihren Hals. Sie hatte Angst, der Aufgabe nicht gewachsen zu sein, verstehst du.«

»Arme Ella.« Und ich erinnerte mich an die warmen Tränen auf meinem Hals, die sie vor Jahren in jenem Turmzimmer geweint hatte.

»Ja, mir hat sie auch leid getan.« Sarah hielt inne. »Vielleicht war das der Grund, weshalb sie Onkel Alex in aller Öffentlichkeit umgebracht hat. Vielleicht legte sie es irgendwie darauf an, erwischt zu werden. Jedenfalls verstehe ich das alles so.«

»Warum sollte sie das tun?«

»Nun, sie hat sich Seton erspart.«

»Wie meinst du das?«

Aber schon als ich die Frage stellte, hörte ich aus der Ferne Ellas Stimme, die mir erzählte, daß kein Katholik, kein Geschiedener und kein rechtmäßig Verurteilter es erben konnte.

»Jetzt kann sie es nicht mehr bekommen«, sagte die Cousine meiner Geliebten mit sanfter Stimme.

»Was geschieht also, wenn dein Onkel stirbt? Jetzt, wo Alexander Harcourt tot ist.«

Sarahs Gesicht blickte mit dem angemessenen Ernst zu mir hoch, aber in dem durchdringenden Blick dieser großen blauen Augen lag etwas, das mir leichtes Unbehagen bereitete. »Es wird mir gehören«, sagte sie langsam; und wenn ich heute daran denke, schien sie ihre Worte fast liebkost zu haben, als sie sie aussprach. »Die Insel, das Haus, der Titel«, sagte sie. »Alles meins.«

»Und Ella?«

»Ella bekommt nichts.«

Wir lagen schweigend da, und Sarah streichelte meinen Rücken.

»Ich kann nicht glauben, daß ich hier bin«, sagte sie schließlich.

»Ich auch nicht.«

»Aber du bist doch froh, daß ich es bin?«

»Froh, daß du hier bist?« fragte ich langsam.

Sie nickte.

»Sehr froh.«

»Und das meinst du ernst, oder?«

Ich schwieg einen Moment.

»Mehr, als du ahnst«, sagte ich dann.

Eine Weile lagen wir zusammen, ohne zu sprechen; und ich spürte, wie Sarahs langes Haar mich am Kinn kitzelte. Als ich den Kopf wegdrehte, wandte sie sich von mir ab; und als sie mich dann wieder ansah, geschah das mit großer Ernsthaftigkeit.

»Darf ich dich etwas fragen?«

»Natürlich.«

Sie schwieg kurz, als müsse sie sich ihre Worte zurechtlegen. Und als sie dann sprach, war ihre Stimme die entwaffnende Sanftheit selbst.

»Macht dir der Gedanke, daß Ella verrückt war, angst?«

»Wie kommst du darauf?«

»Es ist doch so, oder nicht?« bohrte sie weiter, ohne auf meine Frage einzugehen.

Ich gab keine Antwort. Aber ich spürte Tränen in mir aufsteigen; und errötend, weil es mir aus irgendeinem Grund peinlich war, nickte ich, als ich sie wegzwinkerte.

»Dann werden wir besser nie wieder an sie denken«, sagte Sarah langsam, und ihr Ton war endgültig, so sanft er auch sein mochte. »Wir wollen nie wieder an sie denken.«

Und als ich in Ellas Gesicht starrte, das jetzt blaue Augen anstatt grüner hatte und eine höhere Stirn, als mir erinnerlich war, beugte ich mich hinab, um einen Mund zu küssen, den ich kaum kannte, in den ich mich aber Jahre zuvor verliebt hatte.

»Nie wieder«, sagte ich.

Sechs Monate später waren wir verheiratet.

Kapitel 31

Es ist merkwürdig, daß mein Leben schon beinahe erzählt zu sein scheint, obwohl ich mehr als vierzig Jahre davon unangetastet gelassen habe. Eigentlich fünfundvierzig Jahre; denn so lange dauerte meine Ehe mit Sarah. Und indem ich die Zahl erwähne, kommt es mir wie eine lange Zeit vor. Fünfundvierzig Jahre. Der Großteil meines Lebens; die Zeit, die so viele als die beste bezeichnen. Und bis vor wenigen Tagen hätte ich das auch getan. Gedankenlos und doch gefühlvoll hätte ich meiner Frau das Glück, das ich erfahren habe, zugute gehalten. Und in gewissem Sinn wäre das auch richtig gewesen. Selbst jetzt sehe ich das so; selbst jetzt, wo ich weiß, was sie getan hat.

Meine Dankbarkeit hält an, denn alte Gewohnheiten gibt man nur ungern auf. Und egal, welchen Maßstab man anlegt, kann man unsere gemeinsamen Jahre als zufriedenstellend bezeichnen. Sarah war in vieler Hinsicht eine ausgezeichnete und liebevolle Ehefrau. Es wird mir nicht schwerfallen, auf ihrer Beerdigung Tränen zu vergießen. Im Gegenteil, sie werden von selbst kommen. Wenn ich nächste Woche meinen Platz in der Kapelle eingenommen haben werde, auf dem erhöhten Platz der Harcourts und im rechten Winkel zur Gemeinde, unter mürbe gewordenen Bannern und von Spinnweben überzogenen Gewölben, werde ich weinen. Für die Öffentlichkeit werde ich angemessen um meine tote Frau, um die Mutter meines Kindes weinen. Insgeheim jedoch werde ich um uns alle weinen: um Ella und um Eric wie auch um Sarah und nicht zuletzt um mich selbst. Vielleicht vor allem um mich selbst, falls ich mir jetzt – in diesem späten Stadium – eine solche Selbstsucht zugestehen kann. Ich bin der letzte von uns, und ich bin es nun, der, ohne gerichtet worden zu sein, allein weitermachen muß. Die Wahrheit, von der man vielleicht hätte erwarten können, daß sie mich befreit, mir wenigstens neuen Aufschwung gegeben hätte, hat in Wirklichkeit nichts davon bewirkt. Dies alles zu erzählen, zu erinnern, mich von dem zu lösen, was Sarah mir beigebracht hatte, hat mich ... vor allem müde gemacht. Wahrscheinlich war es einfach ein langer Tag für mich. Und ein Teil von mir ist noch immer nicht bereit, alles zu durchschauen, was Sarah getan hat, um das Bauwerk zu zerstören, das sie über so lange Zeit mit so viel Sorgfalt errichtet hat. Ein Teil von mir sehnt sich noch immer nach der Sicherheit der Illusion. Aber die Fundamente sind erschüttert worden; die Wände stürzen ein. Alte Wasser steigen wieder hoch. Jetzt, wo ich so weit gekommen bin, kann ich nicht mehr zurück; ich kann nicht mehr die Sicherheit der seichten Gewässer aufsuchen, in denen sie mich mit so ruhiger, sanfter Autorität festgehalten hat. Ich muß mich an unsere Ehe erinnern. Ich muß sie im grellen Licht meines neuen Wissens betrachten. Ich kann mich nicht länger beschwichtigen, wie Sarah es mich einst so gut gelehrt hat.

Aber was gibt es denn zu erinnern? Die Jahre scheinen, so lang sie auch waren, ungewöhnlich ereignislos gewesen zu sein; so wirken sie jedenfalls jetzt, im Vergleich zu dem, was zuvor passierte. Sarah hatte die Eigenart, das Leben zu beschönigen; ihm die Wucht zu nehmen. Gefühle bereiteten ihr Angst, denke ich; und sie lehrte mich, ebenfalls Angst davor zu haben. Sie machte sich daran, jegliches Gefühl aus unser beider Leben zu verbannen; die Macht zu mindern, mit der Gefühle aufstören und provozieren. Und sie tat dies auf solch meisterliche Weise, daß sie sich mir erst jetzt allmählich erschließt.

Ich erinnere mich an meine erste Reise hierher, die ich als

neuer Herr des Hauses antrat; ich weiß noch, wie die Sonne auf den Wetterhähnen glitzerte, als wir im Zug daran vorbeifuhren; ich erinnere mich an Sarahs geflüsterte Siegesworte: »Da ist sie, unsere Insel.« Und indem ich mich an diesen Augenblick erinnere, fällt mir auch wieder ein, wie sehr sie diesen Ort geliebt hat; und ich weiß, daß es zumindest ein Gefühl gab, das sie nicht ängstigte.

Im Gegenteil, meine Frau war zu einer innigen, besitzergreifenden Liebe fähig. Und das, was sie für dieses Haus empfand, übertrug sie später auf unser Kind; denn in ihrem Herzen war sie immer feudal. Sarah brauchte ihren Erben. Und als Maggie geboren war, erleichterte es mich insgeheim, daß sie so offenkundig eine Farrell war. Blanches Züge, die sowohl in Sarah als auch in Ella so getreu bewahrt worden waren, fanden bei ihrer Urenkelin keinen Niederschlag. Und darüber war ich froh; froh über dieses Symbol eines weiteren Bruchs mit der Vergangenheit.

Auf Sarahs Vorschlag hin nannten wir sie Margaret, nach der ersten Gräfin von Seton. Sie ist jetzt erwachsen und hat selbst Kinder. Am Morgen wird sie hiersein; und wahrscheinlich wird ihre Familie sie begleiten. Das Haus wird wieder voller Leben sein; Leben, inmitten des Todes. Und ich werde ihr sagen müssen, wie ihre Mutter sich umgebracht hat, daß sie sich erschossen hat, in ihrem persönlichen Wohnzimmer, mit einem sauberen Schuß in die Schläfe. Ich frage mich, was man den Kindern sagen soll; aber das überlasse ich Maggie. Vielleicht bringt uns Sarahs Tod einander näher, denn Maggie – und wohl auch ihr Ehemann, den ich nicht mag – ist alles, was ich noch habe auf dieser Welt; und Sarahs besitzergreifende Liebe für uns beide hat uns mehr als alles sonst voneinander getrennt. Die Liebe meiner Frau war selbstsüchtig; das wird mir jetzt klar. Sie wollte Maggie und mir alles sein, deshalb konnte sie nicht zulassen, daß Nähe zwischen mir und meiner Tochter entstand. Jedenfalls ermunterte sie mich, der verantwortungsvolle, aber reservierte Vater zu sein, der ich dann tatsächlich wurde. Sarah hatte mich inzwischen gut geschult, und ich dachte nicht daran, ihr Vorgehen in Frage zu stellen.

Seltsam, in welchem Ausmaß ich mich meiner Frau unterwarf; jedenfalls finde ich es jetzt seltsam, denn obwohl keineswegs eine geborene Führernatur, bin ich doch eigentlich nicht unterwürfig. Es liegt nicht in meinem Wesen. Aber genau besehen war der Grundton meiner Beziehung zu ihr gar nicht die Unterwürfigkeit. Darin bestand Sarahs Schliche. Sie wußte ihre Autorität geschickt zu verbergen; es gelang ihr, die Menschen glauben zu machen, daß man ihre Wünsche aus freien Stücken erfüllte. In dieser Hinsicht war sie Regina Boardman ähnlich. Was diese für den Anfang meiner Karriere getan hatte, tat Sarah für mein späteres Gefühlsleben. Sie machte es zu ihrer Aufgabe, und ich war mehr als glücklich, ihr diese Aufgabe zu überlassen.

Unter Sarahs erfahrener Anleitung lernte ich zu vergessen, die Wege des Erinnerns zu blockieren. Genau das hatte ich erfolglos in all den Jahren nach Erics Tod versucht; doch erst unter der unausgesprochenen Vormundschaft meiner Frau und durch ihr stilles Beispiel lernte ich, meine Vergangenheit so zu begraben, daß man von Erfolg sprechen konnte. Weil ich mir nicht sicher war, wieviel sie wußte, ließ ich Vorsicht walten, wenn ich mit ihr über ihre Cousine sprach; eigentlich redete ich in den fünfundvierzig Jahren überhaupt nicht von Ella, und auch Sarah schnitt das Thema nicht an. Was sie in jener ersten Nacht bei mir im Bett gesagt hatte, war ihr ernst; und daß sie nicht in mich drang, nahm ich als Beweis für ihr grenzenloses Taktgefühl. Nie hätte ich gedacht – und genau darin lag ihr Genie –, daß Sarahs souveräne Ausgeglichenheit irgendeine dunklere Wahrheit verbergen könnte; oder daß unter ihrer Gelassenheit Geheimnisse schwelen könnten.

Als Cyril starb, war ich dreißig; Sarah und ich waren seit fünf Jahren verheiratet. Als ich mit ihr nach Seton kam, in das Haus, das Ellas und meines hätte sein können, hatte ich dabei das seltsame Gefühl, einen mir bestimmten Platz einzunehmen. Meine Frau hatte ihren Bann schon auf mich wirken lassen; ich war gründlich vorbereitet. Ich hatte nicht mit der Erinnerung an meinen damaligen Besuch zu kämpfen oder an die Frau, die mich ehedem hergebracht hatte, denn inzwischen hatte ich gelernt, meine Liebe zu Sarah als einen gesünderen Ausdruck jenes Gefühls anzusehen, das ich früher einmal und gänzlich fehlgeleitet ihrer Cousine entgegengebracht hatte. In sehr kunstvollen Schritten hatte Sarah bis auf ein winziges Fleckchen Ellas früheren Platz in meinem Leben eingenommen. Und obschon ich das Turmzimmer nie mehr aufsuchte, mußte ich doch auch nicht oft daran denken.

Das Eheleben veränderte mich; Sarahs Stärke veränderte mich auf eine Art und Weise, die ich erst langsam zu begreifen vermag. Erst jetzt, nachdem ich mich zum ersten Mal ernsthaft damit auseinandergesetzt habe, was meiner Musik die Triebkaft gab, erkenne ich, daß Sarah sie nicht mochte und ihr entgegenwirkte. Und ich verstehe auch, warum sie sie nicht mochte. Meine Musik war etwas, das ihr fremd war; ein Ausdrucksmittel für Gefühle, die sich ihrer Kontrolle entzogen. Und das duldete sie nicht. Für Sarah war meine Geige eine Rivalin; und deren Konkurrenz um meine Hingabe war machtvoller als alles, was eine Art menschliches Wesen je aufzubieten vermocht hätte. Das war der Grund, weswegen Sarah sie haßte; und sie arbeitete entschlossen und mit kalter Überlegung dagegen an, was ich vielleicht merkte, aber mir nicht eingestehen wollte, und schließlich beugte ich mich.

Sarah und ich kämpften nicht miteinander; ihre Methoden

waren nicht gewaltsamer Natur. Sie war keine offenkundige Autokratin. In unserer Ehe hatten die Stürme, die den meisten Paaren zusetzen, keinen Platz. Statt dessen bezog sie mich Stück für Stück in die Welt dieses Ortes ein: behutsam, ganz allmählich sorgte sie dafür, daß die Rhythmen Setons die meinen wurden; daß ich seinen Kodex aus althergebrachter Pflicht und privilegiertem Ritual übernahm. Die Welt draußen – die Camilla einst bei einem Besuch in einem Augenblick der Verstimmung die *wirkliche* Welt nannte – wurde infolgedessen weniger wirklich; der Druck von Studioterminen und Konzertverpflichtungen wirkte nur mehr wie eine störende, widersinnige Kleinigkeit. Und nach und nach gab ich diese Verpflichtungen auf.

Aber dabei wirkte noch etwas anderes mit, etwas, was deutlicher als alles andere Sarahs Einfluß auf mich veranschaulicht und all die Macht unterstreicht, die sie besaß. Unter ihrem Einfluß verlor ich die Achtung vor meinem Spiel; und mit der Achtung verlor sich auch der Wunsch aufzutreten. Man kann ohne Gefühl nicht spielen; und Gefühl ist genau das, was Sarah mir versagte. Mein Glaube an meine Musik, die für mein Überleben so lange unabdingbar gewesen war, verflüchtigte sich im Verlauf meiner Ehe. Und das war auch richtig so; denn nachdem ich einst gespielt hatte wie am Abend des Hibberdson-Wettbewerbs, wo es schien, als würde ich Ella und alles, was sie bedeutete, zurückgewinnen, konnte das Mittelmaß mir nicht mehr genügen.

In der Einsamkeit dieser Nacht, in der ein vergilbtes Bündel Kritiken meine einzige Gesellschaft darstellt, erschüttert mich die Arroganz meiner Erklärungen. Wer bin ich denn, daß ich mir erlauben kann, sie abzugeben? Wie komme ich dazu, zu sagen, wie ich hätte sein können? Ich bin ein Niemand, das ist richtig; und so hart es auch sein mag, ist das eine Anerkenntnis, der ich mich nicht verweigern kann. Es hat keinen Sinn, sich etwas vorzumachen. Aber wenigstens weiß ich, was ich einmal war. Und indem ich mein Leben habe Revue passieren lassen, habe ich den Ruhm für mein Spiel mit denen geteilt, die maßgeblich daran beteiligt waren, und das ist etwas, was ich mir vor dem heutigen Tag nie hätte träumen lassen. Deshalb kann ich ohne Überheblichkeit sagen, daß meine Einspielung von Mendelssohns e-Moll-Konzert zu den besten zählt und daß eine derartige Leistung eine gewisse Verantwortung mit sich bringt. Dahinter hätte ich nicht zurückfallen dürfen; ich hätte mir den zweifelhaften Luxus bescheideneren, aber fortgesetzten Auftretens nicht erlauben können. Und ich bin stets in der glücklichen Lage gewesen, meine Darbietung angemessen einschätzen zu können. Dieses Wissen bewahrte mich vor Jahren davor, die einzige unbefleckte Leistung meines Lebens zu verderben.

Es ist ein Segen, daß meine Musik – selbst später, als Sarah mich so gut geschult hatte – in den Selbstbetrug nicht einbezogen wurde. Ich erkannte, daß mein Spiel schwächer wurde; ich erkannte es und trauerte, aber ich kämpfte nicht dagegen an. Als ich nur noch technisches Können zu bieten hatte, als ich auf den Status eines meisterhaften Technikers reduziert war, hörte ich auf. Und ich bin froh darum. Technische Vollkommenheit ist erlernbar; aber wahre Musik erfordert – vermutlich wie das wirkliche Leben – Gefühle. Und die hatte ich verloren.

Diesen Verlust habe ich damals ohne jede Verärgerung hingenommen; und obwohl ich darum trauerte, merkte ich nicht, wie ich es jetzt tue, daß Sarah dafür verantwortlich war. Vielleicht hatte ich einen dunklen Verdacht; vielleicht ahnte ich, daß die Bindung zwischen meiner Frau und mir nicht für sich in Anspruch nehmen konnte, mein Spiel so zu beflügeln, wie das Ella oder Eric, jeder auf seine eigene Weise, getan hatten. Aber ich war mir dessen nicht wirklich bewußt; und wenn doch, hätte es mir nichts ausgemacht: denn Sarah gewährte mir einen Frieden, für den ich alles geopfert hätte. Heute denke ich, es war ein Friede, der ihrer Fähigkeit entsprang, für Stabilität zu sorgen. Dies – und der Betrug, auf dem dieser Friede basierte – stand im Mittelpunkt von Sarahs Kredo; dies und eine hypnotische Ruhe, welche ein Jahr ins andere übergehen ließ, die größten Ereignisse mit den kleinsten verwischte; Gefühlsunterscheidungen gleichzeitig unmöglich wie nicht erstrebenswert machte.

Meine Geige war nicht das einzige Opfer, das ich für einen Platz in Sarahs Refugium brachte. Auch meine Freunde, von denen es zwar nie viele, in den Jahren vor meiner Ehe, aber doch ein paar sehr treue gegeben hatte, verlor ich im Laufe der Zeit, und das war schon eine schmerzliche Erfahrung. Meine Frau teilte nicht; und mich wollte sie schon gar nicht mit jemandem teilen. Ein Freund nach dem anderen – sogar meine Familie – verzagte angesichts der eisigen Kälte ihres Lächelns bei der Begrüßung und nahm meine Einladungen mit immer weniger Begeisterung an. Statt dessen luden sie mich auf Parties nach London ein; Parties, die ich aufgrund meiner Verpflichtungen auf Seton immer seltener besuchen konnte.

Camilla Boardman, welche die Nachricht von meiner Verlobung weniger begeistert als erwartet aufgenommen hatte, blieb mir am längsten erhalten. Sie versuchte zwar, sich mit Sarah anzufreunden, aber ich hätte ihr sagen können, daß dies unmöglich war. In unseren frühen Jahren hier war sie als Margarets Patin ein häufiger Gast; denn in kleinen Dingen zeigte Sarah sich durchaus nachgiebig. Camillas Beständigkeit und ihre ganze Art hatte für mich etwas Tröstliches; ihre Lockenpracht, ihre Übertreibungen, die sie noch genau wie in ihrer Jugend so wunderbar betonte. Bei ihrem letzten Abendessen hier bei uns – ich sehe es jetzt deutlich vor mir – verbreitete sie sich ungeniert über ihre Kundinnen, denn der

Erfolg hatte sie indiskreter gemacht denn je, und versuchte, Sarah Karten für eine ihrer Wohltätigkeitsveranstaltungen aufzuschwatzen.

»Jetzt, wo Mama nicht mehr ist, *muß* das ja jemand übernehmen«, sagte sie und drückte Sarah den Umschlag in die Hand. »Und es ist so *ernüchternd,* wenn man die Party danach allein durchstehen muß. Du *mußt* mir helfen.«

Aber derartiger Überschwang führte nur dazu, daß meine Frau sich noch mehr versteifte; und ihren kalten Blick auszuhalten fiel selbst einem so quicklebendigen Energiebündel wie Camilla schwer. Immer öfter entschuldigte sich meine Freundin damit, daß ihre geschäftlichen Verpflichtungen sie weitaus häufiger in London festhielten, als ihr lieb sei, wenngleich sie weiterhin Sarah und mich – und später auch Margaret – mit der ihr eigenen legendären Hartnäckigkeit zu all ihren gesellschaftlichen Anlässen einlud.

»Ich *weiß,* daß Sarah mich nicht leiden kann«, gestand sie mir einmal, vermutlich ein wenig beschwipst, auf einer der wenigen Parties – ich glaube, es war wieder einmal ihr Geburtstag –, an denen ich teilnehmen konnte. »Und um die Wahrheit zu sagen, *ich* mag *sie* auch nicht.« Und sie nahm meine Hand und drückte sie mitfühlend. »Aber das ist kein Grund, auch dich so selten zu sehen, mein lieber Jamie. Außerdem gibt es da ja noch mein *göttliches* Patenkind, an das wir denken müssen. Und wer außer *mir* soll ihr beibringen, wie man in London überlebt?«

»Ja, in der Tat.«

Aber noch während ich das sagte, wurde mir klar – und Camilla ging es wohl ebenso –, daß die Tage der Freundschaft, die wir vor meiner Ehe erlebt hatten, unwiederbringlich vorbei waren. Der Preis, den Sarah verlangte, war Loyalität: blind und ungebrochen. Und ich brauchte sie zu sehr, um unseren stillschweigenden Pakt zu brechen.

Wenn ich an all dies denke, sehe ich meine Ehe, wie sie wirklich war; sehe ich Szenen und Situationen, die ich erst jetzt verstehen kann, jetzt, wo meine Bindung an Sarah endlich gekappt ist. Sie zu töten hat einen Bann gebrochen; es hat mich befreit. Das begreife ich jetzt. Und ich erkenne auch, in welch tiefer Abgeschiedenheit ich die letzten fünfundvierzig Jahre verbracht habe: abgeschnitten nicht nur von meiner Musik und meinen Freunden, sondern auch von mir selbst. Und dieses Selbst ist es, worauf ich dank der Wahrheit wieder Anspruch erheben darf. Ich begreife, daß die Fakten der Vergangenheit, so schmerzlich es auch war, sie wieder ins Gedächtnis zu rufen, mir meine Freiheit zurückgegeben haben, eine Freiheit, von der mir gar nicht bewußt war, daß ich sie verloren hatte.

Meine Frau war sehr raffiniert in ihrer Bevormundung; raffiniert und instinktsicher. Es ist ein Tribut an ihre Macht, daß ich, als ich von Ellas Tod erfuhr, unerschüttert, fast ungerührt blieb.

Ich war im Garten, ich glaube, es war Winter. Es waren Arbeiter da, die man beaufsichtigen mußte. An einem grauverhangenen Tag und unter Möwen, die sich am Himmel zankten, stand ich bei den Klippen und sog das Salz der Brise ein, erteilte im scharfen Wind meine Anweisungen. Ich erinnere mich an jede Einzelheit. Und ich erinnere mich an Sarah, die, das Haar zu einem Knoten hochgesteckt, das Gesicht eingefallen – vielleicht quälten sie letztendlich doch Gewissensbisse; wer weiß? –, den steilen Pfad vom Schloß herunterkam: eine stille, düstere Gestalt; dunkel vor dem bewölkten Himmel.

»Ich muß meinen Mann sprechen«, sagte sie. Die Arbeiter zeigten sich rücksichtsvoll, zogen ihre Mützen und ließen uns allein.

»Ja, Schatz?«

Sie gab mir einen kurzen Bericht; erzählte mir in ruhigen Worten, daß Ella tot sei, daß sie sich am Vorabend in ihrer Zelle erhängt habe. »Heute früh ist ein entsprechender Brief von der Gefängnisleitung gekommen.«

Wir hatten inzwischen fast Mittag.

»Und sie haben ihre persönlichen Sachen mitgeschickt.«

Wir schwiegen. Vielleicht nickte ich.

Sarah blieb stehen, als zögerte sie. »Dazu noch zwei Briefe«, sagte sie schließlich. »Meinen habe ich schon gelesen. Dasselbe verrückte Geschwätz wie während des Prozesses.«

»Verstehe.«

»Es würde dich nur aufregen, wenn du deinen liest, Schatz.«

Wieder sagte ich nichts. Meine Frau kam auf mich zu. In ihrer Hand sah ich einen Umschlag mit meinem Namen darauf, in eigenwilligen braunen Buchstaben.

»Aber die Entscheidung liegt natürlich bei dir. Möchtest du ihn gern lesen?«

Heute weiß ich, daß dies ein Höhepunkt in ihrem Leben war. Das war der Gipfel ihrer Dreistigkeit.

Ich schwieg.

»Ich glaube nicht, daß du ihn lesen solltest«, fuhr Sarah sanft fort. »Glaub mir, ich weiß es. Sie war übergeschnappt, als sie starb. So sollte man sich nicht an sie erinnern.« Sie sah mich an, und die Bitte auf meinen Lippen erstarb.

»Eigentlich kann man damit nur eines tun«, sagte sie.

Und vor meinen Augen, ein, zwei Meter von mir entfernt, zerriß sie den Brief langsam und bedächtig in kleine Schnipsel. Wir schauten zu, wie sie vor der Klippe hinunter ins Meer trudelten.

»Laß uns hineingehen«, sagte sie und hakte sich bei mir ein.

Kapitel 32

Jetzt bleibt nicht mehr viel zu erzählen. Übrig bleiben nur noch ein paar offene Fragen; und diese hat Sarah mir gestern mit frostiger Überheblichkeit beantwortet. Ich bin froh, daß dieses Erzählen ein Ende hat; ich sehne es herbei. Und wenn meine Frau begraben ist und ich zugesehen habe, wie ihr Sarg in Anwesenheit der weinenden Familie langsam in die Gruft hinuntergelassen wird, ist alles vorbei. Die Vorstellung von ihrem Begräbnis entbehrt nicht einer gewissen Ironie, denn wenn auch ich tot bin, werden wir alle drei zusammenliegen, endlich vereint. Ella, Sarah und ich, Seite an Seite in verbleiten Särgen, einträchtig wie nie zuvor im Prozeß der Verwesung.

In meinem Alter findet man Gefallen an solcher Art der Symmetrie.

Es wird keine äußerlichen Anzeichen unserer Tragödie mehr geben; keine Hinweise – bis auf die unzulänglichen Berichte vergilbender Zeitungen – auf die Bande zwischen uns. Und genau so soll es sein. Margaret darf nie erfahren, was ihre Mutter getan hat, und sie wird es auch nie erfahren. Sie soll lieber in der Vorstellung leben, daß Sarah ihrem Leben selbst ein Ende bereitet hat, so traurig das auch ist; daß sie vielleicht doch nicht so stabil war, wie sie den Eindruck machte. Denn die Wahrheit würde sie niederschmettern; und somit würde unsere Tragödie – meine und Ellas und Sarahs – auf Generationen übergreifen, in denen sie nichts zu suchen hat.

Verstellung, für so lange Zeit der Schlüssel zu Sarahs Methoden, muß jetzt auch der Schlüssel zu den meinen werden.

Und darin habe ich mich gestern als Experte erwiesen. Die Polizei wird sicherlich keinen Verdacht schöpfen; und das sage ich ohne Selbstgefälligkeit. Ein Aufgebot an Beweisen, die mich ziemlich entlasten, wird es dem Coroner leichtmachen, Selbstmord zu bescheinigen: denn die Fingerabdrücke meiner Frau sind auf der Waffe, durch die sie starb; die Waffe selbst wurde in ihrer Hand gefunden, schon fest umklammert im *rigor mortis.* Die irdische Gerechtigkeit und ihre kleinen Vollstrecker werden mir nichts anhaben können; nachdem sie vor so langer Zeit die Wahrheit nicht herausgefunden haben, werden sie auch jetzt keine Chance dazu haben. Und ich werde mich allein und ungehindert der höheren Gerechtigkeit stellen, dem Tod.

Doch ich nehme schon wieder etwas vorweg.

Es gibt nur noch die Ereignisse eines Tages zu erzählen; höchstens die einer Woche. Und wenn ich diese jetzt Revue passieren lasse, trifft mich ihre merkwürdige Ironie wie ein Schlag; die Tatsache, daß ich ihr nie auf die Schliche gekommen wäre, womöglich nie über die Wahrheit gestolpert wäre, wenn Sarah in den Vorbereitungen für meine Geburtstagsparty ein wenig nachlässiger gewesen wäre. Ihre Zuvorkommenheit war es, die sie schließlich bloßstellte; ihre Zuvorkommenheit und die kleinen Hinweise, durch die sie mich wissen lassen wollte, daß sie zuvorkommend war. Sie mochte es, wenn ihr weibliches Pflichtgefühl anerkannt wurde; anerkannt und geschätzt. Und seit Wochen wußte ich, daß etwas im Gange war. Doch was Parties angeht, bin ich eigen. Ich mag es nicht, wenn die Pächter eingeladen werden, und ich kann einige der Freunde meiner Frau, die sich durch Schmeicheleien lieb Kind machen wollen, nicht leiden. Sarah scharte keine Gleichgestellten um sich, sondern Speichellecker; und ich hatte keine Lust, diese auf meinem Geburtstagsfest zu unterhalten. Es war deshalb nur allzu verständlich, daß ich einen

Blick auf die Gästeliste werfen wollte, damit ich meine Wünsche wenigstens andeutungsweise vorbringen konnte. Für Andeutungen war meine Frau stets empfänglich; und es war Teil ihrer Genialität, sich den unbedeutenden Wünschen anderer bereitwillig zu fügen.

Ich wählte den vergangenen Montag nachmittag, um ihren Schreibtisch zu durchsuchen, denn meine Frau war zu dieser Zeit unterwegs. Und rein zufällig entdeckte ich die Schublade, in der sie ihn all die Jahre aufbewahrt hatte: eine winzige, unter den vielen Verzierungen kaum erkennbare Schublade, die sich durch einen verborgenen Federriegel öffnen ließ.

Es war ein seltsamer Schlüssel: schwer, groß, aber aus glänzendem Stahl gefertigt – das Material viel zu modern für seine Form, die auf ein altes Schloß schließen ließ. Und ein, zwei Minuten drehte und wendete ich ihn in der Hand und fragte mich, warum er dort versteckt war und zu welchem Zimmer er gehörte. Es kam mir seltsam vor, daß meine Frau ihn in ein Geheimfach gelegt hatte; seltsam auch, daß der Schlüssel trotz seiner alten Form nicht älter als vierzig oder fünfzig Jahre sein konnte. Und er trug den Stempel einer Londoner Firma, obwohl alle Schlüssel im Haus – wie schon seit Generationen – von einem Unternehmen in Penzance gefertigt werden. Von einer gewissen Neugier erfaßt, steckte ich den Schlüssel in meine Jackentasche, entschlossen, Sarah danach zu fragen, wenn meine Party vorbei war und ich ihr – in einem geeigneten Augenblick – gestehen konnte, ihren Schreibtisch nach der Gästeliste durchsucht zu haben. Den längsten Teil der Woche blieb er auch dort; denn obwohl die Jacke zu meinen bevorzugten Kleidungsstücken gehört und ich sie oft trage, achte ich kaum darauf, was in ihren Taschen steckt. Sie sind immer voller Krimskrams.

Es war wirklich ein reiner Zufall, der mir die Wahrheit offenbarte. Aber das Leben verdankt dem Zufall oft mehr, als wir anerkennen wollen; und in meiner Geschichte hat er eine allzu große Rolle gespielt, als daß er jetzt unberücksichtigt bleiben könnte. Zufall war es, der mich mit Ella bekannt machte; der Zufall führte Eric in jener schrecklichen Nacht mit meiner in Vaugirard vergessenen Geige zu mir; und der Zufall ließ mich gestern diese Jacke wählen, als ich mich für einen Nachmittag voller Vorstellungsgespräche und Schloßführungen umzog. Was Führungen angeht, sind sowohl Sarah als auch ich eigen. Ehe wir jemanden fest anstellen, bitten wir ihn oder sie, eine Führung zu machen, die einer von uns begleitet: eine Art Abschlußbewertung sozusagen.

Ich glaube, die Dame, um die es gestern nachmittag ging, war eine gewisse Miss Reid. Während ich mit ihr die Runde machte, schweiften meine Gedanken immer wieder zu anderen Verwaltungsaufgaben ab, trotzdem war ich liebenswürdig zu der Gruppe von Touristen, die sich uns anschloß. Liebenswürdig, aber sachlich; denn so muß man mit ihnen umgehen. Wir wanderten also durch das Haus: die Porzellangalerie hinunter; vorbei an der jetzt verschlossenen Tür zu jener Treppe, die zu Ellas Turmzimmer führt; durch das Schlafzimmer des Königs mit seinem Himmelbett aus dem neunzehnten Jahrhundert und den chinesischen Wandschirmen; schließlich zum Großen Saal. Mit den Gedanken woanders, weil ich die Führung schon tausendmal begleitet oder zufällig mitgehört hatte, achtete ich nicht sonderlich auf den gehaltenen Monolog. Erst als wir vor dem Großen Saal standen, wo die Gruppe sich versammelte, um die Tür zu betrachten, fielen mir meine Pflichten als Beobachter wieder ein, und ich hörte genau zu. Die Führerin erklärte gerade korrekt und mit sicherem Auftreten die Herkunft dieses Türschlosses, das man für das älteste hielt, das in diesem Land noch benutzt wurde; und erst als sie geendet hatte und wir weitergingen, spürte ich den Schlüssel in meiner Tasche. Er klimperte gegen ein wenig Kleingeld.

Da Miss Reid mich gerade daran erinnert hatte, daß das Türschloß zum Großen Saal das größte im Haus war, zog ich den Schlüssel heraus und steckte ihn versuchsweise in das Schloß. Ohne nachzudenken, der Bedeutung dessen, was ich tat, nicht im geringsten bewußt, nahm ich den Schlüssel, probierte ihn aus und freute mich, daß er so gut paßte. Ja, ich freute mich; denn ich fand es immer erfreulich, wenn Dinge zueinander paßten. Und mühsam – denn das jährliche Ölen war fällig, aber noch nicht durchgeführt worden – drehte ich den Riegel langsam zurück.

Erst als ich das tat, regte sich etwas; aber auch da war es noch kaum mehr als ein schwaches Knarzen der Erinnerung. Ellas Prozeß gehörte wie Erics Tod zu den Jahren vor meiner Ehe; und mit gewissenhaftem Fleiß hatte ich es vermieden, an das eine oder das andere zu denken, denn Sarah hatte mich gut geschult. Weil ich mich nicht erinnern wollte, hatte ich zu vergessen versucht; und im großen und ganzen war mir das auch gelungen. Aber für Kleinigkeiten hatte ich immer ein gutes Auge. Und als ich gestern den Schlüssel aus dem Schloß zog, verstärkte sich meine Ahnung: etwas tief in mir verlagerte sich; es verschob sich und weigerte sich, wieder an seinen Platz zurückzukehren. Als die Führung weiterging, blieb ich zurück, weil ich meiner Unruhe nachgeben, weil ich eine Erinnerung zu fassen bekommen wollte, die ich nicht näher bestimmen konnte, von der ich aber wußte, daß sie da war. Und allmählich und verschwommen tauchten Zeilen aus einem lang zurückliegenden Gerichtsreport vor mir auf. Als ich sie zu entziffern versuchte, hörte ich einen Zeugen der Anklage seinen Namen und seine Arbeitsstelle nennen und erklären, daß die meisten Schlüssel einander ähnlich seien, er sich an diesen aber genau erinnere. Und da wußte ich Bescheid.

Die erste Wirkung dieses Wissens läßt sich nur schwer beschreiben; die Art und Weise, in der so plötzlich, so beängstigend auf einmal eines zum anderen paßte. Ich denke, mir machte vor allem die Plötzlichkeit des Ganzen angst; die Geschwindigkeit, mit der sich so vieles auflöste; meine Vergangenheit; meine Ehe; mein gedankenloses, unhinterfragtes Vertrauen in meine Ehefrau. Ich war nicht sofort wütend; nein, Wut war nicht meine erste Reaktion. Ich denke, anfangs war ich betäubt; betäubt und ungläubig. Ich konnte es nicht begreifen. Und in den ersten schrecklichen Minuten beschützte mich diese Taubheit; sie gestattete mir, Miss Reid aufmunternd zuzulächeln; ruhig abzuwarten, bis sie mit den Touristen um die nächste Ecke verschwunden war; mich zu fassen, ehe ich in den Korridor zurückkehrte und dem Wärter an seinem fernen Ende einen Gruß zunickte. Die Wut kam später, als ich zurück in mein Arbeitszimmer ging, durch die langen Flure des Hauses, das Ella und mir hätte gehören sollen. Erst als ich im Refugium meines von Büchern gesäumten Zimmers allein war, kamen die Tränen; und ich schluchzte mit den häßlichen Würgelauten eines Mannes, der nicht mehr an sie gewöhnt ist.

Wenn ich jetzt hier sitze, kommt es mir vor, als lägen die gestrigen Ereignisse ein ganzes Zeitalter zurück: weiter noch als Ellas Prozeß oder Erics Tod. Es scheint Jahre herzusein, obwohl es erst gestern war, daß ich weinend an meinem Schreibtisch saß, inmitten der silbergerahmten Zeugnisse von meiner und Sarahs gemeinsamer Vergangenheit; erst gestern, daß mir klar wurde, was ich zu tun hatte.

Erst sehr viel später ging ich in ihr Wohnzimmer. Inzwischen war ich ruhiger geworden; die Stunden hatten mich besänftigt. Und auch der Gedanke, daß alles an seinem Platz war; daß ich entsprechend gerüstet war. Ich traute meinem Standvermögen nicht; selbst da noch, im Wissen um die Wahrheit, war ich mir der Macht meiner Frau, auf mich einzuwirken, bewußt. Und ich wußte, daß ich nicht darauf hoffen konnte, eine Nacht tränenreicher Erklärungen durchzustehen, ohne alle Entschlußkraft zu verlieren. Wenn ich handeln wollte, dann rasch, und ich wappnete mich mit der Erinnerung an Sarahs ruhige Stimme, die mir berichtete, daß Ella sich in ihrer Zelle erhängt habe und es mich nur aufregen würde, ihren Brief zu lesen.

Als ich in ihrem Zimmer wartete, sah ich mir Sarahs Sachen an: ihre Bücher und ihre Zeitungen und die überall verteilten Bilder; das Photo von Margarets Taufe, das auf ihrem Schreibtisch stand; das von mir, das sie so pflichtbewußt aufbewahrt hatte und das meine letzte Verbeugung in der Nacht der Hibberdson-Endausscheidung festhielt. Und ich konnte nicht glauben, daß die Frau, der alle diese unschuldigen Dinge gehörten, die Frau, mit der ich so viele Jahre meines Lebens verbracht hatte, für deren von ihr gewährte Geborgenheit ich so viel geopfert hatte, fähig sein sollte, so etwas zu tun. Ich glaube, selbst da hoffte ich noch, mich zu irren; selbst da war ich vielleicht noch willens, mich eines Besseren belehren zu lassen. Die Folgen von Sarahs Schuld zeichneten sich bereits ab; und schon hatte ich Angst vor ihnen. Ich wollte nicht hören, was sie getan hatte; wollte keine Gewißheit haben. Und mit größerer Selbstbeherrschung hätte sie mich vielleicht noch immer zum Narren halten können; denn noch waren wir nicht gleichrangig. Mit größerer Selbstbeherrschung hätte sie mich vielleicht noch immer überzeugen können – selbst angesichts eines solch vernichtenden Beweises –, daß ich einen schrecklichen Fehler begangen hatte; daß ich es war, und nicht sie, der Bestrafung verdiente.

Als ich in ihrem Zimmer wartete, hörte ich die sich weit unten brechenden Wellen, unaufhörlich, ewig. Dann endlich wurde ich durch das Klacken ihrer Absätze auf dem Steinfußboden des Flurs erlöst, durch das Quietschen der Angeln, als sie die Tür öffnete. Als sie mich sah, lächelte sie, vielleicht überrascht von meiner Pünktlichkeit. Für gewöhnlich komme ich zur Teezeit zu spät.

Kapitel 33

Der Ausdruck auf Sarahs Gesicht war es, was sie verriet; die Art, wie ihr die Farbe aus den Wangen wich, wie ihre Hände zitterten. Nicht heftig, und sie hatte sie rasch wieder unter Kontrolle; aber mir reichte es, um Bescheid zu wissen. Und wenn ich jetzt daran denke, jetzt, wo alles andere klar ist – in der Tat von meiner Frau selbst geklärt wurde –, entdecke ich, über das Wissen dessen hinaus, was sie tat, über den Abscheu hinaus, eine Art … Ungläubigkeit? Wohl eher Faszination; denn zu dem Entsetzlichen, was sie getan hatte, gehörte Dreistigkeit. Eine schreckliche Tollkühnheit; jene Courage, auf die sie so stolz war. Mir fehlen die Worte, meine Gefühle zu beschreiben. Am Ende dieses langen Tages ist mir zu viel zerstört worden, als daß ich die Ruhe finden könnte, nach der ich gesucht habe; auf die ich gehofft hatte. Jetzt weiß ich, daß Verstehen nicht immer Frieden bringt; daß Wissen nicht immer Klarheit bedeutet.

Ratlos lief sie durchs Zimmer, überstürzt, fast begeistert sprudelten die Worte aus ihr heraus. Die Heftigkeit und Klarsicht, mit der sie sich äußerte, hatten etwas Faszinierendes. Sie war erleichtert, endlich doch noch ein Publikum gefunden zu haben, denke ich; erleichtert und entschlossen, jene Anerkennung in Anspruch zu nehmen, mit der sie nicht mehr gerechnet hatte. Diese Entschlossenheit schockierte mich am meisten; der Stolz, mit dem sie mir erzählte – in der Hoffnung worauf? auf Lob? –, was sie getan hatte. Vielleicht hatte ich damit gerechnet, daß sie alles leugnen oder sich wenigstens reumütig zeigen würde. Auf beides hatte ich gehofft; das ist mir jetzt klar. Aber sie zeigte bis zum Ende keine Reue; und es kam ihr nie in den Sinn, daß ich die Kraft haben würde, sie für das, was sie getan hatte, zu bestrafen.

Aber schon wieder schweife ich ab; versuche einen Sinn hinter alldem zu entdecken; irgendein Zeichen – und jedes wäre mir recht –, das auf einen größeren Plan hindeutet. Denn es muß ein Sinn in unserem Leiden liegen: in meinem und Ellas; selbst in Sarahs. Es muß ihn geben. Aber welcher das ist, vermag ich immer noch nicht zu sagen.

Meine Frau begann mit einer Offensive, aber ihr Angriff währte nicht lange. »Seit wann ist es üblich, daß Ehemänner den Schreibtisch ihrer Frau durchwühlen?« war alles, was sie sagte. Und als ich keine Antwort gab, zuckte sie knapp die Schultern, als wollte sie zugeben, daß Entrüstung eine plumpe Form von Verteidigung war, ihrer unwürdig; und sie strich die Haarsträhnen zurück, die sich aus ihrem Knoten gelöst hatten, ging zum Sofa und setzte sich – als sei alles völlig normal – an den Teetisch. Sarah verfügte über die Gabe, die Dinge stets geradezubiegen; eine Gabe, die sie in den fünfundvierzig Jahren unseres Ehelebens oft zur Anwendung gebracht hatte. Und vielleicht hatte sie auch gestern geglaubt, ihren Zauber wirken lassen zu können, denn sie begann, ganz wie sonst auch, die Teetassen bereitzustellen; ihre Aufregung verriet sich einzig und allein durch das ungewöhnliche Klappern der Tassen und Untertassen.

»Was ist das«, fragte ich ruhig, aber mit Nachdruck.

»Wie bitte, Liebling?«

Meine Frau blickte nicht auf, tat so, als wäre sie mit dem Teeeinschenken beschäftigt. Und ich sehe sie wieder vor mir, ihr dunkles, von grauen Strähnen durchzogenes Haar, ihren Körper, schlank und anmutig wie eh und je, der sich unsicher über die Teekanne beugt. Diese Unsicherheit hat sie verraten; diese plötzliche Verletzbarkeit, die nicht berechnet war und die hübschen, bewußt eingesetzten Tränen der Vergangenheit bloßstellte. Ihre so lange aufrechterhaltene Fassade begann zu bröckeln. Und ihre Stärke, die einmal so unerschütterlich erschien, geriet ins Wanken.

Schweigend schenkte sie den Tee ein.

Und währenddessen ging mir widersinnigerweise durch den Kopf, daß sie mit den Jahren schöner geworden war; daß die zerbrechliche, irreführende Schönheit, die sie mit ihrer Cousine gemeinsam hatte, zu den Linien und der aufrechten Bedächtigkeit des Alters paßte. Sie trug ein langes, altmodisches Kleid in einem Blau, das eine Nuance dunkler war als ihre Augen. Und ihre Arme wirkten zerbrechlich, als sie die schwere Kanne hoben.

»Sag mir, was das ist«, fing ich wieder an, diesmal weniger drängend, denn jetzt, wo die Macht unerwartet auf meiner Seite war, wurde mir klar, daß ich sie nicht recht zu handhaben wußte. Nachdem ich mich Sarah so lange gefügt hatte; auf so vielfältige Weise zugelassen hatte, daß die Wünsche meiner Frau meine eigenen leiteten und bestimmten, beunruhigte und verwirrte mich diese Umkehr des Gleichgewichts zwischen uns. Und ein Teil von mir – der Teil, der befürchtete, daß ich mich letztendlich doch noch unterwerfen würde; letztendlich doch nicht die Entschlußkraft besäße, sie zu bestrafen, wie sie es verdient hatte –, dieser Teil von mir war erleichtert, daß ich meine Pläne bereits gemacht hatte. Selbst in meinem Zorn bemitleidete ich sie; und Sarah hörte meiner Stimme das an und hob die Augen, um mich anzusehen. Sie betrachtete mich schweigend und mit einem Ausdruck, den nur große Kunstfertigkeit hervorbringt. Selbst da zeigte sie sich noch als Expertin ihrer Wirkungen; das merke ich jetzt. Und es forderte mir alle Kraft ab, ihrem stummen, zarten Flehen zu widerstehen.

Aber ich sagte nichts; und in das Schweigen hinein reichte sie mir den Tee.

»Es ist der Schlüssel zum Großen Saal«, sagte sie unvermittelt ein paar Augenblicke später. Und sie sagte es völlig ruhig, mit stiller Überlegung; denn Sarah kannte meine Schwachpunkte. Sie wußte, daß ich ihrer Verletzbarkeit hilflos ausgeliefert war. Und so saß sie da, die zarten Schlüsselbeine am Ausschnitt ihres Kleides bloßgelegt, die Hände im Schoß verschränkt, der Kopf war ein wenig zur Seite geneigt.

»Erzähl mir, wie du an ihn herangekommen bist«, sagte ich schließlich und wünschte mir dabei fast, sie möge meiner Bitte nicht nachkommen; denn ich fürchtete mich vor dem, was sie sagen könnte.

»Ich habe nichts zu verbergen, James«, sagte sie bedächtig, ganz das Bild verletzter Unschuld. Und erst da machte ihre Zerbrechlichkeit – die sie bis jetzt so kunstvoll aufrechterhalten hatte – für einen Moment einem kurz aufflackernden Stolz Platz. Einen Augenblick, länger nicht, sah sie stolz und furchtlos aus. Und obwohl sie den Blick gleich abwandte und sich die Augen rieb, als stünde eine Träne darin, war es zu spät. Und Sarah wußte es. Als sie wieder sprach, hatte sie einen ganz neuen Ton angenommen.

»Ist es wirklich so weit mit uns gekommen?«

»Ja«, sagte ich ruhig, weil ich aus meinem Widerwillen Kraft zog; weil ich ihrem unverhohlenen Stolz und allem, was dieser hervorrief, erlaubte, meine Wut zu schüren; gleichzeitig kämpfte ich gegen das Gefühl einer mahnenden Ohnmacht an. Meine Frau richtete vom Sofa aus den Blick auf mich; aber ihr Bann war gebrochen, und sie wußte es. Zum ersten Mal in unserem Eheleben war ich gegen die

Macht ihrer blaßblauen Augen immun; sie hatten ihre Gewalt über mich verloren. Und von diesem Augenblick an war ich frei.

»Wenn das so ist, dann frag mich alles, was du wissen willst«, sagte sie fast hochmütig. »Ich sehe, daß du meinen Schreibtisch durchsucht hast; daß du etwas gefunden hast, was du nicht hättest finden sollen.« Sie erhob sich und ging durchs Zimmer auf die Fenster zu; und während sie hinaus aufs Meer, vielleicht auch auf die Felsen unten schaute, wandte sie mir mit stolzer Gleichgültigkeit den Rücken zu. Jedes Bemühen um Beschwichtigung wäre vergebens, teilte sie mir auf die Weise mit, denn Sarah vergeudete ihre Energien, verschwendete ihre sanften Blicke nicht umsonst. Die Grenzen waren gesteckt; und so ging ihr letztes Bemühen um Verschleierung mit einer Warnung einher.

»Du tätest gut daran, sorgfältig zu überlegen, ehe du mich etwas fragst«, sagte sie, »denn ich werde dir die Wahrheit sagen. Und die ist nicht immer so angenehm, wie man es sich wünscht. Wenn du meinen Rat annehmen willst, dann bringst du am besten das zurück, was du mir genommen hast, und vergißt das Ganze.«

Aber noch während ich ihr zuhörte, wußte ich, daß Sarahs Strategie des Vergessens nicht mehr galt. Jetzt gab es kein Zurück mehr; wir waren schon zu weit gegangen. Ihr Trugbild war zerstört. Und so stellte ich die erste meiner Fragen; und vielleicht wußte ich da schon, daß wir uns dem Ende näherten.

»Hast du Alexander Harcourt umgebracht?« fragte ich ruhig.

Während des darauf folgenden Schweigens kam mir der Gedanke, daß Sarah eine solche direkte Frage vermutlich nicht erwartet hatte und verwirrt war. Aber als ihre Antwort dann kam, verriet sie nur Verärgerung; Verdruß über meine

Rebellion. Sie war es nicht gewohnt, die Oberhand zu verlieren; und meine neu entdeckte Frechheit schien sie wütend zu machen.

»Wie ich sehe, hast du dich entschlossen, meine Warnung zu ignorieren«, lautete ihre frostige Antwort.

»Ja.« Beim Sprechen empfand ich fast so etwas wie ein Hochgefühl angesichts meines Aufbegehrens.

»Dann muß ich dir antworten.«

»Ja.«

»Und auch meine Antwort lautet: ja.« Zum ersten Mal, seit meine Frau ans Fenster getreten war, wandte sie mir ihr Gesicht zu. In ihrer sich gegen den Sonnenuntergang abzeichnenden Silhouette konnte ich ihr Gesicht kaum erkennen; aber ihr Haar schien von einem Feuerkranz umgeben zu sein. »Ich habe ihn getötet«, sagte sie; und dann, nach einer Pause: »Und um deiner nächsten Frage zuvorzukommen ... ein weiteres Ja. Es war kein Zufall, daß Ella für die Ermordung ihres Vaters ins Gefängnis kam.«

Es war vollbracht; es war gesagt. Jetzt wußte ich die Wahrheit; ich hatte jene Gewißheit, die mir vor Stunden, als ich im Großen Saal gestanden und ungläubig den weiterziehenden Touristen nachgeschaut hatte und nur hatte allein sein wollen, noch versagt geblieben war. Aber wenn ich ehrlich bin, spürte ich in jenem Augenblick kaum etwas. Vielleicht war ich schon dabei zu ertrinken; ertrank, obwohl ich mir dessen nicht bewußt war. Und es waren Sarah und ihre ungerührte Ruhe – so lange Zeit meine einzige Rettungsleine –, die mich hinunterzogen. Das ist mir jetzt klar.

Doch als sie es aussprach, erkannte ich all das noch nicht. Ich nahm nur ein Zimmer wahr, das zu verschwimmen begann, als rasche, heiße, kindische Tränen meine Augen füllten und ich sie nur fragen konnte, warum; warum sie es getan hatte.

Sie schwieg. Doch als sie dann nachgedacht hatte, kamen ihre Worte mit frostiger Knappheit.

»Ella hatte alles«, sagte sie schließlich. »Und mir, die ich nichts und niemanden hatte, hat sie den Menschen genommen, der mir am meisten bedeutete.«

Sie hatte sich vom Fenster entfernt, während sie sprach, und ging jetzt durch das Zimmer: sehr aufrecht in ihrem blauen Kleid; der ordentlich hochgesteckte Knoten in Auflösung begriffen. Und als sie sich neben mich auf das Sofa setzte, roch ich ihren sauberen, warmen Duft nach Puder und Rosenwasser. Sie hatte zu rauchen aufgehört. Aber es sind ihre Augen, die mich verfolgen werden, nicht ihr Duft; ihre Augen und ihre Worte. Und wenn ich sie mir jetzt ins Gedächtnis rufe, ertrage ich es nicht, an die Härte zu denken, mit der sie sprach, oder daran, wie sie durch ihre körperliche Nähe die weite Kluft zwischen uns betonte. Denn endlich erfuhr ich – was ich mir vermutlich erst jetzt langsam eingestehe –, wie wenig ich ihr bedeutet hatte; wie wenig sie sich aus mir gemacht hatte, es sei denn auf eine ganz materialistische Art und Weise. Ich vermute, daß das berechnende Wesen meiner Frau eine Verbindung mit anderen unmöglich machte; daß sie, sosehr sie sich auch darum bemühen mochte, keinen Anteil an anderen nehmen konnte, weil man ihr so vieles genommen hatte. Und ich denke, daß ich wahrscheinlich recht habe; daß Sarah zu der Zeit, als sie mich heiratete, zu keinem Gefühl fähig war, wenngleich sie es mit Leichtigkeit vorzutäuschen vermochte. Ich war nicht mehr als der krönende Höhepunkt ihres Erfolges; das begreife ich jetzt. Und ein Teil von mir weiß auch, daß es gar nicht anders hätte sein können.

Das Wissen um die Verstellung meiner Frau war die schlimmste Verletzung, der bei ihren Worten in mir aufkeimende Verdacht, daß sie nie ehrlich gewesen war. Und das war es auch, was unsere Vergangenheit zerstörte; dieses Wissen, das so unausgesprochen wie unwiderruflich all unsere gemeinsamen Jahre zur Farce machte. Als ich mir die Worte meiner Frau anhörte, merkte ich, daß die Sarah, die ich gekannt – die ich sogar geliebt hatte –, nie etwas anderes als eine kunstvolle Fassade gewesen war, entworfen, um meine Treue zu gewinnen und ihr durch Unterwerfung Dauer zu verleihen; denn Ellas Cousine hatte ihre Angst vor Verrat nie verloren. Im Glühen der untergehenden Sonne kam Leben in sie, ein triumphierender Glanz. Und der Kontrast zwischen ihrer Schönheit und ihren Worten hatte etwas Schreckliches; was sie mir mit kaum zu zügelndem Stolz von Verlust und Eifersucht und Kummer und Rache erzählte, verursachte mir eisiges Schaudern.

»Ich brauche dir Ellas Reichtümer kaum aufzuzählen«, sagte Sarah und saß stocksteif da. Ihre Stimme hörte sich an wie die eines kleinen Mädchens. »Sie hatte einen Vater, der sie abgöttisch liebte; Freiheit; Freunde; dieses Haus. Alles, was man sich nur wünschen kann. Und dennoch hat sie ihn mir weggenommen, mir, die ich niemanden hatte.«

»Was hat sie dir weggenommen?« Trotz meiner Benommenheit mußte ich fragen; ich mußte es wissen.

»Charlie Stanhope«, sagte Sarah ruhig.

Und zum ersten Mal nach Jahren dachte ich wieder an Charlie Stanhope: groß, linkisch, treu.

»Charlie?«

»Ja.« Meine Frau sah mich an. Sie stand auf und ging, während sie weitersprach, wieder zum Fenster hinüber, rastlos. Die Sonne tauchte am Horizont unter; das Licht im Zimmer war jetzt trüb. »Aber Ella nahm ihn mir weg. Sie nahm ihn mir einfach weg; sie zeigte mir, daß sie imstande war, ihn mir zu nehmen, und dann warf sie ihn weg. Das hat am meisten weh getan; die Tatsache, daß sie ihn nicht einmal wollte.«

Vor meinem geistigen Auge sehe ich Ella an einem anderen Fenster auf dasselbe Meer hinausschauen, und ich höre sie mir unter Tränen erzählen, was sie getan hat.

»An dem Tag, als sie ihre Verlobung mit ihm löste, habe ich ein Gelübde abgelegt«, fuhr Sarah fort. »Das Gelübde, ihr all das, was sie am meisten liebte, zu nehmen. Ihr zu zeigen, was Verlust wirklich bedeutet.«

Ich sagte nichts; die Kehle war mir wie zugeschnürt.

»Und ich denke, ich habe es gehalten«, schloß meine Frau mit stillem Triumph.

Noch immer konnte ich nichts sagen.

»Es war keine leichte Aufgabe, das versichere ich dir. Das mußt du verstehen, auch wenn du mich richtest.«

»Das tue ich.« Und ich glaube, ich verstand auch, daß dies Sarahs großer Augenblick war; daß sie jetzt nicht mehr anders konnte, als ihren Ruhm einzufordern.

Niemandem hatte sie je davon erzählt; über lange Jahre erzwungener Geheimhaltung hatte sie geschwiegen. Aber der Drang, sich mitzuteilen, war immer dagewesen, vermute ich; der Drang eines stolzen Wesens, das Anerkennung sucht. Und ich denke, daß sie gestern nachmittag, nachdem ihre Schuld offenkundig geworden war, furchtlos und unbekümmert wurde. So jedenfalls sehe ich es im nachhinein. Doch selbst da hielt Sarah sich noch für unverletzbar; denn sie redete mit einer Bereitwilligkeit, die jegliche Scham hinter sich ließ. Als sie am Fenster stand, die Sonne im Rücken, glühte sie siegessicher; und ich sehe sie jetzt, obwohl es hier drinnen dunkel und kalt ist und sie fast schon begraben, mit einer Klarheit, die nie nachlassen wird. Ich sehe sie, und ich höre sie und lausche ihr noch immer.

Sie fing prahlerisch an, stellte sich mit kaltblütigem Frohlocken ihrer Herausforderung.

»Du hast keine Ahnung, wie schwierig das war«, sagte sie. »Ella all das zu rauben, was sie besaß: ihren Vater; ihre Freunde; dieses Haus und alles, was damit zusammenhing. Keine leichte Aufgabe. Und es erforderte Kühnheit, glaub mir. Tollkühnheit.« Sie hielt inne, blickte hinaus aufs Meer. »Aber auch jede Menge gewissenhafter Planung«, fügte sie schließlich hinzu. »Darin lag der Erfolg, und ich habe ihn wahr gemacht. Ich wußte, daß es auf jedes Detail ankam; und ich denke, du wirst mir zustimmen, daß ich alles unternommen habe, um das damit verbundene Risiko so gering wie möglich zu halten, es auf ein überschaubares Maß zu reduzieren.«

»Aber ...«

»Unterbrich mich nicht. Es ist alles schon so lange her. Ich habe seit Jahren nicht mehr daran gedacht; mein Gedankenfluß darf nicht unterbrochen werden.« Und so redete sie mit überwältigender Gleichgültigkeit weiter, redete mehr mit sich selbst als mit mir; genoß all die Verwicklungen, die sie in ihrer Tollkühnheit mit zu bedenken hatte. »Natürlich war Onkel Cyrils Party ein Geschenk des Himmels«, sagte sie leise, fast zu sich selbst. »Und der Umstand, daß Ella und ich uns so ähnlich sahen. Ich wußte, das mußte die Grundlage meines Plans sein; und seltsamerweise warst du derjenige, der mir bewies, daß es funktionieren könnte.« Sie wandte sich vom Fenster ab.

»Ich?« fragte ich mit rauher Stimme.

»Damals. Im Hyde Park. An jenem Sommernachmittag. Erinnerst du dich nicht? Damals hast du mich mit Ella verwechselt. Und dein Verhalten bei der Hibberdson-Preisverleihung hat das bestätigt. Deiner Enttäuschung war sehr gut anzumerken, daß du einem Irrtum unterlegen warst. Das machte mich zuversichtlich.« Sie lächelte. »Und brachte mich auf den Gedanken, daß, wenn du aus einer gewissen Entfernung überzeugt werden konntest, sich das mit anderen ebenso bewerkstelligen ließe; insbesondere, wenn alle Details stimmten. Haare; Kleidung; Haltung. Du weißt schon.«

In der Tat.

»Ohne also Ella zu fragen, womit ich mich vielleicht verraten hätte, mußte ich herausfinden, was sie trug. Das war der erste Schritt. Und da kam mir deine alberne Freundin sehr gelegen.«

»Wer?«

»Camilla Boardman.«

Ich nickte, meine Kehle war trocken.

»Ich ging zur Anprobe zu ihr, weißt du, und baute auf ihre berüchtigte Indiskretion. Und wie vorherzusehen, erzählte sie mir, ohne daß ich sie fragen mußte, bei unserem zweiten Treffen *höchst* vertraulich« – Sarahs Augen glänzten, als sie meine Freundin nachahmte –, »daß Ella einen Smoking tragen würde. Für meine Zwecke natürlich wie geschaffen, denn das fiel auf Anhieb auf, war ungewöhnlich an einer Frau und leicht zu beschaffen.«

»Verstehe.«

»Camilla dürfte nicht sonderlich erbaut gewesen sein, als ich mein Kleid woanders kaufte. Aber das ließ sich nicht vermeiden. Ich mußte auf kecke Weise auffallen, damit mich genügend Leute sahen und mein Verschwinden von fünf oder sechs Minuten gedeckt war. Dies mußte, wie ich fand, reichen, wenn ich richtig plante; und tatsächlich war ich dann auch nur sieben Minuten fort. Keine lange Zeit auf einer Party, vor allem nicht, wenn man dafür gesorgt hat, mit möglichst vielen Leuten zu sprechen.«

»Was du getan hast …«

»Natürlich. Und alles andere war im voraus geplant.« Sarah sprach jetzt sehr schnell; verhaspelte sich fast in ihrem

Eifer. »Ich hatte die richtige Kleidung; eine blonde Perücke aus echtem Haar, geschnitten und gescheitelt wie Ellas Haar; zwei Schlüssel zum Großen Saal, wovon einer schon in Ellas Tasche war, ehe die Party überhaupt anfing.«

»Und wozu dieser hier das Gegenstück ist?«

»Ja. Ein Andenken sozusagen.«

»Verstehe.«

»Dumm, ich weiß; aber ein Fehler, dem ich nicht widerstehen konnte.«

Meine Tränen waren jetzt getrocknet; und ich beobachtete erschüttert, wie sich meine Frau mit rastloser Konzentration durch das Zimmer bewegte: zuerst zum Sofa; dann ans Fenster; dann zum Kamin. Der Tee stand vergessen auf dem Tisch, unsere Tassen waren unangetastet. Als sie auf ihrem Weg im Zwielicht den Griff der Teekanne streifte und sie fast umwarf, deutete nichts darauf hin, daß sie es bemerkt hatte. Statt dessen redete sie mit bezwingender Unnachgiebigkeit weiter; und ich hörte ihr zu, und ich dachte voller Grauen an das, was sie getan hatte, und an das, was mir noch zu tun bevorstand, denn von Natur aus bin ich kein gewalttätiger Mensch.

Sarah redete weiter, ohne auf mich und meine Gedanken zu achten; sie redete mit zunehmendem Stolz in einer Art gedankenlosem Sprachfluß, und von ihrer normalerweise beherrschten Art war nichts mehr zu spüren.

»Den Schlüssel aus Cyrils Schreibtisch für eine Nacht zu entwenden, während ich Duplikate in London anfertigen ließ, war ein leichtes. Ich trug die Perücke, als ich in den Laden ging, um sie abzuholen, denn es sind Kleinigkeiten wie diese, auf die es letztendlich ankommt, weißt du. Und obwohl die Chance nur gering war, dachte ich, wenn ich mich wie Ella anzog und sprach, könnte der Mann sie später auf Zeitungsphotos wiedererkennen und sich melden.«

»Was er auch tat.«

»Ja, richtig. Und dann gab es noch die körperliche Vorbereitung.«

»Inwiefern?«

»Na ja, Alexander war ein großer Mann, und ich bin nicht besonders kräftig, also mußte ich das Hochheben üben, um sicherzugehen, daß ich es richtig hinbekam. Das war aber schon Wochen zuvor. Und am Festabend selbst gab es auch noch jede Menge zu tun. So viele Einzelheiten; und dann dieser Zeitdruck. Die Zeitplanung war das A und O.«

»Und wie hast du ihr Rechnung getragen?«

Sie unterbrach sich, für einen kurzen Moment irritiert. »Während wir uns alle umzogen«, nahm sie den Faden wieder auf, langsam, als versuchte sie, sich an alles zu erinnern, keine Einzelheit unerwähnt zu lassen, »schob ich eine Notiz unter Ellas Tür hindurch, worin sie gebeten wurde, ihren Vater um acht Uhr in dessen Zimmer zu treffen und auf ihn zu warten, falls er nicht dort sein sollte. Es galt zu verhindern, daß sie irgendwo auftauchte, während ich mit Onkel Alex auf dem Balkon stand, weißt du.« Meine Frau lächelte mich an. »Ich hatte ihm vorgeschlagen, seine Rede vom Großen Saal aus zu halten, nicht im Zelt, was er, wie ich schon vorher wußte, für eine gute Idee hielt. Und er wartete auf mich, während ich mich umzog. Ich denke, er fand meinen Aufzug ganz witzig. Ich erklärte ihm, Ella und ich würden uns zum Spaß wie Zwillinge anziehen.«

»Erzähl weiter.«

»Also, so weit, so gut, aber das größte Risiko stand mir noch bevor.« Meine Frau blickte mich an; und plötzlich fragte ich mich, wie ich so lange Zeit mit ihr hatte leben können und sie dabei so wenig kennen konnte. Unsere Ehe mit all ihrer Fülle an friedvollen Kleinigkeiten kam mir plötzlich unwirklich vor; unwirklich angesichts des Feuers, das jetzt in Sarahs Augen leuchtete.

»Ich durfte für die anderen nicht allzulange sichtbar sein«, sagte sie. »Ein Augenblick, das war in Ordnung, aber mehr als das war ein nicht annehmbares Risiko. Auf dem Balkon stand ich so lange wie möglich hinter ihm, und ich kann dir gar nicht sagen, wie nervös es mich machte, als der alte Lord Markham rief, ich solle mich zeigen. Da mußte ich einfach handeln.«

»Also hast du ihn hinuntergestoßen.«

»Ihn hochgehoben und *dann* hinuntergestoßen. Es war ein ziemlich kompliziertes Manöver. Aber er war völlig überrumpelt, außerdem ist die Balustrade ja sehr niedrig. Letztendlich war es gar nicht schwierig. Doch als er für einen Moment hängenblieb, hätte ich fast die Nerven verloren; und ich dachte, er würde vielleicht meinen Namen rufen. Deshalb mußte ich seinen Klammergriff so schnell wie möglich lösen.«

»Das war der Moment, als die Leute dachten, du wolltest ihm helfen.«

»Ja, obwohl ich mir nicht vorstellen kann, wie sie darauf kamen. Es war doch sonnenklar, was da vor sich ging. Das war doch gerade der Punkt. Sobald er hinuntergestürzt war, zog ich mich vom Balkon zurück und rannte in mein Zimmer; nahm die Perücke ab und zog meine Kleider aus; legte sie in einen Sack und stopfte den Sack in die Schublade von einem der Schaukästen, wo keiner auf die Idee käme, nachzuschauen; ich zog mein Kleid an und ging nach unten. Hat nicht länger als sieben Minuten gedauert, das Ganze. Oh, und auf meinem Weg nach unten habe ich mir noch den Zettel beschafft, den ich Ella hatte zukommen lassen, zum Glück hatte sie ihn auf den Frisiertisch in ihrem Zimmer gelegt. Die Nachricht war natürlich in Druckbuchstaben geschrieben, also wäre es nicht schlimm gewesen, wenn man sie gefunden hätte. Die Polizei hätte sicherlich geglaubt, daß Ella sie selbst geschrieben hatte. Aber ich war trotzdem froh, den Zettel wiederzuhaben. Und am nächsten Tag, als alles ruhiger war, trug ich den Sack einfach hinunter zu den Klippen, packte ein paar Steine hinein und warf ihn ins Wasser. Es war geschafft.«

»Aber Ella hat dich beschuldigt.« Die Geschichte, die Sarah mit ihrer ganzen manischen Zungenfertigkeit erzählte, hatte mich in ihren Bann gezogen. Entzückt stürzte Sarah sich auf meine Bemerkung.

»Aber natürlich tat sie das. Ich hatte gewußt, daß sie das tun würde. In all ihrer Unschuld war sie der einzige Mensch, der die Wahrheit wissen konnte – wirklich wissen konnte.«

»Du warst also auch darauf vorbereitet«, sagte ich langsam; und Sarahs glänzend durchgeführter Plan stand in erschrekkender Klarheit vor mir.

»Klug, nicht wahr?«

Ich sagte nichts.

»Diese kleine Monographie; mein Buch. Alles hat den Weg geebnet. Und als Ella schwach und dumm genug war, sich für den Bruch mit Charlie auf den ererbten Wahnsinn zu berufen, war das Spiel so gut wie gewonnen. Die Macht der Medien sollte man nie unterschätzen. Die Geschworenen hatten sich ihr Urteil schon gebildet, noch ehe sie den Gerichtssaal betraten; und Ella hatte ihre Familie schon so lange belogen, daß niemand von dem, was sie offenbar getan hatte, wirklich überrascht war. Schockiert natürlich, aber nicht überrascht. Zu dem Zeitpunkt, als ich Alexander umbrachte, hatte sie schon jahrelang Psychiater konsultiert. Und ihre hysterischen Anfälle, so verständlich sie dir und mir auch erscheinen mögen, waren ihr auch nicht gerade dienlich. Selbst als sie versuchte, die Wahrheit zu sagen – und sie erzählte zum Beispiel den Gerichtsgutachtern alles über ihre Beziehung zu mir –, glaubte man ihr nicht. Sie saß in der Falle; es gab keinen Ausweg mehr.«

Schweigen lag über uns.

»Ich glaube es nicht«, sagte ich mit belegter Stimme.

»Doch, das tust du.«

Aber noch während ich sie mit einem Rest von Ungläubigkeit ansah, eine Silhouette vor den feurigen letzten Sonnenstrahlen, begriff ich, daß ich das letzte war, was sie Ella genommen hatte.

»Indem ich Charlie verlor, habe ich etwas gelernt«, sagte Sarah mit leiser Stimme; ruhiger jetzt. »Ich habe gelernt, zu beobachten, Menschen zu verstehen. Ich habe gelernt zu gefallen.«

Ich sah sie mit festem Blick an.

»Ella ist immer das bezaubernde Mädchen gewesen, weißt du«, fuhr sie fort. »Nie habe ich mit ihr mithalten können.« Sie hielt inne. »Aber als sie mir Charlie nahm, beschloß ich, sie mir zum Vorbild zu nehmen. Und ich lernte, wie leicht Männer sich von Frauen umgarnen lassen ...« Sie brach ab, vielleicht weil sie merkte, was sie damit sagte.

Und in diesem Schweigen erinnerte ich mich an das Mittagessen nach Ellas Verurteilung, an die Mühelosigkeit, mit der ich erobert worden war.

Ohne meine Frau noch einmal anzusehen, ging ich aus dem Zimmer.

Kapitel 34

Der Flur lag düster im Dämmerlicht, und ich saß allein in der Fensternische an seinem hinteren Ende und beobachtete, wie die Tagesausflügler das letzte Boot zum Festland erwischten, genau wie Ella und ich – vor langer Zeit und in der entgegengesetzten Richtung – das letzte Boot genommen hatten. Damals hatte ich diesen Ort das erste Mal besucht. Vielleicht rechnete ich halb damit, daß Sarah mir nachkam; um mir ein Wort des Trostes oder eine Geste des Bedauerns anzubieten. Dann hätte ich im letzten Augenblick vielleicht doch noch die Nerven verloren, mich in der Hoffnung zurückgezogen, ihr trotz allem verzeihen zu können.

Aber es erfolgte keine Bitte um Vergebung, wie ich im Grunde gewußt hatte. Versunken in das Geräusch der Wellen, blieb ich sitzen, starrte auf die Tür zum Wohnzimmer meiner Frau und fragte mich, welches Recht ich überhaupt gehabt hätte, ihr Vergebung zu gewähren. Keines, das wußte ich. Und so saß ich da und starrte vor mich hin, während der Flur in Dunkelheit versank und sich mit den ersten Bildern füllte, die ich seitdem so häufig gesehen habe. Ella im Park, mit ihren abgebissenen Fingernägeln: der Anfang von allem. Ihre versunkene Gestalt in meiner Dachkammer. Später ihre geröteten Augen in jenem überfüllten Gerichtssaal, als sie mir verlorengegangen war und ich sie für verrückt hielt und ihr nicht einmal zulächelte.

Ich bemühte mich, nicht an ihren Körper zu denken, der Jahre später von der Decke ihrer Zelle hing; ich versuchte, nicht daran zu denken, daß ich damals nicht einmal um sie getrauert hatte.

Langsam stand ich auf; und im Dunkeln ging ich auf den Lichtschlitz unter Sarahs Tür zu. Sie las, als ich eintrat; jedenfalls saß sie, ruhig und ohne aufzusehen, mit einem Buch im Schoß da. Sie sagte kein Wort; schien mich nicht einmal wahrzunehmen. Sie war in Gedanken versunken und blickte auch nicht hoch, als ich die Schreibtischschublade aufzog, die Handschuhe überstreifte und die Waffe herausnahm. Erst als ich durch das Zimmer auf sie zuging, erkannte ich Anzeichen von Furcht in ihrem Gesicht; Anzeichen von Furcht und Überraschung; von Erschütterung. Erst ganz zum Schluß verlor sie ihr Machtgefühl; ihre Siegesgewißheit. Aber ihr blieb keine Zeit, sich zur Wehr zu setzen.

Ich schoß ihr über dem rechten Ohr in den Kopf, ein fast aufgesetzter Schuß.

Sehr bedächtig, beinahe ruhig, stieg ich über ihren Körper und klemmte die Waffe in ihre schlaffe rechte Hand. Dann ging ich aus dem Zimmer und kehrte in meines zurück, wo ich mich äußerst sorgsam wusch und frische Kleider anzog. Ich ließ mir Zeit, ging mit Achtsamkeit zu Werke. Sarah hatte mich den Wert von Details schätzen gelehrt.

Das Haus war dunkel, als ich nach draußen ging; nur das Licht im Zimmer meiner Frau brannte. Und geleitet von seinem Schein brachte ich die Tasche, die meine Kleider und die Handschuhe enthielt, zum Rand der Klippe; zu der Stelle – denn ich bin sentimental, selbst jetzt –, wo Sarah mir an jenem stürmischen Nachmittag vor vielen Jahren Ellas Tod mitgeteilt hatte.

Der Wind war ruhig gestern nacht; es war Vollmond. Ich bin mir ziemlich sicher, die richtige Stelle gefunden zu haben.